Die schönsten Märchen und Sagen aus Irland. Aus der ungeheuren Vielfalt der mündlichen Volksliteratur Irlands, seiner Märchen und Sagen, hat einer der besten Kenner einen repräsentativen Band zusammengestellt.
Diese in besonderem Maße unterhaltsame Lektüre vermittelt viel von dem ausgesprochen romantischen Reiz der Grünen Insel.
Oft ist von der *other world*, dem Feenreich, die Rede, das in der irischen Tradition eine überragende Rolle spielt. In vielen Märchen treten Riesen auf und außergewöhnliche Gespenster.
Außerdem enthält dieser Band einige bedeutende Kunstmärchen. Das Herzstück, sozusagen, ist »Das Mitternachtsgericht« von John Merriman. Auch die Kunstmärchen legen Zeugnis ab für die spezifisch irische Art des Märchenerzählens und Geschichtenerfindens, die eine uralte Tradition hat und lange, bis ins 19. Jahrhundert, ja bis in unsere Tage lebendig geblieben ist. Die Auswahl dieses Bandes versucht insbesondere auch den Redewitz der Iren und die Poesie ihres Erzählens deutlich werden zu lassen.

Frederik Hetmann (Hans-Christian Kirsch), 1934 in Breslau geboren, lebt als freier Schriftsteller in Limburg an der Lahn. Er sammelte, übersetzte und editierte Märchen und Volkserzählungen vor allem aus England, Irland, Wales und Nordamerika.
Er hat mehrere phantastische Romane und Jugendbücher verfaßt, für die er zweimal mit dem Deutschen Jugendbuchpreis ausgezeichnet wurde.
In der Reihe ›Märchen der Welt‹ hat er bereits mehrere Sammlungen herausgegeben, zuletzt ›Märchen aus Schottland‹ (Bd. 11391) und ›Märchen aus England‹ (Bd. 14036).

Die schönsten Märchen und Sagen aus Irland

****

Herausgegeben
und mit einem Nachwort
von Frederik Hetmann

Fischer
Taschenbuch
Verlag

Limitierte Sonderausgabe

Dieses Buch ersetzt den unter der Buchnummer 12460
erschienenen Band »Am Torffeuer im grünen Tal«

Veröffentlicht im Fischer Taschenbuch Verlag GmbH,
Frankfurt am Main, November 2000

Satz: Fotosatz Otto Gutfreund GmbH, Darmstadt
Druck: Clausen & Bosse, Leck
Printed in Germany
ISBN 3-596-50318-3

Inhalt

****

Volksmärchen

Märchen und Sagen von Feen und Geistern

Märchen und Sagen in der Literatur

****

Des Todes Knochenfinger
Uns nimmer finden soll
Im weitgewölbten Traumland,
Von Liebe übervoll,
Wo Zweige blühn und tragen
Das Jahr durch früh und spät,
Wo Bäche überschäumen
Von rot und braunem Met,
Ein Alter bläst die Sackpfeif,
Wo Silberbäume stehn,
Mit eisblauen Augen im Tanze
Sich Königinnen drehn.

Ein Füchslein dort, ein rotes,
Raunt: ›Glück bringt nur die Welt.‹
Die Sonne lächelt milde,
Der Mond den Pfad erhellt.
Das Füchslein raunet leise:
›Entsag nicht Welt und Glück!
Du wanderst ja ins Traumland,
Da führt kein Weg zurück.‹

William Butler Yeats,
Geschichten vom Roten Hanrahan

›Irland ist in jeder Hinsicht wie ein junges Mädchen, das eine grüne Krankheit hat. Es hat ein sehr hübsches Gesicht und eine weiche Haut von zartem Gras. Und in der Tat ist diese etwas gesprenkelt, in einigen Teilen dunkler, in anderen heller. Sein Fleisch ist weich und delikat, und blaue Venen durchziehen jeden Teil wie kleine Bäche. Es gibt da eine Hauptader, genannt der Shannon, die ganz durch seinen Körper hindurchgeht, und wäre da nicht ein Knoten, ein Hauptfels, so wäre diese schiffbar von Kopf bis Fuß. Es hat drei andere Venen, geheißen die Schwestern – die Suir, die Nore und die Barrow, die jeden Frühling anschwellen, durch ihr Mittelteil verlaufen und dort, wo sie austreten, zusammenfließen ...‹

Justice Luke Gernon, 1620

Volksmärchen

Die Tochter des Königs von Griechenland

Vor langer Zeit lebte in Irland ein König, der hatte drei Söhne. Zu dem Ältesten sagte der Vater eines Tages, das Königreich sei zu klein, um alle zu ernähren. Er lasse Kuchen für ihn backen und dann solle er in die Welt ziehen und dort sein Glück suchen. So weit, so gut. Am anderen Morgen rief der Vater den Jungen wieder und sagte ihm, zwei Kuchen stünden für ihn bereit – ein kleiner Kuchen mit seinen Segenswünschen und ein großer Kuchen mit einem Fluch. Nun könne er wählen. Der Sohn antwortete, da er nun gewiß eine weite Reise vor sich habe, brauche er viel Proviant und deshalb wähle er den großen Kuchen und den Fluch.

Den großen Kuchen bekam er. Er stand zeitig auf. Er wusch sich die Hände und und das Gesicht und brach auf. Er wandte sich nach Südosten und bat Gott um Beistand, und wenn der ihm nicht helfen wolle – auch gut. Er wanderte, bis es Nacht wurde. Er war jetzt hungrig geworden, und also setzte er sich hin und holte seinen Kuchen hervor und begann, ihn zu essen. Es dauerte nicht lange, da kam ein Rotkehlchen dahergeflogen und sagte: »Sohn des Königs von Irland, willst du mir nicht ein paar Bröckchen von deinem Kuchen für meine Jungen abgeben?«

»Das will ich nicht«, sagte der Königssohn, »was ich habe, ist wenig genug, und ich weiß nicht, wie lang der Weg noch ist, der vor mir liegt.«

Kaum waren diese Worte über seine Zunge, da tat sich der Boden auf und verschlang ihn.

Der König wartete daheim Tag für Tag auf eine Nachricht

von seinem Sohn. Nicht ein Wort hörte er. Als nun Jahr und Tag vergangen waren, kam der zweite Sohn zu dem Vater und sagte, er wolle ausziehen und schauen, ob er nicht draußen in der Welt eine Spur von seinem Bruder finde. Er bat um Proviant für unterwegs. Auch ihm ließ der Vater zwei Kuchen backen, wie er das bei seinem ältesten Sohn getan hatte. Und auch der zweite Sohn wählte den großen Kuchen, in den ein Fluch eingebacken war. Dann nahm er die Straße unter seine Füße und hielt nicht eher inne, bis er zu jener kleinen, mit Gras überwachsenen Erhebung kam, auf der sein Bruder zuvor schon gerastet hatte. Er holte seinen Kuchen hervor und begann zu essen. Und wieder kam das Rotkehlchen und bat ihn um einen Bissen. Auch er lehnte ab. Und wieder tat sich der Boden auf und verschlang ihn.

So standen die Dinge, als wieder ein Jahr und ein Tag vergangen waren. Da ging der jüngste Sohn zum Vater und sagte, es sei nun zwei Jahre her, seitdem der älteste Bruder ausgezogen sei, ohne daß man etwas von ihm gehört habe, und von dem zweiten Bruder sei man auch schon ein Jahr und einen Tag ohne Nachricht. Er habe keine Ruhe mehr und wolle gehen und herausfinden, was aus seinen Geschwistern geworden sei. Auch er konnte zwischen einem größeren und einem kleineren Kuchen wählen. Er nahm den kleineren Kuchen mit dem Segen das Vaters und zog los. Er folgte demselben Weg, den auch seine zwei Brüder gegangen waren, und rastete nicht, bis der Abend kam. Dann wurde er hungrig, und auch er setzte sich auf dieselbe kleine Erhebung, auf der schon seine beiden Brüder gerastet hatten. Wieder kam der Vogel und sagte: »Sohn des Königs von Irland, gib mir ein Bröckchen für meine Jungen ab.«

»Gut«, sagte der Junge, »nimm nur soviel du willst.«

»Sohn des Königs von Irland«, sagte das Rotkehlchen, »ich weiß, wohin du willst, und wenn deine beiden Brüder so zu mir gesprochen hätten wie du, wären sie heute auch besser dran. Die Erde hat sie verschlungen. Du brauchst gar nicht weiter nach ihnen zu suchen. Aber wo willst du eigentlich jetzt die Nacht verbringen?«

»Ich kenne mich in der Welt nicht aus«, sagte der Königssohn, »ich habe keine Ahnung, wo ich ein Nachtlager finde.«

»Ich will es dir sagen«, sprach das Rotkehlchen. »Ganz in der Nähe wohnt ein alter Druide. Geh zu ihm, er nimmt dich gewiß für die Nacht auf. Nach dem Essen wird er dich fragen, wohin du unterwegs bist. Sage ihm, das wüßtest du nicht, und frag ihn um Rat.«

Der Königssohn bedankte sich bei dem kleinen Vogel und ging geradewegs auf die Hütte des alten Druiden zu. Er trat ein, und der Druide hieß ihn herzlich willkommen und sagte, er solle sich nur ganz wie zu Hause fühlen.

Die Zeit verging, und nach dem Essen fragte der Druide den Königssohn, in welche Himmelsgegend er unterwegs sei.

»Ich weiß gar nicht recht, wohin ich am besten gehen soll«, sagte der Königssohn, »ich bin hergekommen, um Euch um Rat zu fragen.«

»Bist du ein guter Kämpfer?« fragte der alte Druide.

»Ich hatte bisher noch keine Gelegenheit, meine Stärke zu zeigen«, anwortete der Junge, »aber ich denke, ich würde im Kampf so gut bestehen wie jeder andere auch.«

»Na schön«, sagte der Druide, »steh zeitig am Morgen auf. Es gibt einen Teich unter einem Baum dort drüben. Geh dorthin und versteck dich hinter dem Baum. Morgen früh wird die Tochter des Königs von Griechenland mit zwölf ihrer Dienerinnen kommen. Sie schwimmen in dem Teich und lassen ihre Kleider am Ufer zurück. Nimm die Kleider an dich und klettere dann auf den Baum. Sie werden dich bitten, ihnen ihre Kleider zurückzugeben. Weigere dich. Sag ihnen, es ist nicht viel, was du von ihnen dafür forderst. Bitte sie, dir die kleine lahme Ente zu geben, die auf dem Teich hinter ihnen schwimmt. Dann werden sie sagen, die kleine lahme Ente sei dir zu nichts nutze und du mögest dir etwas anderes von ihnen erbitten. Beharre darauf, daß sie dir die kleine lahme Ente geben. Und wenn du sie endlich hast, höre auf ihren Rat und tu alles, was sie dir sagt. Das ist alles, was ich dir raten kann.«

Der Sohn des Königs tat alles, was der Druide ihm gesagt hatte, und bekam die kleine lahme Ente im Tausch gegen die Kleider der Mädchen. Er nahm sie mit sich, und es dauerte nicht lange, da verwandelte sie sich in eine schöne junge Frau. Er verliebte sich auf der Stelle in sie, und sie fand ihn auch nicht übel. Sie erzählte ihm, auch sie sei eine Tochter des Königs von Griechenland und ihre Stiefschwester habe sie durch Zauber in eine Ente verwandelt. Ihren Vater, den König, habe sie auch gegen sie eingenommen. Dann fragte sie den Königssohn, ob er ein guter Krieger sei und fuhr fort: »Wenn du mich nämlich zur Frau haben willst, dann wirst du tapfer kämpfen müssen, ehe du den Zauber brechen kannst, unter dem ich stehe.«

»Bisher habe ich noch nie Gelegenheit gehabt zu zeigen, was in mir steckt«, sagte er, »aber ich verspreche dir, ich werde alles tun, um den Zauber, der über dich verhängt ist, zu brechen.«

»Nun hör zu«, sagte sie, »mein Vater braucht einen Kuhhirten. Geh zu ihm und biete ihm deine Dienste an. Er wird dich einstellen, denn er hat schon einige Zeit niemanden gefunden, der diese Arbeit übernehmen will. Sag ihm, du wolltest keinen Lohn in Gut noch Geld, aber erbitte dir die Erlaubnis, daß du in der Kammer der Winde schlafen darfst. Es wird dir schwerfallen, ihn dazu zu bewegen, denn es ist sieben Jahre her, seit der Zauber über mich gesprochen worden ist. Sie haben mich damals aus dem Fenster dieses Zimmers, das nach Nordwesten zum Schloßhof hinausgeht, gestürzt. Das Zimmer ist seither immer verschlossen geblieben. Am Ende wird er es dir erlauben, und dann wird er dich auffordern, mit ihm zu Abend zu essen. Sag ihm, du hättest keinen Hunger, weil du eine Menge wilder Früchte im Wald verzehrt hättest, und du seist nun sehr müde. Dann laß dir von ihm den Schlüssel zu dem Zimmer geben. Geh in dieses Zimmer. Ich werde noch vor dir dort sein.«

Und so geschah es. Alles geschah genau so, wie sie es ihm vorher gesagt hatte. Als er die Tür öffnete, war sie schon da. Ein helles Feuer brannte, ohne Rauch, ohne Ruß. In dem Zimmer sah er Gefäße aus Gold und Silber, und es gab zu essen und zu trinken, was man nur wollte.

Sie teilten die Nacht in drei Teile. Zuerst aßen und tranken sie, dann machten sie Musik, und schließlich erzählten sie Geschichten. Dann, mit einem Augenzwinkern, verließ sie ihn, und er verbrachte den Rest der Nacht in tiefem, gesunden Schlaf.

Zeitig stand er auf, und sie hatte schon das Frühstück für ihn bereitet. Dann fragte sie, ob er nun bereit sei, die Kühe zu hüten. Er antwortete: »Ja, mehr als das!«

»Dir steht ein schwerer Kampf heute bevor«, sagte sie ihm. »Sobald du die Kühe freiläßt, werden sie auf das Land der Riesen laufen, das an die Weide meines Vaters grenzt. Es wird nicht lange dauern, und ein Riese mit drei Köpfen, drei Buckeln und drei Hälsen wird dich angreifen. Er wird wütend sein bis zur Weißglut. Er wird dich fragen, welche Waffen du für den Kampf wählst. Sag ihm, du schlügst einen Ringkampf vor. Während er mit dir kämpft, wird er nur einen Satz sagen, nämlich, es sei ein Wunder, daß du so gut kämpfst, da doch eine so schöne Frau dir angetraut sei. Sag ihm dann, daß seine Mutter doch eigentlich noch schöner sei. Wenn du ihm eine andere Antwort gibst, wird er die Oberhand gewinnen und dir auf der Stelle den Kopf abschlagen.«

Der Sohn des Königs ging hin und ließ die Kühe auf die

Weide. Sie nahmen reißaus und blieben nicht stehen, bis sie auf das Land der Riesen kamen. Nicht lange, und man hörte das Geräusch von splitterndem Holz, und durch die Büsche stampfte der Riese mit den drei Köpfen, den drei Buckeln und den drei Hälsen heran.
»Fi, fo, fum, ich wittere das Blut eines Iren auf meinem Land, das ihm nicht gehört. Wenn ich mich nicht täusche, wird er dafür mit seinem Kopf bezahlen«, rief der Riese.
»Spiel dich nicht so auf, häßlicher Riese«, sagte der Junge.
»Also Königssohn«, antwortete der Riese, »wie wollen wir kämpfen? Ein Ringkampf oder eine Runde mit Schwertern?«
»Ich ziehe einen guten ehrlichen Ringkampf vor, denn darin habe ich mich am Hof meines Vaters mit meinen Kameraden geübt.«
Sie sprangen sich an. Sie machten die weichen Stellen ihrer Körper hart und die harten weich. Sie bewegten sich mit solcher Kraft, daß Quellen aus den Felsen aufsprangen. Und am Ende einer jeden Runde pflegte der Riese zu sagen, es sei ein Wunder, daß der Junge so gut kämpfe, da er doch daheim eine so schöne Braut habe. Darauf antwortete der Junge jedesmal, daß die Mutter des Riesen noch schöner sei als sein Mädchen. Aber der Kampf ging weiter. Der Königssohn gewann ihn nicht. Da kam das Rotkehlchen geflogen und sagte: »O Sohn des Königs von Irland, du bist den Frauen, die dich aufzogen und dich säugten, fern, aber wenn du nun alle Kraft zusammennimmst und dir ein paar gute Griffe einfallen läßt, wirst du über diesen häßlichen Kerl in Kürze die Oberhand gewinnen.«
Als der Junge diese Worte hörte, strengte er sich noch einmal sehr an. Mit einem Griff zwang er den Riesen in die Knie, mit dem zweiten Griff warf er ihn auf die Seite, und mit dem dritten hatte er ihn auf den Rücken gelegt.
»Dein Kopf gehört mir, Riese!« rief er.
»Laß mir das Leben«, bat der Riese, »ich will dir gern mein

halbes Reich bis zu dem Tag geben, an dem ich sterbe, und die andere Hälfte bekommst du am Tag danach. Und außerdem gebe ich dir auch noch einen Zauberstab.«
»Und wo hast du den?« fragte der Königssohn.
»Dort oben auf der Spitze des Felsens.«
»Ich will all das, und deine Köpfe dazu«, erwiderte der Junge, zog sein Schwert und schlug dem Riesen die drei Köpfe ab. Er steckte sie auf einen Stecken, und den schulterte er. Dann trieb er die Kühe zusammen und führte sie heim.
Unterdessen hatte der König von Griechenland eine Magd ausgeschickt, um nach seinen Kühen Ausschau zu halten. Das Mädchen kam zurück und sagte, sie könne weder von den Tieren noch von dem Hirten eine Spur entdecken.
»Der kommt nicht mehr, den sehen wir nie wieder«, sagte der König. Aber nach einer Weile hieß er sie wieder nachsehen gehen, und diesmal kam sie zurück und rief: »Da ist er, Herr! Er kommt heim, und er trägt die drei Köpfe des Riesen an einem Stock über der Schulter.«
Der König sprang auf, er nahm drei Stufen auf einmal und lief in den Hof. Er umarmte den Jungen, er streichelte ihm die Wangen, er ertränkte ihn fast in Tränen und trocknete ihn ab mit einem Taschentuch aus Seide. Er hieß ihn hineingehen und sich an den gedeckten Tisch setzen und sagte, die ganze Zeit, in der er König gewesen sei, habe er noch immer jede Herde an den Riesen verloren.
»Ich bin überhaupt nicht hungrig«, sagte der Junge, »ich habe unterwegs wilde Früchte gegessen, und es gab genug davon. Nur müde bin ich. Bitte, gebt mir den Schlüssel zu der Kammer, damit ich mich schlafen legen kann.«
Er erhielt den Schlüssel und öffnete die Tür, und drinnen stand schon das schöne Mädchen, und ein helles Feuer brannte im Kamin. Sie kam auf ihn zu und strich ihm Balsam auf seine Wunden, und bald war er wieder so heil und gesund wie am Morgen, als er das Haus verlassen hatte.

Dann verbrachten sie vergnügt die Nacht zusammen, und der Königssohn stand zeitig am Morgen auf, und als er bereit war, sein Tagwerk zu tun, sagte die Tochter des Königs von Griechenland zu ihm: »Gewiß hast du gestern einen guten Kampf geliefert, aber was du durchzustehen hattest, war noch gar nichts gegen das, was dir heute bevorsteht. Es könnte sich irgend etwas ereignen, wodurch wir getrennt werden, deswegen gebe ich dir hier diesen Ring, der dich beschützen wird, bis wir uns wiedersehen. Der Riese, mit dem du es gestern zu tun hattest, war ein junger Mann und noch unerfahren. Der, gegen den du heute antrittst, ist älter und weit geschickter. Er wird kein Wort während des Kampfes sagen, außer, daß es ein Wunder sei, wie gut du kämpfst, da du doch daheim ein so schönes Mädchen als Liebste hast. Sag ihm, seine Mutter sei doch noch viel schöner. Wenn du ihm eine andere Antwort gibst, wirst du dein Leben verlieren.«

»Hab keine Furcht, ich werde an deinen Rat denken«, sprach er. Er trieb also seine Kühe auf die Weide und blieb nicht stehen, bis er auf dem Land der Riesen war. Es dauerte nun nicht lange, da hörte er wieder Zweige knacken. Der Riese, der heute auf ihn zukam, machte doppelt soviel Lärm wie der von gestern.

»Blut und Haß auf dich«, rief er, »du hast meinen jüngeren Bruder getötet, der gerade erst elende dreihundert Jahre alt war. Wir haben ihn nur aus der Wiege genommen, weil wir nicht mehr genügend Feuerholz hatten, aber seinen Tod wirst du mir büßen.«

Sie sahen einander an und begannen zu ringen. Wild und hart war der Kampf und gegen Abend sah es so aus, als werde der Riese die Oberhand gewinnen. Aber da kam wieder das Rotkehlchen und ermunterte den Königssohn, noch einmal alle Kraft zusammenzunehmen.

Der Junge riß sich noch einmal am Riemen und bezwang

den Riesen. Dann hieb er ihm seine sechs Köpfe ab und nahm sie mit heim. Der König empfing ihn schon sechs Schritte vor dem Schloß, hieß ihn willkommen und lud ihn zum Abendessen ein. Aber der Junge lehnte die Einladung ab mit der Entschuldigung, die er schon am vorhergehenden Abend gebraucht hatte, und bat den König um den Schlüssel für die Kammer der Winde. Er schloß die Tür auf und traf drinnen gleich das schöne Mädchen. Sie kurierte all seine Wunden mit heilendem Balsam, und wieder verbrachten sie die Nacht zusammen und waren zufrieden und glücklich.

Am folgenden Morgen, als er bereit war aufzubrechen, sagte sie ihm, heute komme es noch schwerer, und erinnerte ihn noch einmal daran, was sie ihm schon an den beiden Tagen zuvor gesagt hatte. »Vergiß nur nicht, dem Riesen die rechte Antwort zu geben«, sagte sie.

Der Junge zog mit der Herde aus. Diesmal kam ein Riese mit neun Köpfen, neun Buckeln und neun Hälsen und griff ihn an. Sie kämpften bis zum Abend, bis das Rotkehlchen kam und den Königssohn ermunterte. Dann, um eine lange Geschichte abzukürzen, besiegte er den Riesen und nahm seine neun Köpfe mit heim. Diesmal stand der König neun Schritte vor dem Schloß, um ihn willkommen zu heißen, und empfing ihn mit noch größerer Herzlichkeit. Wieder wollte er ihn zum Abendessen einladen, und wieder sagte der Junge, er sei gar nicht hungrig, ließ sich den Schlüssel zur Kammer der Winde geben und traf dort das Mädchen, das seine Wunden mit dem heilenden Balsam bestrich wie an den Abenden zuvor.

Am Morgen weckte sie ihn und sprach: »Jetzt kommt das Ärgste! Diesmal wird dir die Wilde Alte, die Mutter der Riesen, gegenübertreten. Sie hat sieben Jahre in einer Schmiede verbracht, um ihre Fingernägel in scharfe Klingen zu verwandeln. Wenn sie dich bei dem Kampf mit ihren Nägeln kratzt, wirst du viel Blut verlieren. Auch sie wird wieder dieselbe Bemerkung machen wie ihre Söhne. Sage ihr dann, sie sei schöner als jede andere Frau auf der Welt, sonst ist es um dich geschehen.«

»Ich werde an deinen Rat denken«, sagte er, und fort ging er mit seiner Herde ins Land der Riesen. Er war kaum über die Grenze, als er einen Donner vernahm, so laut, daß er meinte, die Erde bebe unter seinen Füßen. Eben da kam die Wilde Alte auf ihn zu. Die hintersten Backenzähne waren so groß und so lang, daß sie sie als Krücken benutzte, auf denen sie sich fortbewegte. Sie hatte einen Bart, der war sieben Meter lang, den schleppte sie hinter sich her, und er pflügte und eggte das Erdreich.

»Blut und Haß auf dich, Sohn des Königs von Irland«, rief sie, als sie näher kam. »Du bist in dieses Land eingefallen. Du hast meine drei Kinder getötet. Aber diesmal wirst du für all das büßen.«

»Komm nur, du böse Alte«, sagte der Königssohn, »ich bin nicht hergekommen, um deiner Rache anheimzufallen, ich bin gekommen, um dich zu töten.«

Sie stieß einen teuflichen Schrei aus und fragte ihn, ob sie ringen wollten oder mit Schwertern kämpfen.

»Machen wir einen Ringkampf«, sagte er.

»Laß sehen«, rief sie und sprang hoch in die Luft über seinen Kopf. Er aber warf sich unter den Bauch einer Kuh, sonst hätte sie ihm die Haut bei lebendigem Leib abgezogen mit ihren scharfen Nägeln. Er stand wieder auf und versuchte sich gegen sie zu verteidigen. Und jede Minute rief sie, es sei schon ein Wunder, daß er so tapfer kämpfe, da er doch ein Mädchen von so großer Schönheit zur Liebsten habe. Er nahm sich vor, ihr immer zu antworten, sie sei noch viel schöner, aber einmal verlor er die Geduld, das Blut stieg ihm in den Kopf, und er schrie heraus: »Hunger und Durst auf dich häßliche Alte. Ja, sie ist tausendmal schöner als du!«

Das Wort war kaum heraus, da tat sie wieder einen Sprung

in die Luft, kam herab und riß ihm das halbe Fleisch vom Leibe.
Da kam das Rotkehlchen wieder und flüsterte ihm zu: »Ach, Sohn des Königs von Irland, diese furchtbare Alte wird dich noch töten. Du hast nur eine Chance. Sie trägt sieben gläserne Zaubermäntel um ihren Leib. Wenn du ihr einen gehörigen Tritt versetzt, werden sie zerbrechen, und sie wird nur noch die Stärke einer normalen Frau haben.«
Es gelang dem Jungen, ihr einen Tritt zu versetzen, und einer der gläsernen Mäntel brach. Mit dem zweiten Tritt zerbrach der zweite, und so ging es weiter und weiter, bis er alle sieben zerbrochen hatte! Da fiel sie zu Boden und war besiegt.
»Dein Leben, Alte«, sagte der Königssohn.
»Schenk mir das Leben. Ich gebe dir die Hälfte meines Reiches bis zum Tag meines Todes und die andere Hälfte nach meinem Tod dazu. Und außerdem bekommst du noch meine schlanke schwarze Stute und meinen Zauberstab.«
»Aber erst werde ich dich töten«, sagte er und schlug ihr den Kopf ab. Den steckte er auf einen Stab und trieb dann seine Kühe heim. Als er den Schloßhof erreichte, stand der König ein ganzes Stück vor dem Eingang und hieß ihn willkommen! Er war so froh, endlich die Riesen und ihre Mutter losgeworden zu sein, daß er ganz außer sich war vor Freude.
Die Einladung zum Abendessen lehnte der Junge abermals ab. Vielmehr bat er um den Schlüssel zur Kammer der Winde, aber als er aufschloß, fand er drinnen nur die vier nackten kalten Wände, kein Essen und Trinken, kein Feuer und kein schönes Mädchen. Da wußte er, daß er einen Fehler gemacht hatte und daß das Mädchen fortgegangen war, weil er mit ihrer Schönheit vor der Alten geprahlt hatte.

Er blieb dort bis zum Morgen. Er fror, und seine blutenden Wunden schmerzten ihn. Die Nacht wurde ihm lang, und es schien ihm endlos viel Zeit zu vergehen, ehe es wieder hell wurde. Dann kam der König und fragte ihn, was geschehen sei und warum niemand Balsam auf seine Wunden gestrichen habe. Der König rief einen Bader, der versorgte seine Wunden, und nach einiger Zeit war der Sohn des Königs von Irland wieder wohlauf. Da ging er zum König, um sich von diesem zu verabschieden.
»Einen Augenblick noch«, sprach der König von Griechenland, »ganz ohne Belohnung lasse ich dich nicht ziehen.« Dann rief er eine seiner Töchter herbei. Er fragte den Jungen, ob dieser je ein Mädchen gesehen habe, das schöner sei als sie. »Nein«, sagte der Junge.
Der König wiederholte seine Frage.
»Nein«, sagte der Junge.
Der König fragte ein drittes Mal, und diesmal war die Antwort: »Laßt mich in Ruh. Ich kenne eine Frau, deren kleine Zehe ist schöner als bei dieser das Gesicht.«
»Das hast du nicht ungestraft gesagt!« rief der König von Griechenland. »Du wirst nicht fortgehen, ehe ich nicht diese Frau zu Gesicht bekommen habe.«
Der Sohn des Königs von Irland wurde darauf in einen Turm gesperrt, und der König ließ bekanntgeben, er werde ihn enthaupten lassen, wenn sich nicht bis zu dem und dem Tag eine Frau finde, die schöner sei als seine eigene Tochter.
Der Tag der Hinrichtung brach an, und eine große Menschenmenge hatte sich versammelt, um zuzuschauen. Dann wurde der Junge vorgeführt. Er fragte den König, ob er ihm noch eine halbe Stunde Zeit lassen könne. Die halbe Stunde verstrich, und es kam keine Hilfe. Er bat um eine Viertelstunde. Als diese Zeit herum war, verdunkelte sich der Himmel über den Köpfen der Menge. Krähen flogen in einem Kreis umher. Dann ließen sie sich nieder,

mitten unter der Menge. Sie verwandelten sich augenblicklich in drei Frauen.

Eine streifte die Strümpfe ab, und Licht sprühte auf um ihre Beine.

»Das ist sie«, rief der Königssohn, »da ist die Frau, die Eure Tochter an Schönheit übertrifft, deren Zehen schöner sind als das Gesicht Eurer Tochter.«

Sofort aber verwandelten sich die drei Frauen wieder in Krähen, stiegen auf in den Himmel, und alle starrten ihnen nach. Der Sohn des Königs von Irland war frei. Er ging fort, und die Segenswünsche des Königs von Griechenland begleiteten ihn. Er lief fort und fort, bis der Nebel der Nacht sich zu sammeln begann und der Mond aufging.

Da sah er eine dünne Rauchfahne in einem Tal aufsteigen. Er ging auf die Stelle zu und kam an ein kleines Haus mit einem Strohdach. Er trat ein und traf dort einen halbblinden Zauberer, dessen eines Bein gefesselt war, das andere aber war frei.

»Guten Morgen, Sohn des Königs von Irland«, sagte er, »es wäre nett von dir, wenn du meine Ziegen hereintreiben würdest.«

»Ich werde sie hereintreiben, aber erst einmal willkommen«, sagte der Junge.

»Wenn du mir die Fessel an meinem einen Bein löst, kann ich das auch selbst tun«, sagte der Zauberer.

Der Junge löste die Fessel. Und fort war der Zauberer, und als er die Herde heimbrachte, sah es so aus, als gebe es im Umkreis von zwanzig Meilen keine Ziege, die er nicht aufgespürt und zusammengetrieben hätte. Danach molken sie die Tiere. Sie tranken einen Krug Milch kalt und einen zweiten heiß. Sie töteten sie und zogen sie durch das Feuer und durch ihre langen kalten Zähne und verspeisten sie. Dann saßen sie einander am Feuer gegenüber, und der Zauberer fragte den Jungen, ob er eine Neuigkeit wisse.

»Nicht die geringste«, sagte der Königssohn. »Und Ihr?«

»Auch nicht«, sagte der Zauberer, »außer, daß die Tochter des Königs von Griechenland hier war, letzte Nacht, mit zwölf ihrer Dienerinnen. Und keines der Mädchen konnte sie davon abbringen, sich fast die Augen aus dem Kopf zu weinen die ganze Nacht. Sie weinte und klagte um einen Mann, der für sie gekämpft hat.«
»Wo ist sie denn von hier aus hingegangen?« fragte der Junge.
»Heute nacht wird sie in das Haus meines Bruders kommen«, sagte der Zauberer.
»Und wo ist dieses Haus?«
»Eine gute Tagesreise auf der kleinen Straße gegen Südosten.«
Der Königssohn sagte nicht ein Wort mehr. Sie gingen zu Bett, und es ist nicht verwunderlich, daß den Königssohn der Schlaf immer noch nicht überkommen hatte, als es Tag zu werden begann. Zeitig stand er auf, wusch sich Gesicht und Hände. Er wandte sich nach Südosten und bat Gott, ihn zu leiten. Und wenn Gott sich nicht einmischen wollte, war's auch nicht zu ändern.
Auf der Straße wuchs kein Gras unter seinen Füßen, bis er das Haus des zweiten Zauberers an diesem Abend erreichte. Er verbrachte die Nacht bei ihm, hörte aber nur, daß das Mädchen, das er liebte, zum Haus eines dritten Bruders weitergereist sei.
Am folgenden Morgen, sobald die Sonne am Himmel stand, war er wieder auf der Straße und lief zu, bis er das Haus des dritten Zauberers erreichte. Der hieß ihn herzlich willkommen.
Aber seine Liebste war auch nicht dort.
»Sie ist hiergewesen mit ihren zwölf Dienerinnen, aber sie ist schon wieder fort«, erzählte im der Zauberer.
»Wo ist sie jetzt?« fragte der Königssohn.
»Sie heiratet heute abend im Haus ihres Onkels. Es liegt nicht weit von hier an der Straße. Sie feiern ein großes Fest

dort mit allen Kriegern und Recken der Welt«, erzählte ihm der Zauberer.
»Zauberer«, sagte der Sohn des Königs von Irland, »kommt Ihr mit mir auf die Hochzeit?«
»Das werde ich bestimmt nicht tun«, antwortete der Zauberer, »denn wenn mich der König sieht, läßt er mir den Kopf abschlagen.«
»Kommt doch mit«, sagte der Junge, »Ihr könnt ja draußen warten, und ich gehe hinein und bringe Euch etwas zu essen und zu trinken vor die Tür.«
Sie gingen also hin und rasteten nicht, bis sie den Hof des Bruders des Königs von Griechenland erreicht hatten.
»Ihr könnt hier warten«, sprach der Junge zu dem Zauberer, »ich werde bald zurück sein.«
Dann ging er durch die Küchentür ins Haus. Er hüpfte wie närrisch am Feuer herum, und als der Koch gerade eine große Platte mit all dem Fleisch für das Hochzeitsessen in den Saal tragen wollte, nahm der Königssohn sie ihm aus der Hand. Er trug sie hinaus zu dem Zauberer und hieß den sich bedienen. Dann lief er wieder in die Küche und stahl ein zweites Gericht in einer Schüssel und brachte auch das dem Zauberer.
Als er nun abermals in die Küche kam, bekam ihn ein Diener zu fassen und versuchte, ihn aus dem Haus hinauszuwerfen. Aber auch als alle anderen Diener eingriffen und dabei halfen, gelang es diesen nicht, den Königssohn zu bändigen und vor die Tür zu setzen.
Inzwischen hatte sich die Nachricht von dem Tumult bis zu den Hochzeitsgästen herumgesprochen, und die verlangten zu wissen, was denn das für ein Mensch sei, mit dem die gesamte Dienerschaft nicht fertig werde. Also wurde der Junge in den Saal gerufen. Er tollte und sprang auch dort umher, und alle hielten ihn für einen Narren. Dann führte man ihn vor die Braut. Er sagte, er wolle einen Trunk aus ihrer Hand, und erst dann sei er bereit,

wieder zu verschwinden. Sie reichte ihm einen Becher voll Wein. Er trank und warf den Ring, den sie ihm in der Kammer der Winde gegeben hatte, hinein. Als sie ihm den Becher wieder abnahm, sah sie den Ring. Da wußte sie, daß sie ihren Liebsten vor sich hatte. Der Priester kam herein, und sie und der Sohn des Königs von Irland wurden verheiratet. Ganz rasch ging das. So konnten sie einander nie mehr verlieren ... dachten sie. Das Fest danach dauerte sieben Tage und Nächte.

Am Morgen des achten Tages fuhr der Königssohn mit seiner Frau in einem Schiff auf dem Meer. Sie waren noch nicht weit von der Küste entfernt, als der Zauberer in einem anderen Schiff daherkam.

»Sohn des Königs von Irland«, sprach er, »laß uns mit unseren Schiffen ein Wettrennen machen.«

»Von mir aus gern«, sagte der Königssohn.

Sie begannen ihre Wettfahrt, und im Nu war das Schiff des Zauberers weit voraus. Der Zauberer wartete, bis der Königssohn mit seinem Schiff nachgekommen war, und dann sagte er: »In diesem Rennen habe ich Euch eindeutig geschlagen.«

Der Junge sprach: »Mein Schiff enthielt mehr Last, sonst wäre Euch das nie gelungen.«

»Nun gut«, entgegnete der Zauberer, »laßt mich die Frau an Bord nehmen. Dann machen wir noch eine Wettfahrt.«

»Laß dich nicht mit dem Zauberer ein«, sagte die Frau zu dem Sohn des Königs von Irland, »sonst werden all der Kummer, den du bisher erlebt hast, nichts sein gegen den, der dir in Zukunft widerfährt.«

»Hab keine Furcht«, erwiderte er, »ich kann ihn leicht schlagen, wenn du nicht mit im Boot bist.«

»Du wirst nicht gewinnen«, sagte sie und tat alles, um zu verhindern, daß er sie in das Boot des Zauberers umsteigen ließ. Aber sie konnte ihn nicht überzeugen.

Dann begann das zweite Rennen, und ehe der Königssohn noch hätte sagen können, ob er nach Osten oder Westen, Süden oder Norden gefahren sei, war der Zauberer verschwunden. Da wurde dem Sohn des Königs von Irland klar, daß der Zauberer ihn betrogen hatte. Der Junge entschloß sich, ihn weiter gar nicht mehr zu verfolgen oder nach ihm zu suchen. Er wendete sein Schiff und fuhr zum Hafen zurück, so rasch wie er konnte.

Den Königssohn plagte der Kummer, denn er hatte keine Ahnung, wo in aller Welt seine Frau sein mochte. Er konnte auch nicht an den Hof des Königs zurückkehren, denn wenn der gehört hätte, was geschehen war, wäre dem Jungen der Kopf abgeschlagen worden. Obwohl er nicht wußte, wo sie war, ging der Junge einfach nach Südosten und bat Gott, daß dies der richtige Weg sein möge. Und wenn Gott nicht hilft, muß ich mich eben auch darein schicken, dachte er.

Er wanderte dahin bis zum Abend, und als die Dunkelheit sich senkte, sah er das Schloß eines Königs. Er ging hinein, und wen traf er da anderes als seine Liebste. Sie umarmten und küßten sich. Sie freuten sich, daß sie sich wieder gefunden hatten. Sie aber sagte ihm, es sei nicht recht, damit anzufangen, sie zu küssen, denn zur Frau werde er sie nie wieder bekommen.

Er fragte sie, was denn geschehen sei und wer sie von ihm trennen wolle. Da erzählte sie ihm, daß sie im Haus des Zauberers lebe, und hieß ihn, sich auf der Stelle davonzustehlen, denn sonst werde der Zauberer kommen und sie beide töten.

»Ich denke nicht daran, fortzugehen ohne dich«, sagte er, »und wenn ich mein Leben dafür aufs Spiel setzen muß.«

»Den Zauberer zu überwinden ist schwer«, warnte sie ihn, »er hat zwei Leben. Wenn er daheim fortgeht, steckt er eines aus Sicherheit in ein Hühnerei, das liegt in einem

Baum, der gerade gegenüber von seiner Haustür wächst. Nun«, fuhr sie fort, »mußt du wissen, daß oben im Haus, unter dem Bett, eine rostige Axt liegt, und nur mit dieser Axt kann man den Baum fällen. Aber du mußt ihn mit einem Schlag fällen, denn wenn man dem Baum einen Axthieb versetzt, stößt er einen Schrei aus, den hört der Zauberer, wo immer er sich auf der Welt gerade befindet. Eben ist er in der Östlichen Welt. Wenn er das Geräusch vernimmt, wird er im Nu zurück sein. Augenblicklich wird er vor dir stehen und versuchen, dich zu töten. Überwinden kannst du ihn nur, wenn du das Ei bereithältst, es nach ihm wirfst und ihn damit an einer bestimmten Stelle unter der linken Brust triffst. Dann wird er auf der Stelle tot umfallen, und wir wären frei.«

»Selbstverständlich werde ich es versuchen«, sagte der Königssohn. Er lief die Treppe hinauf und suchte nach der Axt. Dann ging er hinüber zu dem Baum und fällte ihn mit einem Schlag, aber ehe der zu Boden stürzte, gab er einen langen, klagenden Schrei von sich. Der Königssohn griff nach dem Ei und hielt es gerade in der Hand, als der Zauberer auch schon hinter ihm auftauchte. Der hatte sein Schwert gezogen und versuchte, den Königssohn zu töten. Aber dieser kam ihm zuvor. Ehe der Zauberer den Hieb führen konnte, traf er ihn mit dem Ei an jener Stelle unter seiner linken Brust, an der er verwundbar war, und der Zauberer stürzte tot zu Boden.

Dann rannte die schöne Frau zu dem Königssohn hin, und es war kein Wunder, daß er fast an ihren Küssen erstickte und an ihren Freudentränen fast ertrunken wäre, hätte sie diese nicht sogleich wieder mit ihrem Mantel aus Seide getrocknet.

Danach hielten sie sich nicht mehr lange in dem Haus des Zauberers auf.

Sie sammelten alles ein, was der Zauberer an Gold, Silber und Juwelen zusammengetragen hatte, und reisten dann heim nach Irland. Von seinem Vater wurde der Königssohn herzlich willkommen geheißen. Er feierte mit der schönen Frau auch dort noch einmal Hochzeit, und das Fest dauerte sieben Tage und sieben Nächte. Und danach lebten die beiden lange Jahre glücklich, und ihre Kinder sind es heute noch.

Die Sage vom Riesen Fin McCool, dem Riesen Cucullin und der schlauen Riesin Oona

****

Es ist schon einige Zeit her, da lebten in Irland nur Riesen, niemand sonst. Einen von ihnen, der mit Namen Fin McCool hieß, kennt man heute noch auf der Grünen Insel von Giant's Causeway, der steinernen Riesentreppe im Norden, bis nach Kap Clear im Süden. Ja, es gibt sogar Leute, die behaupten steif und fest, der Bursche habe sich inzwischen an der Mündung des Flusses Liffey niedergelassen und halte dort einen Mittagsschlaf.
Ob das nun stimmt oder nicht, darüber wollen wir hier nicht streiten. Wie sagt man in Irland: Meine Meinung, deine Meinung, und zum Teufel damit!
Aber nun ist es höchste Zeit, daß unsere Geschichte endlich anfängt.
Es geschah damals in jener Zeit, daß Fin zusammen mit ein paar Kollegen im Norden oben sich eine schwere Arbeit aufgeladen hatte. Sie hatten sich vorgenommen, eine Pflasterstraße übers Meer hin anzulegen, bis nach Schottland hinüber.
Da kam es Fin plötzlich in den Sinn, daß seine Frau Oona schon lange daheim saß, und er überlegte sich: Vielleicht sollte ich doch einmal nach Hause gehen und nach ihr schauen. Wer weiß, ob sie sonst ohne mich zurechtkommt.
Also riß er einen Fichtenstamm aus, hackte die Wurzeln und die Zweige ab, schnitzte sich dann den Baum zu einem Spazierstock zurecht und machte sich auf den Weg zu seiner Oona.
Oona und Fin lebten zu dieser Zeit auf der Spitze des Ber-

ges Knockmany, und von dort schaut man hinüber auf den Gipfel des Berges Cullamore.
Um bei der Wahrheit zu bleiben, muß erwähnt werden: Die Zuneigung zu seiner kleinen Frau war nicht der einzige Grund, der Fin veranlaßte, heimwärts zu stiefeln.
Es gab zu jener Zeit noch einen anderen Riesen, der auch recht kräftig war, und sein Name war Cucullin. Einige behaupten, er sei ein Ire gewesen, andere wieder halten ihn für einen Schotten. Aber ob nun Schotte oder Ire – ganz sicher ist: Dieser Cucullin war ein Mordsbrocken von einem Mann, ein Trumm, ein Urvieh, eine Wucht! Kein anderer Riese zu dieser Zeit konnte sich neben ihm sehen lassen. So groß war seine Stärke, daß, wenn er wütend wurde und auch nur einmal mit dem Fuß aufstampfte, die Erde weit und breit bebte.
Sein Ruhm und sein Name waren fern und nah bekannt, und niemand, der an Gestalt einem Menschen ähnlich war, so sagte man, hatte im Kampf gegen ihn eine Chance. Ob das nun wahr ist oder nicht, dafür will ich mich nicht verbürgen, aber die Rede ging, er könne mit einem Faustschlag einen Blitz plattdrücken und ihn, wenn er dann die Form eines Pfannkuchens hatte, in die Hosentasche stecken. Traf er einen Feind, so holte er den plattgedrückten Blitz kurz aus der Tasche, zeigte ihn seinem Gegner, und schon bekam der das Flattern in den Knien.
Gar keinen Zweifel kann es darüber geben, daß alle Riesen, die damals in Irland lebten, schon eine tüchtige Tracht Prügel von ihm bezogen hatten, mit Ausnahme von Fin. Aber Cucullin schwor, er wolle nicht rasten und ruhen, Nacht oder Tag, Winter oder Sommer, bis auch Fin seine Abreibung bekommen habe.
Fin, der auf seinem eigenen Misthaufen ein stolzer Hahn war, hatte eine starke Abneigung gegen Burschen, die kleinere Erdbeben auslösen oder einen Blitz plattdrücken konnten, wenn sie zornig wurden. Also machte er sich aus

dem Staub, jedesmal wenn er hörte, daß Cucullin im Anmarsch war. Und dies steckte in Wahrheit dahinter, als ihn angeblich plötzlich ein großes Verlangen überkam, sein Weib Oona zu besuchen.

Er legte rasch noch letzte Hand an seinen Spazierstock, und dann brach er auf zu seinem Schnucklputz von Oona auf der Seite des Knockmany.

Die Leute im Land wunderten sich damals darüber, daß Fin sein Wohnhaus an eine so zugige Stelle gebaut hatte, ja, einige gingen sogar soweit, ihn darauf anzusprechen.

»Was haben Sie sich eigentlich dabei gedacht, Mr. McCool?« fragten sie. »Ihre Zelte geradewegs auf der Spitze des Knockmany aufzuschlagen, wo es Sommer wie Winter bläst und stürmt und doch die Bergspitze so häufig in den Wolken steckt, gar nicht davon zu reden, daß es dort oben ja auch nicht einmal Wasser gibt!«

»Nun«, antwortete Fin, »da ich nun einmal die Größe eines Rundturms habe, ist mir an einer guten Aussicht immer viel gelegen gewesen, Nachbar. Und eine bessere Aussicht als von der Spitze des Knockmany läßt sich wohl kaum denken. Was die Wasserversorgung angeht, so bin ich gerade dabei, einen Brunnen zu bohren, und hoffe doch stark, daß ich damit zu Rande komme, sobald die Straße nach Schottland hinüber fertig ist.«

Das war auch nur wieder die halbe Wahrheit, denn wenigstens ein Grund, weshalb Fin sich dort oben niedergelassen hatte, lag darin, daß er von dort aus Cucullin schon weit in der Ferne kommen sehen konnte. Auch konnte er von dort aus beobachten, was dieser Bursche in anderen Gegenden der Insel für Schabernack trieb, und vermochte sich dann darauf einzustellen.

Wenn man die Sache so ansieht, so ließ sich für Fin wahrlich kein besserer Wohnplatz finden in der ganzen herrlichen, großen Provinz Ulster.

»Gott segne alle hier«, rief Fin gutgelaunt und steckte

sein ehrliches Gesicht zur Tür seines eigenen Hauses herein.
»Ach, mein Fin, willkommen bei deiner Oona, mein liebes Miststück!« rief seine Frau aus.
Hier folgte ein schmatzender Kuß, der, wie berichtet wird, die Wasser des Sees am Fuße des Berges sich vor Freundlichkeit und Anteilnahme kräuseln ließ.
»Liebchen«, rief Fin, »mein Schnucklputz, mein Augapfel! Hast du auch auf deine Figur geachtet und nicht zu viele Plätzchen genascht, während ich fort war?«
»Mir geht es glänzend... grün und saftig wie das Gras unter den Büschen am Ufer des süßen Tyron-Flusses, so fühlt sich dein liebes Weibchen.« Fin ließ ein kurzes, gutmütiges Husten hören und lachte herzhaft, um seiner Freude darüber Ausdruck zu verleihen, daß sie es sich in seiner Abwesenheit hatte so gut gehen lassen.
»Und was treibt dich nach so kurzer Zeit schon wieder in meine Arme, Fin?« fragte sie.
»Nun, mein Goldstück«, sagte Fin, der wohl wußte, was man einer Frau bei solcher Gelegenheit sagen soll, »nichts als die heißeste und lauterste Liebe zu dir. Gewiß weißt du von selbst, daß dies die reine und lautere Wahrheit ist.«
Fin verbrachte zwei, drei Tage voller Glück mit seiner lieben Frau. Er fühlte sich recht wohl und dies, obgleich ihm die Furcht vor Cucullin ständig im Nacken saß. Dann aber ließ ihn der Gedanke an seinen Erzfeind doch so unruhig werden, daß es seiner Frau auffiel, daß er etwas auf dem Herzen hatte. Und kennt man eine Frau, der es nicht gelänge, ihrem Mann ein Geheimnis aus der Nase zu ziehen, wenn sie sich das vorgenommen hat?
Oona fragte und stichelte so lange, um was es denn gehe und was für eine Laus ihrem armen Männchen auf der Leber sitze, bis Fin schließlich hervorstieß: »Es ist wegen Cucullin. Ich mache mir da Sorgen. Wenn der Bursche wütend wird und es ihm einfällt aufzustampfen, ruiniert

er uns das ganze Ackerland. Und man weiß auch, daß er einen Blitz anhalten kann. Er trägt einen, den er zu einem Pfannkuchen plattgedrückt hat, mit sich herum und zeigt ihn jedem, der daran zweifelt.«

Und während Fin das sagte, steckte er den Daumen in den Mund, und das tat er immer, wenn er weissagen wollte, oder wenn es ihm darum ging zu erfahren, was sich in seiner Abwesenheit alles zugetragen hatte. Und seine Frau, die wußte, warum er das tat, sagte ganz vorsichtig: »Fin, Liebling, ich hoffe, du beißt dir nicht den Daumen auf!«

»Nein«, sagte Fin, »ich beiße nur auf meinem Daumen herum!«

»Gewiß doch, mein Juwel, aber gib acht, daß er nicht zu bluten anfängt«, sagte Oona, »du mußt auf dich aufpassen, mein Fettklößchen ... bitte!«

»Cucullin kommt«, sagte Fin, »ich sehe ihn unterhalb von Dungannon.«

»Dem Himmel sei Dank, Liebster. Endlich weiß ich, wo dich der Schuh drückt. Ehre sei Gott im Himmel.«

»Zum Teufel mit ihm«, sagte Fin, »dieser Hundesohn von Cucullin. Was soll ich jetzt machen? Laufe ich vor ihm davon, mache ich mich zum Gespött, und ich weiß, früher oder später werde ich ihm doch begegnen. Das sagt mir mein Daumen. Warte ich aber hier auf ihn ... ach, ich darf mir gar nicht vorstellen, was dann passieren wird. Er zerquetscht mich zwischen zwei Fingern bei der Stärke, die er hat.«

»Wann wird er denn hier sein?« fragte Oona.

»Morgen gegen zwei Uhr«, erwiderte Fin mit einem Seufzer.

»Dann nur ruhig Blut, mein Fettklößchen. Reg dich nicht auf«, sagte Oona, »verlaß dich auf mich. Bestimmt kann ich dir aus der Patsche helfen.«

Das beruhigte Fin, denn er wußte, daß Oona mit den Feen auf gutem Fuße stand. Tatsächlich war sie selbst wohl eine

Fee. Und wenn das stimmt, dann war sie eine besonders gutmütige Fee, denn nach allem, was man so hört, spielte sie ihren Nachbarn nie einen Schabernack, sondern tat ihnen immer nur Gutes. Nun hatte Oona eine Schwester, die hieß Granua und lebte genau gegenüber, auf der Spitze des Berges Cullamore, von dem schon zu Anfang die Rede war. Diese Granua war auch eine mächtige Person. Zwischen den beiden Bergen verläuft ein Tal von drei oder vier Meilen Breite, und wenn es ein schöner, klarer Sommerabend war, konnten Granua und Oona von Berggipfel zu Berggipfel ein nettes Schwätzchen halten. Oona beschloß sogleich, sich mit ihr darüber zu beraten, was in einer so gefährlichen Situation am besten zu tun sei.

»Granua«, rief sie, »bist du daheim?«

»Nein«, antwortete die andere, »ich suche gerade Heidelbeeren im Teufelstal.«

»Nun«, sagte Oona, »komm doch mal auf den Cullamore herauf, schau dich um und sag uns, was du siehst.«

»He«, antwortete Granua nach ein paar Minuten, und ihre Stimme klang noch etwas außer Atem, »jetzt bin ich zur Stelle.«

»Also, was siehst du«, fragte die Schwester.

»Der Herr steh uns bei!« rief Granua. »Ich sehe den schärfsten Riesen, der mir je unter die Augen gekommen ist, von Dungannon heraufgestiefelt kommen.«

»Ja«, sagte Oona, »das ist es ja eben. Das ist der große Cucullin. Und er kommt her, weil er Fin das Fell gerben will. Was soll ich bloß machen?«

»Ich werde ihn rufen«, antwortete Granua, »und ihn bitten, auf eine Erfrischung nach Cullamore hereinzuschauen. Das verschafft euch Zeit, um zu überlegen, wie ihr euch aus der Patsche ziehen könnt. Aber ...«, fuhr sie fort, »ich sehe eben, ich bin knapp mit Butter. Da ich den Abend ein paar Riesen und Riesinnen zu Gast habe, wäre ich dir dankbar, wenn du mir so fünfzehn, sechzehn Fässer herüberwerfen könntest, oder eben das größte Gefäß voller Butter, das du im Haus hast.«

»Das will ich gern tun«, erwiderte Oona, »im Ernst, Granua, ich bin dir sehr dankbar, wenn du uns den Burschen vom Leibe hältst, bis wir uns etwas ausgedacht haben. Was würde denn aus uns werden, wenn Fin etwas zustoßen sollte?«

Sie holte also das größte Gefäß mit Butter, das sie im Haus hatte. Es hatte ungefähr das Gewicht von einem Dutzend Mühlsteinen, woraus man leicht auf sein Ausmaß schließen kann, und rief dann ihrer Schwester zu: »Granua, jetzt aufgepaßt. Ich werfe. Achtung... fang auf!«

Oona schleuderte das Gefäß zum Fenster hinaus. Aber weil sie so aufgeregt war wegen Fin und Cucullin, vergaß sie, den Zauberspruch dazu zu murmeln. Und statt, wie vorgesehen, auf dem Cullamore niederzugehen, fiel das Butterfaß auf halbem Wege nieder, zwischen zwei Hügeln am Rand des Breiten Sumpfes nahe Augher.

»Fluch über dich, du Buttergefäß«, rief Oona, »pfui auf dich, daß du mir Schande gebracht hast. Ich verwandele dich in einen grauen Stein. Bleib dort liegen als Zeugnis für das, was geschehen ist. Und möge dem Menschenwesen Schlimmes zustoßen, das als erstes versucht, dich fortzurücken.«

Tatsächlich liegt das versteinerte Buttergefäß bis auf den heutigen Tag immer noch dort herum, und man sieht genau die Eindrücke von Oonas vier Fingern und von ihrem breiten Daumen.

»Halb so schlimm«, tröstete sie Granua, »nur, wenn Cucullin hereinschaut, darf ich mich nicht lumpen lassen. Wollen mal sehen. Wenn sich sonst gar nichts mehr findet, setzte ich ihm einen Kübel Heidekrautbrühe vor. Das wird den Wind aus seinen Därmen nehmen. Oder ich biete ihm etwas panierte Eichenborke an. Er soll ja so naschsüchtig sein, habe ich gehört. Mach dir wegen der Butter keine Sorgen, denk lieber nach, wie du Fin aus der Patsche hilfst. Er ist sonst tatsächlich ein verlorener Mann.«

Granua ließ eine mächtige Rauchfahne von ihrem Berggipfel aufsteigen, und darauf steckte sie die Finger in den Mund und gab drei Pfiffe von sich. Da wußte Cucullin, daß er eingeladen war, nach Cullamore zu kommen, denn dies war die altirische Art, Fremde und Reisende wissen zu lassen, daß sie willkommen waren.

Unterdessen war Fin ganz traurig und wußte gar nicht mehr aus noch ein. Cucullin war schon ein übler Bursche. Wie tapfer er sich auch zeigen würde, einem Kerl gegenüber, der das Land mit Erdbeben erschüttern konnte, der einfach Blitze zu Pfannkuchen zusammenpreßte, rechnete er sich keine Chance aus. Das Spiel war gelaufen, ehe es noch angefangen hatte. Fin hatte keine Ahnung, wie er die Sache angehen sollte. Von rechts oder links, von vorn oder hinten, von oben oder unten! Es blieb sich völlig gleich. Er würde immer den kürzeren ziehen.

»Oona«, sagte er flehentlich, »kannst du denn nichts für mich tun? Wo bleibt denn deine berühmte Erfindungskraft? Soll ich vor deinen Augen wie ein Kaninchen zittern, dem sich die Schlange zeigt? Soll mein Name vor dem ganzen Stamm entehrt werden? Wie kann ich nur mit diesem Riesenklotz fertig werden, mit dieser Kreuzung zwischen einem Erdbeben und einem Blitz?«

»Nur ruhig, Fin«, erwiderte Oona, »wirklich, ich schäme mich für dich. Halte deine Zunge mal einen Augenblick im Zaum. Wie war das noch gleich mit dem Blitz? Er nimmt einen Blitz und preßt ihn mit der bloßen Hand wie einen Pfannkuchen. Ja, Pfannkuchen ... das ist es. Wir werden für ihn einen Kuchen backen, an dem soll er sich die Zähne ausbeißen. Dem will ich ein Gericht vorsetzen, das ihm schwer im Magen liegen wird. Ja, das ist die Rettung. Überlaß nur alles mir, und tu genau, was ich dir sage.«

Fin fühlte sich außerordentlich erleichtert. Er hatte überhaupt immer sehr großes Vertrauen zu seiner Frau, weil sie ihm schon zuvor aus manchem Schlamassel herausgeholfen hatte. Der Schlamassel aber, der jetzt bevorstand, war der größte von allen. Trotzdem faßte er nun wieder Mut und aß von nun an auch wieder mit gutem Appetit. Oona aber zog neun Wollfäden verschiedener Farbe. Und dies tat sie immer, wenn es galt, den besten Weg herauszufinden, der zum Ziel führt. Sie plättete je drei Fäden zu einem Band, legte eines um ihren rechten Arm, eines um ihr Herz und das dritte um ihren rechten Knöchel. Danach war sie gewiß: Was immer sie jetzt tat, es würde nicht fehlschlagen.

Nachdem sie so alles vorbereitet hatte, schickte sie zu ihren Nachbarn und borgte sich einundzwanzig eiserne Kuchenbleche. Die nahm sie und verknetete sie im Teig so, daß sie im Innern von einundzwanzig feinen Kuchen drinsteckten. Dann schob sie den Teig in den Ofen, gerade so wie einen ganz gewöhnlichen Kuchen, zog ihn heraus, als er gut durchgebacken war, und stellte die Kuchen auf das Kuchenbrett, um sie dort auskühlen zu lassen. Darauf holte sie einen großen Topf mit frischer Milch und setzte ihn zu Quark an. Fin erklärte sie genau, wie er sich verhalten solle, sobald Cucullin kommen werde.

Nachdem all dies vollbracht war, setzte sie sich ganz zufrieden hin und wartete auf die Ankunft des großen Raufboldes am nächsten Tag gegen zwei Uhr. Fin hatte, indem er an seinem Daumen gelutscht hatte, die Ankunftszeit so genau herausbekommen. Nun war es seltsam mit Fins Daumen. Alle Weisheit und Einsicht, die Fin aus ihm zog, wenn er daran lutschte, hätten ihm nichts genutzt, wenn Fin nicht eine so gescheite Frau gehabt hätte.

Übrigens war er, was den Daumen anging, seinem großen Widersacher Cucullin recht ähnlich. Dessen Stärke saß nämlich, wie damals jeder wußte, im Mittelfinger seiner rechten Hand. Wäre ihm dieser Finger durch irgendein Mißgeschick abhanden gekommen, so hätte er trotz der gewaltigen Portion Fleisch, die er auf den Rippen hatte, nicht mehr Kraft besessen als ein gewöhnlicher Mensch.

Endlich, am nächsten Tag, sahen sie Cucullin durch das Tal kommen, und Oona wußte, daß es nun höchste Zeit wurde, mit den letzten Vorbereitungen zu beginnen.

Sie holte die Wiege vom Dachboden, hieß Fin sich hineinlegen und deckte ihn mit seinen Kleidern zu.

»Er muß dich für ein kleines Kind halten«, sagte sie, »also bleib schön ruhig liegen, sprich nichts, es sei denn, ich forderte dich dazu auf.«

Das wurmte nun freilich den armen Fin. Sich in die Wiege zu legen wie ein Feigling! Aber er kannte seine Oona zu gut, als daß er lange gemurrt oder gar widersprochen hätte. Da er ja selbst keinen Rat wußte, tat er, wie ihm geheißen, und verhielt sich in der Wiege ganz brav und still, wie es ihm aufgetragen war. Punkt zwei war Cucullin da.

»Gott segne alle hier!« sagte er. »Ist das der Ort, an dem der große Fin McCool wohnt?«

»Ganz recht, guter Mann«, antwortete ihm Oona, »Gott segne auch Euch und schenke Euch Freundlichkeit. Wollt Ihr nicht Platz nehmen?«

»Besten Dank, Madame. Ihr seid doch Frau McCool, nehme ich an?«

»Ja, die bin ich«, sagte sie, »ich sehe keinen Grund, mich meines Ehemannes zu schämen.«

»Gut und schön«, sagte Cucullin, »er gilt als der stärkste und tapferste Mann in ganz Irland. Aber es gibt einen, der steht gar nicht weit von Euch, der würde gern einmal einen Kampf mit ihm austragen. Von mehr als einem recht kurzen Kampf, von mehr als einem Spaziergang von einem Kampf kann in diesem Fall gar nicht die Rede sein. Fin ist doch wohl zu Hause, oder ...?«

»Nun, da muß ich Euch enttäuschen«, erwiderte Oona, »wenn ich je einen Mann wutentbrannt aus dem Haus habe rennen sehen, dann meinen Fin. Scheint, daß da so ein Rüpel von Riese namens Cucullin unten am Causeway aufgetaucht ist und mächtig angibt. Da ist er gleich am Morgen fort, um sich den Burschen einmal vorzuknöpfen. Ich hoffe, der arme Kerl hat sich inzwischen aus dem Staub gemacht, denn, bekommt ihn Fin zu fassen, ist er ein toter Mann.«

»Nur damit Ihr klarseht«, sagte der andere, »Cucullin – das bin ich. Ich habe Fin zwölf Monate gesucht. Er ist mir immer wieder entwischt. Und ich werde nicht rasten und ruhen, bis ich endlich Hand an ihn legen kann.«

Darauf stieß Oona ein verächtliches Gelächter aus und sah Cucullin mit einem Blick an, als habe sie einen Dreikäsehoch vor sich. »Habt Ihr Fin je zu Gesicht bekommen?« fragte sie dann ganz ernst und mit einem Ton von Besorgnis.

»Wie sollte ich?« antwortete Cucullin. »Er weiß es schon immer so einzurichten, daß ich ihm nicht zu nahe komme.«

»Das habe ich mir doch gedacht«, erwiderte Oona, »wenn Ihr meine Meinung hören wollt: Ihr werdet noch Tag und Nacht beten, ihn nie mehr zu sehen, denn, dessen seid gewiß, es wird ein schwarzer Tag für Euch sein, wenn Ihr ihn trefft. Unterdessen ... Ihr scheint mir ja ein ganz umgänglicher Mann zu sein ... Ihr merkt ja, wie der Wind auf die Haustür drückt. Dürfte ich Euch vielleicht zumuten, das Haus einmal aus dem Wind zu drehen? Fin tut das von Zeit zu Zeit auch. Aber diesmal mußte er ja so überhastet fort und ist nicht mehr dazu gekommen. Ist ja keine große Sache für einen, der solche Körperkräfte hat.«

Nun, das war schon ein starkes Stück, selbst für Cucullin ... ein Haus aus dem Wind rücken. Aber er zog am Mittelfinger seiner rechten Hand, bis es dreimal geknackt

hatte. Dann ging er hinaus, legte seine gewaltigen Arme um das Haus und drehte es so, daß der Wind nicht mehr geradewegs auf die Haustür drückte.
Als Fin das sah, spürte er, wie eine gewisse Flüssigkeit sich durch die Poren seiner Haut preßte, Oona hingegen, die sich auf ihren Weiberwitz verließ, zeigte sich kein bißchen beeindruckt.
»Nun denn«, sprach sie vielmehr, »da Ihr von der Art seid, die anderen Leuten gern gefällig ist, darf ich Euch gewiß noch um eine Kleinigkeit bitten. Da wir lange trockenes Wetter gehabt haben, sind wir knapp an Wasser... Fin sagt immer, es soll unter den Felsen hinter dem Hügel eine gute Quelle geben. Er wollte schon nach ihr bohren, aber dann hörte er von Euch, bekam einen solchen Zorn und dachte nicht mehr daran. Wenn Ihr vielleicht versuchen könntet, die Quelle anzustechen... ich wäre Euch wirklich sehr verbunden.«
Sie führte darauf Cucullin zu der Stelle, wo alles schierer Felsen war. Nachdem er sich einige Zeit umgesehen hatte, ließ er seinen rechten Mittelfinger neunmal knacken und riß dann eine Spalte an die vierhundert Meter tief und eine Viertelmeile breit in den Boden, die bekam später den Namen Lumford-Tal.
Das ging nun auch Oona etwas nahe, aber womit wird eine geistesgegenwärtige Frau nicht alles fertig, wenn es sein muß! »Kommt jetzt ins Haus«, sagte Oona dann, »und eßt etwas von den armseligen Speisen, die ich Euch anbieten kann. Wenn mein Mann und Ihr auch Feinde seid, so wäre es Fin doch bestimmt nicht recht, wenn Ihr in meinem Haus nicht gastfreundlich aufgenommen würdet. Verhielte ich mich in seiner Abwesenheit anders, er würde mich gewiß schelten, wenn er heimkommt.«
Also führte sie ihn herein und stellte ein halbes Dutzend von den Kuchen vor ihn hin. Dazu eine Schale Butter, eine Seite Schinkenspeck und eine Portion Kohl und nötigte

ihn zuzugreifen. Cucullin, der ebensogut ein Vielfraß war wie ein Held, stopfte sich einen Kuchen in den Mund und begann zu mampfen. Fin und Oona fuhren zusammen von einem Geräusch, das dann folgte. Es kam ihnen halb wie ein Grölen, halb wie ein Bellen vor.
»Blut und Wut«, schnaubte Cucullin, »was ist das? Mir sind zwei Zähne ausgebrochen. Was für einen Teufelskuchen habt Ihr mir da vorgesetzt?«
»Wie bitte?« fragte Oona ganz kühl.
»Ja, danke!«, schimpfte Cucullin, »das hier sind zwei meiner besten Zähne, oder für was haltet Ihr das sonst!«
»Nun«, sagte Oona, »was den Kuchen angeht, so ist das genau der Kuchen, den ich immer für Fin backe. Er rührt keinen anderen Kuchen an, wenn er daheim ist. Ich habe vergessen, Euch zu sagen, daß allerdings nur er und das Kind dort in der Wiege eine solche Vorliebe für diesen Kuchen haben. Alle anderen Leute mögen ihn nicht recht. Gewöhnlichen Sterblichen ist er zu schwer und zu hart. Aber Euch, einen so kräftigen Mann, der sich sogar vorgenommen hat, mit Fin zu kämpfen, wollte ich nicht vor den Kopf stoßen, indem ich ihm den vortrefflichen Kuchen vorenthielt. Hier ist noch ein Kuchen. Versucht den... vielleicht ist dieser nicht ganz so hart wie der erste.«
Cucullin war in diesem Augenblick nicht bloß hungrig, er war geradezu heißhungrig. Also biß er gierig in den zweiten Kuchen, aber sofort brüllte er wieder auf und diesmal doppelt so laut wie beim ersten Mal.
»Donner und Entenklein!« rief er. »Bleibt mir endlich mit diesem verdammten Kuchen vom Hals. Da bleibt ja selbst dem gesündesten Riesen kein Zahn heil. Eben habe ich mir wieder einen ausgebissen.«
»Guter Mann«, erwiderte Oona, »wenn Ihr schon nicht fähig seid, mit diesem Kuchen fertig zu werden, dann möchte ich Euch wenigstens bitten, etwas leiser zu sein. Dort in der Wiege schläft ein kleines Kind... Da...

jetzt habt Ihr's. Jetzt ist es von Eurem Geschrei wach geworden.«

Fin hatte einen Schrei ausgestoßen. Dem Riesen Cucullin aber kam es seltsam vor, daß ein so kleines Kind schon eine so männliche Stimme habe.

»Mutter«, krähte Fin aus der Wiege, »ich habe Hunger. Ich will auch etwas zu essen haben!«

Oona trat an die Wiege und reichte dem Kind einen Kuchen, und zwar einen, in den keines der Kuchenbleche eingebacken war. Fin, dem beim Zuschauen vorhin das Wasser im Munde zusammengelaufen war, hatte den Kuchen bald weggeputzt. Cucullin schien wie vom Blitz getroffen. Er dankte im stillen seinen Sternen, daß ein gütiges Geschick ihn davor bewahrt hatte, Fin selbst daheim anzutreffen! Denn, so sagte er sich, gegen einen Mann, der einen solchen Kuchen mampft, hätte ich im Kampf nicht die geringste Chance.

»Ich würde mir gern einmal den Kleinen dort in der Wiege etwas näher betrachten«, sagte Cucullin zu Oona, »ich muß Euch sagen, ein Kind, das reinhaut wie ein Scheunendrescher, bringt man nicht so leicht über einen schlechten Sommer, in dem keine guten Ernten wachsen.«

»Mein kleiner Sonnenschein«, rief Oona. »Laß dich von dem Onkel brav anschauen. Zeig dem Onkel, daß du deines Vaters würdig bist.«

Fin, der ja in Kinderkleider gesteckt worden war, rief Cucullin entgegen: »Seid Ihr auch stark?«

»Donner und Pfunde«, rief Cucullin, »der kleine Bursche hat wirklich eine kräftige Stimme.«

»Ich habe dich gefragt, ob du stark bist«, beharrte das Kind, »kannst du Wasser aus diesem weißen Stein pressen?« Und bei diesen Worten drückte er Cucullin einen Stein in die Hand. Der preßte und preßte den Stein, aber es war zwecklos. Er mochte stark genug sein, um die Felsen im Lumford-Tal aufzubrechen und einen Blitz platt-

zudrücken wie einen Pfannkuchen, aber Wasser aus einem weißen Stein pressen, das ging über seine Stärke.
Fin sah ihn voller Verachtung an, während Cucullin sich abmühte und ganz schwarz im Gesicht wurde vor lauter Zorn.
»Ihr seid schon ein armer Wicht«, sagte Fin, »... und Ihr wollt ein Riese sein! Gebt den Stein einmal her, und dann seht, was der kleine Sohn des großen Fin kann. Ihr mögt dann selbst beurteilen, ob Ihr die geringste Chance hättet, wenn Ihr Euch mit meinem Vater einlaßt.«
Fin nahm den Stein und vertauschte ihn schlau hinter seinem Rücken mit einem Stück Quark. Dann preßte er, bis die Molke, die wie klares Wasser aussah, auf den Boden tropfte.
»Macht Euch schnell aus dem Staub«, sagte er dann zu Cucullin, »wenn mein Vater heimkommt und Ihr seid noch hier, wird es Euch übel ergehen.«
Cucullin, eben noch schwarz vor Zorn, wurde nun ganz bleich. Was, wenn Fin nun tatsächlich plötzlich heimkam! Er beeilte sich, Oona auf Wiedersehen zu sagen, und versicherte ihr, daß er von dieser Stunde an nie wieder etwas von ihrem Mann zu sehen oder zu hören wünsche.
»Ich muß ehrlich zugeben, ich wäre ihm nicht gewachsen«, stammelte er, »es wäre bei meinen weit geringeren Kräften einfach ein zu ungleicher Kampf zwischen uns beiden. Macht ihm das bitte klar.«
Fin lag indessen in seiner Wiege und lächelte bei dem Gedanken, daß Cucullin fortgehen werde, ohne bemerkt zu haben, wie man ihn an der Nase herumgeführt hatte.
»Es ist schon gut, daß Fin nicht hier ist«, sagte Oona, »er hätte Euch einfach in der Luft zerfetzt. Ihr wäret ihm eine so leichte Beute gewesen wie die Maus für den Falken.«
»Das weiß ich«, sagte Cucullin, »aber ehe ich fortgehe, will ich doch einmal fühlen, was für Zähne das sind, die einen so eisenharten Kuchen beißen ...!«

»Mit Vergnügen«, sagte Oona, »aber da bei dem Kind die Zähne ziemlich weit hinten sitzen, müßt Ihr Eure Hand ein gutes Stück weit in seinen Mund stecken.«
Cucullin war erstaunt, so kräftige Zähne bei einem noch so kleinen Kind zu finden. Aber entsetzt war er, als er seine Hand wieder zurückzog und feststellen mußte, daß da ein Finger fehlte. Eben jener Finger, in dem seine ganze Kraft und Stärke saßen. Er stieß einen lauten Schrei aus und stürzte, benommen von Angst und Schwäche, zu Boden. Darauf hatte Fin nur gewartet. Nun war ihm sein erbittertster, mächtigster Feind auf Gnade und Barmherzigkeit ausgeliefert. Allerdings waren Gnade und Barmherzigkeit Eigenschaften, die in diesen wüsten Zeiten noch weitgehend unbekannt waren. Heute freilich ist das ganz anders.
Sofort sprang Fin aus der Wiege, und nach ein paar Minuten lag Cucullin, vor dem sich Fin vor noch gar nicht langer Zeit so schrecklich gefürchtet hatte, auf dem Rücken, und Fin hatte über ihn das davongetragen, was man später bei den Ringern einen Schultersieg nannte. Als Fin ihn wieder aufstehen ließ, trollte sich Cucullin eiligst von dannen. Und sein Versprechen, Fin hinfort aus dem Wege zu gehen, hat er gewiß gehalten.
Also überwand Fin durch die Schlauheit seiner Frau Oona seinen übermächtigen Feind.
Und dies merkt Euch:
Wohl stimmt es, daß es die Frauen sind, die die Männer schon so manches liebe Mal in eine üble Patsche gebracht haben, aber es sind auch die Frauen, die den Männern aus der übelsten Patsche wieder heraushelfen.

Der Sohn der Stärke

✻✻✻✻✻✻✻✻

Einst, als die Schweine noch richtige Schweine waren, hatten die Leute in Donegal in Irland die Angewohnheit, die Männer nach Connacht zu schicken, damit sie dort Arbeit suchten und Geld verdienten. Die Leute aber in Connacht waren böse Burschen. Sie luden den Männern aus Donegal immer die schwersten und unangenehmsten Arbeiten auf, und manch einem brach dabei das Herz und der Rücken, und er starb traurig in der Fremde. Je näher der Zeitpunkt rückte, an dem die Dienstzeit ablief, desto mehr mutete man in Connacht diesen Knechten und Arbeitern aus Donegal zu. Und wenn sie aus lauter Verzweiflung fortliefen – desto besser, dann brauchte man ihnen keinen Lohn zu zahlen. Und kamen sie um vor Erschöpfung, kostete das nur das Geld für einen Sarg.

Einem armen Mann aus Donegal befahl sein Herr, sich mit einem ganzen Eichenbaum abzuschleppen. Und als er sich die Knochen und das Herz brach, hieß ihn sein Herr einfach heimgehen. So fest hatte der arme Kerl zugepackt, als er den Baum trug, daß davon eine Eichel in seiner geschlossenen Faust eingeschlossen blieb, und niemand vermochte die Faust, die die Eichel umschloß, zu öffnen, bis zu dem Tag, an dem er starb.

An diesem Tag gebar ihm seine Frau einen Sohn, und der sterbende Mann sprach zu ihr: »Ich habe an dich eine letzte Bitte, Nabla. Wenn ich tot bin, sollst du die Eichel aus meiner Faust nehmen und sie in die Erde stecken und deinen Sohn sollst du sieben Jahre an der Brust nähren. Solange, bis er in der Lage ist, jenen Baum auszureißen,

der aus der Eichel gewachsen ist. Der Junge soll heißen ›Sohn der Kraft‹. Und wenn er groß ist, soll er hingehen und die Leute in Connacht für ihre Grausamkeiten bestrafen. Er soll mich, den sie umgebracht haben, rächen.«
»Das will ich gern tun«, sprach seine Frau.
Als er nun tot war, nahm sie die Eichel aus seiner Faust und steckte sie in den Boden.
Sie nährte das Kind an der Brust, bis es sieben Jahre alt geworden war. Und bis dahin war der junge Baum kräftig und stark und sie hieß das Kind ihn ausreißen, aber es gelang ihm nicht.
»Ich will dir noch einmal sieben Jahre die Brust geben«, sagte sie, »vielleicht geht es dann besser.«
Als weitere sieben Jahre vergangen waren, stand der Baum mächtig, hoch und gedrungen da. Wieder versuchte es der Sohn, und wieder gelang es ihm nicht, ihn auszureißen.
»Macht nichts, Söhnchen«, sprach sie. »Ich werde dich einfach noch einmal sieben Jahre an meiner Brust nähren.«
Als auch diese Zeit vorbei war, schien der Baum ganz ausgewachsen, mit Wurzeln, die tief in den Boden reichten und weit verzweigt waren. Nun sollte der Junge abermals sein Glück versuchen. Und siehe da, er packte den Stamm an, und der Baum wackelte. Er langte abermals hin, zerrte und zog, und die Wurzeln lockerten sich. Er packte zum dritten Mal zu – und hatte den ganzen Baum mit einem Morgen Erdreich dazu in der Hand.
»Nicht schlecht für den Anfang«, sagte die Mutter. »Jetzt bist du der Sohn der Stärke und kannst nach Connacht aufbrechen, um dort jene zu strafen, die unsere Landsleute quälten und deinen Vater in den Tod trieben.«
Schön und gut. Der Junge schnitzte sich den Eichenbaum als Spazierstock zurecht, seine Mutter küßte und segnete ihn, und dann machte er sich auf den Weg nach Connacht.
Der erste Mensch, den er zu Gesicht bekam, war der

König höchstpersönlich. Der König fragte ihn: »Wer bist du denn und was hast du hier zu suchen?«
Der Junge antwortete: »Ich bin ein Knecht, der sich nach einer Stellung umsieht.«
»Das trifft sich gut«, sagte der König. »Ich bin jemand, der einen Knecht sucht. Was für Arbeit kann man dir denn auftragen?«
»Ein bißchen eigen bin ich schon«, sagte der Junge, »aber eigentlich erledige ich alles, was sich so ergibt.«
»So einen Knecht habe ich mir schon lange gewünscht«, sagte der König und nickte.
»Wie sieht's denn mit dem Lohn aus?« fragte der Junge.
»Das ist schnell geregelt«, sprach der König, »ich stelle dich an für ein Jahr und einen Tag, und am Ende wiege ich dir dein eigenes Gewicht mit Gold auf, sofern du nur alle Arbeiten gut erledigt hast. Aber wenn du versagst, oder wenn du dich weigerst, eine der Arbeiten zu erledigen, dann sollst du vor einen Ochsenkarren gespannt und durch drei Dörfer gepeitscht werden. Bist du damit einverstanden?«
»Der Lohn ist verlockend«, sagte der Junge, »und mit den Bedingungen bin ich einverstanden. Ich bin Euer Mann.«
Also schön und gut. Am anderen Morgen war er zeitig auf den Beinen und fragte den König, mit welcher Arbeit er sich Appetit auf sein Frühstück machen könne.
»Ich zeige es dir gleich«, sagte der König, und er führte den Jungen zu der größten Scheune, die dieser je zu Gesicht bekommen hatte. Sie war fünf Kilometer lang und zwei Kilometer hoch. Die eine Hälfte war gefüllt mit Getreidegarben, die andere Hälfte war leer. Dort war der Platz zum Dreschen. Der König händigte dem Jungen einen Dreschflegel aus und sagte: »Wenn das Korn gedroschen ist, kannst du reinkommen und Frühstück machen. Aber nicht eher.« Und fort ging er und lachte vor sich hin. Er dachte an das Schicksal seines Vaters.

Der Junge sah erst auf das Getreide, dann auf den Dreschflegel. In seiner Wut schleuderte er den Flegel zwanzig Meilen von sich. Er fiel auf eine Stadt und deckte dort alle Dächer ab und brach der Hälfte der Einwohner das Genick. Dann nahm der Junge seinen Spazierstock und begann damit das Getreide zu dreschen. Bei jedem Hieb mit seinem Eichbaum schlug er auch ein Stück von der Scheune entzwei, und jedesmal wirbelte die Spreu haushoch in den Himmel. Schauer aus zerhacktem Stroh und Wirbelwinde aus Körnern fuhren über das Land hin, fünfzig Meilen weit, und verängstigten die Bewohner. Die Leute dachten, das Ende der Welt sei gekommen. Bald war der Junge mit dem Dreschen fertig, aber von der Scheune war auch nicht mehr viel übrig. Er ging zum König und fragte, was er denn nun noch tun solle, bis es Zeit werde zum Frühstücken.

»Du bist doch wohl noch nicht mit dem Getreide fertig?« fragte der König.

»Doch, aber die Scheune ist auch hin.«

»Bist du wahnsinnig. Ich bin ruiniert!« rief der König. Und dann brummte er: »Ich habe für dich vorläufig nichts mehr zu tun. Geh erst einmal frühstücken.«

Während der Junge frühstückte, unterhielt sich der König mit seinen Ratgebern über diesen schrecklichen Kerl. Einhellig waren alle der Meinung, dies sei einer, bei dem man auf alles gefaßt sein müsse, der werde sie alle umbringen, wenn sie ihn nicht vorher umbrächten... »Aber wer soll ihn denn töten?« fragte der König.

Da sprachen die Räte: »Schickt ihn nach dem Frühstück in den Wald der wilden Stiere und befehlt ihm, er müßte bis zum Abend mit einem der Tiere wieder hier sein. Noch jeder, der versucht hat, eines dieser Tiere zu fangen, hat sich dabei den Hals gebrochen.«

»Das ist eine gute Idee«, sagte der König.

Nach dem Frühstück befahl er dem Jungen, bis zum

Abendessen müsse der Stier her und beschrieb ihm den Weg in den Wald, in dem der wilde Stier hauste.
»Geht in Ordnung«, sagte der Junge... Und fort war er und lief zu, bis ihn ein paar Meilen vor dem Wald eine ganze Horde wilder Stiere angriff, allen voran der König der Stiere.
Der Junge winkte ihnen zu und rief: »Warum habt ihr's denn so eilig? Tot werdet ihr alle noch lange genug sein.«
Den König der Stiere überkam rote Wut, und Schaum trat ihm vors Maul. Er griff als erster an. Der Junge packte ihn bei den beiden Hörnern, wirbelte ihn um seinen Kopf und erschlug so die neunzehn Stiere, die hinterdrein kamen. Dann sammelte er sie alle ein, warf sich die zwanzig Kadaver über die Schulter und lief zurück zum Königshof, wo er seine Beute dem König zu Füßen legte.
»Wegen einem Stier einen so langen Weg zu machen, wäre doch etwas töricht gewesen«, sagte er, »ich habe gleich mal so viele mitgebracht, daß Ihr für die nächsten zwei Wochen Suppenfleisch habt. Habt Ihr sonst noch irgendeine Kleinigkeit für mich zu erledigen?«
»Nein, nein, nein!« rief der König und klapperte mit den Zähnen, »nein, nein, danke schön. Das ist genug für einen Tag. Morgen früh sage ich dir, was es weiter zu tun gibt.«
Der König und seine Räte taten in dieser Nacht kein Auge zu. Sie redeten und redeten, wie sie diesen schrecklichen Kerl nur loswerden könnten. Schließlich verfielen sie darauf, ihn ins Drachengebirge zu schicken. Er hatte die Scheune zerstört. Im Gebirge sollte er Holz für einen Neubau holen. »Und es gibt ja da auch noch einen Drachen«, sprachen sie bei sich mit einem pfiffigen Lächeln. »Bei dem kommt er nicht mit dem Leben davon.«
Gut und schön! Am Morgen, als der Junge nach Arbeit fragte, sagte der König, heute sei es nur eine Kleinigkeit. Er solle nur rasch so viel Bauholz aus dem Drachengebirge

holen, damit man die große Scheune wieder aufbauen könne.
»Gerne«, sagte der Junge.
Er ging fort, und mit sich nahm er den größten Wagen und die größten Pferde, die es im Schloß gab. Als er nun ins Gebirge kam, band er ein paar Pferde an jeden Eichenbaum und begann, die Bäume an den Wurzeln auszureißen. Der Drache spürte, wie der Hügel erbebte. Da kam er donnernd heran. Sein Maul war so groß wie eine Höhle im Gebirge. Das erste, was er sah, waren die zwei Paar Pferde und die Wagen. Das Gespann verschlang er auf einen Haps, aber mit durch seinen Schlund rutschten auch die Bäume, an denen die Pferde angebunden waren.
Der Junge schaut sich um und sah gerade noch, wie die Schwänze der Pferde und die Wurzeln der Bäume im Schlund des Drachen verschwanden. Da sprach er: »Nach dem Frühstück, mein Lieber, sollst du aber bei deinem Tagwerk ganz hübsch zulangen können.«
Der Drache, das Maul noch weiter aufgerissen, kam nun auf ihn zu. Der Junge riß den nächstbesten Eichbaum aus. Er machte einen Satz, und schon saß er breitbeinig auf dem Hals des Drachen und hieb mit dem Baum auf das Untier ein. Der Drache führte sich auf wie ein Wildpferd, er fauchte und machte einen krummen Rücken. Aber mit der Zeit wurde er ganz zahm und friedlich. Da riß der Junge noch einmal fünfzig Eichbäume aus, band sie mit einer Kette dem Drachen an den Schwanz. Er setzte sich auf den Rücken des Tieres und ritt so dem Königsschloß entgegen.
Als der König und seine Räte sahen, wer da kam, krochen sie unter die Betten, versteckten sich in den Schornsteinen und im tiefsten Keller. Als der Junge versuchte, sie aus ihren Verstecken hervorzulocken, rief der König, erst müsse er den Drachen ins Gebirge zurückjagen.
»Wenn's weiter nichts ist«, sagte der Junge. Er befreite das Tier von der Last der fünfzig Eichbäume, versetzte dem

Drachen einen Hieb mit der Kette und – schwupp, schoß das Untier zurück in das Gebirge, als sei es kein Drache, sondern ein Blitz.

»Habt Ihr noch irgendeine Kleinigkeit für mich zu tun heute morgen?« fragte der Junge.

»Danke«, sagte der König, »für heute wollen wir's genug sein lassen. Du hast frei und kannst tun, was du willst.«

In der Nacht kam der König wieder mit seinen Räten zusammen, und wieder zerbrachen sie sich die Köpfe, wie sie diesen schrecklichen Kerl nur loswerden könnten.

Schließlich waren sie sich einig, es werde ihn gewiß das Leben kosten, wenn sie ihn zum Schloß des Riesen mit fünf Köpfen und fünf Leibern schickten und von ihm verlangten, von dort sieben Pferde, sieben Esel, sieben Kühe, sieben Maultiere, Hennen, Gänse, Truthähne und Tauben als Tribut für den König von Connacht mitzubringen.

Am Morgen des anderen Tages gab der König dem Jungen diesen Befehl.

»Ist das alles?« fragte der Junge und machte sich auf den Weg.

Der König von Connacht aber befahl, ein großes Fest auszurichten, um den Tag zu feiern, an dem man diesen schrecklichen Burschen für immer und ewig losgeworden sei. Aber o weh, mitten in dem Fest kam ein atemloser Bote in den Saal gestürzt und rief, alle sollten mal rasch zum Fenster hinausschauen.

Und noch die Bissen vom Festmahl ungekaut im Mund, liefen der König und seine Räte an die Fenster, und was sie von dort aus sahen, war merkwürdig genug. Da kam der Junge über den Hügel, auf die Schulter das Stallgebäude des Riesen gebunden, und darinnen waren die Pferde, Esel, Kühe, Maultiere, die ihre Köpfe durch die Fenster steckten und muhten, wieherten, gackerten und quakten. Einen solchen Lärm machten sie, daß selbst ein Toter noch hätte davon taub werden können. Der Riese aber war hinten an der Stallwand festgebunden. Der König und die Räte kämpften wie Soldaten um die besten Verstecke. Und als der Junge die Menagerie an der Schloßtür abgestellt hatte, brachte niemand den König unter seinem Bett hervor, bis der Junge sich den Stall mit all den Tieren wieder auf die Schultern geladen und sich damit davongemacht hatte. Und etwas ärgerlich über die lästigen Aufgaben in letzter Zeit war er schon.

Nun, wieder setzte sich bei Nacht der König mit seinen Räten zusammen, und was sie beschlossen, war dies: Der Junge sollte hinunter in die Hölle steigen und des Königs Großvater heraufbringen, den brauchte man als Zeugen bei einem Grenzstreit zwischen dem König von Connacht und dem König von Leinster.

»Aber wie erkenne ich denn Euren Großvater?« fragte der Junge.

»Du erkennst ihn«, sagte der König, »an der roten Kappe, die er trägt, und daran, daß er immer schlürft, wenn er Suppe ißt.«

»Na schön«, sagte der Junge und machte sich auf den Weg.

»Dem Himmel sei Dank«, rief der König, »diesen Vagabunden sind wir los.« Und auch die Räte des Königs dankten dem Himmel aus ganzem Herzen. Aber was soll ich euch sagen, kaum waren zwei Stunden vergangen, als die Diener den König und seinen Hofstaat hießen, abermals aus den Fenstern zu schauen. Da sahen sie die halbe Einwohnerschaft der Hölle in roten Kappen den Hügel herab auf das Schloß zureiten, und hinter ihnen ritt der Junge, der sie mit seinem Eichbaum antrieb.

»Was ist das? Was geht hier vor, im Namen von Himmel und Hölle?« rief der König, als die wilde Jagd über den Rasen vor dem Schloß kam.

Da erwiderte der Junge: »Tut mir leid, Herr König, die Hälfte aller Leute in der Hölle trägt rote Kappen, und schlürfen tun sie auch alle, wenn es Suppe gibt. Also dachte ich mir, es sei das beste, ich bringe sie alle mit und überlasse es Euch, Euren Großvater unter ihnen herauszufinden.«

»Fort mit ihnen, um Himmels willen!« jammerte der König. »Wenn du sie mir vom Hals schaffst, will ich dir bis an den Tag, an dem ich sterbe, dankbar sein!«

Sprach der Junge: »Also langsam verliere ich nun doch die Geduld. Ihr seid ein Herr, dem man es offenbar nur schwer recht machen kann, und ich bedauere es, daß ich mich an Euch verdingt habe.«

Dann befahl der Junge dem Reiterzug, zurück in die Hölle zu reiten, und schwang seinen schweren Eichbaum, um seiner Aufforderung auch Nachdruck zu verschaffen. »Wenn es sonst noch etwas zu tun gibt, so laßt es mich wissen«, sagte er zum König.

»Danke«, sagte der König kleinlaut, »für heute ist es genug. Mach dir einen schönen Tag.«

In der Nacht hatten der König und seine Räte zu ihrer großen Freude einen Einfall, wie sie den Jungen todsicher ein für allemal los würden. »Zu dumm«, sagten sie kopfschüttelnd, »daß uns das nicht eher eingefallen ist.« Unter dem Schloß hatte man begonnen, einen Brunnen zu graben. Das Loch war schon dreihundert Fuß tief. Am Morgen befahlen sie dem Jungen, dort hinabzusteigen und mit dem Graben fortzufahren. Sie hatten vor, drei große Granitfelsen durch eine Handvoll Männer hinabwerfen zu lassen. Und darauf würden mehr als hundert Männer Lehm auf die Leiche schaufeln...

Am Morgen hieß der König den Jungen in den Brunnenschacht hinabsteigen und ihn um weitere hundert Fuß ausheben.

»Wird gemacht«, sagte der Junge ohne Murren...

Er stieg also hinab, und kaum war er verschwunden, als die drei großen Felsbrocken hinuntergeworfen wurden,

und danach begannen sofort hundert Männer, den Lehm hinabzuschaufeln. Der König und seine Räte sahen von den Zinnen des Schlosses aus zu. Sie waren sicher – diesmal gab es für den Jungen kein Entkommen.
Aber siehe da, als die Männer zwei Stunden Lehm geschaufelt hatten, wer steckte da plötzlich den Kopf über den Rand des Brunnenschachts? Niemand anderes als der Junge. Einen Felsbrocken trägt er wie einen Hut oder wie eine Krone auf dem Kopf. Die beiden anderen Steine hat er wie Armbänder um seine Handgelenke. Und wie er da heraufkommt, schüttelt er sich wie ein Hund, und zehn Tonnen Lehm fallen auf beiden Seiten von seinen Hosenbeinen ab.
Er geht auf das Schloß zu, tritt ein mit Hut und Armbändern. Der König ist wie vom Schlag getroffen. »Ich warne Euch«, sagt der Junge, »ich denke nicht daran, auch nur noch einen Spatenstich da unten zu tun, ehe Ihr nicht jemanden anstellt, der die verdammten Krähen davon abhält, mir immer Dreck auf den Kopf zu schmeißen. Das Zeug kommt mir schon in Mund und Augen. Hier habe ich einen Hut, den mitleidige Seelen mir herunterwarfen, und zwei weitere Hüte für den Sonntag habe ich hier noch an meinen Handgelenken. Die zwei hebt bitte für mich auf. Den auf dem Kopf brauche ich, um dort unten keinen Sonnenstich zu bekommen.«
Der König fiel in Ohnmacht, und erst als man ein Faß Brandy über ihm ausgeleert hatte, kam er wieder zu sich. Er rieb sich die Augen, und dann sagte er zu dem Jungen: »In Anbetracht dessen, daß du so ein fleißiger Bursche bist und in einer Woche mehr Arbeit erledigt hast als andere in einem ganzen Jahr, gebe ich dir jetzt deinen Lohn. Ich werde dich mit Gold aufwiegen lassen, und dann ziehst du am besten gleich heim. Ich bin sicher, du hast gewiß auch schon Heimweh.«
»Ihr seid zu gütig«, sagte der Junge.

»Nicht der Rede wert«, sagte der König, »nimm den Hut ab und dann mit dir auf die Waage.«
»Meinen Hut abnehmen«, sagte der Junge, »als nächstes werdet Ihr von mir noch verlangen, daß ich mein Hemd und meine Schuhe ausziehe. Das haben wir nicht so vereinbart. Ihr müßt mich schon in den Kleidern wiegen lassen.«
Dann trat er auf die Waage, und ich sage euch, viel Gold blieb in den Kellern des Königs danach nicht mehr übrig, als sie ihn mit diesem Hut auf dem Kopf und seinen Hüten für den Sonntag in der Hand gewogen hatten.
Und als er sein Gold hatte, machte er sich auf den Heimweg und sprach: »Auf Wiedersehen, Herr König, da Ihr so prompt zahlt, werde ich noch einmal zurückkommen und mich bei Euch abermals für ein Jahr verdingen, sobald ich meinen Lohn meiner Mutter ausgehändigt habe.«
»Nein, nein, nein!« rief der König, »mit all dem Gold, das du nun besitzt, bist du viel zu reich, um als einfacher Knecht für mich arbeiten zu können. Wenn du mir versprichst, nie mehr zurückzukommen, verspreche ich dir, daß in Connacht nie mehr jemand schlecht behandelt werden wird, wenn er aus Donegal zu uns kommt und hier Arbeit sucht.«
»Das ist ein Wort!« sagte der Junge.
Heim nach Donegal ging der Junge, gebeugt von seiner goldenen Last. Seinen Vater hatte er gerächt, und die Leute in Connacht sahen sich seither vor, wenn einer aus Donegal sich als Knecht verdingte... Ein Schloß baute der Junge. Und es gab darin so viele Fenster wie Tage im Jahr. In dem Schloß stand für seine Mutter ein Thron aus Gold, und der Junge heiratete die Tochter eines Königs und lebte mit ihr glücklich und in Freude. Und wenn sie nicht gestorben sind, so leben sie noch heut.

Die Königin der Kesselflicker

✻✻✻✻✻✻✻

Es war einmal ein König in Connacht, und ein großer König war er, aber er konnte auch sehr böse werden, wenn es nicht nach seinem Wunsch und Willen ging. Er hatte eine Tochter, Fiona, und der Ruf von ihrer großen Schönheit war bekannt in aller Welt.

Nun geschah es, daß der König von ganz Irland in seinen alten Tagen den König von Connacht besuchen kam. Der sah das Mädchen, und sie gefiel ihm sehr, weil sie nicht nur schön, sondern auch gut war. Nun hatte er sich entschlossen, das Königsamt an seinen Sohn zu übergeben, weil er die Jahre des Alterns ohne die Sorgen des Regierens verbringen wollte, und es ist verständlich, daß er sich für seinen Sohn auch eine gute Frau als Königin von Irland wünschte. Da kam ihm Fiona gerade recht. Die beiden Männer redeten miteinander und kamen überein, ja, das junge Paar solle heiraten, und zwar genau an dem Tag, an dem der junge Prinz zum König gekrönt werden würde, und bis dahin waren es noch fünf Wochen.

Der König von Connacht war mächtig stolz darüber, daß seine Tochter einmal als Königin über ganz Irland herrschen werde, und am nächsten Morgen, als der König und die Königin von Irland dabei waren und alle hohen Herren und Kammerfrauen auch, ließ er seine Tochter rufen, um ihr die große Neuigkeit mitzuteilen. Der König von Irland selbst erhob sich von seinem Stuhl, sprach sie an und sagte: »Dir soll die größte Ehre zuteil werden, die man einer Frau erweisen kann. Du wirst meinen Sohn heiraten und Königin von Irland werden.«

»Nun komm, Fiona«, sagte der Vater, der überglücklich war, »küß dem Mann die Hand, der dich einer solchen Ehre für würdig hält.«
Aber o weh, alle waren wie vor den Kopf geschlagen, und es war ihnen, als habe sie ein Blitz aus heiterem Himmel höchst persönlich getroffen, als Fiona aufstand und mit funkelnden Augen zu den beiden Königen sprach: »Und wenn Ihr mich zur Königin von Welt und Himmel zusammen machen würdet, ich denke nicht daran, einen Mann zu heiraten, den ich nicht liebe und den ich nie gesehen habe, und wäre er auch noch so mächtig und schön oder einer der Engel unseres Herrn im Himmel.«
Alle im Saal hielten den Atem an.
»Du weißt nicht, was du redest, Mädchen!« rief Fionas Vater.
»Ich weiß sehr wohl, was ich sage, mein lieber Vater«, erwiderte Fiona, »und alle Könige der Welt würden es nicht fertigbringen, daß ich meine Meinung ändere.«
»Nun denn«, rief der König, ihr Vater, »dann sollst du von nun an nicht mehr unter diesem Dach leben. In einer Woche sollen sich alle heiratsfähigen Männer des Landes im Hof des Schlosses versammeln. Ob es dir nun gefällt oder nicht, Tochter, du wirst einen von ihnen zum Ehemann wählen, und fortgehen sollst du mit ihm ... mir aus den Augen.«
Der König von Irland schied traurig. Aber er ließ die Nachricht zurück, wenn die Prinzessin sich bis zum Tag der Krönung des Prinzen eines Besseren besinnen sollte, werde ihn dies zum glücklichsten Menschen unter der Sonne machen.
Ja, nun eine Woche später, am Morgen, versammelten sich alle Ritter und Prinzen, Königssöhne und Herzöge, Grafen und Barone von nah und fern im Hof des Schlosses. Jeder trug sein bestes Gewand und gab sich selbstsicher und zuversichtlich, als sei schon entschieden, daß gerade

er das schönste Mädchen von ganz Irland zur Frau bekommen werde. Alle Leute aus dem Umkreis von fünfzig Meilen hatten sich als Zuschauer im Hof versammelt, und die Bettler und Vagabunden ließen sich eine solche Gelegenheit natürlich auch nicht entgehen. Sie waren ebenfalls zahlreich zur Stelle, denn an einem solchen Tag sind viele Leute freigiebig.

Unter den Vagabunden aber gab es auch eine Gruppe von Kesselflickern, die lauthals verkündete, ihr König, Jeremy Donn, der mit dem braunen Haar, brauche eine Frau. Die Wachtmannschaften des Königs waren empört ob solcher Unverschämtheit. Sie ergriffen die Kesselflicker und schleppten sie vor den König, damit der sie aburteile.

»Mein Urteil«, sprach der König von Connacht ernst, »lautet, daß ihr König sich zu den übrigen Adligen stellen darf, unter denen meine Tochter ihre Wahl treffen wird.« Es schien ihm dies nämlich eine gute Gelegenheit, um seine ungehorsame Tochter zu bestrafen. Also reihte sich Jeremy Donn mit schmutzigem Gesicht, zerrissenem Rock und fettigen Hosen ein unter die Fürsten und Königssöhne.

Man holte Fiona herbei. Sie nahm Platz auf dem Balkon, und all die Fürsten, Ritter, Häuptlinge, Prinzen und Könige zogen an ihr vorbei, und sie sah sie sich alle sehr genau an. Dann stand sie auf, ging hinunter, faßte Jeremy Donn bei der Hand und rief laut: »Dies ist der Mann, den ich mir wähle. Es ist kein stattlicherer und schönerer Mann heute hier.«

Nun stimmte das wohl, denn trotz seiner zerlumpten Kleidung und seines schmutzigen Gesichts war der junge Bursche mit den braunen Augen und dem lockigen Haar so gerade gewachsen wie ein Pfeilholz und breitschultrig. Eben ein Prachtbild von einem Mann, und eigentlich war es somit gar nicht verwunderlich, daß Fiona ein Auge auf ihn geworfen hatte und nicht auf irgendeinen der anderen.

Nun, Ihr könnt Euch vorstellen, wie die Menge murrte und

maulte, als sie hörte, daß die Tochter des Königs einen Kesselflicker zum Mann nehmen wollte. Die Kesselflicker sind fahrendes Volk, und wenn sie kommen, ruft jede Hausfrau ihrer Magd zu: »Nimm die Wäsche von der Bleiche.« Die Prinzen und Fürsten verzogen ihre Lippen, schüttelten ihre Köpfe und wandten sich dann voller Verachtung ab. Die meisten waren jetzt froh, daß sie diese Frau nicht heiraten mußten. Sie war zwar schön anzusehen, aber ihre Verrücktheit übertraf offenbar sogar noch ihre Schönheit.

Ihr Vater, der König aber, als er wieder klar denken konnte, sprach: »Wenn du meinst, dies sei ein Scherz, so wird dies der letzte Scherz sein, den du dir in meiner Gegenwart erlaubt hast. Ich enterbe dich. Von nun an sollst du mit den Kesselflickern ruhelos über die Erde wandern, bis ans Ende deiner Tage. Auf Nimmerwiedersehen!«

Während bei den Neugierigen in der Menge sich schon zum Abscheu Mitleid gesellte, griff sich Fiona den Werkzeugkasten ihres Mannes, den er neben sich abgestellt hatte, nahm ihren Jeremy Donn bei der Hand und sprach: »Komm, Liebster, gehen wir!«

Während sie so miteinander fortgingen, fragte Jeremy die Prinzessin: »An welchem Tag wollte der neue König von Irland dich heiraten?«

»An dem Tag, an dem er gekrönt wird, und das ist von heute an in vier Wochen«, antwortete sie.

»Zwischen hier und dann«, sagte Jeremy, »wirst du bestimmt anderen Sinnes werden. Und ich will dir nicht vor deinem Glück sein.«

Sie schaute ihn ganz verliebt an. Ihre Augen wurden feucht, und sie sagte: »Was die Liebe betrifft, so werde ich nicht anderen Sinnes werden. Ich werde dich immer lieben. Du wirst mich nie verlieren, es sei denn, ich würde sterben, oder die Welt würde untergehen.«

Und Jeremy antwortete: »Das hört sich schön an. Aber es

ist zu schön, um auch wahr zu sein. Noch weißt du nichts von Hunger, von der Härte und vom elenden Leben eines Kesselflickers.«

»Mit dir durch die Welt zu wandern«, sprach sie, »wird mich die Not, den Hunger und das Unglück, wenn es uns trifft, vergessen machen.«

Und Jeremy sprach: »Sei dem, wie es sei. Wir werden jedenfalls nicht vor dem Tag heiraten, an dem der König gekrönt wird. Bis dahin hast du Zeit, dich noch anders zu entscheiden. Und ich bin sicher, du wirst deine Meinung ändern. Bis dahin aber sollst du eine der unsrigen sein und wirst unser Leben kennenlernen.«

Die Kesselflicker reisten nach Osten. Am Ende des ersten Tages waren Fionas Schuhe zerrissen, und ihre empfindlichen Füße hatten Blasen. »Mit den Kesselflickern zu reisen ist ein schmerzhafte Sache«, sagte Jeremy Donn. »Hab' ich dir's nicht gesagt?«

»Der Schmerz ist mir willkommen«, sagte Fiona, »jede Blase, die du siehst, ist für mich ein Zeichen der Freude, da ich doch zusammen mit dir wandere.«

Als sie am nächsten Tag Jeremys Werkzeugkasten abstellte, den sie auf dem Rücken getragen hatte, sprach er: »Da siehst du's wieder. Mit den Kesselflickern zu reisen ist eine traurige Sache.«

Aber sie antwortete: »Mir macht es Freude, Jeremy Donn. Ich wünschte, ich könnte mit dir bis ans Ende der Welt ziehen und dabei alle Lasten für dich tragen. Jeder Schmerz ist für mich Glück, jedes Weh an deiner Seite ein Vergnügen.«

Am dritten Abend, als sie rasteten, waren Fionas seidene Kleider von Dornen zerrissen, und sie bot ein Bild des Jammers.

»Mit den Kesselflickern zu reisen ist eine traurige Sache«, sagte Jeremy wieder, »man wird zerrissen von allen Dornen, die es gibt auf der Welt.«

»Ach was«, sagte sie und lachte, »es macht Freude. Freilich nur dann«, fügte sie hinzu, »wenn man mit dem Mann geht, den man wirklich liebt. Laß die Dornen mir ins Fleisch stechen. Wenn ich den Schmerz spüre, denke ich immer daran, wer es ist, für den ich da leide.«

In der nächsten Nacht, als sie anhielten, taumelte Fiona vor Erschöpfung, denn sie hatten den ganzen Tag nichts gegessen.

»Ein Fegefeuer ist dieses Leben, Fiona«, sagte Jeremy Donn zu ihr.

»Nein, es ist das Paradies, Jeremy«, antwortete Fiona, »und wenn ich verhungerte, wäre ich doch selig, neben Jeremy Donn zu sterben.«

Da sprach er: »Bald wirst du sowohl der Kesselflicker überdrüssig sein wie auch ihres Königs und dir wünschen, du wärest die Königin von Irland, statt die Königin der Kesselflicker.«

»Als Königin der Kesselflicker«, sagte sie, »mit Jeremy Donn als König an meiner Seite, würde ich mit keiner Königin auf der Welt tauschen, und könnte ich auch Salomon als Ehemann bekommen.«

Die Kesselflicker beeilten sich nun auf ihrem Zug nach Osten, denn sie wollten rechtzeitig zur Krönung des neuen Königs von Irland zur Stelle sein, gab es doch keinen Jahrmarkt, kein Fest und kein Spektakel von einem Ende zum anderen in Irland, bei dem der Stamm nicht zur Stelle war. Sie kamen an ein Schloß mit vielen Türmen, das großartigste, das Fiona je zu Gesicht bekommen hatte. Sie fragte: »Was für ein Schloß ist dies?« Und man sagte ihr, es sei das Geburtstagsgeschenk für jene Frau, die den König von Irland heiraten werde.

»Solch eine Pracht braucht sie auch«, sagte Fiona, »denn das arme Mädchen heiratet ja einen Mann, den sie nicht kennt und nicht liebt.«

Sie reisten weiter und begegneten einem Reiterzug mit

fünfhundert Packpferden, fünfhundert Kutschpferden mit Kaleschen, Kutschern, Dienern und Knechten.
Und Fiona fragte: »Wem gehört denn all dies?«
Man sagte ihr: »Diese Pferde und Wagen mit fünfhundert Lasten an Gold und an Silber, an Perlen und Juwelen sind bestimmt für die Glückliche, die den jungen König von Irland heiraten wird.«
»Der Himmel erbarme sich der Frau!« sagte Fiona, »sie wird all den Reichtum brauchen können, um sich zu trösten, denn sie wird an einen Mann verheiratet, den sie nicht kennt und folglich auch nicht liebt.«
Weiter reisten sie und begegneten einer Abteilung von fünfhundert Pagen in Grün und hundert Mädchen in Weiß. Und Fiona fragte: »Wer ist das, und wohin reisen diese Leute?«
»Dies«, antwortete man ihr, »sind die Pagen und Kammerzofen für die Königin des neuen Königs von Irland. Denn er hat endlich eine schöne Frau gefunden, die willens ist, sein Weib zu werden.«
»Armer Narr – er«, rief Fiona, »arme Närrin, sie, die unter solchen Bedingungen in die Ehe einwilligt. All ihre Pagen und Zofen können ihr nicht eine Stunde jener Freude verschaffen, die ich an Jeremys Seite verspüre!«
»Nun denn«, sagte Jeremy, »so wollen wir auch morgen abend, nachdem wir uns die Krönung des neuen Königs von Irland angeschaut haben, heiraten, sofern du auch dann noch so denkst.«
Fiona lachte nur über seine Zweifel.
Schließlich kamen sie zu dem wunderbaren Schloß des Königs von Irland auf dem Hügel von Tara. Sie kamen dort in der Nacht vor dem Tag an, an dem die Krönung und die Hochzeit stattfinden sollten. Ihre eigene Mutter hätte Fiona nicht wiedererkannt, so zerlumpt kam sie einher.
Alle Welt versammelte sich, um bei den Feierlichkeiten mit

dabeizusein. Am Morgen mischten sich die Kesselflicker unter die Menge, die sich vor der Tribüne und den drei Thronen drängte. Da wurden die anständigen Leute zornig. Was bildeten diese schmutzigen Kesselflicker sich ein! Eine Unverschämtheit, sich ganz nach vorn zu drängen, wo man am besten sehen konnte. Gegen Mittag kam der alte König mit all seinen Höflingen und Ministern. Und als sie Platz genommen hatten, traten die Posaunenbläser vor und bliesen einen donnernden Salut. Darauf wurde es mucksmäuschenstill, und als er sicher sein konnte, daß wirklich auch jeder zuhörte, rief ein Herold aus: »Ich rufe Fiona, die Tochter des Königs von Connacht. Sofern sie meine Stimme hört, möge sie vortreten und sich auf den Thron zu unserer Linken setzen, damit sie an diesem Tag gekrönt und mit dem jungen König vermählt werde, um hinfort als Königin mit ihm über Irland zu herrschen.«
Und Jeremy flüsterte seiner Fiona ins Ohr: »Mädchen, noch hast du eine Chance, diesem Vagabundenleben ein Ende zu machen und statt dessen Königin von Irland zu werden. Überleg es dir gut.«
Aber Fiona antwortete ihm: »Hab' ich dir nicht gesagt, daß ich dich gewählt habe! Warum hast du nur immer noch Zweifel an meiner Liebe zu dir? Sie ist groß genug, um auf eine Königskrone verzichten zu können.«
Wieder blies der Trompeter einen Tusch, und der Herold rief: »Hiermit fordere ich Fiona, die Tochter des Königs von Connacht, zum zweiten Mal auf, auf dem linken Thron Platz zu nehmen, damit sie an diesem Tage gekrönt, mit dem jungen König vermählt werde und hinfort als Königin mit ihm über Irland herrsche.«
Und Jeremy flüsterte: »Liebes Mädchen, ich beschwöre dich, laß diese Gelegenheit nicht vorübergehen. Noch kannst du Unglück und Elend eintauschen gegen den Thron, auf dem du als Königin von Irland sitzt.«
Und Fiona erwiderte fast zornig: »Glaubst du es denn

immer noch nicht: Unglück und Elend mit Jeremy Donn zu teilen ist mir lieber als alle Throne der Welt ohne ihn.«

Da blies der Herold des Königs zum dritten Mal und rief: »Dies ist der letzte Aufruf an Fiona, Tochter des Königs von Connacht. Wenn sie dies hört, möge sie heraufkommen und auf dem Thron zur Linken Platz nehmen, damit sie die Frau des Königs von Irland und Irlands Königin wird.«

Jeremy beugte seinen Kopf zu Fionas Wange hin, während das Mädchen gerade versuchte, ein Stück von dem trockenen Brot abzubeißen, das ihr ein mitleidiger Mensch geschenkt hatte.

»Fiona, Liebste, ich beschwöre dich noch einmal, sag Hunger und Elend ade. Nimm den Platz ein, der einer wie dir gebührt. Nimm Platz auf dem Thron Irlands, und werde Irlands schöne Königin.«

Aber Fiona antwortete: »Besser schmeckt mir dieser Kanten trockenen Brotes, sofern ich nur Königin der Kesselflicker bin an der Seite von Jeremy Donn.«

Da rief Jeremy Donn aus: »So ist es also wahr und Wirklichkeit, du bist bereit, Königin der Kesselflicker zu werden, meine Königin, und für immer auf alles Gold und allen Ruhm zu verzichten, auf alle Freuden und Ehrungen dieser Welt?«

»Dazu bin ich bereit, Jeremy Donn«, sagte sie, »und mein Herz verlangt danach, daß du mich zu deiner Frau machst, zur Königin deines Stammes für immer und alle Zeit.«

»Dann, Liebste meines Herzens, leg deine Hand in meine, und sei meine Frau, meine schöne Königin vor dem Himmel und der Welt.«

Sie reichte Jeremy die Hand. Plötzlich verschwamm alles um sie herum, die Welt begann sich zu drehen, und ihr Herz schlug wild. Sie spürte nichts mehr als Freude. Ihr geliebter Jeremy faßte sie an der Hand und zog sie mit sich fort. Wohin, das wußte sie nicht, aber es bekümmerte sie auch nicht. Erst die lauten Rufe der Menge, die Himmel und Erde erschüttern mußten, ließen sie wieder zu sich kommen. Und als sie sich umschaute, sah sie, daß sie auf einem goldenen Thron saß, und neben ihr auf dem anderen Thron saß Jeremy Donn. Aber der zerfetzte Umhang des Kesselflickers war ihm von den Schultern gefallen, und er trug ein schönes Gewand aus bunter Seide, eingefaßt mit goldener und silberner Borte. Ja, und auch sie hatte ein seidenes Gewand an, das vom Hals bis zu den Fußknöcheln fiel. Ein Bischof setzte ihr und Jeremy eben goldene Kronen auf. Unter der Menge, die da jubelte und Beifall klatschte, erkannte sie nun auch die Männer und Frauen der Kesselflicker-Sippe. Auch sie hatten ihre Lumpen abgeworfen und standen in schönen Kleidern aus Samt und Seide da. Sie waren vornehme Herren und Damen aus dem ganzen Land, und der König der Kesselflicker, Jeremy Donn – er war in Wirklichkeit der junge Prinz von Irland. Er hatte sie prüfen wollen, ob sie auch wirklich die rechte Frau für ihn sei.

Nun war er König von Irland, und sie war Königin. Unaufhörlich drangen die Freudenrufe aus der Menge zu ihnen herauf.

»Gott segne den tapferen König und die schönste Königin, die es in Irland je gegeben hat!« riefen die Leute, und was man sonst an Torheiten und Schmeicheleien noch alles ruft, an solch einem Freudentag, wenn man nicht an die Steuer denkt, die man dem König schuldet.

Vollkommen glücklich war Fiona an diesem Tag. Denn natürlich ist es noch angenehmer, reich und verliebt zu sein als arm und verliebt. Und sie blieb glücklich mit ihrem König bis an ihr Lebensende.

Das Märchen von der griechischen Prinzessin und dem jungen Gärtner, dem ein Fuchs half

Es war einmal ein König, aber man hat mir nicht gesagt, in welchem Land er regierte. Er hatte eine schöne Tochter. Nun wurde er alt, und die Ärzte fanden, daß die beste Medizin auf der Welt die Äpfel von einem Baum seien, der im Obstgarten gerade unter seinem Fenster wuchs.
Ihr könnt sicher sein, daß er diesen Baum gut bewachen ließ. Die Äpfel wurden gezählt, sobald sie auch nur so groß waren wie kleine Kieselsteine.
Einmal im Herbst, als die Äpfel gerade anfingen, reif zu werden, wachte der König in der Nacht von einem Geräusch auf, das sich wie Flügelschlagen anhörte. Das Geräusch kam aus dem Obstgarten, und als er hinabschaute, saß da ein Vogel in den Zweigen des Baumes. Seine Federn waren so hell, daß sie strahlten. In der Sekunde, da der Vogel den alten kränklichen König in seiner Nachtmütze und seinem Nachthemd sah, stahl er sich einen Apfel und flog fort.
»Wozu habe ich eigentlich einen Gärtner?« rief wütend der König aus. »Ist das eine Art, so sorglos mit meinen kostbaren Äpfeln umzugehen!«
Für den Rest der Nacht tat der König kein Auge zu, und kaum daß er am Morgen im Schloß die ersten Geräusche hörte, schickte er gleich nach dem Gärtner und schimpfte ihn wegen seiner Nachlässigkeit aus.
»Bitte, Majestät«, sagte der Gärtner, »nicht ein einziger Apfel wird mehr abhanden kommen. Meine drei Söhne zählen zu den besten Bogenschützen im Königreich. Sie werden jede Nacht unter dem Baum Wache halten.«

Als nun die Nacht hereinbrach, bezog des Gärtners älteste Sohn seinen Posten im Garten, die Bogensehne und einen Pfeil zwischen den Fingern.
Aber gegen Mitternacht hörte der König, der wieder wachlag, abermals das Schlagen von Flügeln und rannte ans Fenster. Da saß der Vogel mit dem leuchtenden Gefieder wieder im Geäst des Apfelbaumes. Der Gärtnersohn aber, der Wache halten sollte, lehnte fest schlafend mit dem Rücken gegen die Mauer, seinen Bogen und die Pfeile neben sich.
»Aufwachen, du fauler Kerl!« rief der König, »Sieh doch, der Vogel ... er wird wieder Äpfel stehlen!«
Auf sprang der arme Bursche, aber während er noch den Bogen in Anschlag brachte, hatte sich der Vogel schon mit einem besonders schönen Apfel davongemacht.
Nun, ihr könnt euch vorstellen, wie der König vor Zorn dampfte und schimpfte, wie er den Gärtner und seinen Sohn kommen ließ und ihnen Vorwürfe machte.
In der nächsten Nacht wurde der zweite Sohn des Gärtners auf Wache geschickt, aber wenngleich er noch hellwach und ganz munter war, als die Uhr mit ihren zwölf Schlägen begann – ehe sie ihren letzten Schlag tat, lag auch der zweite Sohn wie ein Toter im hohen Gras. Wieder kam der seltsame Vogel, wieder hörte der König, der in seinem Bett wachlag und grübelte, den Flügelschlag, rannte ans Fenster und sah gerade noch, wie der Vogel mit einem Apfel im Schnabel davonflog.
Der arme Gärtnerssohn erwachte von dem Gebrüll, in das der König ausbrach. Er war immerhin noch so geistesgegenwärtig, einen Pfeil abzuschießen. Zwar traf er den Vogel nicht, aber für den König stand nun fest, daß irgendein Zauber über jeden verhängt war, der unten im Garten den Baum bewachte.
Man setzte nun alle Hoffnungen auf den jüngsten Sohn des Gärtners, der ein tapferer Bursche war und stets für

jeden ein freundliches Wort hatte. Da stand er also bereit. Der König sah zu ihm hinunter. Er sprach manchmal sogar ein paar Worte mit ihm, bis wieder um Mitternacht die ersten Schläge der Uhr ertönten. Beim letzten Schlag der Glocke sah man die Helligkeit, die der Ankunft des Vogels vorausging, und dann hörte man das Rauschen seiner Schwingen in den Zweigen des Baumes. Im selben Augenblick aber vernahm man auch das surrende Geräusch eines Pfeils. Eine Viertelmeile weit hätte man es hören können. Herab stürzte der Pfeil und mit ihm eine große Feder. Der Vogel aber war wieder entkommen, und er machte ein solches Gekrächz, als sei ganz in der Nähe ein Trommelfell zersprungen.

Diesmal aber war es ihm nicht gelungen, einen Apfel mitzunehmen. Und als man die Feder in das Zimmer des Königs brachte, war sie schwerer als Blei. Man schaute genau hin und stellte fest: sie war aus purem Gold.

Am nächsten Tag nahm sich der jüngste Sohn vor, es besonders gut zu machen. Er wachte Nacht um Nacht, eine ganze Woche lang, aber kein Vogel ließ sich mehr sehen, und auch keine weitere Feder von dem Vogel wurde gefunden.

Nach einer Woche befahl der König dem jungen Mann, das Wachen aufzugeben, heimzugehen und sich einmal tüchtig auszuschlafen.

Jeder am Hofe bewunderte die Schönheit der goldenen Feder, aber der König war nahezu davon verhext. Er wandte sie um und um. Er ließ sich damit über Stirn und Nase streichen, und das den lieben langen Tag.

Schließlich erklärte er, er wolle dem seine Tochter und sein halbes Königreich geben, der ihm den Vogel mit den goldenen Federn bringe, sei er lebendig oder tot.

Des Gärtners ältester Sohn hielt viel von sich. Also zog er aus, um den Vogel zu fangen. Am Nachmittag setzte er sich unter einen Baum, um auszuruhen, und aß ein Stück

Brot und kaltes Fleisch, das er in seinem Beutel mitgenommen hatte, als plötzlich ein hübscher Fuchs auftauchte.
»Guten Tag, Herr«, sprach der Fuchs ganz freundlich, »hättest du vielleicht einen Krümel Brot für einen armen Kerl wie mich übrig?«
»Nun«, sagte der älteste Sohn des Gärtners, »dich muß der Teufel selbst Unverschämtheit gelehrt haben. Hier ist die Antwort.«
Und darauf schoß er auf das Tier. Der Pfeil strich über die Spitzen des Fells hin und schlug dann ein paar Meter entfernt in einen Baumstamm ein.
»Gemeines Spiel«, sagte der Fuchs, »aber ich will nicht Gleiches mit Gleichem vergelten, sondern dir trotzdem einen guten Rat geben. Wenn es dunkel wird, kommst du in ein Dorf. Auf der einen Straßenseite wirst du ein Gebäude sehen. Die Fenster sind erleuchtet, und drinnen sind viele junge Männer und Frauen, die tanzen und trinken. Auf der anderen Seite wirst du ein Haus entdecken, das ist fast völlig dunkel. Nur im Vorderzimmer brennt ein Torffeuer. Davor sitzen ein Mann, eine Frau und ein Kind. Hör auf eines Narren Rat und quartier dich bei ihnen ein.«
Mit diesen Worten rollte er seinen Schwanz zusammen und trottete davon.
Der Junge traf es im Dorf so an, wie es der Fuchs ihm gesagt hatte, aber er zog es vor zu tanzen und zu trinken. Und dort in der Schenke verlassen wir ihn.
Nach einer Woche, als sie daheim es müde geworden waren, auf ihn zu warten, zog der zweite Sohn aus, um sein Glück zu versuchen. Er war genau so engstirnig und töricht wie sein Bruder, und dasselbe geschah mit ihm. Als abermals eine Woche vergangen war, zog der Jüngste aus. Und so wahr in den meisten Hütten ein Notgroschen unter dem Kamin versteckt ist, kam auch er unter denselben Baum, zog dort Brot und Fleisch aus der Tasche, und derselbe Fuchs kam heraus und begrüßte ihn.

Der junge Bursche gab ihm von seiner Mahlzeit etwas ab, und darauf rückte der Fuchs gleich mit seinem guten Rat heraus.

»Ich will dir helfen«, sprach er, »sofern du nur vernünftig bist. Wenn es dunkel wird und du hier weitergehst, wirst du zu einem Dorf kommen.« Und danach erklärte er ihm, was er auch schon den beiden älteren Brüdern des Jungen erklärt hatte.

Es war gerade so, wie der Fuchs es beschrieben hatte, und der Junge sah sich vor, den Tänzern, Säufern, Fiedlern und Pfeifern nicht zu nahe zu kommen. Er wurde willkommen geheißen in dem ruhigen Haus gegenüber, bekam ein Abendessen und ein Bett und war am nächsten Morgen wieder unterwegs, ehe die Sonne so hoch am Himmel stand, wie die Bäume in die Luft wachsen.

Er war noch nicht eine Viertelstunde gelaufen, da sah er den Fuchs aus dem Wald neben der Straße herauskommen.

»Guten Morgen, Fuchs«, sprach er.

»Guten Morgen, Mann«, sagte der andere, »hast du eine Ahnung, wie weit du reisen mußt, bis du den Goldenen Vogel finden wirst?«

»Nein, ich habe nicht die geringste Ahnung.«

»Aber ich. Der Vogel wohnt im Palast des Königs von Spanien, und der liegt dort, in dieser Richtung, gut zweihundert Meilen von hier entfernt.«

»Ach, herrje, da bin ich ja mindestens eine Woche unterwegs, bis ich dort ankomme.«

»Ach was. Setz dich auf meinen Schwanz, und wir nehmen eine Abkürzung.«

»Auf deinem Schwanz soll ich sitzen! Das ist ja ein seltsamer Sattel, Füchslein.«

»Tu, was ich dir sage, oder schau, wie du allein zurechtkommst.«

Nun, der Junge kletterte also auf den Schwanz des Fuchses, als sei dies ein Sattel, und fort ging's, so schnell wie

Gedanken fliegen. Sie überholten den Wind vor ihnen, und der Wind in ihrem Rücken konnte sie nicht überholen. Am Nachmittag waren sie in einem Wald nahe dem Schloß des Königs von Spanien, und dort blieben sie, bis es dunkel zu werden begann. »Jetzt«, sagte der Fuchs, »will ich vorausgehen, um die Wachen abzulenken. Du brauchst dann nichts anderes zu tun, als von Saal zu Saal zu laufen. In einem der erleuchteten Säle wirst du bestimmt den Goldenen Vogel finden. Wenn es dir gelingt, den Vogel samt dem Käfig aus dem Schloß herauszubringen, wird keiner mehr seine Hand auf ihn oder auf dich legen können. Gelingt es dir aber nicht, so kann weder ich noch sonst jemand dir helfen.«

Darauf schlich sich der Fuchs hinüber zu dem Tor.

Nach einer Viertelstunde folgte der Junge. In dem ersten Saal sah er ein Dutzend Wachen aufrecht stehen, aber sie schliefen tief. In dem nächsten Saal sah er wieder ein Dutzend. Dann kam ein Saal mit einem halben Dutzend, darauf ein Saal mit nur drei Wächtern und schließlich ein Saal, in dem es überhaupt keine Wachen gab. Dort war es taghell, obwohl weder Lampen noch Kerzen brannten. In einem gewöhnlichen Käfig aus Holz und Draht saß der Goldene Vogel. Auf dem Tisch lagen drei Äpfel aus purem Gold. Auf demselben Tisch aber stand auch noch ein schöner goldener Käfig. Es kam dem Jungen in den Sinn, den Goldenen Vogel in diesen Käfig zu sperren, weil der gewöhnliche Käfig so ganz und gar nicht zu ihm passen wollte. Vielleicht dachte er an den Wert des goldenen Käfigs. Vielleicht hatte es ihm auch allein dessen Schönheit angetan. Jedenfalls versuchte er, den Vogel von dem gewöhnlichen Käfig in den goldenen zu setzen.

In dem Moment aber, da die Flügelspitzen des Vogels die goldenen Drähte berührten, stieß der Vogel ein solches Gekreisch aus, daß man meinte, alle Scheiben müßten zerspringen. Sofort kamen zuerst drei Männer, dann ein halbes Dutzend, dann ein Dutzend, dann vierundzwanzig und schließlich unübersehbar viele angerannt und schwangen ihre Schwerter und Speere. Sie umstellten den armen Jungen, schlugen und beschimpften ihn und schworen, er werde bald nicht mehr wissen, ob es Fuß oder Kopf sei, worauf er stehe.

Sie riefen den König und erzählten ihm, was geschehen war. Der machte ein grimmiges Gesicht und sprach: »Eigentlich verdienst du nichts anderes, als am Galgen zu baumeln. Aber ich will dir eine Chance geben, mit dem Leben davonzukommen und den Goldenen Vogel zu gewinnen. Ich trage dir auf, zieh fort und bringe mir jenes Fohlen des Königs von Marokko, das schneller laufen kann als der Wind und über jede Schloßmauer springt. Wenn du das Fohlen mir herbeischaffst, sollst du den Goldenen Vogel bekommen und die Freiheit und das Leben dazu.«

Der Junge trottete ganz niedergeschlagen von dannen, aber als er so seiner Wege ging, wen traf er da? Freilich niemand anderen als den Fuchs.

»Ach, mein Freund«, sagte der, »ich hatte leider recht, als ich dich ansah und im ersten Augenblick dachte: der hat auch nicht allzuviel Grütze im Kopf! Aber lassen wir das. Klettere auf meinen Schwanz, und wenn wir zum Palast des Königs von Marokko kommen, wollen wir schauen, was da zu tun ist.«

Fort ging's. Sie überholten den Wind vor ihnen, und der Wind in ihrem Rücken konnte sie nicht überholen.

Nun, als es Abend wurde, kamen sie in einen Wald nahe dem Palast, und der Fuchs sagte: »Ich will gehen und es dir in den Ställen leicht machen, und wenn du das Fohlen herausführst, so darf das Tier, außer mit seinen Hufen den Erdboden, nichts von dem, was im Stall liegt und steht, berühren. Merk dir das gut. Ich hoffe, du stellst dich diesmal etwas klüger an als beim letzten Mal.«

Der Junge ließ, nachdem der Fuchs davongetrabt war, eine

Viertelstunde verstreichen, und dann ging er zum Palast. Da waren zwei Reihen Posten, die standen vom Tor bis zum Stall, aber alle Wachen waren in Tiefschlaf versunken. Der Junge ging ruhig an ihnen vorbei, bis er den Stall erreichte. Da stand nun das Fohlen, ein stattliches Tier. Da stand ein Stalljunge mit einem Striegel in der Hand und ein anderer mit einem Zaumzeug und wieder ein anderer mit einem Korb voller Hafer und noch ein anderer mit einem Arm voller Heu. Es sah so aus, als wären sie alle aus Stein. Das Fohlen hingegen war höchst lebendig und wieherte. Es hatte einen einfachen Sattel aus Holz und Leder auf seinem Rücken. Aber ein goldener Sattel hing an einem Pfosten.

Der Junge dachte, daß es doch eigentlich töricht sei, die beiden Sättel nicht zu vertauschen. Also nahm er dem Tier den hölzernen Sattel ab und legte ihm statt dessen den goldenen auf. Da entfuhr dem Füllen ein Schnauben, so laut wie ein Trompetensignal, das man von Tombrick nach Bunclody gehört haben würde, und sofort wurden auch all die Stallburschen und Wachen lebendig und eilten herbei, um den armen Gärtnerssohn festzunehmen. Auch der König von Marokko kam herzu, und sein Gesicht war so schwarz wie deine Fußsohlen, wenn du über nasse Erde gelaufen bist.

Der König stand da und freute sich, wie sie alle den armen Jungen ausschimpften. Und dann sagte er: »Für deine Unverschämtheit sollte ich dich eigentlich aufhängen lassen. Aber ich will dir noch eine Chance geben, um das Leben zu gewinnen und das Fohlen dazu. Ich befehle dir, zieh in die Welt und suche die Prinzessin Goldhaar, die Tochter des Königs von Griechenland, und wenn du sie mir herbringst, will ich dir dieses Füllen schenken und dich herzlich willkommen heißen. Jetzt aber komm in mein Haus. Man soll dir etwas zu essen geben. Dann ruh dich aus, und wenn die Nacht vorbei ist, sollst du aufbrechen.«

Der arme Junge war elend genug dran, das könnt ihr mir glauben. Als er am nächsten Morgen davonschlich, schämte er sich, dem Fuchs ins Gesicht zu sehen.
Als sie sich trafen, machte ihm der Fuchs Vorwürfe und sagte: »Langsam solltest du doch wissen, worum es geht. Hab ich dir nicht gesagt, das Pferd dürfe mit nichts von dem in Berührung kommen, was sich sonst im Stall befindet? Trotzdem hast du ihm den Sattel aufgelegt, der an dem Pfosten hing. Keine Grütze im Kopf, wo es doch so nötig wäre! Jetzt steht uns eine lange Reise bevor, ehe wir zum Schloß des Königs von Griechenland kommen. Unglück wie immer, und wo Unglück ist, kommt auch immer noch Unglück hinzu. Steig schon auf meinen Schwanz, damit wir uns davonmachen.«
Also setzte sich der Junge auf den Schwanz des Fuchses, und so rasch wie Gedanken flogen sie dahin. Sie überholten den Wind vor ihnen, und der Wind in ihrem Rükken konnte sie nicht überholen. Am Abend aßen sie ihr Brot und kaltes Fleisch in einem Wald in der Nähe des Schlosses.
»Jetzt«, sagte der Fuchs, als sie fertig waren, »will ich mich fortschleichen und es dir etwas einfacher machen. Paß auf, daß die Prinzessin Goldhaar nicht die Türpfosten berührt. Sie darf nichts von dem berühren, was zum Schloß gehört. Wenn sie dich um einen Gefallen bittet, so überlege dir die Antwort gut. Hast du sie erst einmal aus dem Schloß herausgebracht, kann sie dir niemand mehr wegnehmen.«
Zur rechten Zeit lief der Junge zum Schloß, und dort fand er dreißig und zwölf und sechs und drei Wachen, alle aufrecht stehend, sich auf ihre Waffen lehnend. Alle waren in tiefem Schlaf, und im hintersten Saal traf er die Prinzessin Goldhaar. Wie schön sie war, läßt sich gar nicht beschreiben. Sie schlief und saß auf einem Stuhl, und ihr Vater, der König von Griechenland, saß neben ihr. Der Junge stand lange da und betrachtete das schlafende Mädchen.

In jedem Augenblick senkte sich die Liebe zu ihr tiefer in sein Herz, bis er schließlich sich niederkniete, ihre weiße Hand nahm und sie küßte.
Als sie die Augen aufschlug, schien sie etwas erschreckt, aber wütend war sie nicht, denn der Junge, wie ich ihn nennen will, war ein hübscher Kerl, und Achtung und Liebe für ihn spiegelten sich in ihrem Gesichtsausdruck. Sie fragte ihn, was er wolle, und er stotterte, wurde rot und fing sechsmal mit seiner Geschichte an, ehe sie daraus recht schlau wurde.
»Und du willst mich wirklich an den häßlichen König von Marokko ausliefern?« fragte sie.
»Ich muß es tun«, antwortete der Junge, »aber warte nur, ich werde ihn besiegen und dich befreien. Wenn ich dich zu meiner Frau bekomme, werde ich alle Tage glücklich sein.«
»Ich muß mich, ehe wir aufbrechen, auf jeden Fall von meinem Vater verabschieden«, sagte sie.
»Das geht nicht«, sagte er, »alle werden dann aufwachen. Man wird mich zum Tode verurteilen oder mir eine Aufgabe geben, die noch schwieriger ist als all jene, die ich schon ausgeführt habe.«
Aber sie schmeichelte und bettelte, auf jeden Fall müsse sie dem alten Mann noch einen Kuß geben. Also gut, dachte der Junge. Und tatsächlich, wie konnte er ihr das verweigern, da doch sein Herz schon in die Drehungen ihrer Locken eingewickelt war. Aber o weh, in dem Augenblick, da sie mit ihren Lippen den Vater berührte, stieß der einen Schrei aus, und alle Wachen fuhren hoch, schlugen ihre Waffen aneinander und schienen bereit, aus dem närrischen Jungen Häcksel zu machen.
Aber der König befahl innezuhalten, bis er erfahren habe, was geschehen sei, und als er die Geschichte des Jungen vernommen hatte, sprach er: »Es gibt vor dem Schloß einen großen Haufen Lehm. Weil er sich dort auftürmt,

scheint die Sonne nicht in die Fenster des Schlosses. Das ist sehr ärgerlich. Wer auch immer versucht hat, den großen Haufen abzutragen, mußte feststellen, daß bei jeder Schaufel voll, die man fortschippte, zwei Schaufeln voll wieder dazukommen. Schaff mir den Haufen fort, und ich will meine Tochter mit dir ziehen lassen. Wenn du der Mann bist, für den ich dich halte, besteht, glaube ich, keine Gefahr, daß sie das Weib des Mohrenkönigs wird.«

Sehr zeitig am anderen Tag machte sich der Junge an die Arbeit. Aber für jede Schaufel voll, die er abtrug, kamen zwei Schaufeln voll neu dazu. Zum Schluß konnte er kaum noch aus dem Haufen heraus, der sich um ihn auftürmte. Der arme Kerl grub sich einen Weg ins Freie, setzte sich ins Gras und saß ganz verzweifelt da.

Schließlich begann er, an einer anderen Stelle zu schaufeln, aber dort war es sogar noch schlimmer. Noch mehr Lehm kam hinzu, und am Abend saß der Junge da, die Hände vor das Gesicht geschlagen, traurig und müde. Da stand plötzlich wieder der Fuchs vor ihm.

»Du armer Kerl«, sagte der Fuchs, »man hat dir übel mitgespielt. Geh hinein, ich will jetzt nicht auch noch mit dir schimpfen. Iß dein Abendbrot und schlafe dich aus. Morgen ist ein neuer Tag. Da sieht schon alles wieder anders aus.«

»Aber wie soll ich nur mit dieser Arbeit fertig werden«, klagte der Junge.

»Mach dir jetzt darum keine Sorgen«, sagte der Fuchs.

»Nun, wie kommst du mit deiner Arbeit voran?« fragte der König bei Tisch den Jungen.

»Es geht mir wie allen«, antwortete der Junge, »auch bei mir wird es nicht weniger sondern mehr. Ich fürchte, morgen werdet Ihr mich wohl ausgraben lassen müssen, und übermorgen werde ich dann endgültig bei lebendigem Leib vom Lehm begraben werden.«

»Ich hoffe nicht«, sagte die Prinzessin mit einem Lächeln.

Da war der Junge für den Rest des Abends sehr glücklich.
Als er am nächsten Morgen aufwachte, hörte er viele Stimmen rufen. Hörner wurden geblasen und die Trommeln gerührt. Es war ein solches Durcheinander, daß man meinte, es müsse sich wenigstens ein Wunder ereignet haben. Der Gärtnerssohn lief, um zu schauen, was da los sei, und was sah er! Dort, wo noch am Abend zuvor der Lehmhaufen gelegen hatte, marschierten nun Soldaten auf und ab, und Herren und Damen tanzten ganz närrisch vor Freude darüber, daß der Lehmberg fort war.
»Ach, mein liebes Füchslein«, sagte der Junge gerührt vor sich hin, »das war bestimmt dein Werk.«
Nun gab es nichts mehr, was den Aufbruch hätte hinauszögern können. Der König wollte eine große Kutsche mitschicken, aber der Junge meinte, die Mühe könne er sich sparen.
»Ich habe einen zuverlässigen Freund«, sagte er, »der die Prinzessin und mich in einem Tag sicher zum Schloß des Königs von Marokko bringen wird.«
Beim Abschied wurde viel geweint.
»Ach«, rief der König, »was für ein einsames Leben werde ich von jetzt an führen. Dein armer Bruder, mein liebes Kind, befindet sich schon in der Gewalt einer gemeinen Hexe, und nun muß ich auf meine alten Tage auch noch dich verlieren.«
Nun, der Junge und die Prinzessin liefen Hand in Hand durch den Wald. Er sagte ihr, wie lieb er sie habe. Da trat plötzlich der Fuchs hinter einem Busch hervor, und kurz darauf saßen der Junge und die Prinzessin auf dem Schwanz des Fuchses. Sie hielten sich aneinander fest, um nicht herunterzufallen, und fort ging's. Sie überholten den Wind vor ihnen, und der Wind in ihrem Rücken konnte sie nicht überholen. Und am Abend saßen sie in dem Stall des Schlosses des Königs von Marokko. »Nun«, sprach der

König zu dem Jungen, »du hast deine Pflicht und Schuldigkeit getan. Holt das Fohlen her. Ich würde einen ganzen Stall voll solcher Fohlen für die hübsche Prinzessin geben, wenn es sein müßte. Setz dich auf dein Pferd, mein Junge... und hier sind noch ein paar Goldstücke, damit du dir unterwegs ein paar gute Tage machen kannst.«
»Danke schön«, sagte der Junge, »ich denke, ihr werdet nichts dagegen haben, Herr König, wenn ich der Prinzessin noch mal die Hand drückte, ehe ich aufbreche.«
»Tu das nur. Ich habe nichts dagegen.«
Nun, es war dem Jungen gar nicht so sehr ums Händeschütteln zum Abschied zu tun. Vielmehr hob er die Prinzessin hoch, setzte sie hinter sich auf das Pferd, und ehe einer hätte bis drei zählen können, waren sie schon über die Wachen hinweggesprungen, über alle Mauern und Zäune auch und ritten zu.
Am nächsten Morgen kamen sie in den Wald nahe dem Schloß des Königs von Spanien. Dort trat plötzlich der Fuchs vor sie hin und sagte zu dem Jungen: »Laß die Prinzessin hier bei mir. Geh du und hole den Goldenen Vogel und die drei Äpfel. Und wenn du das Fohlen nicht mit dem Vogel zusammen zurückbringst, werde ich euch beide wohl selbst heimtragen müssen.«
Als der König von Spanien den Jungen und das Füllen sah, ließ er den Goldenen Vogel, den goldenden Käfig und die goldenen Äpfel bringen und sie dem Gärtnerssohn übergeben. Der König lächelte zufrieden über diesen Tausch. Der Junge aber wollte sich von dem hübschen Pferd nicht trennen, ohne es noch einmal gestreichelt zu haben. Das war begreiflich, und es erregte beim König und seinen Räten keinen Verdacht.
Plötzlich aber saß der Junge auf dem Rücken des Pferdes, und fort ging es, an den Wachen vorbei über Zäune und Mauern, hin zu jener Stelle, an der der Fuchs mit der Prinzessin wartete.

Sie beeilten sich, bis das Land des Königs von Spanien hinter ihnen lag. Dann gingen sie es leichter an, und wenn ich euch all die Artigkeiten berichten würde, die sie sich unterwegs sagten, dann wäre die Geschichte auch morgen früh noch nicht zu Ende.
Als sie durch das Dorf mit dem Tanzhaus kamen, fanden sie dort die beiden Brüder, die inzwischen zu Bettlern heruntergekommen waren, und sie nahmen sie mit.
Als sie an die Stelle kamen, an der sie dem Fuchs zum ersten Mal begegnet waren, bat dieser den jüngsten Bruder, ihm den Schwanz abzuschneiden. Der Junge wollte das zuerst nicht tun. Allein der Gedanke machte ihn schaudern. Der älteste Bruder aber hatte nicht so viel Skrupel. Er nahm eine Axt und teilte den Schwanz des Fuchses mit einem Hieb vom Körper ab.
Da verwandelte sich der Fuchs in den nettesten jungen Mann, den man sich vorstellen kann. Er war der Bruder der Prinzessin, den eine alte Hexe verzaubert hatte, und jetzt war er endlich erlöst. Wenn der jüngste Gärtnerssohn schon vorher gute Laune gehabt hatte, so hatte er jetzt doppelt soviel davon, und als sie im Schloß ankamen, wurde dort ein Freudenfeuerwerk gezündet. Man ließ einen Ochsen am Spieß braten, und ein ganzer Kessel voller Punsch wurde heiß gemacht. Der junge Prinz von Griechenland heiratete des Königs Tochter, und des Prinzen Schwester heiratete den jüngsten Sohn des Gärtners. Er und sie reisten nach geraumer Zeit mit vielen Dienern zurück zum Vater des Mädchens, und der König war so froh, daß er nun den Goldenen Vogel besaß und die goldenen Äpfel dazu, daß er ihnen einen ganzen Wagen voll Gold und einen Wagen voll Silber mitgab.

Das Märchen von dem Jungen mit dem Ziegenfell, dem Holzbündel, auf dem man durch die Luft flog, dem Zauberwasser, das jede Wunde heilte, und der Pfeife, nach der jeder tanzen mußte

Vor langer Zeit lebte in Irland einmal eine Witwe, die war so arm, daß sie nicht einmal ihrem Sohn Kleider kaufen konnte. Deshalb legte sie ihn in das Aschenloch neben dem Feuer und häufte warme Asche um seinen Körper. Als der Junge größer wurde, machte sie das Aschenloch tiefer, damit er hineinpaßte. Schließlich jedoch beschaffte sie sich ein Ziegenfell und band es ihm um die Hüften. Da kam er sich mächtig schön vor und lief vor die Hütte, um draußen zu spielen.

Am nächsten Morgen sprach die Mutter zu ihm: »Tom, du Tagdieb, noch nie hast du etwas gearbeitet! Dabei bist du nun schon sechs Fuß groß und neunzehn Jahre alt. Nimm diesen Strick und bring mir Feuerholz aus dem Wald!«

»Das brauchst du mir nicht zweimal sagen«, antwortete Tom, »ich bin schon auf dem Weg.«

Als er nun Holz gesammelt hatte und es zu einem Bündel zusammenband, kam ein Riese daher, der war neun Fuß groß und wollte mit einer Keule auf den Jungen einschlagen. Tom war nicht faul. Er sprang zur Seite, griff sich einen großen Stock und hieb damit dem unverschämten Burschen über den Kopf. So fest schlug er zu, daß der Riese von dem Schlag in die Knie ging.

»Wenn du ein Gebet gelernt hast«, rief Tom dem Riesen zu, »so sprich es besser jetzt, denn dein letztes Stündlein hat geschlagen.«

»Ich weiß kein Gebet«, antwortete der Riese, »aber wenn du mein Leben verschonst, will ich dir meine Keule geben, und solange du nichts Böses tust, wirst du bei jedem Kampf damit gewinnen.«

Damit war Tom einverstanden. Sobald er nun die Keule hatte, setzte er sich auf das Holzbündel, hieb leicht mit der Keule darauf und sprach: »Holz, ich habe genug Mühe damit gehabt, dich zu sammeln. Das wenigste, was ich verlangen kann, ist, daß du mich jetzt dafür heimträgst.«

Und ob ihr es glaubt oder nicht, kaum waren die Worte aus seinem Munde, da erhob sich das Holzbündel unter Knarren und Knacken in die Luft und flog bis vor die Tür der armen Witwe.

Als nun die Stöcke und Äste alle in den Ofen gewandert waren, wurde Tom ausgeschickt, um abermals Holz zu sammeln. Diesmal mußte er mit einem Riesen kämpfen, der zwei Köpfe auf dem Hals trug. Tom hatte etwas mehr Mühe mit ihm, aber dann wurde er auch mit diesem Riesen fertig. Und weil der Riese kein Gebet wußte und ihm sein Leben lieb war, gab er Tom, als dieser ihn besiegt hatte, eine Pfeife.

Wann immer man sie blies und jemand den Ton hörte, so mußte der tanzen. Ob er nun wollte oder nicht. Wißt ihr, was Tom tat! Nun, er ließ das Holzbündel, auf das er sich gesetzt hatte, durch die Luft heimtanzen.

Der nächste Riese, mit dem es Tom zu tun bekam, war ein hübscher Bursche mit drei Köpfen auf der Schulter. Er wußte nichts von Gebeten und Katechismus, aber sein Leben wollte er auch behalten, nachdem Tom ihn besiegt hatte. Also gab er dem Jungen eine Flasche mit einer grünen Flüssigkeit, ein Zauberwasser, das heilte jede Wunde, ob sie nun von Feuer, Schwert, Hitze oder Kälte herrührte.

»Und jetzt, damit du's weißt«, sagte der dritte Riese, »hast du alle aus unserer Familie kennengelernt. Mehr Verwandtschaft gibt es nicht. Du kannst jetzt hierher kommen bis Allerheiligen nächstes Jahr, ohne daß ein Riese oder Feenmann dich beim Holzsammeln stören wird.«

Tom war so stolz wie zehn Pfauen. Am Abend pflegte er die Straße hinauf- und hinabzustolzieren, aber einige von den kleinen Jungen im Dorf hatten nicht mehr Verstand als irgendso ein Rüpel aus Dublin. Sie spotteten über Toms Keule und sein Ziegenfell. Tom ärgerte das nicht wenig, und er überlegte schon, ob er nicht einmal mit seiner Keule dreinschlagen solle, als ein Ausrufer durch den Ort kam, mit einem großen Horn vor dem Bauch und einer Jägermütze auf dem Kopf.

Dieser Ausrufer verkündete, daß der König in Dublin eine Tochter habe, die ewig traurig sei. Schon seit sieben Jahren habe sie nicht mehr gelacht. Der Vater wolle sie dem zur Frau geben, der es fertigbringen würde, daß sie dreimal lache.

»Das kommt mir gerade recht«, sagte Tom. Und ohne darauf zu warten, daß der Tag noch weiter zur Neige ging, küßte er seine Mutter, griff sich seine Keule und begann, auf der großen Straße nach Dublin davonzumarschieren.

Schließlich kam Tom zu einem der Stadttore, aber als die Wache den Jungen mit dem Ziegenfell sah, verhöhnte sie ihn nur statt ihn hereinzulassen. Tom hörte sich das eine ganze Weile ruhig an. Aber dann versuchte einer der Wächter, seinen Spieß ein paar Zentimeter tief in Toms Bein zu bohren. Nur so zum Spaß, wie er sagte. Auch nur so zum Spaß packte Tom den Burschen beim Kragen und warf ihn in den Kanal. Einige Männer liefen, um den Wächter aus dem Wasser zu ziehen. Andere aber gingen mit Schwertern und Dolchen auf Tom los. Ein leichter Schlag mit der Keule warf sie auf das Pflaster, und bald darauf baten sie, Tom möge doch seine Hände ruhig halten. So kam es am Ende noch dahin, daß sie froh waren, Tom den Weg zum Königschloß zeigen zu dürfen. Dort saßen der König, die Königin und die Prinzessin auf einer Galerie und schauten Ringkämpfern und Schwertkämpfern und allerlei Mummenschanz zu. Und all dies geschah

nur, damit die Prinzessin ihren Spaß habe. Aber auch nicht der Anflug eines Lächelns kam über ihr hübsches Gesicht.
Nun, alle Kämpfer und Akrobaten hielten inne, als sie den jungen Mann sahen, sein langes schwarzes Haar, seinen krausen Bart – denn seine arme Mutter konnte es sich auch nicht leisten, für ihn Rasierklingen zu kaufen! –, seine kräftigen Arme und bloßen Beine und das Ziegenfell, das ihm von den Hüften bis zu den Knien reichte.
Ein neidischer Bursche, der selbst die Prinzessin gern geheiratet hätte und dem es nicht gefallen wollte, wie aufmerksam das Mädchen Tom betrachtete, kam heran und fragte recht schnippisch, was Tom hier zu suchen habe.
»Nun«, erwiderte Tom, »ich habe mir mit Gottes Hilfe vorgenommen, die Prinzessin dreimal zum Lachen zu bringen.«
»Siehst du all die Clowns, Akrobaten und Schwertkämpfer dort?« sagte der andere, der Rotkopf genannt wurde, weil ihm das Blut immer rasch in den Kopf stieg, wenn er zornig war. »Was meinst du, was die seit sieben Jahren tun, he? Nichts anderes als zu versuchen, die Prinzessin zum Lachen zu bringen.«
Langsam drängten sich all diese Burschen an Tom heran, und Rotkopf fuhr so lange mit den Beleidigungen fort, bis Tom sagte, er gebe nicht einmal eine Prise Schnupftabak für ein Dutzend von ihnen. Sie sollten nur angreifen, sechs oder sieben zusammen. Sie würden schon sehen, wie weit sie damit kämen.
Der König stand zu weit entfernt, um zu verstehen, was da gesprochen wurde. Auch er trat schließlich hinzu und fragte, was der Fremde wolle.
»Er will«, erklärte ihm Rotkopf, »aus deinen besten Männern Hasen machen.«
»Oh«, sagte der König, »wenn das so ist, sollten wir seinen Mut einmal auf die Probe stellen.«

Einer trat vor. Er hatte ein Schwert in der Hand, und in der anderen Hand hielt er etwas, das sah aus wie ein Topfdeckel. Er stürmte auf Tom los. Doch der schlug dem Burschen mit der Keule nur ganz leicht auf den Ellbogen und schwupp, da flog schon sein Schwert über ihre Köpfe durch die Luft. Der Mann aber, dessen Hand es geführt hatte, setzte sich auf seinen Hintern in den Kies, weil er mit Toms Keule einen Klaps auf seinen Helm bekommen hatte.

Ein anderer Ritter trat an seine Stelle. Dann noch einer und noch einer. Und endlich gleich ein halbes Dutzend auf einmal. Tom hieb sie nieder, so daß Schwerter, Helme, Schilder und Leiber nur so durcheinander purzelten. Die Schwertkämpfer schrien, rieben sich die Ellbogen, die Kniescheiben und Hüftknochen und trollten sich dann humpelnd von dannen.

Tom achtete darauf, daß auch nicht einer getötet wurde.

Die Prinzessin aber hatte einen solchen Spaß, daß sie in ein großes schallendes Gelächter ausbrach, das man über den ganzen Hof hin hörte.

»König von Dublin«, sagte Tom ruhig und deutlich, »einmal hat deine Tochter gelacht. Das steht fest.«

Der König wußte nicht recht, ob er froh oder traurig sein sollte. Er sagte nur: »Einmal ist keinmal.«

Für diesen Tag gab es keine Kämpfe mehr, und Tom wurde eingeladen, mit der königlichen Familie zu speisen.

Am nächsten Morgen beim Frühstück erzählte der Rotkopf Tom von einem Wolf so groß wie ein Kalb, der unter den Wällen des Schlosses zu heulen pflegte und Menschen und Rinder verschlang, und er fügte hinzu, der König würde es gern sehen, wenn jemand endlich einmal diesen Wolf erlege.

»Warum nicht«, sagte Tom, »schickt mir einen Burschen, damit er mir zeigt, wo dieses Untier haust, dann will ich sehen, wie er sich gegenüber einem Fremden verhält.«

Der Prinzessin war das gar nicht recht. Tom war jetzt in ihren Augen ein ganz anderer Mensch. Man hatte ihm schöne Kleider gegeben, und auf seinem langen lockigen Haar saß eine grüne Mütze. Und außerdem hatte er sie einmal zum Lachen gebracht. Aber der König war einverstanden.
Nach einer Stunde kam der schreckliche Wolf in den Schloßhof getrottet. Tom aber lief ein, zwei Schritte hinterdrein, seine Keule über der Schulter, gerade so wie ein Schafhirt, der mit seinem Lieblingslamm daherkommt.
Der König, die Königin und die Prinzessin saßen oben auf der Galerie. Die Leute des Hofstaates und die Herren Offiziere aber spazierten unten auf dem Rasen. Als sie nun das mächtige Untier ankommen sahen, rannten sie zu den Türen und Toren, denn der Wolf leckte sich die Schnauze und machte ein Gesicht, als wolle er sagen: »Von euch wären mir ein paar zum Frühstück gerade recht.«
Der König rief: »Junge mit dem Ziegenfell, ruf diesen fürchterlichen Wolf zurück, dann kannst du auf der Stelle meine Tochter zur Frau haben.«
Aber darum kümmerte sich Tom nicht im geringsten. Er holte seine Flöte hervor und begann zu blasen. Und was meint ihr wohl: Ob Weib oder Mann, alle begannen im Tanzschritt herumzuhopsen, selbst der Wolf sah sich genötigt, sich auf die Hinterbeine zu stellen und mitzutanzen.
Einige Leute flüchteten sich in die Säle des Schlosses und verschlossen die Türen, damit der Junge mit dem Ziegenfell sie nicht drankriege, aber die Melodie aus der Flöte drang auch an ihr Ohr, und sie mußten tanzen und tanzen, und singen mußten sie auch noch dazu.
Der Wolf wurde mit der Zeit ganz heiser von den vielen Liedern und müde in den Beinen von den Tanzschritten, und die Zunge hing ihm zum Maul heraus, weil er außer

Atem war. Doch die ganze Zeit behielt er den Rotkopf im Auge, der draußen auf dem Hof mit herumtanzte.
Wo immer der Rotkopf war, war auch der Wolf. Mit einem Auge sah der Rotkopf zum Wolf hin und schaute, ob er schon Anstalten mache, ihn zu fressen. Mit dem anderen aber blickte er zu Tom und zwinkerte ihm zu, er möge doch nur aufhören zu blasen und ihm das Untier vom Leibe schaffen. Aber Tom schüttelte den Kopf und blies immer weiter. Der Rotkopf hüpfte und sang. Der Wolf tanzte und brüllte und spürte, daß er irgendwann einmal umfallen werde vor Erschöpfung.
Als die Prinzessin sah, daß man nicht befürchten mußte, jemandem werde es bei dem wilden Tanz ans Leben gehen, machte ihr das Gehopse und Gesinge solchen Spaß, daß sie abermals einen Lacher hören ließ.
Und Tom rief aus: »König von Dublin, nun hat Eure Tochter zum zweiten Mal gelacht. Noch ein Gelächter, und sie ist meine Frau!«
»Zwei Gelächter, drei Gelächter«, rief der König, »schaff mir lieber den Teufel von Wolf vom Hals. Über alles andere wollen wir uns dann schon einig werden.«
Also steckte der Junge die Flöte in die Tasche und sprach zu dem Tier, das, der Erschöpfung nahe, auf seinen Hinterpfoten balancierte: »Fort mit dir ins Gebirge, Freund. Lebe dort, wie es sich für ein anständiges Tier gehört. Sollte ich dich jemals wieder näher als sieben Meilen bei der Stadt erblicken, kannst du dich auf Schlimmes von mir gefaßt machen.« Er spuckte auf seine Fäuste. Er ließ seine Keule durch die Luft sausen. Aber nur zum Spaß. Aber das reichte schon hin. Der Wolf nahm seinen Schwanz zwischen die Beine.
Und ohne noch einen Sterblichen anzusehen oder Sonne und Sterne, verschwand er aus Dublin und ward nie mehr gesehen.
Bei Tisch lachten alle Rotkopf aus. Es war ihm nicht ge-

lungen, Tom loszuwerden. Statt dessen hatte Tom ihn tanzen lassen, aber Rotkopf machte sich im stillen schon seine Gedanken, wie er mit dem Jungen fertig werden könne.
»Gewiß, das war ganz lustig«, sagte er, »aber während wir hier sitzen und essen und trinken, sind die Dänen in unser Land eingefallen. Wenn es jemand gibt, der uns vor ihnen retten kann, so ist das einzig und allein der Bursche mit dem Ziegenfell. Es gibt einen Dreschflegel, der hängt an einem Deckenbalken in der Hölle, und weder die Dänen noch der Teufel selbst können dieser Waffe widerstehen.«
»Wie steht's nun«, sagte Tom zum König, »diesen Dreschflegel will ich schon herbeischaffen. Aber bekomme ich dann auch die Prinzessin zur Frau?«
»Nein, nein«, rief die Prinzessin, »lieber möchte ich nicht deine Frau werden als erleben, daß du dich solch einer Gefahr aussetzt.«
Aber der Rotkopf murrte und nörgelte herum, es sei nicht recht, daß ein solcher Held wie Tom einem solchen Abenteuer aus dem Weg gehe.
Und nur, weil er Murren und Nörgeln einfach nicht leiden konnte, machte Tom sich auf den Weg.
Er wanderte und wanderte, bis die Mauern der Hölle in Sicht kamen, und ehe Tom an das Höllentor klopfte, rieb er sich über und über mit dem grünen Zauberwasser ein. Als er dann Einlaß begehrte, drängten sich hundert kleine Teufelchen hinter den Gitterstäben am Höllentor und fragten, was er wolle.
»Öffnet das Tor«, sagte Tom, »ich möchte den größten Teufel von allen sprechen.«
Kaum war das Tor aufgetan, da erschien auch schon der alte Junge persönlich. Er begrüßte Tom mit einer tiefen Verbeugung und fragte ihn, was er wolle. »Nicht eben viel«, sagte Tom, »ich möchte mir nur den Dreschflegel

ausleihen, der in der Hölle am Deckenbalken hängt, denn der König will damit den Dänen eine gehörige Tracht Prügel verpassen.«
»Nun«, sagte der andere, »eigentlich sind ja die Dänen meine besten Kunden, aber da du nun schon mal so weit gelaufen bist, will ich dir die Bitte nicht abschlagen. Gebt ihm den Dreschflegel«, befahl er den kleinen Teufeln, und dabei zwinkerte er aus den Augenwinkeln. Die kleinen Teufel kletterten hinauf zum Deckenbalken und holten den Dreschflegel herunter. Der Handgriff und die Stange waren aus glühendem Eisen. Und alle Teufel lachten, weil sie erwarteten, Tom werde sich die Hände daran verbrennen. Aber Tom faßte zu, als seien Griff und Stange aus gutem Eichenholz gemacht.
»Besten Dank«, sagte er, »wenn ihr mir jetzt noch das Tor öffnet, werdet ihr bestimmt keinen weiteren Ärger mehr mit mir haben.«
»Was für ein Halunke ist das?« fragte der alte Teufel. »Warum verbrennt er sich nicht die Haut? Das geht nicht mit rechten Dingen zu. Aber es ist leichter, zu diesem Tor herein- als wieder hinauszukommen. Das soll auch er zu spüren kriegen. Nehmt ihm das Werkzeug wieder ab.«
Also streckten die Burschen ihre Klauen nach ihm aus, aber Tom versetzte ihnen ein paar solche Hiebe mit seiner Keule, daß sie aufheulten, wie nur Teufel aufheulen können, und Teufel waren sie ja. Darauf stürzten sie sich alle auf ihn, groß und klein, die ganze Besatzung der Hölle. Tom aber verabreichte ihnen eine solche Tracht Prügel, daß sie noch eine ganze Weile daran dachten.
Zum Schluß rieb sich der Oberteufel den Ellbogen und sagte: »Laßt diesen Narren hinaus. Und wehe dem, der sich untersteht, ihn noch einmal hereinzulassen.«
Also marschierte Tom davon, ohne sich um die Beschimpfungen und die Flüche zu kümmern, die ihm die Teufel nachschickten. Und als er in die große Halle des Schlosses

trat, war da ein Hasten und Rennen, weil jeder ihn und den höllischen Dreschflegel sehen wollte.
Als Tom nun seine Geschichte erzählt hatte, legte er den Dreschflegel auf die Steinstufen und riet allen, ihn nur nicht anzufassen, sofern ihnen ihr Leben lieb sei. Wenn der König, die Königin und die Prinzessin Tom schon vorher nett gefunden hatten, so waren sie jetzt noch zehnmal freundlicher. Denn mit dem Dreschflegel aus der Hölle besaßen sie nun eine Waffe, deren bloßer Anblick die Dänen in die Flucht schlagen würde. Aber Rotkopf, der Bösewicht, schlich heran und wollte sich den Dreschflegel greifen. Hab' ich ihn, so sagte er sich, dann bin ich endlich der mächtigste Mann im Königreich.
Kaum aber hatten seine Finger das Gerät berührt, da stieß er ein solches Gebrüll aus, als seien Himmel und Erde eben zusammengestürzt. Er warf seine Arme hoch und tanzte wehklagend auf einem Bein. Der arme Bursche war zuerst furchtbar erschrocken über das rotglühende Eisen, dann aber sehr erleichtert, daß er es gerade noch rechtzeitig losgelassen hatte. Und dabei machte er ein so komisches Gesicht, daß sich jeder, der zu ihm hinsah, vor Lachen ausschütten mußte, allen voran aber die Prinzessin.
Da sprach der Junge mit dem Ziegenfell: »Nun, König, die Prinzessin hat dreimal gelacht. Jetzt müßt Ihr sie mir zu Frau geben.«
Die Prinzessin zierte sich nicht lange. Sie warf ihrem Vater einen bittenden Blick zu, kam zu dem Jungen mit dem Ziegenfell und legte ihre feinen Hände in seine rauhen Pfoten.
Was blieb dem König da anderes übrig, als ja zu sagen.
Was aber nun den höllischen Dreschflegel angeht, so wollte Tom ihn nicht mit ins Schloß bringen. Ihr könnt sicher sein, daß sich jetzt niemand mehr nahe heranwagte, als er da draußen vor dem Schloß auf der Steintreppe lag.

Am nächsten Morgen aber fanden die Leute dort zwei tiefe Spalten in der Erde. Durch eine dieser Spalten muß er wieder in die Hölle hinabgerutscht sein. Und dort ist er ja auch besser aufgehoben. Am Mittag kam ein Kundschafter und meldete, allein das Gerücht, daß der höllische Dreschflegel im Besitz der Iren sei, habe die Dänen in solche Angst und solchen Schrecken versetzt, daß sie auf ihre Schiffe gesprungen und wieder abgefahren seien.
Nun, ich schätze, ehe er die Prinzessin heiratete, suchte sich der Junge mit dem Ziegenfell jemanden, der ihm die Gebote der Höflichkeit, des Kanonenschießens, des Zusammenzählens, Abziehens, Malnehmens und Teilens beibrachte. Das ist schon nötig für einen, der ständig mit einer königlichen Familie umgehen muß. Ob der Junge mit dem Ziegenfell wirklich all das gelernt hat, weiß ich nicht zu sagen. Aber eines weiß ich ganz sicher: nämlich, daß seine Mutter keine Not mehr litt bis ans Ende ihrer Tage.

Richard mit dem Mantel

✲✲✲✲✲✲✲

Vor langer Zeit lebte einmal eine Witwe. Sie hatte nur einen einzigen Sohn. Sein Name war Richard. Sie waren sehr arm. Als der Junge heranwuchs, pflegte er jeden Tag auf den Hügel zu steigen und dort Reisig für Besen zu sammeln, die er dann auf dem Markt verkaufte. Damit verdiente er ihren Lebensunterhalt. Er bekam gerade soviel dafür, wie sie zum Essen brauchten. Eines Tages stieß er auf dem Hügel auf ein Schaf. Das hatte ein schönes Vlies, und er ging ihm nach und versuchte, das Tier zu fangen. Der ganze Tag verging darüber, die Nacht kam, er konnte des Schafes nicht habhaft werden. Am Abend kam er mit leeren Händen heim. Die Mutter fragte ihn, was geschehen sei, daß er heute nicht einen einzigen Besen heimgebracht habe. Da erzählte er ihr von dem großen schönen Schaf mit dem prächtigen Vlies und wie er sich vorgenommen hatte, es zu fangen, damit die Mutter aus der Wolle für ihn einen Mantel machen konnte. Sie aber sagte, es wäre wohl besser gewesen, wenn er sich um seine Besen gekümmert hätte. »Nun haben wir nichts zu essen, da du ja keinen einzigen Besen heimgebracht hast.«

»Mutter«, sprach er, »wenn ich das Schaf morgen sehe, werde ich es wieder verfolgen. Es kann nicht so schnell laufen wie ich, und ich habe es mir in den Kopf gesetzt, es mir zu holen.«

Am andern Tag ging er wieder aus. Wieder stieß er auf das Schaf. Er blieb ihm hart auf den Fersen, aber auch diesmal konnte er es nicht fangen und kam abends mit leeren Händen heim. Wieder machte ihm die Mutter Vorhaltungen,

und abermals sagte er: »Ich will auch den morgigen Tag noch drangeben, wenn mir das Schaf wieder begegnet.«
Der dritte Tag kam. Er traf das Schaf auf dem Hügel. Er verfolgte es, und als der Abend kam, hatte er es tatsächlich gefangen. Er war ganz närrisch vor Freude. Er brachte es heim zu seiner Mutter und hieß sie, das Schaf scheren, um ihm aus der Wolle einen Mantel zu machen. Die Mutter tat, wie ihr aufgetragen.
Danach beschäftigte er sich wieder damit, Besen zu binden und sie auf dem Markt zu verkaufen. Die Mutter kardierte die Wolle und spann sie dann, und als sie mit dem Spinnen fertig war, trug sie sie zu einem Weber, und endlich, als das Stück Stoff bereit war, brachte sie es zum Schneider, und der Schneider machte einen Mantel daraus.
Richard war sehr stolz, wenn er diesen Mantel trug. Deshalb nannten ihn die Leute auch Richard mit dem Mantel. So ging es immer weiter. Aber wenn er den Mantel anlegte, vermochte ihn keiner zu sehen, denn die Wolle war von einem Zauberschaf. Als er merkte, daß ihn die Leute nicht mehr sahen, ging er jeden Tag in die Stadt. Er betrat einen Laden, und wenn die Kaufleute Geld einnahmen und es in die Kasse legten, stahl er das Geld. Das trieb er so eine lange Zeit, wurde reich dabei, und keiner wußte, wo das Geld herkam, das er besaß. Er baute sich ein schönes Haus und stellte einen Diener ein. Er hatte ein Pferd und einen Wagen und war sein eigener Herr.
Dann heiratete er eine Frau aus der Fremde und brachte sie mit heim. Und als die Nacht kam, sagte er, er wolle sie zur Ader lassen. Das würde ihr guttun, da sie doch erschöpft sei von der langen Reise. Sie fand das etwas ungewöhnlich, doch sie vertraute ihm. Da holte er ein Messer, öffnete ihr eine Vene, bis sie ohnmächtig wurde und verblutete. Dann hob er sie auf und warf ihre Leiche in eine Kammer. Er nahm ihre Kleider und hängte sie in ein anderes Zimmer, und so ging es fort, bis er drei oder vier Frauen geheiratet

und sie umgebracht hatte. Bei ihm lebte nur der Diener. Nach geraumer Zeit fuhr er mit dem Diener zu einer anderen Frau, die weit fort wohnte, und sie kamen überein, zu heiraten. Es gab reichlich zu essen und zu trinken auf der Hochzeit, und als das Fest vorbei war, sagte er, daß Zeit sei heimzufahren.
Nun hatte seine Frau eine jüngere Schwester, die sagte, sie wolle mit ihnen gehen. Er erwiderte, sie möge erst einmal warten und ihnen ein andermal einen Besuch machen. Ohne daß er es wußte, brach aber die Schwester vor ihnen auf. Sie ritt zu seinem Haus, ging hinein und begann, alle Zimmer zu durchsuchen. In dem Haus waren viele Räume. Sie öffnete ein Zimmer nach dem andern, und überall sah sie Frauenkleider herumliegen.
Schließlich kam sie auch in die Kammer, in der die Leichen der Frauen lagen. Schreckliche Angst überfiel sie. Sie zitterte am ganzen Leib und wollte gerade wegrennen, da hörte sie, daß der Mann zurückkam, und es gab kein Entkommen mehr. Sie lief in ein Zimmer, in dem ein Bett stand, und kroch unter das Bett.
Nun, der Mann, der ihre Schwester geheiratet hatte, brachte seine Ehefrau in sein Haus, und kaum waren sie da, schon ließ er sie zur Ader, schon wurde sie ohnmächtig, und die Schwester unter dem Bett sah alles mit an. Dann hieb er der toten Frau die Hand mit einem Axthieb ab, und sie fiel unter das Bett, wo die Schwester lag, und an einem der Finger steckte ein goldener Ring. Der Mann und sein Diener trugen die tote Frau fort und warfen sie zu den übrigen Leichen. Plötzlich bemerkten sie, daß die Hand fehlte. Sie suchten danach, sie fanden sie nicht, weil sie nicht sorgfältig genug suchten. Sie waren müde und schläfrig und sagten sich, es sei noch Zeit, sie am nächsten Tag zu finden. Auch fürchteten sie, die Schwester werde dann auf Besuch kommen, wie sie das versprochen hatte. Richard war sehr müde, und er befahl dem Diener aufzu-

bleiben. Der setzte sich in einen Stuhl, und in der Nacht merkte er, wie sich die Tür öffnete. Er sprang vom Stuhl auf, rannte zur Tür, bekam das Mädchen bei den Haaren zu fassen und hielt sie fest.
»Halt«, sagte er, »du bist gefangen.«
»Laß mich gehen«, bat das Mädchen.
»Das geht nicht.«
»Wenn du willst, geht es auch«, sagte sie. »Und was du getan hast, ist kein geringes Verbrechen. Ich habe gesehen, was mit meiner Schwester geschehen ist.«
»Ach«, sagte der Diener, »ich kann dich nicht gehen lassen.«
»Hör zu«, sagte sie, »laß uns einen Plan machen. Laß mich heimgehen, und wir werden euch zum Essen einladen.«
»Das hat keinen Zweck«, sagte der Junge, »darauf wird mein Herr nie eingehen.«
»Er wird es«, sagte sie, »wenn du ihm zuredest. Ich werde ihn mit einem Brief einladen, und du kannst ihm sagen, welche Ausrede er gebrauchen könnte. Beispielsweise, daß seine Frau krank sei und deswegen ihr Besuch auf einen späteren Zeitpunkt verschoben werden müsse.«
Da ließ er sie gehen. Als Richard am nächsten Morgen kam, fragte der den Diener, ob die Schwester gekommen sei.
»Nein«, sagte dieser, »sie muß noch unterwegs sein.«
Sie hielten eine ganze Woche nach ihr Ausschau, und als sie dann immer noch nicht da war, dachten sie weiter nicht mehr daran, und nach einem Monat kam ein Brief, mit dem Richard zum Essen in das Haus der Schwester eingeladen wurde.
»Werdet Ihr gehen?« fragte der Diener Richard.
»O nein«, sagte der. »Wie kann ich ohne meine Frau dahin gehen?«
»Oh, wir müssen uns einfach eine Ausrede einfallen lassen. Wir werden sagen, ihr sei nicht wohl, sie habe eine Erkältung.« So überredete der Diener ihn hinzufahren.

Es war ein schöner Sommertag, und sie kamen an das Haus und wurden dort willkommen geheißen. Richard vergaß seinen Mantel im Wagen. Der Diener nahm den Mantel und gab ihn dem Mädchen. Er sagte, sie solle ihn behalten. Richard wurde gefragt, wo seine Frau sei. Er antwortete, ihr sei nicht wohl, sie habe schon seit einer Weile eine Erkältung. Mehr war davon nicht die Rede. Man aß, trank, unterhielt sich. Die junge Hausherrin kam und fragte die Gesellschaft, ob es ihnen recht sei, wenn sie ihnen eine Geschichte erzähle. Nun, das gefiel ihnen nicht übel.

»Einmal reiste ich von hier«, sagte sie, »an einen entlegenen Ort. Ich nahm ein Pferd. Ich wußte nicht, wo das Haus lag, zu dem ich wollte. Ich überließ es dem Pferd, sich einen Weg zu suchen. Das Pferd brachte mich an ein Haus. Ich ging hinein. Drinnen war niemand. Ich kam in ein Zimmer, da hingen lauter Frauenkleider an den Deckenbalken.«

Richard begriff sofort, was für eine Geschichte hier erzählt wurde. »Den Mantel, Diener, den Mantel!« rief er. »Den Mantel, auf der Stelle!«

Das Mädchen fuhr fort mit der Geschichte. Sie erzählte, wie die Männer in das Zimmer kamen mit ihrer Schwester, wie sie ihr das Blut abzapften, bis diese endlich tot umfiel.

»Dann schlug man ihr mit der Axt eine Hand ab. Ich lag unterm Bett und sah zu. Die Hand fiel unter das Bett. An der Hand war ein goldener Ring, den nahm ich ab, und hier seht ihr ihn an meinem Finger. Sie trugen die Leiche fort und warfen sie in eine Kammer, in der noch mehr tote Frauen lagen.«

»Den Mantel, Diener, den Mantel!«

»Gebt auf. Ihr seid durchschaut«, sagte der Diener. »Ihr habt es zu weit getrieben. Ihr habt viele Verbrechen begangen, aber damit hat es nun ein Ende.«

Sie ergriffen ihn, holten vier wilde Pferde, und an seine beiden Hände wurden zwei gebunden und an die beiden Füße die anderen zwei, und dann ließ man sie los. Und so fand sein Leben ein Ende.
Der Diener und das Mädchen heirateten, und sie lebten in Richards Haus. Sie waren zufrieden, ohne Durst und Hunger und mit Nachwuchs gesegnet.
Das ist meine Geschichte. Wenn ihr eine Lüge darin findet, so seht darüber hinweg; aber wo nicht, so denkt daran, daß ich mir diese Geschichte ausgedacht habe.

Dermot mit dem Roten Bart

Vor langer Zeit lebte ein Mann in Irland, der hatte nur einen einzigen Sohn. Und als er sechs oder sieben Jahre alt war, wurde er zu Schule geschickt, und dort blieb er bis zu seinem einundzwanzigsten Lebensjahr.

Nun hatten sie eine Köchin im Haushalt, und keiner wußte, woher sie kam. Aber sie war tüchtig. Und eines Morgens stand der Sohn auf und sagte zur Köchin, heute werde er nicht zur Schule gehen.

»Aber warum nicht?« fragte die Köchin. Er sagte, er wolle sich auf dem Besitz seines Vaters umschauen. Die Köchin erzählte davon dem Vater, und der sagte: »Oh, wenn's weiter nichts ist. Das soll er nur tun.«

Der Junge ging also aus dem Haus. Er spazierte bis zu der Umfassungsmauer des Besitzes. Es gab da ein flaches Stück Moor auf dem Anwesen, in dessen Mitte ein kleines Stück grüne Wiese lag. Als er das grüne Gras betrat, stand plötzlich ein kleiner alter Mann vor ihm, und jedes Haar seines roten Bartes war fast einen halben Meter lang. Er fragte den Sohn des Bauern, ob er mit ihm ein Spielchen machen wolle.

»Warum nicht?« antwortete der Bauernsohn.

Da zauberte der kleine rothaarige Mann einen goldenen Tisch und zwei silberne Stühle herbei, und auf dem Tisch lagen Spielkarten. Sie setzten sich hin, spielten bis zum Abend, und immer gewann der Junge.

»Jetzt sag mir, was du haben willst als Gewinn«, meinte der kleine Mann.

»Das wirst du bald genug erfahren, und ich erlege es dir als

Aufgabe, Einsatz und große Bürde auf. Schaff mir auf den Hof meines Vaters so viele weiße Schafe, daß, wenn ein gelber Stock vom Himmel fällt, er auf dem Rücken der Tiere liegenbleibt und nicht den Boden berührt.«
»Es wäre mir lieber gewesen«, sagte der kleine Mann, »du hättest dir etwas gewünscht, was ich dir auch beschaffen kann.«
»Das kannst du schon«, entgegnete der Junge.
»Dann schau nach Osten«, sagte der kleine Mann.
Er sah sich um, und tatsächlich: da war auch nicht ein einziger Fleck gegen Osten hin, der nicht voll schöner weißer Schafe gewesen wäre. Und als er nach Westen sah, standen auch dort die Schafe dicht an dicht, doch als er zum zweiten Mal hinschaute, war nicht eines mehr zu sehen und auch der kleine Mann war verschwunden. Der Junge ging heim, und vor dem Haus wartete schon die Köchin auf ihn. Sie fragte, wo er so lange gesteckt habe. Da erzählte er ihr, was an diesem Tag alles geschehen war.
Sie fragte ihn auch, wie denn das Spiel verlaufen sei.
»Oh, ich habe einen Einsatz von ihm gewonnen.«
»Und was hast du als Einsatz verlangt?« fragte sie.
»Ich habe verlangt, er müsse das ganze Anwesen mit schönen weißen Schafen füllen. Aber sie sind wieder verschwunden.«
»Ich sag' dir, Lieber, triff dich nicht mehr mit ihm. Er führt nichts Gutes im Sinn.«
Der Junge ging ins Haus, aß sein Abendessen und legte sich dann schlafen. Am nächsten Morgen stand er auf, sprach seine Gebete, bat Gott um Gnade und Hilfe und ging wieder zu derselben Stelle. Nun, der kleine Mann war schon vor ihm da. Und wieder fragte er ihn, ob sie um einen Einsatz spielen wollten.
Dem Jungen war es recht. Der Alte zog wieder den goldenen Tisch und die zwei silbernen Stühle aus der Tasche.

Sie setzten sich hin und spielten bis zum Abend, und der Bauerssohn gewann.
»Nun sag mir, was du als Einsatz haben willst«, forderte der kleine Mann.
»Ich will«, sprach der Junge, »und zwar auf der Stelle, und erlege dir das als Arbeit, Einsatz und große Bürde auf, daß du, soweit ich hinschauen kann, das Meer voller goldener Schiffe zauberst. Und ob sie nun bleiben oder nicht, kümmert mich wenig.«
Nun, der kleine Mann sagte, das könne er nicht und der Junge solle doch lieber etwas von ihm verlangen, wozu er imstande sei.
Aber der Junge beharrte darauf, und siehe da: als er aufs Meer hinaussah, lagen da goldene Schiffe, eines neben dem anderen, doch als er zum zweiten Mal hinschaute, sah er auch nicht ein einziges mehr und ebenfalls war nun der kleine Mann verschwunden.
Da ging er heim. Die Köchin wartete schon wieder auf ihn in einiger Entfernung vorm Haus, und er sagte zu ihr: »Ich habe wieder gewonnen.«
»Was für einen Einsatz hast du diesmal von ihm gefordert?«
»Er mußte mir goldene Schiffe herbeizaubern und damit das Meer bedecken, soweit mein Blick reicht. Aber ich habe ihm auch gesagt, hinterher könne er sie ruhig wieder verschwinden lassen.«
»Wie töricht von dir«, sagte die Köchin. »Was nützt es dir, wenn du gewinnst, ohne von ihm zu verlangen, daß dies alles bleibt, solange Wasser fließt und das Gras grün ist... Denn das könnte er, wenn er wollte. Willst du morgen auch wieder hingehen?«
»Das werde ich«, antwortete er.
»Ich rate dir hierzubleiben«, sagte sie. »Daraus wird nichts Gutes erwachsen.«
Aber er beharrte darauf, den Alten wieder zu treffen.

Am nächsten Tag gewann der kleine Mann.
»Jetzt sag mir, was du als Einsatz haben willst.«
»Das werde ich. Und zwar auf der Stelle. Ich erlege dir als Arbeit, Einsatz und große Bürde auf, bis über Jahr und Tag mir Nachricht zu bringen, wo das Haus von Dermot mit dem Roten Bart im Kirchspiel Nirgendwo steht.« Damit war der kleine Mann verschwunden, und der Bauerssohn wußte nun nicht, was er tun sollte. Er kam heim, traurig und bedrückt.
Die Köchin wartete schon draußen auf ihn. Sie konnte es ihm ansehen, daß er an diesem Tag nicht gewonnen hatte, und fragte: »Wie ist es denn heute gelaufen?«
»Er hat mich geschlagen.«
»Das hab' ich vorhergesehen. Hab' ich dir nicht gesagt, du sollst nicht hingehen, und es würde schlimm für dich enden? Aber du hast ja nicht auf mich gehört. Was verlangt er von dir?«
Er sagte es ihr. »Und wie lange hast du dazu Zeit!«
»Ein Jahr und einen Tag.«
»Kommt Zeit, kommt Rat«, sagte sie, »und viel Zeit ist ein gut Ding.«
Er ging ins Haus, hatte aber an diesem Abend keine Lust, etwas zu essen. Doch die Köchin ermunterte ihn und erinnerte ihn noch einmal daran, daß er ja viel Zeit habe. Dann aß er doch, und das machte ihm Mut. Am nächsten Tag stand er bei Tagesanbruch auf und wollte fort. Aber sie hieß ihn noch eine Weile warten und sagte abermals, es sei ja genug Zeit. Also blieb er und wollte erst am Ende des nächsten Monats aufbrechen. Wieder hieß sie ihn warten, und ihm kam der Verdacht, daß sie etwas mit der ganzen Sache zu tun habe. So ging es immer weiter, bis dreiviertel des Jahres verstrichen waren, und immer noch hatte sie ihm kein Sterbenswörtchen gesagt. Er hoffte aber immer, daß sie ihm etwas verraten werde. Endlich entschloß er sich doch, fortzugehen, und dachte, wenn sie etwas weiß, wird sie schon

hinter mir dreinkommen. Sie ließ ihn ein ganzes Stück gehen, aber dann rief sie ihn zurück, und bereitwillig kam er.
»Du gehst jetzt fort«, sagte sie, »dabei weißt du noch gar nicht, wo du hingehen sollst. Das weiß ich übrigens auch nicht. Aber ich habe hier einen Ball, den werde ich dir mitgeben. Wirf ihn vor dich auf die Straße, und jedesmal, wenn du ihn eingeholt hast, stoß ihn mit der Schuhspitze an. Das wird dir keine Mühe machen. Ein Bruder von mir lebt in einem anderen Land, da wirst du bei Nacht hinkommen. Er ist König dort, und wenn dir irgend jemand in diesem Königreich etwas sagen kann, dann er.
Der Ball wird immer weiter rollen, bis du vor dem Tor des Schlosses stehst, in dem er wohnt. Die Mauern dort sind sehr mächtig, und es gibt auch ein hohes, starkes Tor. Davor wird der Ball innehalten. Schau dich dann gut um. Du mußt darauf den Ball aufheben und so hoch in den Himmel werfen, wie du kannst. Dann spring über das Tor und achte darauf, daß du auf der anderen Seite bist, ehe der Ball niederfällt.«
Nun, er nahm Abschied von ihr und folgte dem Ball. Er ging seines Weges, bis Tau und Abenddunkel niedersanken und Nebel aufkam, bis das Vieh heimwärts zieht und die Katzen die Aschenhaufen anschauen und die Hunde in den Ortschaften zu bellen beginnen. Und täten sie es nicht, so hörte man gar nichts. Danach kam er an das Tor. Der Ball rollte nicht weiter. Der Junge sah sich um. Er sah den König, der seinen Kopf zum Fenster herausstreckte in die kühle Abendluft. Er warf den Ball hoch in den Himmel und setzte mit einem mächtigen Sprung über das Tor. Der König sah ihn. Er rief seine Soldaten und hieß sie den Mann, der über das Tor gesprungen war, vor ihn bringen.
»Hundert Jahre lebe ich jetzt hier«, sagte er, »und nie ist einer des Weges gekommen, der das geschafft hätte. Geht ihm nach. Ergreift ihn, oder er wird uns alle töten und sich zum Herrscher über dieses Land aufschwingen.«

Als der Junge das hörte, trat er vor den König hin und sagte: »Immer langsam, mein lieber König.« Er reichte ihm den Ball. Der König nahm ihn, und es schien dem Jungen, als kenne er den Ball. Der König pfiff seine Soldaten zurück. Er kam dem Jungen entgegen, man hätte meinen können, er habe ihn mit Küssen umbringen wollen und mit Tränen ertränken. Dann trocknete er sie mit dem schönsten Stück reiner Seide.

Sie gingen hinein. Ein Essen wurde bestellt. Die Köche und Diener rannten durcheinander. Man aß und trank und versicherte einander, daß man gut Freund sei. Der König war dankbar, daß er etwas von seiner Schwester hörte, denn es war das erste Mal seit hundert Jahren, daß Nachricht von ihr kam. Dann teilten sie die Nacht in drei Drittel. Das erste Drittel für Essen und Trinken, das zweite Drittel für Geschichtenerzählen und Tanzen, das dritte Drittel für einen guten und langen Schlaf.

Und als sie am nächsten Morgen aufstanden, trugen drei alte Vetteln auf drei Schaufeln die Zigarrenasche fort. Dann fragte der König den Jungen, ob er erfahren dürfe, wohin dieser unterwegs sei. Da erzählte der Junge ihm, was ihr bereits wißt.

»Ich habe keine Ahnung, was ich dir raten soll«, sagte der König. »Ich herrsche über dieses Land schon zweihundert Jahre und habe noch nie etwas von einer solchen Person gehört.«

Er fragte auch seine Soldaten, aber auch die wußten nichts. Was nicht weiter erstaunlich ist, denn was haben Soldaten schon anderes gelernt als zu exerzieren und andere Leute totzuschießen.

»Je nun«, sagte der König, »ich habe einen Bruder, der herrscht über ein Reich, und der weiß doppelt soviel wie ich. Und wenn er keinen Rat weiß, dann wird guter Rat sehr teuer. Der Ball wird dich zu ihm bringen, wie er dich zu mir gebracht hat. Ich wünsche dir Glück.«

Der Junge verabschiedete sich. Er warf den Ball aus, wie er es am Tag zuvor getan hatte, und ging dahin, bis der Tau und die Dämmerung niedersanken... Und dann kam er an ein Tor. Der Ball hielt im Lauf inne. Der Junge sah sich um. Er sah, wie der König den Kopf aus dem Fenster streckte, und er hatte die drei obersten Knöpfe seines Hemdes geöffnet, damit ihm die Abendbrise die Brust kühle, denn es wuchsen ihm viele Haare darauf.
Der Junge machte sich mit dem König bekannt. Wie sein Bruder gab auch dieser für ihn ein großes Fest, und am Morgen mußten fünf Schaufeln voll Tabakasche fortgeräumt werden. Und dann unterhielten sie sich über das Reiseziel des Jungen.
Als dieser dem König erzählt hatte, wohin er unterwegs sei, antwortete der König: »Ich bin jetzt zweihundert Jahre hier König, aber von einer solchen Person habe ich nie etwas gehört. Das Beste wird sein, du besuchst meinen Bruder. Er ist noch viel gescheiter als ich.«
Nun, auch bei dem dritten König wurde er gut aufgenommen. Und wie großartig das Bankett war, das man zu Ehren des Jungen gab, könnt ihr euch vorstellen, wenn ich euch sage, daß die Putzfrauen am andern Morgen sieben Schaufeln Zigarrenasche forträumen mußten. Und dann kam der König auf das Reiseziel des Jungen zu sprechen.
»Je nun«, sagte der König, als er gehört hatte, wonach der Junge suchte, »von einer solchen Person habe ich in den dreihundert Jahren, in denen ich schon König bin, nie etwas gehört. Aber wir werden gleich wissen, ob sie überhaupt existiert.«
Er ging hinaus und nahm eine Pfeife mit. Deren Ton war bis in alle vier Ecken der Welt zu hören. Die Fische im Meer hörten ihn, die Vögel in der Luft, die Tiere auf den Bergen, die wilden Tiere im Wald. Er befragte sie alle, aber keiner wußte etwas über einen Dermot mit dem Roten

Bart zu sagen. Dann merkte der König, daß der Falke nicht gekommen war. Er blies wieder in seine Pfeife, und beim dritten Ton erschien der Falke vor ihm.
»Es muß ja um etwas sehr Wichtiges gehen, wenn Ihr nicht Ruhe gebt«, sagte der Vogel.
»Freilich«, sagte der König, »ich muß wissen, wo das Haus von Dermot mit dem Roten Bart im Kirchspiel Nirgendwo liegt.«
»Ist das alles?« fragte der Falke. »Dieses Haus liegt ganz in der Nähe von meinem Nest.«
»Nun, darum geht es nicht«, sagte der König. »Aber wie kommt der Junge dorthin?«
»Das weiß ich auch nicht«, meinte der Falke.
»Könntest du ihn nicht auf deinen Rücken nehmen?« fragte der König.
»Meinetwegen«, sagte der Falke, »wenn du mir genug zum Essen gibst.«
»Wieviel brauchst du?« fragte der König.
»Nicht sehr viel«, antwortete der Falke. »Sieben fette Rinder.«
»Die sollst du haben«, sagte der König.
Darauf erhob sich der Falke in die Luft, und der Junge saß auf seinem Rücken. Er flog so geschwind wie der Märzwind über ein Gebirge, und sie holten den Wind vor ihnen ein, aber der Wind hinter ihnen konnte sie nicht einholen.
Unterwegs bekam der Falke plötzlich Hunger und wurde ganz schwach.
»Hier hast du was«, sagte der Junge, zog ein Rind aus der Tasche und gab es dem Falken. Der verschlang es und wurde nicht satt davon. Da gab ihm der Junge das Fleisch des zweiten Rindes. Der Falke wurde nicht satt davon. So ging es immer weiter, bis der Falke alle Rinder verspeist hatte. Doch sein Hunger war noch immer nicht gestillt.
»Ich habe nichts mehr«, sagte der Junge.

»Dann laß ich dich ins Nichts fallen«, drohte der Falke.
»Ich kann es nicht ändern«, sagte der Junge.
»Hast du nicht ein Messer?« fragte der Falke.
»Das habe ich.«
»Dann schneide dir deine Wade ab, vom Knie bis zum Knöchel, und gib sie mir zu essen. Damit fährst du immer noch besser, als wenn ich dich ins Nichts fallen lassen würde.«
Was blieb dem Jungen anderes übrig, als sein eigenes Fleisch an den Falken zu verfüttern. Darauf bekam dieser aber wieder Mut und Stärke. Es dauerte nun nicht lange, da hatte er abermals einen mächtigen Hunger, und nun verlangte er, daß der Junge sich die andere Wade abschneide. Was sollte der arme Kerl tun? Der Falke fraß das Fleisch voller Vergnügen. Und dann landeten sie auf der Spitze eines Hügels, und der Junge schlief ein. Aber er konnte sich kaum auf den Beinen halten, weil er keine Waden mehr hatte und ihn die Wunden so sehr schmerzten. Da hieß ihn der Falke Federn aus seinem Schwanz ausreißen und damit über die Wunden streichen. So wurde der Junge wieder gesund.
Der Falke flog mit ihm übers Gebirge, und sie kamen an einen großen See am Fuß eines Hügels.
»Siehst du dort die drei Enten auf dem See schwimmen?« fragte der Falke.
»Freilich«, sagte der Junge.
»Das sind die drei Töchter von Dermot mit dem Roten Bart. Er hat sie verzaubert, weil er fürchtet, sie könnten sich in jemanden verlieben, der des Weges kommt, und ihn dann verlassen. Aber alle, die hier vorbeikommen, schenken ihnen keine Beachtung. Sie halten sie für gewöhnliche Enten auf einem See. Siehst du die beiden Enten hier vor uns und die eine hinter ihnen?«
»Ei, freilich«, sagte der Junge.
»Die beiden jüngsten Töchter sind die Enten vorn, und die

älteste Tochter ist die Ente hinten. Sie kommen nicht gut miteinander aus, weil die beiden jüngeren schöner sind als die älteste. Diese hat ein lahmes Bein und kommt nicht mit, wenn sie schnell laufen. Es ist die älteste, die sich um das Haus kümmert, das Essen kocht und dem Haushalt vorsteht. Ihre Kleider haben sie am Ufer des Sees abgelegt, und sie werden nun bis zum Abend dort bleiben.«

Der Falke zeigte ihm, wo die Kleider der jüngeren Töchter lagen; die Kleider der älteren lagen etwas entfernt davon, aber nicht weit.

»Wenn du hinunter zum See kommst«, riet der Falke dem Jungen, »so nimm die Kleider der ältesten Tochter unter den Arm und trage sie fort. Du wirst nicht weit kommen. Sie wird dich rufen und dich bitten, ihr die Kleider wiederzugeben. Tu das nicht! Und sie wird dich fragen, warum du es gerade auf ihre Kleider abgesehen hast. Antworte ihr, sie bekäme ihre Kleider erst zurück, wenn sie dich sicher zum Haus ihres Vater brächte. Sie wird dann sagen, das könne sie nicht. Kümmere dich nicht darum. Behalte die Kleider und sage ihr, wenn sie das nicht verspreche, müsse sie eben nackt herumlaufen.«

Sie verabschiedeten sich voneinander, und der Junge ging geradewegs zu der Stelle, wo die Kleider der ältesten Tochter lagen.

Er nahm sie, legte sie zusammen und schob sie unter seinen Arm. Und dann ging er seines Weges. Er sah sich nicht um und schritt wacker aus. Bald rief sie ihn und hieß ihn die Kleider herausgeben. Er sagte ihr, sie bekomme ihre Kleider nur wieder, wenn sie ihn sicher ins Haus ihres Vaters brächte. Nun, nackt wie sie dastand, war sie gewiß ein ganz hübscher Anblick. Aber so nackt konnte sie nicht immer bleiben. Und so bequemte sie sich am Ende, es ihm zu versprechen. Sie sagte ihm, der Vater werde in der Ecke auf einer Bank sitzen, was immer er auch von dem Jungen verlange, sie werde ihm beistehen.

Sie betraten also das Haus. Und wer saß da auf einer Bank in der Ecke? Der kleine Mann mit dem roten Bart, bei dem jedes Haar fast einen halben Meter lang war.
»Ha, ha«, sagte Dermot, »hast du's also geschafft.«
»Wie du siehst. Warum auch nicht?« entgegnete der Junge kühn und verächtlich.
»Du wagst ziemlich viel«, meinte Dermot.
»Das ist so meine Art«, sagte der Junge.
Die Töchter kamen herein. Die beiden jüngsten gingen in ein anderes Zimmer, und die älteste fing an, die Arbeit im Haus zu erledigen. Sie kochte. Sie stellte ihren beiden Schwestern Speisen in das andere Zimmer. Sie bereitete das Essen für ihren Vater und ihre Mutter, und dann erkundigte sie sich, was der Fremde zu essen bekommen solle.
»Was sonst als braunes Brot und Quellwasser«, sagte Dermot. »Ist das nicht gut genug für ihn?«
Sie gab ihm also braunes Brot und Quellwasser, und ihr Vater und ihre Mutter gingen in ein anderes Zimmer, um zu essen.
Kaum aber waren die beiden fort, da warf sie das Brot in den Schweinetrog und schüttete das Wasser hinterdrein und legte dem Fremden von Dermots Essen vor. Sie forderte ihn auf sich zu beeilen, was er auch tat. Und als Dermot wiederkam, war der Junge fertig.
Dann bereitete sie die Betten und fragte, was für ein Bett der Fremde bekommen solle.
»Was für ein Bett soll er schon bekommen?« sagte Dermot. »Er kann sich auf der Egge da drüben ausstrecken.«
Kaum aber waren alle eingeschlafen, da kam die älteste Tochter und nahm den Fremden bis zum Morgen in ihr eigenes Bett.
Und was dort geschah, könnt ihr euch selber vorstellen. Sie erzählte ihm, daß der Vater ihn am nächsten Tag dazu anstellen werde, den Stall auszumisten, in dem seine Ur-

urgroßmutter vor siebenhundert Jahren eine Wollnadel verloren habe. Und wenn er eine Gabel voll Mist zum Fenster hinausschmeiße, würden zwei Gabeln voll wieder hereinfliegen. »Mach dir nichts draus, mein Liebster. Bleib bis zum Abend dort. Ich will die Nadel schon für dich finden.«

Nun, so geschah es. Dermot forderte ihn am Morgen auf, den Stall auszumisten und die Nadel zu finden, und habe er das bis zum Abend nicht geschafft, dann werde er ihm nach Sonnenuntergang den Kopf abschlagen lassen. Zuerst war der Junge noch guten Mutes, aber je näher es auf Sonnenuntergang zu ging, desto unbehaglicher wurde ihm. Und erst im allerletzten Augenblick kam die älteste Tochter. Aber kaum hatte sie zwei Gabeln voll Dreck zum Fenster herausgeworfen, da fand sie auch schon die Nadel, gab sie ihm und sagte, er solle sie um Himmels willen behalten und sie nur nicht Dermot geben, denn später werde er sie noch gut gebrauchen können.

Dermot kam und fragte: »Wo ist die Nadel?«

»Bei meinem Wort, ich habe sie, aber du bekommst sie nicht. Ich habe sie durch ehrliche Arbeit verdient.«

»Wie prahlerisch du bist.«

»Schon möglich«, sagte der Junge.

Nun, am Abend ging alles wieder so zu wie am Abend zuvor.

Der Junge sollte nur Wasser und braunes Brot bekommen, aber das Mädchen sorgte dafür, daß er heimlich von Dermots Speisen aß. Und in der Nacht nahm sie ihn wieder mit in ihr Bett, und sie vergnügten sich mit Spielen, die ihr alle kennt, bis zum frühen Morgen. Sie hatte ihn aber noch ein paar Spiele zu lehren, die er in der ersten Nacht von ihr nicht gelernt hatte. Und auch diese fand er recht vergnüglich und sprach: »Wie erfindungsreich die Frauen doch sind, wenn es darum geht, neue Spiele in der Liebe zu erfinden.« Sie verriet ihm auch, daß der Vater am nächsten

Morgen von ihm verlangen werde, mit einer Bratpfanne ohne Boden einen See auszuschöpfen, um am Boden des Sees nach einem Ring zu suchen, den seine Ururgroßmutter dort vor siebenhundert Jahren verloren hatte.
»Mach dir keine Sorgen und sei ohne Furcht. Ehe die Sonne untergeht, komme ich wieder. Ich weiß, wo der Ring liegt. Und du wirst auch heute deinen Kopf auf der Schulter behalten.«
Nun, genauso kam es. Der Alte stellte ihm die Aufgabe, aber diesmal meinte er, daß es vielleicht doch ein böses Ende nehmen könnte, denn wieder wurde es recht spät, bis sie kam. Als sie erschien, sagte sie: »Warum fürchtest du dich? Hab' ich dir nicht gesagt, ich würde dir helfen? Du mußt lernen, daß es keinen Grund gibt sich zu fürchten, solange es mich gibt.« Sie nahm ihm die Bratpfanne ab, schöpfte zweimal Wasser, und, schwupp, war der See leer, und, schwupp, hatte sie den Ring gefunden. Sie gab ihm den Ring und sprach: »Gib ihn ja nicht aus der Hand. Du wirst ihn noch gut gebrauchen können.« Dann ging sie fort, und als es Zeit war, kam er ins Haus.
Dermot saß auf seiner Bank. Er fragte ihn, ob er den Ring habe.
»Ja«, sagte er, »den habe ich.«
»Dann gib ihn mir.«
»Ich denke nicht daran. Schließlich habe ich dafür lange genug arbeiten müssen.«
»Du wirst immer unverschämter«, meinte Dermot.
»Mag sein«, sagte er.
Wieder trug sich alles so zu wie in den beiden vorangegangenen Nächten. Der Junge mußte sich wieder auf der Egge ausstrecken, aber kaum hatte der Vater ihnen den Rücken gewandt, da kam das Mädchen und holte ihn in ihr Bett. Und in dieser Nacht erzählte sie ihm, der Vater werde von ihm verlangen, drei Geschichten auf einmal zu erzählen, damit er bis zum Tagesanbruch wach bleibe.

»Ich will dir sagen, was du dann tun mußt. Stell die Feuerzange an die Westtür. Häng den Topfhaken an die Osttür und lege die Bürste mitten auf den Herd. Und dann befiehl ihnen, die drei Geschichten zu erzählen. Geh in den Stall. Nimm den Zügel vom Haken an der Stalltür. Leg ihn dem kleinen Pferd an, sattle es und steig auf. Ich werd' mich dann hinter dich setzen, und dann wollen wir rasch davonreiten.«

Als der Tag anbrach, lag der Junge wieder auf seinem harten Lager.

Dermot kam aus seinem Bett. »Steh auf«, sagte er. »Was für ein Faulenzer du bist. Du solltest dankbar sein, daß man dich auf einem so weichen Lager schlafen läßt.«

Diesmal hatte der Alte keine Aufgabe für ihn. Der Junge konnte spazierengehen, bis es Nacht wurde, und als er zurück ins Haus kam, hieß ihn Dermot, gleichzeitig drei Geschichten erzählen, damit er in seinem Bett nicht einschlafe. Darauf legte sich der Alte schlafen. Sobald er zu Bett gegangen war, stand die Tochter auf, schloß die Tür hinter sich und ging hinaus. Der Junge kam, stellte die Feuerzange an die Westtür, den Topfhaken an die Osttür, und die Bürste legte er mitten auf den Herd, und alle drei begannen mit einem Schlag ihre Geschichten zu erzählen. Der Junge aber lief in den Stall, sattelte das Pferd und ritt mit dem Mädchen davon. Sie ritten so schnell sie konnten. Sie holten den Wind vor sich ein, aber der Wind, der hinter ihnen wehte, konnte sie nicht einholen. Mitten in der Nacht rief Dermot aus seinem Zimmer: »Was geht eigentlich da drüben vor? Soll das die ganze Nacht so weitergehen? Ich verstehe nicht ein einziges Wort.«

»Wahrlich«, sagte die Bürste, »das muß dir auch schwerfallen. Wo doch ich, die Feuerzange und der Topfhaken alle durcheinandererzählen.«

»Hält man das für möglich?« rief Dermot. »Caitelin von den Kämmen, steh sofort auf. Maire von den Schönen

Locken, unsere sanfte Tochter, ist heut nacht durchgebrannt wie eine Hure.«
Seine Frau war sogleich auf den Beinen, und beide machten sich an die Verfolgung des flüchtenden Paares. Das Mädchen hatte schon geahnt, daß man sie verfolgen würde, und deswegen hieß sie den Jungen, sich von Zeit zu Zeit umzusehen. Einmal sah er zwei Krähen am Horizont auftauchen. Er ritt weiter zu wie der Wind. Die Krähen kamen näher.
»Hast du die Nadel, die ich dir gegeben habe?«
»Die hab' ich«, sagte er.
»Dann nimm sie und wirf sie über deinen Kopf nach hinten.«
Das tat er. Da wuchs ein Wald aus Eisen auf bis an den Himmel.
»Caitelin«, sagte Dermot, »spring doch eben heim und hol mir den kleinen Vorschlaghammer, der unter dem Bett liegt. Willst du das für mich tun, Alte?«
»Ist schon geschehen. Bin schon wieder hier«, sagte sie.
»Ach, an dir hat man doch immer nur Freude. Schade, daß auch du alt wirst!«
Er griff sich den Vorschlaghammer und hieb sich einen kleinen Pfad durch den Wald aus Eisen. Und dann stiegen die beiden wieder als Krähen zum Himmel auf. Wieder sah es so aus, als würden sie das Mädchen und den Jungen einholen. Da sprach Dermots älteste Tochter zu ihrem Liebsten: »Ich hoffe, du hast noch den Ring.«
»Den habe ich.«
»Dann wirf ihn auf der Stelle über deinen Kopf nach hinten.«
Das tat er, und es bildete sich ein großer See, so tief wie ein Ozean. Da kamen die Verfolger wieder nicht weiter.
»Bitte, Caitelin«, sagte Dermot, »geh doch rasch heim und hol mir den kleinen hölzernen Löffel, der hinter dem Bett steht.«

»Schon geschehen. Bin schon wieder da.«
»Ach Liebste, an dir hat man nur Freude. Wie schade, daß auch du einmal alt wirst.«
Er fing an, den See mit dem kleinen hölzernen Löffel auszuschöpfen, aber dann fiel ihm ein, daß ihm das keinen Gewinn bringen werde. »Meine gute Alte«, sagte er, »wir müssen aufgeben. Wenn wir uns noch weiter von unserer Heimat entfernen, kommen wir nicht mehr zurück. Und unsere liebe Tochter würde sich immer wieder neue Zauberkünste einfallen lassen, um uns den Weg zu versperren. Es war ein Fehler, ihr so vieles von dem, was ich weiß, beizubringen.«
Also kehrte das saubere Paar um. Der Junge und seine Liebste aber ritten weiter. Beim Morgengrauen kamen sie daheim an. Sie sagte zu ihm, sie werde auf keinen Fall mit ihm hinein ins Haus kommen.
»Aber warum nicht?« fragte er.
»Geh erst allein hinein«, sagte sie, »und dann komm und rufe mich. Die Nachbarn werden dich begrüßen wollen. Gib aber keinem die Hand und auch niemandem einen Kuß, denn wenn du das tust, wirst du mich auf der Stelle vergessen.«
»Nun gut«, sagte er und ging hinein. Die Nachbarn kamen tatsächlich und hießen ihn nach seinem Abenteuer wieder willkommen. Er ließ keinen nahe an sich heran, und alle wunderten sich, weil er ihnen nicht die Hand schüttelte. Er setzte sich auf einen Stuhl. Da sprang ein kleiner Hund heran. Er berührte mit den Vorderpfoten seine Beine und leckte ihn mit der Zunge.
Und auf der Stelle hatte der Junge seine Geliebte vergessen.
Das Mädchen wartete auf ihn, und als er nicht kam, wußte sie, was geschehen war. Sie ging umher und kam an einen Baum nahe einer Schmiede. Und es war eine Quelle unter dem Baum.

Das Mädchen aber stieg in die Äste des Baumes hinauf und setzte sich dorthin.
Am Morgen kam die Tochter des Schmieds, um Wasser zu schöpfen, und sah, gespiegelt vom Wasser, ein wunderschönes Gesicht. Sie hielt es für ihr eigenes Ebenbild und rief aus: »Ach, welch ein Unglück, so schön zu sein und dann in einer Schmiede aufzuwachsen.«
Sie stellte den Eimer hin und lief davon.
Als sie nicht nach Hause kam, ging die zweite Tochter zur Quelle, um Wasser zu schöpfen. Und auch sie sah das schöne Ebenbild in der Quelle. »Ach, wie schade«, rief sie aus, »so schön zu sein und in einer Schmiede geboren.« Den Krug, den sie mitgebracht hatte, warf sie voller Zorn auf den Stein vor der Quelle und rannte fort.
Dann kam die dritte Tochter, sah das Bild, und auch sie überkam Wut, mit solcher Schönheit in einer Schmiede zur Welt gekommen zu sein. Auch ihr Krug ging in tausend Scherben, und darauf nahm sie die Straße unter ihre Füße wie die anderen.
Schließlich kam die Mutter, sah die Scherben all der Gefäße, sah das Bild im Wasser und dachte: Es ist eine Schande, es mit einem so schönen Gesicht zu nichts anderem gebracht zu haben als zur Ehefrau eines schmutzigen, häßlichen Schmieds. Nein, wer so schön ist, der muß höher hinaus. Und auch sie rannte in die weite Welt davon.
Danach kam der Schmied selbst zur Quelle. Auch er sah das schöne Gesicht. »Nein«, sagte er, »das bin doch nicht ich.« Er schaute nach oben und sah eine wunderschöne junge Frau im Geäst des Baumes sitzen. »Nun«, sagte der Schmied zu ihr, »offenbar ist meine Frau deinetwegen davongelaufen. Wie wäre es, wenn du herunterkämst und bei mir bleiben würdest? Von den andern kommt bestimmt keine zurück. Sie halten sich nun für etwas Besseres.«
Das Mädchen stieg vom Baum herab. Auf ein solches Angebot hatte sie schon gewartet, denn sie wußte ja nicht

wohin. Sie ging mit ihm heim. Sie versah ihm den Haushalt, und das tat sie gut.

Sie und der Schmied blieben zusammen. Sie arbeitete auch in der Schmiede mit ihm. Er lehrte sie das Schmiedehandwerk, und seitdem sie bei ihm war, konnte er doppelt so viele Aufträge ausführen wie zuvor. Sein Ruf breitete sich in der ganzen Gegend aus, und man sagte von ihm, er sei der beste Schmied weit und breit.

Nach einem Jahr kam es dahin, daß der Sohn des Bauern und die Köchin heiraten wollten. Sie luden einen jeden aus der Umgebung zu ihrer Hochzeit ein, die Armen und die Reichen auch. Auch der Schmied wurde eingeladen und mit ihm das Mädchen.

Am Abend, an dem die Hochzeit gefeiert wurde, fragte der Schmied sie, ob sie hingehen wolle. »Doch«, sagte sie. Also ging sie auf die Hochzeit. Viele Leute waren im Haus versammelt.

Die reichen Leute saßen in den Salons, die ärmeren Leute in den anderen Räumen des Hauses. Die Tochter Dermots mit dem Roten Bart aber suchte so lange, bis sie ein leeres Zimmer fand. Dort schloß sie alles ein, was sie an Habseligkeiten hatte. Dann spazierte sie, wie die anderen Gäste auch, durch das Haus. Sie traf die Köchin und fragte sie, ob sie etwas dagegen haben, wenn sie in der Küche einen Kuchen backen würde.

»Ach woher. Gewiß kannst du das gut.«

»Wenn er nicht gerät, ist es meine Schande«, sagte das Mädchen. Als der Kuchen fertig war, wurde er zu den vornehmen Leuten im Salon gebracht. Er stand auf einem Tisch, und der Priester zog ihn zu sich herüber. Er fragte: »Wer hat diesen Kuchen gebacken?«

»Ich«, sagte die Köchin.

»Nein«, sagte der Priester, »diesen Kuchen hat keiner gebacken, der aus Irland stammt. Und wer immer ihn gebacken hat, der soll sogleich vor mich hintreten.«

Da mußte die Köchin das Mädchen rufen. Das Mädchen sagte, erst müsse sie sich umziehen. Sie ging in das Zimmer, und als sie zurückkam, war sie nicht mehr wiederzuerkennen. Die beiden Priester an der Tafel baten sie, zwischen ihnen Platz zu nehmen. Und das tat sie auch.

Nun, man redete und redete, erzählte Geschichten und Anekdoten, und in jenen Tagen war es noch üblich, bei einer Hochzeit das Essen vor der Trauung einzunehmen. Man fragte sie, ob es in dem Land, aus dem sie komme, auf einer Hochzeit auch so zugehe.

»Nein«, sagte sie, »an einem solchen Abend spielt man einander Streiche. Das ist sehr unterhaltsam.«

»Bei uns ist das nicht üblich. Aber vielleicht zeigt Ihr uns einmal, wie das so zugeht bei Euch.«

»Gern, wenn Ihr mir erlaubt.«

»Alles ist dir erlaubt«, sagten sie. Nun, da griff sie in die Taschen ihres Kleides und stellte auf den Tisch eine goldene Henne und einen kleinen silbernen Hahn. Die Leute staunten. Sie pfiff einen Tanz, und die Henne und der Hahn tanzten auf dem Tisch. Darauf griff sie wieder in die Tasche, und diesmal holte sie drei Weizenkörner hervor und ließ sie auf die Tischplatte fallen. Der Hahn fraß zwei von den Körnern und ließ nur eines für die Henne übrig.

»Schande über dich, du häßlicher kleiner Hahn«, sagte die Henne. »So hättest du mich nicht behandelt, als ich dir bei meinem Vater daheim half, den Stall auszumisten, und die Nadel für dich gefunden habe. Ich bin sicher, damals hättest du mir zwei Körner gegeben!«

Nun, ihr könnt euch vorstellen, daß alle Leute im Haus auf die Bänke stiegen, um dieser merkwürdigen Auseinandersetzung zuzuhören und um zu sehen, was sich da abspielte.

Das Mädchen aber griff zum zweiten Mal in ihre Tasche,

holte abermals drei Körner Weizen heraus. Und wieder schnappte sich der Hahn zwei der Körner und ließ nur eines für die Henne übrig.
»Blut und Haß, du häßlicher alter Hahn. So hättest du mich nicht behandelt, als ich dir half, den See mit einer Bratpfanne ohne Boden leerzuschöpfen und den goldenen Ring zu suchen, den die Ururgroßmutter meines Vaters vor siebenhundert Jahren dort verloren hat. Das hat dir den Kopf gerettet. Und an diesem Abend hättest du mir gewiß zwei Körner gelassen!«
Alle hörten aufmerksam zu.
Da griff sie das dritte Mal in die Tasche, und wieder pickte der Hahn zwei Körner auf und ließ der Henne nur eins übrig.
»Daß dir alle Knochen im Leib schmerzen, du häßlicher zerrupfter Hahn! In jener Nacht, als du meinem Vater, der im Bett lag, drei Geschichten auf einmal erzählen mußtest, damit er wach blieb bis zum Morgengrauen, weil du sonst deinen Kopf verloren hättest, war ich es, die dich hieß, die Feuerzange an die Westtür zu stellen, den Topfhaken an die Osttür und die Bürste mitten auf den Herd zu legen. In dieser Nacht hättest du mir gewiß zwei Körner gegönnt.«
Als sie das gesagt hatte, wurde auch der Sohn des Bauern auf der anderen Seite des Tisches aufmerksam. Er kam auf sie zu, umarmte sie und hieß sie willkommen. Und er erzählte all den Gästen die ganze Geschichte so, wie ich sie euch erzählt habe.
Und dann berieten sie alle, welche der beiden Frauen er nun heiraten sollte. Die armen Leute sagten, er solle die Köchin nehmen, denn ohne sie hätte er ja das Haus von Dermot nie gefunden. Die vornehmen Leute sagten, er hätte vielleicht das Haus nicht errreicht, aber man müsse auch bedenken, daß er dort leicht hätte den Tod finden können, und daß es die andere Frau gewesen sei, die ihn

gerettet und gesund wieder in sein Vaterhaus zurückgebracht habe.

Der Bauernsohn und die Tochter von Dermot mit dem Roten Bart wurden noch am selben Abend vermählt. Sie verbrachten ihr ganzes Leben glücklich und zufrieden, und ihre Nachkommenschaft überlebte sieben Generationen.

Und wenn ich nichts als Butterstiefel und Glashosen bekomme, so bin ich doch gern hergekommen heute abend, um euch, meine Freunde, diese Geschichte zu erzählen.

Ich habe diese Geschichte vor fünfzig Jahren von Daniel Seirci's Vater, einem Verwandten, gehört. Er war fast achtzig Jahre alt und einer der besten Geschichtenerzähler, denen ich je zugehört habe.

Märchen und Sagen von Feen und Geistern

Gulisch, der Junge auf dem Zauberpferd

Es war einmal ein Junge in Mayo, im Wilden Westen von Irland, der hörte auf den Namen Gulisch.
Nicht weit von der Hütte, in der er wohnte, erhob sich ein kleiner Hügel. Rings um den Hügel wuchs hohes Gras. Das Gras war immer grün, Sommer wie Winter: Das deutete darauf hin, daß im Inneren des Hügels Feen ihre Wohnstätte hatten. Eines Abends nun stand Gulisch vor der Hütte und sah hinauf zum Himmel. Er betrachtete den schönen, weißen Mond. Es wurde ihm ganz sehnsuchtsvoll dabei. Nach einer Weile sprach er zu sich selbst: »Ach wie schade ist es doch, daß ich noch nie von hier fortgekommen bin. Zu gern würde ich einmal etwas von der weiten Welt sehen. Du hast es gut, weißer Mond. Du läufst über den Himmel, schaust hierhin und dorthin, und niemand kann es dir verwehren. Ich wünschte, ich wäre nur einmal an deiner Stelle.«
Kaum hatte er diese Worte vor sich hingemurmelt, da erhob sich vor ihm und hinter ihm, über ihm und unter ihm großer Lärm. Es war, als ob viele Leute beieinander waren, redeten, lachten und ihren Spaß hätten.
Das Geräusch kam heran wie ein Windstoß. Gulisch horchte. Es schien im Inneren des kleinen Hügels nahe seiner Hütte zu verschwinden.
»Bei meiner Seele«, sagte Gulisch, »dort haben es welche lustig. Warum soll ich nicht hingehen und mit ihnen meinen Spaß haben?«
Er kletterte auf die Hügelkuppe. Sogleich gab oben der Boden unter seinen Füßen nach. Und als er wieder wußte,

was ihm geschah, befand er sich in einer geräumigen Halle im Inneren des Hügels. Er stand mitten unter dem Feenvolk. Dort herrschte gerade Aufbruchstimmung. Die Feenmänner liefen aufgeregt durcheinander, und alle riefen: »Mein Pferd, mein Zaumzeug und meinen Sattel!«
»Wenn's weiter nichts ist«, sagte sich Gulisch, »vielleicht kann ich da mittun.« Und ohne lange zu überlegen, rief auch er aus vollem Hals: »Mein Pferd, mein Zaumzeug und meinen Sattel.«
Sogleich war ein prächtiges Pferd zur Stelle. Das Zaumzeug war aus Gold und der Sattel aus Silber. Gulisch zögerte nicht lange. Er schwang sich in den Sattel. Und jetzt sah er, daß die ganze Halle voller Pferde war und die Feen sich zu einem Ritt rüsteten. Einer von ihnen fragte ihn: »Bist du heute nacht auch mit dabei, Gulisch?«
»Mit Freuden gern«, antwortete er.
»Wenn du Spaß daran hast, nur zu«, sagte der kleine Mann.
Schon ritten alle aus. Sie ritten so rasch wie der Wind, schneller als das schnellste Pferd der Sterblichen auf einer Jagd, schneller noch als der Fuchs, dem die Hunde auf den Fersen sind.
Bald überholten sie den kalten Herbstwind, der vor ihnen herraste. Und nicht eher hielten sie inne auf ihrem tollen Ritt, bis sie an die Küste kamen. Da rief einer unter dem Feenvolk: »Jetzt gilt's einen großen Sprung! Nur Mut!«
Und im gleichen Moment schwebten sie auch schon durch die Luft über dem Meer. Ehe aber Gulisch recht bewußt war, wie gefährlich es zuging, ritten sie wieder über Land dahin, schneller als der Wind und all seine Bräute.
Schließlich hielten sie an, und ein Mann aus dem Feenvolk sprach zu dem Jungen: »Gulisch, weißt du überhaupt, wo wir sind?«
»Ich habe keine Ahnung«, antwortete der Junge.
»Wir sind in Frankreich«, erklärte ihm der kleine Mann,

»die Tochter des Königs von Frankreich soll heute heiraten. Sie ist das schönste Mädchen unter der Sonne. Wir wollen sie entführen. Sie soll eine der Unsrigen werden. Komm jetzt mit uns aufs Schloß. Wenn wir wieder fortreiten, so nimm sie hinter dich auf das Pferd. Hinter uns Feenmännern darf kein Sterblicher sitzen. Du aber bist von Fleisch und Blut. An dir kann sie sich festhalten und wird nicht herabstürzen, wenn es wieder heimgeht in toller Jagd. Bist du zufrieden mit diesem Abenteuer, Gulisch? Und wirst du auch tun, was ich dir gesagt habe?«
»Oh, so ein Abenteuer ist schon lange nach meinem Sinn gewesen«, sagte Gulisch lachend, »also, zufrieden bin ich. Und was du mir befiehlst, will ich gern tun, sofern es mich nicht Kopf und Kragen kostet.«
Sie stiegen von ihren Pferden, und einer der kleinen Männer sprach ein Wort, das Gulisch nicht verstand. Im Augenblick wurden sie hochgehoben, und kurz darauf fand sich Gulisch samt seinen Gefährten in einem Palast wieder. Dort wurde ein großes Fest gefeiert. Es gab keinen Edelmann, keinen Ritter und Grafen im ganzen Land, der dabei gefehlt hätte. Alle Leute waren in Seide gekleidet und trugen viel Gold und Silber an ihren Hosen, Schuhen und Jacken. Die Nacht war so hell von all den Lampen und Kerzen, die da brannten, daß Gulisch erst einmal für eine Sekunde die Augen schließen mußte, weil er ganz geblendet war von all dem Funkeln, Glitzern und Glänzen.
Hundert Tische waren gedeckt, und auf jedem Tisch standen Speisen und Getränke im Überfluß. Fleischkuchen gab es da, und anderes Fleisch, das in süßsaurer Soße schwamm. Wein und Bier und noch viel mehr Getränke, von denen Gulisch den Namen nicht kannte.
An beiden Enden der Halle saßen die Musikanten und machten die süßeste Musik, die je an das Ohr eines Menschen gedrungen ist. In der Mitte der Halle sah man junge Frauen und Männer, die drehten sich so geschickt und ge-

schmeidig im Tanz, daß es Gulisch ganz schwindlig wurde, als er ihnen zusah.
Es gab aber auch noch Spaßmacher und Feuerschlucker, Zauberkünstler und Akrobaten. Solch ein Fest wie das, welches da gefeiert wurde, hatte Frankreich seit zwanzig Jahren nicht mehr erlebt.
Der alte König besaß nur diese eine Tochter. Das Mädchen sollte in dieser Nacht den Sohn eines anderen Königs heiraten. Da wollte sich ihr Vater nicht lumpen lassen.
Drei Tage und zwei Nächte war das Fest schon im Gange, und jetzt, in der dritten Nacht, sollte die Trauung sein. Gulisch und seine Gefährten standen an jener Stelle der Halle beisammen, an der der Altar aufgebaut war. Und zwei Bischöfe liefen nervös vor dem Altar auf und ab und warteten nur auf die rechte Zeit, um die Prinzessin und den Königssohn zu verheiraten. Das Feenvolk und Gulisch aber konnte niemand sehen, denn als sie eintraten, hatte einer der Feenmänner ein Wort gesagt, das sie unsichtbar machte. »Und welche ist nun des Königs Tochter?« fragte Gulisch, als er sich an all den Lärm und das grelle Licht gewöhnt hatte.
»Siehst du sie nicht?« sprach der kleine Mann, der auch schon vorher zu dem Jungen geredet hatte.
Gulisch schaute in die Richtung, in die der Wicht mit dem Finger wies. Und tatsächlich sah er dort ein so wunderschönes Mädchen, daß der Schlag seines Herzens für eine Sekunde stockte.
Ihr Gesicht war wie Rosen und Lilien, und man hätte nicht sagen können, welche Blume den Sieg davongetragen hatte. Ihre Arme und Beine waren weiß wie Schnee, ihr Mund so rot wie eine Erdbeere, die reif ist, ihr Fuß so schmal und fein wie bei anderen Leuten vielleicht die Hand. Ihr langes Haar fiel ihr bis über die Schultern. Ihre Kleider waren aus Gold- und Silberfäden. Der Stein, den die Ringfassung an ihrem Finger hielt, strahlte wie die Sonne.

Gulisch war ganz verwirrt von soviel Schönheit, aber als er genauer hinsah, erkannte er, daß das schöne Mädchen weinte.
»Wie geht das an«, sagte er bei sich, »alle vergnügen sich, und sie ist so traurig!«
»Sie hat allen Grund dazu«, ließ sich der kleine Mann wieder vernehmen, »sie soll gegen ihren Willen verheiratet werden. Sie empfindet keine Liebe für den, der ihr Ehemann werden soll. Der König wollte sie schon vor drei Jahren verheiraten. Damals war sie fünfzehn. Sie hatte ihm erklärt, sie sei noch zu jung, und Aufschub verlangt. Aber heute abend wird sie achtzehn, und nun muß sie heiraten, ob sie will oder nicht. Nun, sie soll heiraten«, schloß er und verzog seinen Mund zu einer häßlichen Grimasse, »aber nicht diesen Königssohn.« Gulisch tat das arme Mädchen leid. Ob nun der Königssohn aus dem fremden Land oder einer von den kleinen grünen Männern, mit denen er hergeritten war – keiner schien ihm der rechte Ehemann für das schöne Kind.
Gulisch dachte nach, was er denn tun könne, um das Mädchen zu retten. Warum bin ich nur so dumm, dürr und stumpf, schimpfte er in Gedanken, warum fällt mir nichts ein, um ihrem Kummer ein Ende zu machen?
Er sah wieder zu ihr hin, als gerade der Königssohn auf sie zutrat und einen Kuß haben wollte. Sie aber wandte den Kopf wütend ab. Ihr Freier faßte sie bei der Hand und zerrte sie hinter sich drein zur Tanzfläche.
Als der Tanz nun zu Ende war, traten der alte König, ihr Vater, und ihre Mutter, die Königin, vor und erklärten, nun sei es an der Zeit, den Ehebund zu schließen. Der Bischof stehe bereit, um ihr den Ring an den Finger zu stecken und sie mit dem Königssohn aus dem anderen Land zu vermählen.
Der König nahm den Prinzen bei der Hand und die Königin ihre Tochter, und zusammen gingen sie zum Altar. Die

Grafen, Herzöge, Ritter und Edelleute folgten. Ehe sie aber den Altar erreicht hatten, streckte einer der Feenmänner, die unsichtbar waren, seinen Fuß vor.
Das Mädchen stolperte und stürzte zu Boden. Ehe es sich wieder aufrappeln konnte, warf der Feenmann etwas, das er in der Hand hielt, über sie. Dazu murmelte er ein paar Worte. Sogleich war das Mädchen verschwunden. Die kleinen Männer hoben die Prinzessin auf und trugen sie aus der Halle. Das gab ein Geschrei; ein Klagen und Sichwundern, ein Suchen und Fragen unter den Gästen auf dem Fest, als die Königstochter vor ihrer aller Augen so plötzlich verschwunden war. Aber die Feen trugen sie aus dem Palast, ohne daß irgend jemand sie hätte hindern können, und draußen riefen sie alle wieder: »Mein Pferd, mein Zaumzeug und meinen Sattel!«
Auch Gulisch rief diese Worte, und sogleich stand das Pferd für ihn bereit. »Nun spring auf, Gulisch«, sagte einer der Feenmänner, »und wir werden das schöne Mädchen bei dir hintenauf setzen. Sie soll sich an dir festhalten. Und dann nichts wie auf und davon, denn der Morgen ist nicht mehr weit.«
So geschah es. Und als nun Gulisch merkte, daß das Mädchen wie im Traum seine Arme um seinen Leib legte, befahl er dem Pferd loszugaloppieren. Auch die anderen Reiter setzten sich in Bewegung. Im Nu waren sie wieder an der Küste. »Jetzt gilt's einen großen Sprung! Nur Mut!« hörte Gulisch dort die Feenmänner neben sich rufen. Auch er stieß jenen Satz hervor. Im selben Augenblick sprang sein Pferd so hoch in die Luft, daß sie oben durch die Wolkendecke stiegen. Und herab kamen sie erst wieder, als die Grüne Insel unter ihnen lag.
Sie hielten nicht inne, sondern ritten eilig weiter, bis zu dem Ort, an dem sich der kleine Hügel erhebt und nebenan die Hütte steht, in der Gulisch zu Haus war.

Als sie dort ankamen, drehte sich Gulisch um, nahm das Mädchen in seine Arme und hob es vom Pferd.
»Ich rufe den Namen Gottes an und bekreuzige mich!« rief er dabei aus.
Kaum waren diese Worte aus seinem Mund, so sank das Pferd in sich zusammen und verwandelte sich in eine rostige Pflugschar, aus der es die Feen gezaubert hatten. Und auch die übrigen Pferde des Feenvolkes wurden im Augenblick wieder in das zurückverwandelt, was sie ursprünglich gewesen waren. So ritt einer der Feenmänner plötzlich einen alten Besen, ein anderer einen Spatenstiel. Ein dritter saß auf dem Ast einer Schierlingstanne. Die Feen aber wurden wütend, als sie merkten, daß Gulisch sie hereingelegt hatte, und einer rief: »O Gulisch, du Clown, du Dieb, möge dir böse vergolten werden, daß du an uns so treulos gehandelt hast.«
Aber sie hatten keine Macht mehr über ihn und das Mädchen, nachdem das Kreuz geschlagen und der Segen gesprochen worden war.
»O Gulisch«, schimpften die Feenmänner, »das ist nicht recht. Böse dankst du uns, daß wir dir gefällig waren und dein Wunsch in Erfüllung ging, in die Ferne zu reisen.«
»Er soll keine Freude haben an dem Mädchen«, schrie jener kleine Mann, der schon vor dem Palast zu ihm gesprochen hatte, und er beugte sich rasch zu dem Mädchen herüber und berührte es an der Stirn. »Das hast du nun davon, Gulisch. Stumm soll sie sein für immer.«
Nachdem er das gesagt hatte, streckte er wie bannend beide Hände aus. Noch ehe Gulisch etwas antworten konnte, waren alle Feenmänner im Inneren des Hügels verschwunden.
Gulisch wandte sich dem Mädchen zu.
»Nur Mut«, sagte er, »die sind wir wenigstens erst einmal los. Oder wärest du lieber bei ihnen geblieben als bei mir?«

Das Mädchen gab keine Antwort.
Sie wird noch Angst haben, dachte sich Gulisch, und weiter sprach er: »Es tut mir leid, aber du wirst diese Nacht in meines Vaters Haus verbringen müssen. Wenn es irgend etwas gibt, was ich für dich tun kann, so laß es mich wissen. Es soll sofort geschehen.«
Das schöne Mädchen blieb stumm. Es waren Tränen in ihren Augen. Ihr Gesicht war erst ganz weiß gewesen, dann wurde es rot.
»Meine Schöne«, sprach Gulisch, »sag doch nur, was ich für dich tun kann. Ich gehöre nicht zu den Feenmännern, die dich mit sich fortschleppen wollten. Ich bin eines ehrlichen Bauern Sohn. Und ich ritt mit ihnen ohne zu wissen, was sie vorhatten. Sobald ich kann, werde ich dich zu deinem Vater zurückschicken. Und nun bitte, sag mir offen heraus, was du von mir erwartest.«
Er sah ihr ins Gesicht. Er sah, wie sie den Mund bewegte, als wolle sie sprechen. Aber sie brachte kein Wort heraus.
»Es kann doch nicht sein, daß sie stumm ist«, sagte Gulisch, »habe ich sie nicht noch heute nacht im Palast des Königs reden gehört? Das muß das Werk dieses tückischen kleinen Burschen gewesen sein, der sie mit der Hand berührte.« Das Mädchen hob jetzt ihre Hand und deutete mit dem Finger auf ihren Mund. Sie gab zu verstehen, daß sie nicht sprechen könne, und Tränen rannen in kleinen Bächen über ihre Wangen. Auch Gulischs Augen blieben nicht trocken, denn wenn er auch ein kräftiger und mutiger Bursche war, so hatte er doch ein weiches Herz und hielt es nicht aus, das arme Mädchen so unglücklich zu sehen.
Er begann darüber nachzudenken, was da zu tun sei.
Würden ihm seine Eltern den Ritt mit den Feen nach Frankreich hinüber glauben? Wohl kaum. Und was schlimmer war, wenn sie das Mädchen sahen, würden sie es bestimmt verspotten.

»Ehre sei Gott«, rief er schließlich aus, »aber jetzt weiß ich, was ich tun werde. Ich bringe das Mädchen in das Haus unseres Herrn Pfarrers. Der wird sich nicht weigern, das arme Ding aufzunehmen und für es zu sorgen.«
Er wandte sich wieder dem Mädchen zu und erklärte ihr, warum er sie doch nicht mit heimnehmen wolle und was er statt dessen vorhabe.
Sie nickte, offenbar, um ihm zu verstehen zu geben, daß sie damit einverstanden sei.
»Gehen wir zum Haus des Herrn Pfarrer«, sagte Gulisch, »er kennt mich. Er wird alles tun, worum ich ihn bitte.«
Als die Sonne eben aufging, kamen sie vor des Pfarrers Haus. Gulisch klopfte. Der Pfarrer sprang aus dem Bett und öffnete die Tür. Er wunderte sich nicht schlecht, als er Gulisch mit dem schönen Mädchen sah. Er dachte, sie seien gekommen, um sich trauen zu lassen.
»Gulisch«, sprach er, »benimmt sich so ein anständiger Junge? Einen so zeitig aus dem Bett zu jagen! Das mit dem Heiraten hätte doch wohl noch bis zehn oder zwölf Uhr am Vormittag Zeit gehabt. Du solltest dich schämen, mich zu dieser nachtschlafenen Zeit aus den Federn zu holen. Ach du meine Güte«, rief er dann aus, denn nun hatte er sich das Mädchen etwas genauer betrachtet und gesehen, wie schön sie war. »Im Namen Gottes, wen bringst du denn da an? Das ist doch keine Bauerstochter. Das ist niemand aus unsrer Gegend hier. Wer ist das? Und wo ist das Mädchen her?«
»Hochwürden«, sagte Gulisch zu dem Priester, »ich dachte immer, Ihr würdet mich und jeden anderen aus dem Dorf zu jeder Tages- und Nachtzeit verheiraten, wenn Not am Mann wäre, aber hier geht es gar nicht ums Heiraten. Ich bin nur hier, um Euch zu bitten, dieses junge Mädchen in Euer Haus aufzunehmen.«
Der Priester sah ihn an, als habe er zehn Köpfe statt einem auf der Schulter, aber ohne weitere Fragen zu stellen,

ließ er das Paar eintreten, schloß hinter ihnen rasch die Tür, führte sie in die Wohnstube und hieß sie Platz nehmen.
»Nun, Gulisch«, sagte er und runzelte die Stirn, »nun erzähl mir endlich, wer dieses Mädchen ist und wo es herkommt. Aus einer Bauernkate bestimmt nicht, das sieht man an ihren Händen und ihren Kleidern.«
»Ich lüge nicht, und dies ist kein Scherz«, antwortete Gulisch, »aber dieses junge Mädchen habe ich mit den Feen aus einem Land, das Frankreich heißt, fortgeholt... Und so wahr ich Gulisch bin, ist sie die Tochter des Königs von Frankreich.«
Darauf begann er seine Geschichte und erzählte dem Pfarrer alles. Der war so erstaunt, daß er es hin und wieder nicht lassen konnte, die Hände über dem Kopf zusammenzuschlagen.
Als nun Gulisch davon berichtete, wie Zorn in ihm aufgestiegen sei, weil das Mädchen einen Mann habe heiraten müssen, den sie nicht liebte, sah er, wie sie errötete. Da war er ganz sicher, daß er richtig gehandelt hatte. Gulisch sprach weiter. Er bat den Pfarrer, das Mädchen doch in sein Haus aufzunehmen.
Das Mädchen könne bleiben, solange es wolle, sagte der Priester. Sie aber zu ihrem Vater zurückzubringen, das sei ihm leider nicht möglich. Erstens fehle es ihm an Geld dazu. Und zweitens wisse er nicht, wie man von Mayo nach Frankreich komme. Das wüßten wohl nur die Feen.
So verabredeten sie, der Pfarrer solle vorläufig sagen, das Mädchen sei seine Nichte. Sein Bruder habe sie aus einem anderen Teil des Landes zu ihm auf Besuch geschickt. Niemand solle vorerst erfahren, daß sie stumm sei, und man solle möglichst alle Leute, die zum Pfarrer ins Haus kämen, von ihr fernhalten.
Darauf ging Gulisch heim. Und als seine Leute fragten, wo

er denn gewesen sei und was er in dieser Nacht getrieben habe, erklärte er ihnen, er sei am Fuße des Feenhügels eingeschlafen.
Unter den Nachbarn des Pfarrers gab es einige Verwunderung über das schöne Mädchen, das plötzlich ins Haus gekommen war. Keiner wußte, was sie im Ort zu schaffen hatte. Einige Leute sagten, das gehe nicht mit rechten Dingen zu. Gulisch sei seit jener Nacht, in der sie gekommen sei, nicht mehr derselbe Mensch. Immerfort schleiche er zum Haus des Pfarrers, und Achtung und Respekt habe er vor dem Priester wie nie zuvor.
Tatsächlich verging kaum ein Tag, an dem Gulisch nicht zu dem Pfarrer ins Haus kam und sich mit ihm unterhielt. Er hatte immer noch im stillen die Hoffnung, das Mädchen werde die Spache wiederfinden. Aber es blieb stumm. Da war keine Hilfe.
Da sie nun mit Worten nicht miteinander sprechen konnten, erfanden sie sich eine ganze eigene Sprache, um sich dennoch zu verständigen. Das Mädchen machte Gesten mit den Händen, lächelte, nickte, schüttelte den Kopf und bewegte die Lippen, um so auszudrücken, was sie dachte und empfand.
Gulisch überlegte, wie es wohl einzurichten wäre, sie zu ihrem Vater nach Frankreich zu bringen. Niemand war da, der mit ihr hätte reisen können. Er selbst wußte den Weg auch nicht, da er ja niemals aus Mayo fortgekommen war, außer bei dem Ritt mit den Feen.
Auch der Herr Pfarrer wußte keinen Rat. Er schrieb drei-, viermal einen Brief an den König von Frankreich und gab diese Botschaften Kaufleuten mit, die von Ort zu Ort reisten und auch weit übers Meer fuhren. Aber keines der Schreiben gelangte ans Ziel.
So vergingen viele Monate.
Gulisch verliebte sich immer mehr in das schöne Mädchen. Und wenn sie auch nicht sprechen konnte, so

machte sie ihm doch mit Gesten und mit Lächeln klar, daß auch sie ihn liebte.

Am Ende kam es dahin, daß Gulisch fürchtete, der König von Frankreich könne nun doch noch erfahren, wo seine Tochter stecke und sie nach Frankreich zurückholen lassen. Er beschwor den Pfarrer, nicht mehr zu schreiben und statt dessen die Sache in Gottes Hand zu legen.

So verging ein ganzes Jahr. Es war der letzte Tag im Herbst. Der Zufall wollte es, daß Gulisch an diesem Abend wieder vor der Hütte seines Vaters stand und hinauf zum Himmel und zum weißen Mond sah.

»He«, sagte er bei sich, »vielleicht, daß heute nacht wieder die Feen ausreiten. Und wenn sie wahrscheinlich auch immer noch wütend auf mich sind... ich will doch versuchen, mich ihnen anzuschließen. Vielleicht, daß ich ihnen ein Geheimnis entlocke und erfahre, wie es angehen könnte, daß die Tochter des Königs von Frankreich die Sprache wiederfindet.«

Gulisch streckte sich also im Gras am Fuße des Hügels aus. Die Nacht war ganz ruhig. Kein Lüftchen regte sich. Kein Geräusch war zu hören außer dem Summen der Insekten und dem Geschrei der Wildgänse, die von See zu See zogen. Tausende und Abertausende heller Sterne stachen über seinem Kopf mit ihrem Licht in die Dunkelheit.

Er lag da an die zwei Stunden, und es wurde immer kühler. Er überlegte sich schon, daß die Feen sich wohl in dieser Nacht nicht mehr würden sehen lassen. Er wollte gerade aufstehen, ins Haus gehen und dort ins warme Bett kriechen, als er nicht weit von sich ein Geräusch vernahm, das immer näher kam.

Zuerst klang es wie das Anschlagen der Wellen an einer steinigen Küste. Dann war es wie ein Laut eines großen Wasserfalls und schließlich wie ein wilder Sturm, der durch die Wipfel der Bäume fährt. Am Ende brach der Hügel unter einem Wirbelwind mitten entzwei, als ob die

Erde aus Glas sei. Drinnen aber sah man wieder die Halle, und in ihr vergnügten sich die Feenleute bei einem Fest. Alles ging so rasch, daß Gulisch fast vergaß, Atem zu holen. Aber dann nahm er sich zusammen, überwand seinen Schrecken und horchte darauf, was das Feenvolk schwatzte.

»Mein Pferd, mein Zaumzeug und meinen Sattel!« schrien sie wieder alle durcheinander. Und Gulisch faßte Mut und rief so laut wie all die anderen: »Mein Pferd, mein Zaumzeug und meinen Sattel!«

Kaum hatte er das gerufen, sprach einer von den Feenmännern: »Sieh da, Gulisch! Du wieder hier, mein Junge! Wie kommst du denn mit deiner schönen Frau zurecht? Heute nacht rufst du vergebens nach einem Pferd. Uns legst du nicht mehr herein. Ich will zugeben, im letzten Jahr hast du uns ganz schön drangekriegt.«

»Ja, damals«, rief ein zweiter, »einmal, aber nie wieder.«

»Was ist er doch für ein Schafskopf! Ein Mädchen mitzunehmen, das nicht einmal sagen kann: ›Wie geht's?‹, sondern stumm wie ein Stein ist.«

»Vielleicht reicht es ihm, sie einfach nur anzustarren«, sagte wieder eine andere Stimme.

»Ja, wenn der Schwachkopf wüßte, daß vor seiner eigenen Tür ein Kräutchen wächst, das er nur kochen müßte und ihr den Saft einflößen und schon würde sie die Sprache wiederfinden!«

»So ist's. Aber die Sterblichen sind einfach zu dumm, um auf solche Mittel zu verfallen.«

»Zerbrich dir nicht den Kopf für ihn. Komm, wir reiten los. Und der Schafskopf bleibt zurück.«

So schwatzten sie durcheinander. Und dann erhoben sie sich in die Luft, und mit Ruuja-Bullja sausten sie davon.

Der arme Gulisch aber starrte ihnen nach, und es fielen ihm fast die Augen aus dem Kopf vor Wut und Verwunderung.

Nicht lange, dann ging er zurück und dachte darüber nach, was er gesehen und gehört hatte. Und er fragte sich, ob da tatsächlich ein Kräutlein vor seiner Türe wachse, das der Tochter des Königs die Sprache wiedergeben könne.
Kann doch nicht stimmen, dachte er bei sich, wäre es wirklich so, sie hätten es dir doch nie verraten. Aber vielleicht ist es diesem Feenmann nur so rausgerutscht. Ich werde immerhin mal nachschauen, sobald die Sonne aufgegangen ist, welche Pflanzen außer Disteln und Fuchsien vor unserer Türe wachsen.
Er ging heim. So müde er auch war, er tat doch kein Auge zu, bis die Sonne aufging. Danach suchte er das Gras um die Hütte nach Pflanzen ab, die ihm fremd waren. Und tatsächlich entdeckte er genau neben der Türschwelle eine seltsame, hochgewachsene Pflanze. Er sah sie sich genauer an und erkannte, daß sie aus sieben kleinen Zweigen bestand, die aus einem Stengel wuchsen, und an jedem Zweig waren sieben Blätter, und in den Stengeln war ein weißer Saft.
»Das ist doch höchst wunderbar«, sprach er bei sich, »solch eine Pflanze habe ich tatsächlich noch nie gesehen. Vielleicht ist das doch das Kraut, von dem die Feenmänner gesprochen haben.«
Er nahm ein Messer, schnitt die Pflanze ab und trug sie ins Haus. Dort riß er die Blätter ab und schnitt den Stengel so, wie man eine Zwiebel schneidet. Er ließ den Saft in ein kleines Gefäß tropfen, gab etwas Wasser hinzu und ließ die Flüssigkeit kochen. Er goß sich eine Tasse davon ein und wollte probieren. Da fiel ihm ein, daß es vielleicht Gift sein könne. Vielleicht haben die Feenmänner die Pflanze nur erwähnt, um das Mädchen zu töten, überlegte er. Er stellte die Tasse wieder ab, ließ ein paar Tropfen der weißen Flüssigkeit auf seine Fingerspitze fallen und leckte sie ab. Die Flüssigkeit schmeckte nicht bitter, sondern süß und angenehm. Da wurde er kühner und trank einen Fingerhut voll

und dann noch einmal soviel. Und darauf hörte er nicht mehr auf, bis er alles, was in der Tasse war, ausgetrunken hatte. Er verfiel darauf in einen tiefen Schlaf. Als er erwachte, war es Nacht, und er empfand großen Durst und großen Hunger.
Er wartete, bis es Tag geworden war, und dann lief er zum Haus des Herrn Pfarrer, um der Königstochter auch einen solchen Trank einzuflößen.
Es war seltsam, plötzlich fühlte er sich mutig und zuversichtlich und wußte, daß alles gut werden würde.
Als er zum Haus des Pfarrers kam, fand er den Priester und das Mädchen beunruhigt vor. Warum hatte er sich zwei Tage nicht sehen lassen. So lange hatte er also geschlafen.
Er berichtete ihnen, was sich zugetragen hatte, und sagte, gewiß sei eine große Kraft in dem Kraut, auf keinen Fall werde es dem Mädchen schaden, denn er habe den Trank schon probiert und könne beschwören, daß er sich lustig und munter fühle.
Gulisch kochte also für sie eine Tasse voll. Und als sie den Sud getrunken hatte, sank sie sogleich auf ihrem Bett nieder. Ein tiefer Schlaf überkam sie. Einen ganzen Tag und eine ganze Nacht schlief sie fest.
Gulisch und der Pfarrer saßen an ihrem Bett und warteten ungeduldig auf ihr Erwachen.
Endlich, am Mittag des zweiten Tages, kam sie zu sich. Sie rieb sich die Augen wie jemand, der nicht weiß, wo er sich befindet. Sie blickte den Pfarrer und Gulisch verwundert an.
Natürlich waren der Junge und der Priester sehr gespannt, ob sie nun werde sprechen können. Nachdem sie eine Weile nichts gesagt hatte, fragte der Pfarrer: »Hast du gut geschlafen, Mädchen?«
Da antwortete sie: »Danke, ich habe ganz ausgezeichnet geschlafen.«

Kaum hatte Gulisch sie etwas sagen gehört, da stieß er einen Freudenschrei aus, sprang zu ihr hin, fiel vor ihr auf die Knie und rief: »Gott sei Dank. Dir ist die Sprache wieder gegeben. Bitte, sprich noch etwas zu mir.«

Das Mädchen antwortete, sie wisse wohl, daß er es gewesen sei, der ihr den Trank gekocht und ihn ihr eingeflößt habe. Zudem müsse sie ihm sehr dankbar sein für alles, was er ihr Gutes getan habe. Sie werde ihm das nie vergessen.

Gulisch war außer sich vor Freude. Rasch kochte er ihr etwas zu essen. Sie aß mit gutem Appetit, war lustig und guter Dinge und plauderte mit Gulisch und dem Pfarrer. Darauf ging Gulisch heim, streckte sich auf dem Bett aus und fiel abermals in einen tiefen Schlaf, denn die Wirkung des Krautes war noch nicht ganz vergangen. Er schlief noch einmal eine ganze Nacht und einen Tag. Als er erwachte, lief er eilig zum Haus des Herrn Pfarrer. Er erfuhr dort, daß das Mädchen auch fast die ganze Zeit über geschlafen habe. Er ging mit dem Priester in ihre Kammer. Nun war sie wach, redete und scherzte. Da war Gulisch aber froh. Der Pfarrer stellte wieder Essen auf den Tisch. Sie saßen beisammen, und danach sagten sie zueinander, daß sie sich lieb hätten.

Eines Tages heiratete Gulisch das Mädchen aus Frankreich. Es war eine prächtige Hochzeit. Wäre ich dabei gewesen, so wäre ich heute nicht hier. Aber ein Vogel hat mir erzählt, daß es für die beiden weder Streit noch Sorge, weder Krankheit noch Unglück gegeben hat, bis zur Stunde ihres Todes. Euch aber wünsche ich, daß es euch auch so ergehen möge.

Der verhexte Hochzeitspudding

****

Moll Roe Rafferty war der Sohn ... eh, will sagen: die Tochter des alten Jack Rafferty, eines Mannes, der die merkwürdige Angewohnheit hatte, immer seinen Kopf unter einem Hut zu tragen. Im übrigen war das eine hochanständige Familie, wie jeder weiß, der mit diesen Leuten befreundet gewesen ist. Man sagt ihnen zwar nach, daß sie stets barfuß gegangen seien, wann immer sie gerade keine Schuhe oder Stiefel zur Hand hatten. Ob das nun wahr ist oder nicht, will ich nicht entscheiden, möcht' nicht, daß eine Lüge über meine Lippen kommt. Später wurde all das Gerede über ihre Eigenarten auch bestritten. Also fahre ich vielleicht besser, wenn ich mich jedes weiteren Urteils über ihren Charakter enthalte. Punktum und Schluß damit.

Nun, der alte Jack Rafferty hatte zwei Söhne ... will sagen: Kinder ... was lacht ihr denn nun schon wieder? Ja, Sohn und Tochter ... Und unter Nachbarn hielt man sie allgemein für Bruder und Schwester, was wahr sein mag oder auch nicht.

Man sagte ihnen viele häßliche Dinge nach, die ich eigentlich nicht alle wiederholen möchte. Beispielsweise, daß weder Jack noch sein Sohn Paddy über einen Scheunenbalken laufen könnten, ohne vorsichtig einen Fuß vor den anderen zu setzen. Man flüsterte sich auch zu, daß Moll Roe so eine komische Art an sich habe, beim Schlafen die Augen geschlossen zu halten.

Wenn das stimmt, so war's doch nur zu ihrem eigenen Schaden, denn wir alle wissen, wenn jemand die Augen fest schließt, kann er nicht so weit sehen wie andere. Moll

Roe war ein hübsches Mädchen, groß und kräftig, mit einem Kopf voller Haare, die wie scharlachfarbene Seide glänzten, was auch einer der Gründe dafür gewesen sein mag, daß sie »Roe« oder die »Rote« genannt wurde. Ihre Arme und Wangen hatten fast dieselbe Farbe wie ihr Haar, und ihre satte Nase war der prächtigste Erker, der je ein Gesicht geschmückt hat. Ihre Fäuste – denn dank Gottes weiser Voraussicht war sie wohl bestückt mit derlei – hatten eine starke Ähnlichkeit mit zwei schwellenden Rüben, die von der Sonne schon etwas geröstet waren. Und damit alles auch recht zueinander paßte, besaß sie auch noch ein wildes Temperament, das leicht überkochte ... Ganz klar, denn die Raffertys waren als eine warmherzige Sippschaft bekannt. Aber wie das so ist: Gott gibt nichts umsonst, und diese großen roten Fäuste waren ihr nicht so sehr zur Verzierung denn zur Benutzung geschenkt worden. Schließlich wäre noch zu erwähnen und damit die Verbindung zu ihrem lebhaften Temperament herzustellen, daß keiner befürchten mußte, diese Fäuste wären aus Mangel an Beschäftigung einmal blau angelaufen.
Moll hatte den Silberblick auf dem einen Auge, was sich aber ganz gut ausnahm. Und ihr armer Ehemann, als er sie endlich zur Frau bekam, gelangte zu der Ansicht, sie könne eben deswegen um die Ecke schauen. Sie brachte nämlich über ihn immer die verborgensten Dinge mit größter Selbstverständlichkeit in Erfahrung. Ob das nun an dem Silberblick lag oder nicht, möchte ich auch nicht entscheiden, denn wie ihr schon wißt: Ich verstricke mich nicht gern in Lügen.
Nun, wie das so geht, eines schönen Tages verliebt sich Molly Roe. Es gab da einen Vagabunden in der Nachbarschaft, der auch nicht gerade mit Schönheit geschlagen war. Er hieß Gusty Gillespie. Gusty ... der Herr beschütze uns ... war das, was sie einen schwarzmäuligen Prosbyterier nennen, einen von denen, die kein Weihnach-

ten feiern. Prosbyterier, müßt ihr wissen, das ist so eine Verballhornung von »Presbyterianer« oder »Presbyter«, und vom Klang her kommt es in Zusammenhang mit Prostitution. Wenn man Gusty im Dunkeln begegnete, sah er ganz fesch aus. Und die Rede ging, daß es auch in einer Nacht war, als Molly und er sich trafen und sie sich ineinander verliebten. Daraus ergab sich, daß sich nach einiger Zeit beide Familien ernsthaft darüber Gedanken machen mußten, was nun geschehen sollte. Molls Bruder, Paddy Rafferty, ließ Gusty die Wahl zwischen zweierlei.

Worum es da im einzelnen ging, ist vor Kindsköpfen, wie ihr es seid, nicht des Erzählens wert, aber soviel muß doch gesagt werden: Als Gusty diesen Paddy kennenlernte, fand er wieder zu seinem Verstand zurück, der einem verliebten Burschen ja manchmal abhanden kommt.

Alles wurde darauf für die Hochzeit vorbereitet, und es wurde vereinbart, daß sie gleich am folgenden Sonntag von Reverend Samuel Mac Shuttle verheiratet werden sollten. Der Mann war ein prosbyterischer Pfarrer.

Nun war das die erste Heirat zwischen einem Schwarzmaul und einer Katholikin, an die man sich in dieser Gegend erinnern kann, und freilich gab es auf beiden Seiten viele Einwände dagegen.

Zwischendrin sah es hin und wieder auch so aus, als werde die Hochzeit gar nicht stattfinden können.

Jedenfalls gab es unter den Verwandten der Braut einen Onkel, der hieß Harry Conolly und war ein Feenmann, also eben ein Mensch, der Umgang mit Feen hat und der alle Leiden mit einem Geheimnis heilen konnte, das nur er kannte. Und da er nicht wollte, daß seine Nichte diesen schwarzmäuligen Burschen heiratete, war ihm jedes Mittel recht, um die Eheschließung zu verhindern. Aber alle Freundinnen von Moll standen gegen ihn auf; auch war der Sonntag ja schon bestimmt, an dem sie zusammengegeben werden sollten.

Nun, der Tag war da, und Moll, wie sich's gehört, ging zur Messe, Gusty aber zu der Versammlung der Prosbyterier. Später wollten sie sich dann in Jack Raffertys Haus treffen, wohin auch der Priester Pater Mac Sorley und Mister Mac Shuttle, die sie zusammengeben sollten, bestellt waren. Während die Brautleute am Gottesdienst der jeweiligen Konfessionen teilnahmen, blieben Jack Rafferty und seine Frau daheim, um das Essen vorzubereiten, und wahrlich ein prächtiges Festmahl sollte das werden.

Als nun Missis Rafferty gerade damit beschäftigt ist, einen großen Pudding zu richten, kommt Harry Connolly, der Feenmann, wütend herein und ruft aus: »Blut und Holunderbüsche, was treibt ihr denn hier?«

»Was spricht dagegen, daß wir hier etwas treiben?« fragt Jack.

»Nun, wißt ihr denn nicht: die Sonne ist in die Seifenlauge gefallen, und der Mond hängt auf dem hohen Horrick. Und dort wird er wohl auch hängenbleiben. Ihr aber kümmert euch so wenig darum, als geschehe draußen weiter nichts als ein Husch Regen. Geht vor die Tür schauen. Aber zuvor bekreuzigt euch dreimal im Namen der Evangelisten, denn wie es in der Prophezeiung heißt: ›Füll den Topf, Eddisupernaculum, so ein Komet ist schon ein seltsam Spectaculum.‹ Geht hinaus, schaut in die Sonne, da gibt es wahrscheinlich etwas zu sehen.«

Jack rannte also zur Tür hinaus, und sein Weib wieselte hintendrein wie eine Zweijährige hinter dem Rocksaum der Mutter. Sie kletterten auf den Zauntritt neben dem Haus, um zu schauen, was sich da am Himmel abspielte.

»Arrah, was gibt's denn, Jack?« fragte seine Frau. »Ich sehe nicht das Geringste.«

»Tatsächlich«, sagte Jack, »mit meinen Augen müßte etwas nicht stimmen, wenn ich etwas Besonderes sehen würde außer der Sonne, und die sieht man eben nicht wegen der Wolken. Gott schütze uns. Aber ich bezweifle

wirklich, daß am Himmel etwas Außergewöhnliches vorgeht.«
»Aber weshalb regt sich Harry dann so auf?«
»Ich glaube, das macht die Hochzeit«, sagt Jack. »Nicht jeder denkt da so wie wir. Sie meinen, es sei gegen die wahre Religion, daß Moll so ein Schwarzmaul heiraten tut... Aber da ist nichts mehr zu machen, wenn sich auch nicht ein einziger Sonnenstrahl sehen läßt, der willens wäre, das Fest zu bescheinen.«
»Was mich betrifft«, sagte seine Frau und blinzelte, »wenn Gusty die Molly recht ist, geht das schon in Ordnung. Ist doch klar, wer in dieser Ehe den Ton angeben wird. Da braucht's keine Zweifel. Aber laß uns jetzt ins Haus gehen und Harry fragen, was denn mit der Sonne los sein soll.«
Nun, sie gingen also wieder hinein und legten ihm diese Frage vor.
»Harry«, sagten sie zu ihm, »was soll sich denn da am Himmel groß tun? Wenn jemand Lebendiges es weiß, dann bestimmt du allein.«
»Ach«, sagte Harry, und ein schlaues Lächeln spielte um seine Lippen, »die Sonne hat so was wie 'ne Kolik. Aber meinetwegen, kümmert euch nicht weiter drum. Ich bin sicher, ihr werdet eine lustigere Hochzeit haben als ihr es ahnt.« Und als er das gesagt hatte, verließ er das Haus.
Nun, nach dieser Antwort von Harry atmeten sie erleichtert auf, und nachdem sie ihm noch nachgerufen hatten, er solle doch zum Mittagessen kommen, setzte sich Jack hin und zündete sich eine Pfeife an, und seine Frau schmeckte den Pudding ab, tat ihn in einen Topf und setzte ihn auf das Feuer. Auf diese Art und Weise liefen die Dinge für eine Weile ganz eben.
Jack rauchte. Seine Frau kümmerte sich um das Essen und fand nebenher auch noch Zeit, sich für das Festmahl umzuziehen.
Plötzlich aber konnte Jack, der ganz zufrieden am Feuer

saß, nicht umhin, eine Art Tanzbewegung an dem Topf wahrzunehmen, was ihn doch ein wenig verwunderte.
»Katty«, sagte er zu seiner Frau, »was kocht da eigentlich in dem Topf auf dem Feuer?«
»Nichts weiter als ein großer Pudding. Warum fragst du?«
»Nun«, sagte Jack, »wenn sich je ein Topf in den Kopf gesetzt hat, einen Jig zu tanzen ... Donner und Feuerstein, dann der!«
»Bei Gott, es stimmt«, sagte Katty erschrocken, als sie hinschaute. Der Topf hüpfte auf und nieder, hin und her, gerade so, als werde dazu eine lustige Musik gespielt. Und es war leicht zu erkennen, daß es nicht der Topf selbst war, sondern etwas in ihm, das die Musik machte.
»Beim Loch in meinem Mantel«, rief Jack, »in diesem Topf ist etwas Lebendiges. Was machen wir jetzt?«
»Begorra Jack«, rief Katty, »du hast recht. Irgend etwas ganz Sonderbares muß da hineingeraten sein. Großer Gott, was ist da nur zu tun?«
Gerade, als sie dies sagte, schien der Topf eine Verbeugung auszuführen, und danach machte er einen Satz, der einem Tanzmeister zur Ehre gereicht hätte. Fort flog der Deckel und ging auf dem Fußboden in Scherben. Hinaus hüpfte der Pudding. Und so leicht wie Erbsen auf einem Trommelfell tanzte er nun auf ebener Erde dahin.
Jack bekreuzigte sich, Katty bekeuzigte sich, Jack brüllte, Katty schrie.
»Im Namen des Guten und des Allmächtigen, bleib uns vom Leibe. Keiner will dir hier etwas Böses!« Ungeachtet dessen machte der Pudding einen Satz auf den Mann zu. Jack sprang auf den ersten besten Stuhl und dann auf den Küchentisch, um ihm auszuweichen. Der Pudding tanzte daraufhin zu Katty hin, die mit schriller Stimme die Gebete wiederholte, während der schlaue Dieb von einem Pudding um sie herum hopste und tanzte, als sei er höchst belustigt über ihre Angst.

»Wenn ich nur eine Mistgabel zur Hand hätte«, rief Jack, »dann ging's ihm an den Kragen. Mit dem wollte ich schon fertig werden.«

»Nein, nein«, schrie Katty, denn sie nahm an, in dem Pudding habe sich eine Fee versteckt, und wer konnte wissen, was für Streiche die ihnen spielen werde.

»Hör doch mal, Liebes, warum jagst du den ehrlichen Leuten, die dir nie etwas zuleide getan haben, einen solchen Schreck ein? Das waren nicht wir ... Nein, wirklich, das muß der alte Harry Connolly gewesen sein, der dich behext hat. Verschone eine arme alte Frau wie ich es bin. Ich will dir mal was flüstern, Liebchen. Ich bin nicht so gesund wie ich aussehe ... Darf mich nicht aufregen, glaub mir das doch.«

Der Pudding schien dafür durchaus Verständnis aufzubringen. Er tanzte von ihr fort, auf Jack zu, der nun wie seine Frau davon überzeugt war, da müsse eine Fee drinstecken, und entschlossen war, erst einmal in aller Freundlichkeit mit ihr zu reden.

»Bitte, Euer Ehren«, rief Jack, »sie sagt die Wahrheit, und bei meiner Ehre, als Ehepaar gesprochen, wären wir Euer Ehren sehr verbunden, wenn Ihr Euch etwas ruhiger aufführen würdet. Natürlich ist es klar: hättet Ihr nicht so gute Umgangsformen, würdet Ihr Euch noch ganz anders aufgeführt haben. Aber begreift doch, wie meine Frau schon erwähnte, Ihr müßt Euch an den alten Harry halten. Der Schurke ist gerade die Straße hinunter, und wenn Euer Ehren sich etwas beeilen, holen Euer Ehren ihn bestimmt noch ein. Bei meinem Lied, bei einem guten Tanzmeister ist Euer Ehren in die Lehre gegangen, das muß ich zugeben. Verbindlichsten Dank, Euer Ehren. Gott segne die Reise von Euer Ehren ... Und möge unterwegs kein Priester oder Bürgermeister Euern Weg kreuzen!«

Nachdem Jack sich derart geäußert hatte, sprang der Pudding aus dem Haus, auf die Straße, und wandte sich gegen

die Brücke hin, und dies war genau der Weg, den zuvor der alte Harry genommen. Versteht sich, daß Jack und Katty hintendreingingen, um zu schauen, wo der Pudding nun hinsprang, und da es Sonntag war, ist es auch nur natürlich, daß mehr Leute auf der Straße waren als sonst. Als sie nun sahen, wie Jack und sein Weib dem Pudding nachliefen, schloß sich ihnen die halbe Nachbarschaft an.
»Jack Rafferty, was hat das zu bedeuten? Katty, meine Liebe, willst du uns nicht wissen lassen, was hier vor sich geht?«
»Ganz einfach«, erwiderte Katty, »das ist mein großer Pudding, der verzaubert worden ist, und nun verfolgt er...« Hier hielt sie inne, weil sie den Namen ihres Bruders nicht erwähnen wollte, und fuhr nach kurzem Zögern fort: »... einen, der Feenzauber über ihn gebracht hat.«
Jack, der sah, daß er nun Beistand hatte, spürte, wie ihn sein Mut erneut überfiel. So sprach er zu Katty: »Rasch heim mit dir, du Weib, und verlier keine Zeit, rasch noch einen neuen Pudding zu kochen. Und hier ist Paddy Scanlands Weib Bridget, sie wird dich ihn auf ihrer Herdstelle kochen lassen. Und Peggy wird mir eine Mistgabel leihen, damit ich diesen Brocken von Pudding verfolge, bis ihm die Luft ausgeht. Und dann will ich ihn durchbohren wie St. Georg den Drachen. Was soll mir nun geschehen, da mir doch alle Nachbarn den Rücken stärken.«
So sprach er, und also geschah es. Katty machte kehrt, um einen neuen Pudding zuzubereiten, während Jack mit dem halben Dorf, bewaffnet mit Spaten, Dreschflegeln, Mistgabeln, Sensen und Sicheln dem verdammten Pudding nachlaufen. Der Pudding aber flieht in einer Geschwindigkeit von sechs irischen Meilen die Stunde. Und nie hat man vorher eine solche Jagd erlebt.
Katholiken, Protestanten und Prosbyterier setzen ihm nach, bewaffnet wie gesagt, und nichts kann den armen Pudding vor einem schlimmen Ende bewahren, außer sein

geschwindes Rennen. Hier schlägt er einen Haken, dort tut er einen Luftsprung und rennt weiter und weiter, und jemand, der allzu begierig danach ist, sich eine Scheibe von dem Pudding abzuschneiden, haut in die Luft statt auf den Pudding. Doch dann gelingt es Frank Farell, dem Müller aus Ballyboulteen, doch tatsächlich, ein Stück zu erhaschen. Das gibt ein Hallo, das man bis an die Grenzen des Kirchspiels hört. Nun, da der Anfang gemacht ist, ziehen auch die anderen nach. Der haut seine Sichel hinein, jener seinen Dreschflegel, und zum Schluß sieht das, was davonrennt, kaum noch nach einem Pudding aus.
»Wo will er denn hin?« fragt einer. »Ich wette um mein Leben, daß er zu der Versammlung der Prosbyterier unterwegs ist. Drei Hurras, wenn er nach Carn Towl abbiegt.«
»Haut ihm die Seele aus dem Leib, wenn er ein Protestant ist«, schreien die anderen, »und wenn er links abbiegt, dann macht Pfannkuchen aus ihm. Wir wollen keinen protestantischen Pudding hier.«
Die Leute waren inzwischen so aufgeregt, daß sie sich beinahe über diese Fragen in die Haare geraten wären, als glücklicherweise der Pudding eine Abkürzung einschlug, eine kleine Gasse, die zum Gebetshaus der Methodisten führte, worauf im Augenblick sich alle in ihrer Empörung über diesen methodistischen Pudding einig wußten.
»Also ein Methodist«, riefen einige.
»In dieses Gebetshaus setzen wir als gute Katholiken keinen Fuß. Also drauf und dran. Laßt den Wind aus ihm heraus, kommt, nehm ihn aufs Korn, laßt euch nicht erschüttern, spießt ihn auf mit euren Mistgabeln.«
Einer von ihnen war dem Pudding ganz nahe gekommen, so nahe, daß er meinte, ihn berühren zu können. Aber gerade, als er ihn mit seiner Mistgabel an die Giebelwand der Methodistenkapelle spießen wollte, schlug der Pudding einen Haken, hopste nach links hinüber und sprang in den

Fluß. Vor ihrer aller Augen trieb er auf dem Wasser davon, leicht wie eine Eierschale. Nun geschah das ein wenig oberhalb der Stelle, an der die Mauer von Oberst Bragshores Vorwerk von beiden Seiten bis unmittelbar ans Flußufer geführt ist, und da so die Verfolgung ein Ende fand, gingen alle heim. Ein jeder Mann, jede Frau, jedes Kind, verwunderten sich darüber, was es mit diesem Pudding auf sich haben mochte und wohin er nun unterwegs war. Hätten Jack Rafferty und seine Frau etwas darüber verlauten lassen, daß der Pudding von Harry Connolly behext worden sein könnte, so hätte die Menge dem Harry übel mitgespielt, aufgebracht wie sie nun einmal war.
Die beiden waren verständig genug, genau dies für sich zu behalten, denn Harry war ein alter Junggeselle und ein enger Freund der Raffertys. Freilich wurde so allerlei gemunkelt. Die einen vermuteten dies, die anderen das. Und indessen war Katty Rafferty, besorgt, zum Festessen könne nichts Rechtes auf den Tisch kommen, heimgegangen und hatte einen zweiten Pudding von etwa derselben Größe dessen, der davongerannt war, zubereitet. Sie hatte ihn zu ihrem nächsten Nachbarn, Paddy Scanlan, gebracht, ihn dort in einen Topf getan und aufs Feuer gesetzt, und nun hoffte sie, er werde zur rechten Zeit gar sein, besonders da der Pfarrer kommen wollte, der sich angekündigt hatte und der, wie jeder Ehrenmann in Europa, gern eine Scheibe warmen Pudding aß.
Die Zeit verstrich. Moll und Gusty wurden zu Mann und Frau erklärt, und es gab keine zwei, die sich darüber mehr gefreut hätten. Ihre Freunde, die zur Hochzeit eingeladen worden waren, spazierten in kleinen Gruppen umher, bis es Mittag wurde; sie redeten und lachten, vor allem aber sprachen sie über den verhexten Pudding, dessen Abenteuer, um bei der Wahrheit zu bleiben, schon im ganzen Kirchspiel die Runde gemacht hatten.
Nun, die Mittagszeit war schon nahe, und Paddy Scanlan

saß ganz bequem mit seinem Weib vor dem Feuer, der Pudding kochte vor ihren Augen, als abermals Harry Connolly hereinspaziert kommt und ganz aufgeregt ruft: »Blut und Holunderbusch, wie könnt ihr nur so ruhig hier sitzen?«

»Ja, warum nicht, Harry. Was ist denn los?« fragte Missis Scanlan.

»Nun, die Sonne ist in die Seifenlauge gefallen, und der Mond hängt auf dem hohen Horrick und wird dort wohl auch hängenbleiben. Ihr aber tut so, als geschähe draußen nichts als ein Husch Regen. Geht vor die Tür und schaut euch mal die Sonne an, dann wird euch schon klar werden, was los ist.«

»Sag mal, Harry, was hast du da eigentlich unter deinem Mantel?«

»Vor die Tür mit euch«, ruft Harry, »und fleht zu Gott, daß die Welt nicht untergeht.«

Nun, es läßt sich wirklich schwer sagen, ob Paddy oder seine Frau zuerst vor der Tür anlangte. Sie waren so erschreckt von Harrys wildem, dünnem Gesicht, und so liefen sie, um zu schauen, was sich am Himmel tat; aber wohin sie auch blickten, es war nichts zu sehen, außer daß mit guter Laune die Sonne schien und nicht ein einziges Wölkchen am Himmel stand.

Lachend kamen Paddy und seine Frau zurück, um Harry tüchtig auszuschimpfen.

Jeder wußte, er konnte die Leute ganz schön zum Narren halten. Ein kleiner Streich ist schon recht, aber was zu weit geht, geht zu weit.

»Also, weißt du, Harry ...!«

Sie fanden nicht Zeit, mehr zu sagen, denn als sie zur Tür hereinkamen, drängte er sich an ihnen vorbei, und aus dem Saum seines Mantels stieg Rauch wie aus einem Kalkofen.

»Harry«, schrie Bridget, »bei der Ehre meiner Seele. Dein

Mantelsaum steht in Flammen. Du wirst noch verbrennen. Merkst du denn nicht, wie es raucht?«
»Bekreuzigt euch dreimal«, sagte Harry, ohne stehenzubleiben oder sich auch nur umzuschauen, »denn wie prophezeit ist: Füll den Topf, Eddy ...!« Was er sonst noch sagte, konnten sie nicht verstehen, denn Harry kam ihnen vor wie ein Mensch, der etwas trägt, das viel zu heiß ist, um es zu tragen, wie sich aus seinen hastigen Bewegungen und dem beherrschten Gesicht, das er machte, deutlich ergab.
»Was, zum Teufel, trägt Harry nur unter dem Futter seines Mantels«, fragte Paddy.
»Beim Glück meiner Seele, aber vielleicht hat er den Pudding gestohlen«, sagte Bridget, »man weiß ja, was für seltsame Dinge ihm manchmal in den Sinn kommen.« Sie untersuchten sofort den Topf, fanden aber den Pudding dort so sicher wie die Pfundnote in der Spardose, und das verwunderte sie noch mehr. Was hatte er nur jetzt schon wieder angestellt, während sie in den Himmel gestarrt hatten?
Nun, wie dem auch war, Zeit verging, das Mittagessen war fertig, und ohne Zweifel, es saßen da nette Leute beieinander, die am Tisch mithalten wollten. Der prosbyterische Pfarrer traf den methodistischen Prediger auf dem Weg zu Raffertys Haus, und da er wußte, daß er sich die Freiheit nehmen konnte, bestand er darauf, ihn zum Essen einzuladen, denn, trotz allem ... Zu jener Zeit lebten die Pfarrer aller Bekenntnisse auf gutem Fuß miteinander, und es war nicht so wie heute ... Aber lassen wir das.
Sie hatten den Hauptgang hinter sich, als Jack Rafferty selbst Katty bat, ihnen doch nun den Pudding vorzusetzen.
Kaum war das Wort aus seinem Mund, da wurde der Nachtisch auch schon hereingebracht, groß wie ein Weihrauchkessel.

»Meine Herren«, sprach Jack, »ich hoffe, keiner von Ihnen wird sich weigern, ein Stück von Kattys gutem Pudding zu kosten. Ich meine nicht den, der zu tanzen anfing und dann auf Reisen ging. Ich meine den guten soliden Burschen, den sie danach noch gemacht hat.«
»Aber natürlich werden wir uns nicht lange nötigen lassen«, rief der Pfarrer, »tu uns nur auf, Jack.«
»Mit Freuden. Ich wünschte, ich hätte Euch etwas Besseres zu bieten. Aber wir sind einfache Leute, meine Herren, und so dürfen Sie von uns nicht erwarten, was Sie vielleicht in einem vornehmen Haus ganz selbstverständlich vorfinden würden.«
»Raum ist...«, begann salbungsvoll der Methodistenprediger, dann aber blieb ihm vor Erstaunen das Zitat im Hals stecken.
Sehr zu seiner Verwunderung war der Pfarrer, nachdem er gerade einen Löffel Pudding in den Mund geschoben hatte und noch ehe irgend jemand hätte ›Jack Robinson‹ sagen können, aufgesprungen und begann, einen lebhaften Jig zu tanzen.
In diesem Augenblick kam der Sohn des Nachbarn herein und kündigte an, der katholische Priester sei auf dem Weg, um dem jungvermählten Paar Glück zu wünschen. Die Worte waren ihm kaum aus dem Mund, da trat der Priester auch schon ein, und in seinem Gesicht malte sich Erstaunen, als er den Herren von der anderen Fakultät so ausgelassen auf der Hochzeit herumhüpfen sah. Es blieb ihm aber kaum Zeit, dies zu bedenken, geschweige denn, sich zu setzen, denn schon sprang der Prediger auf, trommelte sich mit den Fäusten auf die Brust und begann ebenfalls wild herumzutanzen.
»Jack Rafferty«, sagte er – nebenbei: Jack war sein Pächter, »was in aller Welt hat das zu bedeuten? Ich muß schon sagen, ich bin erstaunt!«
»Es gibt auch nicht einen Teil von mir, der Ihnen das sagen

könnte«, sagte Jack, »aber wollen Hochwürden vielleicht ein Stück Pudding probieren? Das junge Paar muß doch sagen können, Ihr hättet auf seiner Hochzeit gegessen. Das schlagt Ihr uns wohl nicht ab!«
»Nun«, sagte der Priester, »zur Ehre des Brautpaares soll es geschehen. Aber wirklich nur ein bißchen... Sag mir, Jack, ist hier etwas getrunken worden?«
»Ach, dem Teufel in die Suppe gespuckt«, sagte Jack, »im Haus haben wir genug, aber offenbar konnten sich die Herren nicht gedulden und haben schon vor dem Essen etwas genippt.« Er hatte kaum seinen Satz beendet, als der Priester, ein rüstiger Mann, nachdem er eben seinen Löffel Pudding heruntergeschluckt hatte und noch ehe er sich bekreuzigen konnte, einen Tanzsprung von einem Yard in die Höhe tat. Und nun tanzten also alle Pfaffen dem Teufel ein Ohr ab. Es läßt sich nicht beschreiben, was nun mit der Hochzeitsgesellschaft geschah, als sie merkte, was sich da tat. Manche schütteten sich aus vor Lachen, anderen fielen fast die Augen aus dem Kopf. Einige hielten die Tanzenden für verrückt, andere meinten, sie müßten wohl in letzter Zeit zu heiß gebadet worden sein.
»Wahrlich, es ist eine brennende Schande«, sagte einer, »drei Pfarrer zu dieser frühen Stunde... Und alle schon so betrunken!«
»Zunder und Schwefel«, sagte ein anderer, »was ist nur in sie gefahren? Man könnte denken, sie seien verhext. Heiliger Moses, seht euch den Kratzfuß an, den der Methodist macht. Und erst der Prosbyterier... Ich hätte nie gedacht, daß man bei dieser Religion so große Sprünge machen kann. Seine Schrittfolge ist so exakt, wie bei Paddy Horghan, dem Tanzmeister, persönlich. Und erst unser Priester Whirro, meine Herren. Ein Spaß ist es allemal!«
Sie hatten ihre Freude daran, das will ich meinen.
Aber stellt euch vor, wie ihnen zumute wurde, als sie plötzlich noch den alten Jack Rafferty selbst tanzen sahen.

So etwas hatte die Welt noch nicht gesehen. Und nie hatte man solches Gelächter, so ausgelassene Zurufe und ein so wildes Händeklatschen vernommen.

Eben da, als Jack Rafferty von seinem Stuhl sprang, kam Harry Connolly herein und ließ sich auf diesem Platz nieder. Und er hatte sich kaum hingesetzt, da erschien Barney Hartigan, der Pfeifer. Man hatte ihn schon früher am Tag eingeladen, doch auch zur Hochzeit zu kommen, und er hatte ausrichten lassen, bei ihm könne es etwas später werden.

»Begorra«, sagte Barney voller Anerkennung, »ihr seid ja schon gut zugange, meine Herren. Aber was hat das zu bedeuten? Wollt ihr denn keine Musik, solange noch Luft in den Pfeifen ist!«

Und indem er dies ausrief, begann er »Jigpolthogue« und danach »Kiss my Lady« zu spielen.

Unterdessen gab es Spaß dick und dreifach, denn es muß daran erinnert werden, daß Harry, der alte Fetzen, vor dem Pudding saß. Zuerst teilte er der Braut davon zu, und im Nu hampelte sie vor dem Methodistenprediger herum, als sei sie von der Tarantel gestochen, und er umtanzte sie in der Art eines Auerhahns, daß sich die Zuschauer vor Lachen den Bauch hielten. Harry gefiel das, und er gedachte auch bald Partner für alle übrigen Gäste zu finden. Also teilte er brav Puddingportionen aus, und um es kurz zu machen – außer dem Pfeifer und ihm gab es bald kein Paar Absätze mehr im Haus, das nicht damit beschäftigt gewesen wäre, so wild zu tanzen, als hinge das Leben eines jeden davon ab.

»Barney«, sagte Harry, »koste ein Stück von dem Pudding. Teufel, einen so guten Pudding hast du bei deiner Seele noch nie gegessen. Du mußt ein bißchen versuchen ... Er ist herrlich.«

»Warum nicht«, sagte Barney, »ich bin nicht der Mann, der ein gut Ding ausschlägt, aber mach schnell, Harry, denn ich hab' die Hände nicht frei, und es wäre zu schade, ihnen jetzt die Musik abzustellen, da sie doch so schön in Fahrt sind. Danke, Harry, wirklich, das ist ein toller Pudding, aber Blut und Rüben, wie wird mir?«

Das Wort war kaum seinem Mund entfahren, als er aufsprang, den Dudelsack in die Hand nahm und mitten unter die Tanzenden raste.

»Hurra, meine Lieben, wollen wir doch eine rechte Nacht daraus machen! Ein Hoch für die Jungen von Ballyboulteen. Los, Hochwürden, schwenkt Eure Dame! Hacke, Spitze, Herr Pfarrer! Gut. Sehr gut gemacht. Hurra! Auf Ballyboulteen und den Himmel, der sich darüberspannt!«

Leider hat man nie, noch wird man jemals später wieder eine solch ausgelassene Gesellschaft zu Gesicht bekommen. Aber das Verrückteste stand noch bevor.

Sie waren gerade so recht in Hitze und Feuer, als – was meint ihr wohl wer! – vergnügt und lustig wie eh und je in die Stube getanzt kam. Es war der erste Pudding. Das traf sie hart. Sie hatten alle von der Geschichte gehört – die Pfarrer so gut wie die anderen Leute. Die meisten hatten den ersten Pudding sogar mit eigenen Augen gesehen und waren fest davon überzeugt, daß darin eine Fee versteckt saß. Nun, er tanzte also herein, und seine Erscheinung allein reichte aus, um ihnen Beine zu machen.

Hinaus tanzten die drei Pfaffen, und alle Hochzeiter tanzten ihnen nach. Es sah so aus, als hätte es plötzlich ein jeder unerhört eilig heimzukommen. Aber auch nicht eine Seele fiel aus dem Schritt. Man hätte sie hängen können, und sie hätten genauso herrlich weitergetanzt wie zuvor. Der Priester tanzte die Straße hinunter in Richtung auf sein Haus, und der Pfarrer und der Prediger machten in einem fort Verbeugungen und tanzten in die entgegengesetzte Richtung. Um es kurz zu machen: Sie kamen schließlich alle daheim an ohne einen Schnauf Atem im Leib; und die Braut und der Bräutigam tanzten ab ins Bett. Und jetzt,

Männer, wäre es wohl auch für uns an der Zeit, ein bißchen zu tanzen. Also, auf in die Scheune...!

Eines muß ich aber wohl zuvor noch klarstellen: Ich muß noch berichten, daß Harry, als er die Brücke von Ballyboulteen ein paar Meilen unterhalb von Richter Bragshores Vorwerk überquerte, den Pudding im Fluß treiben sah... Oder, um es mit der Wahrheit genauer zu nehmen, er hatte dort auf den Pudding gewartet. Er holte ihn aus dem Wasser, putzte ihn so sauber wie einen neuen Stock und nahm ihn unter seinen Mantel, um ihn in der Küche mit dem zweiten Pudding zu vertauschen. Aber auch diesen anderen Pudding verhexte er und zauberte eine Fee hinein.

Es ist ja bekannt, daß er mit dem Feenvolk auf gutem Fuße stand. Andere behaupten auch, er habe ein halbes Pfund Quecksilber hineingetan. Nun, deswegen muß man sich nicht streiten.

Auf jeden Fall, Leute, habe ich euch jetzt die Abenteuer des verrückten Puddings von Ballyboulteen erzählt. Mehr möchte ich über die Sache nicht sagen. Es könnte sonst doch noch eine Lüge über meine Lippen kommen.

Das Geschenk der Feen

In den guten alten Zeiten, als das kleine Volk, das man die Feen nennt, sich vor den Menschen noch häufiger sehen ließ, lebte ein Bauer namens Mick Purcell. Er pachtete ein paar Morgen unfruchtbaren Landes in der Nähe der berühmten Kantorei von Mourne, ungefähr drei Meilen von Mallow und dreizehn von der schönen Stadt Cork entfernt. Mick hatte Frau und Familie, und alle taten, was sie konnten, aber das war wenig genug, denn der arme Mann hatte keine Kinder, die schon groß genug gewesen wären, um mit Hand anzulegen, die eine Kuh hätten melken können, Kartoffeln kochen oder die Eier auf den Markt nach Mallow hätten bringen können.
Nun, eine Weile konnte er die Pacht, die er zu zahlen hatte, zusammenkratzen, aber dann kam ein schlechtes Jahr. Der Hafer auf dem kleinen Acker verdarb, die Hühner gingen an Bräune ein, die Sau bekam die Masern. Sie wurde geschlachtet und verkauft, brachte aber fast nichts, und so kam es dahin, daß am Zahltag für die Pacht der arme Teufel nicht einmal die Hälfte der Summe besaß, die er hätte zahlen sollen.
»Molly«, sprach er zu seiner Frau, »was sollen wir nur machen?«
»Was willst du schon anderes tun, als die Kuh aus dem Stall holen, sie nach Cork auf den Markt treiben und sie dort verkaufen«, sagte sie.
»Aber was soll dann werden, wenn sie verkauft ist?« entgegnete Mick sorgenvoll.
»Ich weiß es nicht, Mick, aber gewiß wird Gott sich schon

etwas einfallen lassen. Du weißt ja, wie es ging, als unser kleiner Billy krank wurde und wir kein Geld besaßen, um mit ihm zum Arzt zu gehen. Da kam der Doktor aus Ballydahinch hier vorbei und bat um ein Glas Milch. Er hat uns damals, außer der Arznei für das Kind, auch noch zwei Schillinge geschenkt, weißt du noch? Und ein Frühstück habe ich auch noch bekommen, als ich zu ihm hinüberging, um noch etwas zu erfragen.«

»Ach, du hast immer soviel Mut, Molly, aber ich glaube, du hast recht, also will ich nicht weiter grübeln und die Kuh verkaufen. Ich will gleich morgen gehen, und du mußt noch heute abend Nadel und Faden zur Hand nehmen, denn mein Mantel ist unter dem Arm zerrissen.«

Molly erwiderte, das wolle sie schon in Ordnung bringen, und um zwölf Uhr am nächsten Tag brach Mick von daheim auf mit dem festen Entschluß, die Kuh nur zu einem ordentlichen Preis zu verkaufen. Er folgte erst der Straße, dann trieb er die Kuh durch einen kleinen Bach, der die Straße kreuzt und der unter den alten Mauern von Mourne dahinfließt. Als er so dahinging, warf er ein Auge auf die Türme und auf einen der alten Bäume.

»Ach, wenn ich nur die Hälfte des Geldes besäße, das dort vergraben liegt, müßte ich die arme Kuh nicht verkaufen«, sagte er bei sich. Und weiter: »Nun, so ist es Gottes Wille, und für die Kuh werde ich, so er will, einen gehörigen Preis erlösen.«

Er trottete hinter dem Tier drein. Es war ein schöner Tag, und die Sonne schien hell auf die Mauern der alten Abtei, und nach sechs langen Meilen kam er auf die Höhe des Berges. Flaschenberg wird er heute genannt, aber damals war dieser Name noch nicht gebräuchlich.

Ein Mann überholte ihn.

»Guten Tag«, sagte der Fremde.

»Guten Tag«, erwiderte Mick freundlich und musterte den

anderen. Ein erstaunlich kleiner Mann war das. Fast hätte man ihn einen Zwerg nennen können. Aber ganz so klein war er nun auch wieder nicht. Er hatte ein sehr runzliges, altes Gesicht, Haut, die aussah wie getrockneter Blumenkohl, eine scharfgebogene, kleine Nase, rote Augen und weißes Haar.

Die Augen des kleinen Mannes standen niemals still, und obwohl sie rot waren, wurde es Mick ganz kalt, wenn er dem Mann in die Augen sah.

Es war ihm überhaupt nicht sehr behaglich. Von dem Leib und den Beinen des Mannes bekam er nichts zu sehen, denn obwohl der Tag warm zu werden versprach, trug der kleine Mann einen langen, schweren Mantel.

Mick trieb seine Kuh etwas rascher an, aber der kleine Mann hielt mit ihm Schritt, auch wenn er doch viel kürzere Beine haben mußte. Sein Reisegefährte schien nicht wie andere Menschen zu laufen, indem er einen Fuß vor den anderen setzte. Vielmehr glitt er gewissermaßen über die holprige Straße dahin wie ein Schatten, ohne Geräusch und mühelos.

Mick zitterte und sprach bei sich ein Gebet. Er wünschte, er wäre an diesem Tag nicht rausgegangen. Wenn er die Kuh nicht dabei gehabt hätte, wäre er davongerannt.

Während er mit seiner Furcht kämpfte, redete ihn der Mann plötzlich an: »Wohin willst du mit deiner Kuh?«

»Auf den Markt nach Cork doch«, sagte Mick mit unsicherer Stimme.

»Willst du sie verkaufen?« fragte der Fremde.

»Da ich nichts anderes besitze, muß ich sie hergeben.«

»Warum verkaufst du sie nicht mir?«

Mick ging weiter. Er hatte jetzt noch mehr Furcht vor dem kleinen Mann als zuvor, aber er getraute sich auch nicht, »Nein« zu sagen. »Was würdet Ihr denn zahlen?« fragte er schließlich.

»Ich gebe dir dafür diese Flasche hier«, sagte der kleine

Mann und zog eine Flasche unter seinem Mantel hervor.
Mick sah erst ihn, dann die Flasche an, und trotz seiner Furcht brach er in lautes Gelächter aus.
»Lach nur«, sagte der kleine Mann, »aber ich sage dir: Mit dieser Flasche würdest du besser fahren als mit dem Geld, das du für die Kuh erlöst.«
Mick lachte wieder.
»Hört mal«, sagte er, »haltet Ihr mich für einen solchen Narren, daß Ihr meint, ich würde eine Kuh für eine leere Flasche hergeben? Das kommt gar nicht in Frage.«
»Du würdest mir wirklich besser die Kuh geben und diese Flasche nehmen. Es könnte dir sonst noch leid tun.«
»Ha, Ihr seid gut. Was meint Ihr, was mir meine Frau erzählen würde. Und wovon soll ich dann die Pacht bezahlen? Und überhaupt: Wie kommen wir alle ohne einen Penny durchs Leben?«
»Ich sage dir ja: Diese Flasche ist besser als Geld. Nimm sie, und gib mir die Kuh. Ich frage dich jetzt zum letzten Mal, Mick Purcell.«
Mick stutzte.
Woher weiß er meinen Namen? überlegte er.
Der Fremde fuhr fort: »Mick Purcell, ich kenne dich. Ich schätze dich. Deswegen: Hör auf mich, oder du wirst es bitter bereuen. Immerhin könnte deine Kuh auch sterben, ehe du sie in Cork auf dem Markt verkaufst.«
Mick wollte sagen »Das möge Gott verhüten!«, aber der kleine Mann redete weiter: »Und wie willst du wissen, wieviel sie dir auf dem Markt dafür zahlen? Auch könntest du auf dem Heimweg überfallen und ausgeraubt werden. Aber was rede ich hier auf dich ein. Wenn du entschlossen bist, dein Glück mit Füßen zu treten, Mick... bitte!«
»O nein. Ich habe nicht vor, mein Glück auszuschlagen«, sagte Mick. »Und wenn ich sicher sein könnte, daß die

Flasche wirklich so großartig ist, wie Ihr sagt, würde ich Euch meine Kuh geben. Im Namen ...«
»Kümmern wir uns nicht um Namen«, sagte der Fremde, »gib mir die Kuh. Ich belüge dich nicht. Hier, nimm die Flasche. Und wenn du heimkommst, tu genau, was ich dir jetzt sage.«
Mick zögerte.
»Ach ... dann besser auf Wiedersehen! Ich kann nicht länger bleiben. Wenn du nicht reich werden willst. Gut... deine Sache, Mick Purcell«, sagte der kleine Mann mit einem bösen Lächeln, das ihn noch zwanzigmal häßlicher aussehen ließ als zuvor.
»Vielleicht stimmt das ja alles ...« sagte Mick zögernd. Er wußte nicht, was er tun sollte. Irgend etwas zwang ihn, dem kleinen Mann zu glauben, und also griff er verzweifelt nach der Flasche.
»Hier, nehmt die Kuh«, sagte er, »aber wenn Ihr mich betrogen habt, soll der Fluch eines Armen Euch für immer verfolgen.«
»Um deine Flüche oder Segenswünsche muß ich mich nicht kümmern. Ich habe die Wahrheit gesprochen, Mick Purcell. Das wirst du heute abend merken, wenn du tust, was ich dir sage.«
»Und was soll ich nun mit der Flasche daheim anfangen?« fragte Mick.
»Wenn du heimkommst, so kümmere dich nicht darum, wenn deine Frau zornig wird. Bleib du ruhig und heiße sie die Stube sauber ausfegen, den Tisch genau in die Mitte des Zimmers stellen und ein Tischtuch darüber ausbreiten. Stell dann die Flasche auf den Fußboden und sage: ›Flasche, tu deine Pflicht!‹ Alles andere wird sich finden.«
»Und das ist alles?« fragte Mick.
»Ganz und gar alles«, sagte der Fremde. »Auf Wiedersehen, Mick Purcell. Du bist jetzt ein reicher Mann.«
»Das walte Gott«, sagte Mick, während der andere seiner

Kuh hinterdreinlief. Dann machte Mick kehrt und schlug den Heimweg ein. Als er sich noch einmal umsah, war von dem Fremden nichts mehr zu sehen.

»Der Herr sei zwischen mir und dem Leid«, rief Mick aus, »der war nicht von dieser Welt. Aber wo ist die Kuh?«

Auch sie war verschwunden, und Mick lief, Gebete murmelnd, heim und und hielt die Flasche fest an sich gepreßt.

Und was mach' ich, wenn sie zerbricht, überlegte er. Ach was, ich muß eben gut aufpassen.

Hin- und hergerissen zwischen Furcht und Hoffnung kam er abends in seiner Hütte an. Seine Frau saß vor dem Torffeuer, das im Kamin brannte.

»Ja, Mick«, rief sie, »bist du schon zurück. Bist du denn überhaupt in Cork gewesen? Was ist denn geschehen? Wo ist die Kuh? Hast du sie verkauft? Wieviel Geld hast du dafür bekommen? Was hast du sonst noch erlebt? Du mußt mir alles genau erzählen.«

»Nun denn, Molly, wenn du mir etwas Zeit läßt, sollst du alles hören. Aber wo die Kuh jetzt steckt, kann dir dein Mick nicht sagen.«

»Also hast du sie doch verkauft? Wo ist das Geld?«

»Immer langsam, Molly. Ich werde dir alles erklären.«

»Was ist denn das für eine Flasche unter deiner Jacke?«

»Immer schön eines nach dem anderen«, sagte Mick, »jetzt hör mir gut zu ...«

Er stellte die Flasche auf den Tisch.

»Das ist alles, was ich für die Kuh bekommen habe.«

Die arme Molly sah ihn an, als sei sie vom Blitz getroffen.

»Das ... alles! Was soll das bedeuten, Mick? Ich hätte dich nie für einen solchen Narren gehalten! Wo willst du jetzt das Geld für die Pacht hernehmen?«

»Bitte, Molly«, sagte Mick, »hör mir doch erst einmal zu ...!«

Und er erzählte ihr, wie er den kleinen Mann getroffen hatte und wie es zu dem Handel gekommen war.
»Wie kann man nur ein solcher Narr sein«, sagte Molly kopfschüttelnd, griff nach der Flasche und wollte sie auf dem Schädel ihres Mannes zerschlagen, aber Mick fiel ihr in den Arm und nahm die Flasche wieder an sich. Die arme Molly setzte sich und begann zu weinen. Immer wieder versicherte ihr Mick, sie seien jetzt reiche Leute. Und endlich war sie auch davon überzeugt, denn sie glaubte an die Feen. Selbst der Priester hatte nie versucht, ihr diesen Glauben auszureden. Vielleicht glaubte auch er an das kleine Volk.
Molly stand auf, und ohne ein Wort zu sagen, begann sie, den Fußboden zu kehren. Dann brachte sie auch alles andere im Zimmer in Ordnung und stellte einen langen Tisch auf, breitete ein Tischtuch aus – das einzige, das sie besaß – und Mick stellte die Flasche auf den Fußboden, sah zu ihr hin und sagte dann erwartungsvoll: »Flasche, tu deine Pflicht!«
»Sieh mal, Mutter, sieh nur«, rief der älteste Sohn, ein Junge von fünf Jahren, und er drängte sich an die Röcke seiner Mutter, denn aus der Flasche kamen wie Blitze zwei kleine Männchen und stellten Teller aus Silber und Gold auf den Tisch. Dazu die besten Speisen und Getränke, die man sich vorstellen kann. Darauf marschierten sie wieder in die Flasche zurück.
Mick und seine Frau sahen all dem mit schierer Verwunderung zu. Solche Teller und Schüsseln hatten sie noch nie gesehen. Sie konnten sie gar nicht genug bewundern. Es verschlug ihnen fast den Appetit vor Aufregung. Aber schließlich sagte Molly: »Komm, wir wollen uns zu Tisch setzen, Mick, und etwas essen. Du bist doch gewiß hungrig nach einem solchen Tag mit solchen Aufregungen.«
»Also hat mich der kleine Mann tatsächlich nicht betrogen!« rief Mick aus.

Er setzte sich an den Tisch, holte die Kinder herbei, und sie aßen ein kräftiges Mahl, obwohl sie auch nicht die Hälfte der Speisen dabei verzehrten, die aufgetischt worden waren.
»Nun«, sagte Molly, »bin ich ja nur gespannt, ob die beiden kleinen Burschen auch die Reste wieder forttragen.«
Sie wartete, aber niemand kam. Da räumte Molly die Teller und Schüsseln sorgfältig auf und sprach: »Wirklich, er hat nicht gelogen. Du bist jetzt ein reicher Mann, Mick Purcell.«
Mick und Molly samt der Kinder gingen zu Bett. Aber nicht um zu schlafen, sondern um darüber zu beraten, wie sie all die kostbaren Teller und Schüsseln zu Geld machen und mehr Land davon kaufen könnten.
Mick ging am nächsten Tag nach Cork und verkaufte dort das Geschirr und kam mit einem Pferd und einem Wagen zurück. Die Leute merkten bald, daß er zu Geld gekommen war. Er und Molly aber taten alles, um von der Flasche nichts verlauten zu lassen. Aber irgendwie mußte es ihr Pachtherr doch herausgefunden haben. Und als er es wußte, fragte er Mick, ob denn die Flasche feil sei.
Zuerst wollte Mick nicht, aber dann bot ihm der Mann alle Äcker, die er bisher zur Pacht gehabt hatte, als eigenen Besitz an. Mick meinte, er sei jetzt ja reich. Mehr Geld, als er schon habe, brauche er eigentlich nicht, und also gab er ihm die Flasche. Aber das war ein Fehler.
Da sich Mick für reich hielt, gab er das Geld mit vollen Händen aus, und plötzlich war dann keines mehr da. Er war wieder arm wie eh und je. Er besaß schließlich wieder nichts als eine einzige Kuh, und die trieb er wiederum auf den Markt nach Cork, um sie dort zu Geld zu machen.
Er ging kurz nach Tagesanbruch daheim fort und schritt gehörig aus, bis er den großen Hügel erreicht hatte. Die Nebel schliefen noch in den Tälern und dampften wie Rauchfahnen aus der braunen Heide rings um ihn. Die

Sonne ging zu seiner Linken auf, und die Lerchen begannen zu singen. Als er die Anhöhe erreicht hatte, begann ihm das Herz rascher zu schlagen. Da hörte er eine vertraute Stimme sagen: »Nun, Mick Purcell, habe ich dir nicht gesagt, daß du ein reicher Mann werden würdest?«

»Ja, das bin ich tatsächlich auch geworden. Ihr habt nicht gelogen, Herr. Einen guten Morgen, Euch. Aber jetzt bin ich nicht mehr reich. Es sei denn, Ihr hättet noch einmal eine Flasche für mich. Hier ist die Kuh!«

»Und hier ist die Flasche«, sagte der Mann lächelnd, »ich denke, du weißt jetzt besser damit umzugehen.«

»Dessen seid gewiß.«

»Nun, dann gehab dich wohl, Mick Purcell. Diesmal ist es ein Abschied für immer. Ich habe dir ja gesagt, du würdest ein reicher Mann werden.«

»Auf Wiedersehen«, sagte Mick, als er sich umwandte, »viel Glück Euch und viel Glück für diesen großen Hügel. Wenn er einen Namen haben will – Flaschenberg könnte er heißen. Auf Wiedersehen!«

Mit diesen Worten ging Mick fort und sah sich nicht mehr nach dem kleinen Mann und der Kuh um.

Ihm war nun vor allem darum zu tun, die Flasche rasch heimzutragen. Er kam heim, und als er Molly sah, rief er: »Ja... Wir haben eine zweite Flasche!«

»Hurra. Du bist ein Glückspilz, Mick Purcell. Das bist du wirklich.«

Im Augenblick hatte sie alles gerichtet, und Mick sah seine Flasche an und rief: »Flasche, tu deine Pflicht!«

Im Nu stiegen zwei große, kräftige Männer mit Knüppeln aus der Flasche – wie sie darin Platz hatten, weiß ich nicht – und prügelten Mick, seine Frau und seine Kinder windelweich. Nachdem sie diese Arbeit verrichtet hatten – und eine Arbeit war es, das könnt Ihr mir glauben –, kehrten sie wieder in die Flasche zurück.

Mick rappelte sich auf, rieb seine blauen Flecken, pfiff durch die Zähne, griff sich die Flasche, und dann machte er sich auf den Weg zu seinem Pachtherrn, der gerade eine große Abendgesellschaft mit vielen Gästen gab.
Mick hieß einen Diener den Pachtherrn herausrufen, und der kam auch sogleich.
»Was willst du von mir, Mick?« fragte er.
»Nichts, Herr. Es ist nur... ich habe noch eine zweite Flasche.«
»Was du nicht sagst. Ist sie so gut wie die erste?«
»Ja, Herr, sogar besser. Wenn Ihr wollt, kann ich sie Euch und Euren Gästen vorführen.«
»Großartig. Komm mit.«
Mick wurde also in die große Halle geführt, und dort sah er die erste Flasche hoch oben in einem Regal an der Wand stehen.
»Nun«, sagte der Pachtherr zu ihm, »zeig uns, was diese Flasche kann.«
Mick stellte die zweite Flasche auf den Boden und murmelte die Worte des Befehls. Im Augenblick wurde der Pachtherr zu Boden geworfen, und die Gäste und Diener liefen kreischend und klagend durcheinander. Gläser und Karaffen mit Wein wurden vom Tisch gestoßen, bis der Herr des Hauses rief: »Mick, gebiete auf der Stelle diesen Teufeln Einhalt oder ich lasse dich hängen!«
»Ich rufe sie erst zurück«, sagte Mick, »wenn ich meine Flasche wieder habe, die ich dort oben auf dem Regal stehen sehe.«
»Gebt sie ihm, gebt sie ihm«, rief der Pachtherr, »das ist immer noch besser, als daß man uns alle totschlägt.«
Also nahm Mick die Flasche an sich. Die beiden starken Männer krochen wieder in die zweite Flasche zurück, und mit beiden Flaschen kehrte Mick heim.
Ich brauche nicht zu sagen, daß er nun reicher wurde als je zuvor. Sein Sohn heiratete die einzige Tochter des Pacht-

herrn. Mick und seine Frau starben alt und grau. Einige seiner Diener gerieten bei der Totenwache an seinem Sarg in eine Schlägerei. Dabei zerbrachen die beiden Flaschen. Aber der Berg hat immer noch seinen Namen nach diesen seltsamen Ereignissen, und so wird es auch bleiben, bis ans Ende aller Nächte Morgen.

Das Kind, das mit den Feen ging

****

Östlich der alten Stadt Limerick, ungefähr zehn irische Meilen unterhalb des Gebirgszuges, der unter der Bezeichnung »Die Slieveelim Hügel« bekannt ist, verläuft eine sehr alte und enge Straße. Sie verbindet Limerick und die Straße nach Tipperary mit der Straße nach Dublin und führt durch Sumpf und Weide, über Berg und Tal, an mit Stroh gedeckten Hütten und dachlosen Schlössern vorbei, an die zwanzig Meilen.

Am Fuß jenes Gebirges, das ich schon erwähnte, gibt es ein Wegstück, das besonders einsam ist. Für mehr als drei irische Meilen kommt man durch eine völlig verlassene Landschaft. Ein weites schwarzes Moor, flach wie ein See, eingefaßt von Unterholz, breitet sich zur Linken aus, wenn man nordwärts reist, und die ungleichmäßige Linie der Gebirgskette, die man zur Rechten sieht, Hügel mit Heide überwuchert und graue Felsen, die den Überresten einer Befestigung ähnlich sind, wird häufig unterbrochen durch Schluchten, die sich hier und dort zu felsigen und bewaldeten Tälern ausweiten. Eine dürftige Weide, auf der ein paar verstreute Schafe grasen, rahmt die einsame Wegstrecke über ein paar Meilen hin ein, und unter einem schützenden Hügel und zwei oder drei großen Eschen stand vor gar nicht langer Zeit die mit Stroh gedeckte Hütte der Witwe Mary Ryan.

Arm war die Frau in einem armen Land. Das Strohdach hatte schon eine graue Färbung und hier und da Vertiefungen, die auf die Einwirkungen der Witterung hindeuteten. Aber welch andere Gefahren auch drohen mochten, man war dagegen in diesem Haus wohlgeschützt. Rund um die Hütte stand ein halbes Dutzend Bergeschen, die die Hexen nicht mögen. An den abgeschabten Türbalken waren zwei Hufeisen genagelt, und über dem Türsturz wuchs Lauch, ein altes Heilmittel gegen viele Übel, mit dem man auch die Machenschaften des Bösen vorbeugend bekämpfen kann. War man durch die Tür eingetreten und hatten sich die Augen an das verschwommene Licht gewöhnt, so entdeckte man über dem mit einem Holzhimmel versehenen Bett der Witwe ihren Rosenkranz und ein Fläschchen mit Weihwasser. Hier gab es Schutz, und hier waren Bollwerke gegen das Vordringen außerirdischer und böser Mächte, an die man in der Familie ständig durch die Silhouette des Lisnavoura erinnert wurde, eines einsamen Hügels, den das »gute Volk«, wie die Feen nicht ganz zu Recht genannt werden, bewohnte.

Der seltsame, kuppelartige Hügel erhob sich etwa eine halbe Meile vom Haus entfernt und wirkte wie eine Festung in der Gebirgslinie. Es war im Herbst. Mit der untergehenden Sonne fielen die Schatten des Hügels über die Hänge des Slieveelim bis in die Nähe der kleinen einsamen Hütte.

Die Vögel sangen in den Zweigen der melancholischen Eschenbäume, deren Blattwerk schon dünn wurde. Die drei jüngeren Kinder der Witwe spielten auf der Straße, und ihre Stimmen vermischten sich mit dem Abendlied der Vögel. Nell, das älteste Mädchen, war im Haus, um sich um die Kartoffeln zu kümmern, die für das Abendessen gekocht wurden. Die Mutter war hinaus aufs Moor gegangen, um dort eine Last Torf zu holen. Es ist oder war jedenfalls eine menschenfreundliche Sitte unter den wohlhabenderen Leuten, beim Torfstechen immer einen kleinen Stapel für einen Armen mit aufzusetzen, der so Brennmaterial hatte, um seine Kartoffeln zu kochen und gut durch den Winter zu kommen.

Moll Ryan kam einen steilen Pfad herauf, dessen Ränder mit Dornenbüschen überwuchert waren. Gebeugt von der Last kam sie durch die Tür herein und wurde von Nell begrüßt, die ihr auch dabei half, den Torf abzusetzen. Moll Ryan sah sich mit einem Aufatmen um, fuhr sich mit der Hand über die Stirn und stieß dann hervor: »Ich bin froh, daß es geschafft ist. Gott sei Dank! Wo sind denn die Kleinen, Nell?«

»Die spielen auf der Straße, Mutter. Hast du sie nicht gesehen, als du hereingekommen bist?«

»Nein. Es war niemand vor mir auf der Straße«, sagte sie beunruhigt, »nicht eine Seele, Nell, warum hast du nicht mal ein Auge auf sie gehabt?«

»Ach, sie werden auf dem Hof sein, oder hinter dem Haus. Soll ich sie hereinrufen?«

»Tu das, Mädchen, in Gottes Namen. Die Hennen kommen heim. Die Sonne geht gerade hinter dem Knockdoulan unter, und ich bin jetzt ja auch da.«

Also sprang das dunkelhaarige Mädchen nach draußen, lief zur Straße, schaute in diese und in die andere Richtung, aber ihre zwei kleinen Brüder, Con und Bill, und ihre kleine Schwester Peg waren nirgends zu sehen. Sie rief alle, aber aus dem Hof kam keine Antwort. Sie horchte, aber sie hörte auch nirgends ihre Stimmen. Über den Zauntritt stieg sie, schaute hinter das Haus – überall war es still, und keines der Kinder zeigte sich.

Sie schaute aufs Moor hinaus. Auch dort – keine Kinder. Wieder horchte sie. Nichts. Sie wurde zornig, aber gleich darauf überkam sie ein anderes Gefühl, und sie wurde bleich im Gesicht. Sie schaute zu der mit Heidekraut überwucherten Kuppe des Lisnavoura, die nun in tiefem Purpurrot gegen den flammenden Himmel stand, an dem gerade die Sonne unterging.

Wieder horchte sie, hörte aber nichts als das Gezwitscher der Vögel in den Bäumen. Wie oft hatte sie am Feuer während des Winters Geschichten von Kindern gehört, die bei Einbruch der Nacht an abgelegenen Orten von Feen gestohlen worden waren! Sie wußte auch, daß diese Furcht ihre Mutter immer wieder plagte.

Niemand weit und breit rief seine kleine Herde so früh ins Haus wie die ängstliche Witwe, nirgends in den sieben Kirchspielen wurde die Haustür so früh verriegelt wie hier. Bei alledem ist es kein Wunder, daß sich auch Nell besonders vor den Feen fürchtete. Sie starrte zum Lisnavoura wie in Trance hinüber, bekreuzigte sich immer wieder und flüsterte Gebete.

Dann rief die Mutter von der Straße her. Sie antwortete und rannte vor die Hütte, wo sie die Mutter antraf. »Und wo in aller Welt sind die Kinder? Hast du sie irgendwo entdeckt?« rief Mrs. Ryan, während das Mädchen über den Zauntritt stieg.

»Ach, Mutter. Sie sind gewiß nur ein Stück die Straße entlanggegangen. In ein paar Minuten werden sie zurück sein. Es ist wie mit den Ziegen. Sie springen hierhin und springen dahin.«

»Mag der Herr dir vergeben, Nell! Die Kinder sind fort. Entführt und keine Seele in unserer Nähe. Vater Tom gar drei Meilen fort. Was soll ich jetzt tun, wer wird uns, da es nun dunkel wird, helfen? Ist es zu fassen? Die Kinder sind fort!«

»Still, Mutter, beruhige dich. Siehst du nicht ... da kommen sie ja.«

Und dann begann sie in drohendem Ton zu schreien und winkte den Kindern zu, die auf der Straße daherkamen, die in einiger Entfernung durch eine Senke verlief, weshalb man sie wohl eine Weile nicht hatte sehen können. Sie kamen jetzt aus westlicher Richtung näher, von dort her, wo der gefürchtete Hügel von Lisnavoura lag.

Aber es waren nur zwei Kinder, und eines von ihnen, das kleine Mädchen, weinte. Mutter und große Schwester

liefen ihnen entgegen, jetzt noch mehr erschrocken als zuvor.
»Wo ist Bill ... wo ist er hin?« fragte die Mutter atemlos, als sie nahe genug heran war.
»Er ist fort ... sie haben ihn mitgenommen. Aber sie haben gesagt, er wird bald wieder zurück sein«, antwortete der kleine Con, der dunkelbraunes Haare hatte.
»Er ist fort mit den großen Damen«, plapperte des kleine Mädchen.
»Was denn für Damen ... und wohin? Ach mein Liebling, haben sie es doch geschafft. Wo ist er? Wer hat ihn mitgenommen? Von was für Damen sprecht ihr denn? In welche Richtung sind sie denn gefahren?« rief sie.
»Ich konnte nicht sehen, wo sie hinfuhren, Mutter. Aber es war mir, als ob sie gegen den Lisnavoura hin fuhren.«
Unter wilden Ausrufen rannte die verängstigte Frau allein gegen den Hügel hin, klatschte in die Hände und rief laut den Namen des verlorengegangenen Kindes.
Erschreckt sah Nell, die es nicht wagte, der Mutter zu folgen, ihr nach. Sie brach in Tränen aus, und ihre Geschwister stimmten in ihr Wehklagen und Weinen ein.
Es wurde dunkler. Es war längst über die Zeit, zu der sie sonst sicher unter dem Dach der Hütte saßen. Nell führte die beiden Geschwister ins Haus, hieß sie sich vor das Torffeuer setzen, während sie in der offenen Tür stehenblieb und voller Furcht die Heimkehr ihrer Mutter abwartete.
Nach langer Zeit kam die Mutter. Sie trat ein, setzte sich ans Feuer und weinte jämmerlich.
»Soll ich die Tür verriegeln, Mutter?« fragte Nell.
»Ja, tu das ... habe ich nicht heute abend schon genug verloren, ohne daß die Tür offenstand. Aber zuvor bespreng dich mit Weihwasser und bring das Fläschchen her, damit ich für mich und die Kleinen auch einen Hauch davon nehmen kann. Ich frag' mich, ob all das passiert wäre, hät-

test du die Kleinen mit Weihwasser besprengt, bevor sie gegen Abend nach draußen liefen. Kommt alle her, Kinder, kommt zu mir. Ich will euch festhalten, so daß niemand euch mir fortnehmen kann. Und dann sollt ihr mir erzählen – der Herr sei zwischen uns und dem Unglück! –, was geschah, und wer es war, der unseren Billy mit fortnahm.«

Als die Tür verriegelt war, erzählten die Kinder, einander häufig unterbrechend, oft aber auch von einer Zwischenfrage der Mutter unterbrochen, jene seltsame Geschichte, die ich später zusammenhängend in meine Sprache brachte.

Die drei Kinder der Witwe Ryan spielten, wie ich schon sagte, auf der alten engen Straße vor der Tür. Der kleine Bill oder Leum, etwa fünf Jahre alt, mit hellblondem Haar und blauen Augen, war ein sehr hübscher Junge, gesund und mit jenem Blick ernster Einfachheit, den man bei Stadtkindern gleichen Alters nur selten finden wird. Seine Schwester Peg, ungefähr ein Jahr älter, und sein Bruder Con, wiederum ein Jahr älter als das Mädchen, waren gleich ihm mit auf der Straße.

Unter den großen Eschenbäumen, deren Blätter abzufallen begannen, und im Licht der Oktobersonne, die sich anschickte unterzugehen, spielten die Kinder ausgelassen und versunken, und manchmal blickten sie dabei nach Westen, zu dem Hügel von Lisnavoura hin. Plötzlich wurden sie von einer aufgeregten Stimme in schrillem Tonfall von hinten angerufen und ihnen befohlen, aus dem Weg zu gehen. Sie wandten sich um. Sie blickten auf etwas, das sie nie zuvor gesehen hatten. Es war ein Wagen, bespannt mit vier Pferden, die schnaubten und ungeduldig wieherten, während sie herankamen. Die Kinder, die schon fast unter ihren Hufen waren, sprangen eilig zur Seite, und zwar gegen die Tür der Hütte hin.

Die Kutsche war von altmodischer Art, reichverziert und

prunkvoll, und die Kinder, die nie etwas anderes gesehen hatten als einen Torwagen oder eine alte Chaise, die auf dem Weg von Killaloe hier vorbeigekommen waren, kamen aus dem Staunen nicht mehr heraus. Die Geschirre und das Zaumzeug waren scharlachrot mit Schnallen und Schließen aus Gold. Die Pferde waren gewaltig groß, schneeweiß, mit prächtigen Mähnen, und wenn sie sich schüttelten, dann war es, als ob Rauch durch die Luft wirbele. Auch die Kutsche selbst sprühte von Farben und vergoldeten Beschlägen und Ornamenten. Es gab Beifahrer in Livree mit dreieckigen Hüten, und der Kutscher trug eine große Perücke, so wie Richter sie aufsetzen.

All diese Diener wirkten sehr klein und irgendwie unpassend zu den riesigen Pferden der Equipage. Sie hatten scharfe Gesichtszüge, kleine, ruhelose, wild dreinblickende Augen, und um ihre Münder spielte ein schlaues, boshaftes Lächeln, vor dem die Kinder Angst bekamen.

Der kleine Kutscher schimpfte. Seine kleinen wütenden Perlaugen schienen aus ihren Höhlen herausspringen zu wollen, während er die Peitschenschnur um den Kopf der Pferde wirbeln ließ, bis es aussah, als sei da ein Feuerstrahl in der Luft.

»Weg frei für die Prinzessin!« brüllte der Kutscher mit bebender Stimme.

»Weg frei für die Prinzessin«, piepsten die Beifahrer gegen die Kinder hin und knirschten dann mit den Zähnen. Die Kinder waren so verschreckt, daß sie ganz bleich wurden. Aber eine süße Stimme, die aus dem offenen Fenster der Kutsche drang, beruhigte sie und gebot dem Schimpfen der Diener Einhalt. Eine schöne und sehr vornehm aussehende Dame lächelte den Kindern zu, und alle empfanden das Licht dieses Lächelns als angenehm.

»Diesen Jungen da, mit den goldenen Haaren, glaube ich«, sagte die Dame und sah Leum mit ihren großen Augen an.

Das Oberteil der Kutsche war fast völlig aus Glas, und so konnten die Kinder sehen, daß drinnen noch eine andere Frau mitfuhr, die ihnen nicht so gut gefiel.
Es war eine schwarze Frau, mit einem wundervollen langen Hals, um den sie viele Ketten aus Perlen verschiedener Farbe trug. Auf dem Kopf hatte sie einen Turban aus Seide, die in allen Farben des Regenbogens changierte, und zusammengehalten wurde dieser Kopfputz von einem goldenen Stern.
Das Gesicht diese schwarzen Frau sah fast aus wie bei einem Totenkopf, hohe Wangenknochen, große starre Augen, bei denen das Weiße, gleich der Farbe ihrer Zähne, einen strahlenden Kontrast zu ihrer Haut bildete. Sie lehnte sich zu der schönen Frau hinüber und schien ihr etwas zuzuflüstern.
»Ja, den Jungen mit dem goldenen Haar, würde ich meinen«, wiederholte die Dame.
Und ihre Stimme kam den Kindern süß wie der Klang einer Silberglocke vor, ihr Lächeln lockte sie an wie das Licht einer Zauberlampe, während sie sich aus dem Fenster lehnte und ihre blauen Augen mit einem Blick bewundernden Wohlgefallens auf dem blonden Jungen ruhten. Der kleine Billy lächelte zurück, und als sie sich noch weiter vorbeugte und ihre mit Juwelen geschmückten Arme zu ihm ausstreckte, hielt er ihr seine kleinen Hände entgegen. Wie sie einander berührten, wußten die anderen Kinder nicht zu beschreiben, wohl aber erzählten sie, daß sie ausgerufen habe: »Komm und gib mir einen Kuß, mein Liebling!« Dann hob sie ihn hoch, und er schien an ihrem kleinen Finger zu hängen, leicht wie eine Feder, und sie setzte ihn auf ihrem Schoß ab und bedeckte ihn mit Küssen.
Jetzt waren die Kinder furchtlos, ein jedes wäre nur zu gern wie ihr kleiner Bruder bei der schönen Dame im Wagen gewesen.

Nur eines war ihnen etwas unheimlich und machte ihnen angst, und das war die schwarze Frau. Sie führte ein Seidentaschentuch an die Lippen, und dann stopfte sie sich Lage um Lage dieses Taschentuchs, das scheinbar endlos war, in den Mund, um das Lachen zu dämpfen, in das sie verfallen war, und von dem sie geschüttelt wurde. Dabei schauten aber ihre Augen unheimlicher und bösartiger denn je zuvor drein.
Aber dann blickten die Kinder alle wieder zu der Dame hin, weil sie eben so schön war. Sie fuhr fort, den kleinen Jungen auf ihren Knien zu küssen und zu streicheln. Sie lächelte den Kindern zu und hielt dabei einen großen braunen Apfel zwischen den Fingern. Die Kutsche fuhr jetzt wieder langsam an, und mit einem Nicken, das wohl dazu einladen sollte, die Frucht zu holen, ließ sie den Apfel auf die Straße rollen. Er rollte neben die Räder. Die Kinder liefen dem Apfel nach. Die Dame warf einen zweiten Apfel und dann noch einen und noch einen.
Immer wenn eines der Kinder gerade glaubte, einen der Äpfel greifen zu können, fiel er in ein Loch oder in einen Graben. Dann sahen sich die Kinder um, und immer noch warf die vornehme Dame Äpfel aus dem Fenster, die über die Straße rollten. Diese Jagd nach den Äpfeln setzte sich fort, bis sie, ohne sich dies jedoch recht bewußt zu machen, an eine Straßenkreuzung kamen, wo der Weg nach Owney abzweigt.
Es hatte den Anschein, daß dort die Pferdehufe und das Gefährt einen wunderbaren Staub aufwirbelten, und eine Staubwolke, wie sie auch an ruhigen Tagen manchmal entsteht, schien sich zu bilden. Sie hüllte die Kinder für einen Moment ein und trieb dann wirbelnd gegen den Lisnavoura hin. Inmitten dieses Wirbels aber fuhr die Kutsche. Plötzlich aber war statt ihrer nur noch Stroh in der Luft, und einige welke Blätter segelten über das Straßenpflaster. Im selben Augenblick verschwand der obere Rand des un-

tergehenden Sonnenballs hinter dem Hügel von Knockdoula, und es wurde Zwielicht. Die Kinder spürten die Veränderung wie einen Schock – und der Anblick des runden Gipfels des Lisnavoura, der jetzt aus der Nähe auf sie niedersah, verstärkte dieses Gefühl noch. Sie riefen den Namen des Bruders, aber ihre Schreie verhallten ohne Antwort. Gleichzeitig meinten sie eine tiefe Stimme sagen hören: »Geht heim!«

Sie schauten sich um, aber da war niemand. Sie fürchteten sich, und Hand in Hand – das kleine Mädchen wild weinend und der Junge grau wie Asche im Gesicht –, liefen sie heim, so rasch sie konnten, um, wie wir gehört haben, ihre seltsame Geschichte zu erzählen.

Molly Ryan sah ihren Sohn nie wieder. Aber seine früheren Spielgefährten bekamen ihn wieder zu Gesicht.

Manchmal, wenn die Mutter fort war, um bei der Heuernte eine Kleinigkeit zu verdienen und Nelly Kartoffeln für das Mittagessen wusch oder an dem kleinen Bach, der durch die Senke in der Nähe des Hauses fließt, Kleidungsstücke säuberte, schaute Billys hübsches Gesicht zur Tür herein und lächelte sie schweigend an. Und wenn sie dann hinrannten und ihn mit einem Freudenschrei umarmen wollten, zog er sich vorsichtig nach draußen zurück; folgten sie ihm aber dorthin, dann war nirgends eine Spur von ihm.

Dies geschah oft, und jedesmal waren die Umstände seines Erscheinens ein wenig anders. Manchmal schaute er länger ins Haus, manchmal kürzer, manchmal streckte er die Hand aus, bewegte den Finger zu einer lockenden Geste und winkte den Geschwistern, ihm zu folgen. Aber immer lächelte er, und nie sagte er ein Wort. Und immer war er verschwunden, wenn die anderen die Tür erreichten. Allmählich wurden die Besuche seltener, und nach etwa acht Monaten hörten sie ganz auf, und der kleine Billy, den man nun ganz verloren gab, galt als Toter.

An einem Wintermorgen, anderthalb Jahre nach seinem Verschwinden, machte sich seine Mutter bald nach dem ersten Hahnenschrei nach Limerick auf, um dort Geflügel auf dem Markt zu verkaufen. Das kleine Mädchen lag neben ihrer älteren Schwester, die noch fest schlief. Plötzlich, im grauen Morgenlicht, sah die Kleine, wie sich die Tür öffnete. Billy kam herein und zog die Tür vorsichtig hinter sich zu. Es war immerhin hell genug, um zu erkennen, daß er barfuß war, abgerissen aussah, bleich und abgemagert. Er ging geradewegs auf das Feuer zu, beugte sich über die Glut und schien sich wärmen zu wollen.

Die Kleine stieß ihre große Schwester voller Schrecken an und flüsterte: »Wach auf, Nelly, Billy ist heimgekommen!«

Nelly schlief fest weiter, aber der kleine Junge, dessen Hände fast die Glut berührten, wandte sich um und schaute, so schien es der Kleinen jedenfalls, sich ängstlich um. Dann schlich er sich auf Zehenspitzen wieder zur Tür zurück und ging fast lautlos nach draußen. Danach wurde der kleine Junge nie mehr gesehen.

Feendoktoren, wie man die Leute nennt, die in solchen Fällen probate Gegenmittel verkaufen, taten, was sie konnten – vergebens. Pater Tom kam und versuchte es mit jenen Mitteln, die die Kirche zu Gebote hat. Auch das blieb erfolglos.

Für Mutter, Bruder und Schwestern war der kleine Billy tot.

Andere, die von Menschen geliebt worden waren, lagen in geweihter Erde, auf dem alten Kirchhof von Abington, mit einem Stein an der Stelle, an der die Überlebenden niederknien und ein Gebet für den Frieden der Seele des Toten sprechen können. Für den kleinen Billy gab es keine solche Stelle, es sei denn, man hätte den alten Hügel von Lisnavoura dafür genommen, der bei Sonnenuntergang einen langen Schatten bis vor die Tür der Hütte wirft, oder das weiße Mondlicht, das in späteren Jahren seinen Bruder an ihn erinnerte, wenn dieser von der Messe oder dem Markt zurückkam, seufzte und ein Gebet für den kleinen Billy sprach, verlorengegangen vor so langer Zeit und nie mehr gesehen seither.

Das Schicksal des Frank M'Kenna

****

Es war einmal ein Mann mit Namen M'Kenna, der wohnte auf der Spitze einer der Hügel, die das County Tyrone von dem County Monaghan trennen.

Dieser M'Kenna hatte zwei Söhne, und von diesen hatte der eine die Angewohnheit, im Winter, wenn Schnee gefallen war, selbst an einem Sonntag auf Hasenjagd zu gehen.

Sein Vater, so scheint es, hatte deswegen (weil er es für eine Verletzung der Sonntagsruhe hielt) schon häufig mit ihm gezankt. Der junge Mann aber, der sonst harmlos und leicht zu lenken war, ließ sich in dieser Sache nicht von seinem Willen abbringen.

So kam es auch, daß am Weihnachtsmorgen des Jahres 1814, nachdem in der Nacht viel Schnee gefallen war, der junge M'Kenna, statt zur Messe zu gehen, sich seinen Knotenstock griff, das ist ein Stock, der dicker und schwerer ist als ein normaler Spazierstock, und sich anschickte, seinem Lieblingsvergnügen nachzugehen.

Als sein Vater das sah, schimpfte er den Jungen wieder aus und bestand darauf, er solle in die Kirche gehen. Dessen Begeisterung für die Jagd war größer als seine Liebe zur Religion, und er weigerte sich, auf seinen Vater zu hören.

Der Alte regte sich bei dieser Auseinandersetzung schrecklich auf, und als der Sohn von keinem guten Wort zu bewegen war, seine Autorität anzuerkennen, kniete er nieder und bat Gott, der Sohn möge nur noch als Leiche aus dem Gebirge heimkommen. Dieser Fluch, gottlos und sinnlos wie er war, hätte vielleicht einen anderen zur Vernunft kommen lassen, wenn schon nicht aus Liebe zur Religion, so doch aus Liebe oder Respekt vor dem Vater. Nicht so bei dem jungen Jäger, der erklärte, ob er zurückkomme oder nicht, das werde sich finden. Erst einmal gehe er jetzt. Und dabei blieb es denn auch.

Drei oder vier junge Burschen aus der Nachbarschaft begleiteten ihn. Ob sie nun Spaß hatten bei der Jagd oder nicht, weiß ich nicht zu sagen. Jedenfalls stießen sie gegen Abend des Tages auf einen Hasen, der war größer und dunkler als alle, die sie zuvor gesehen hatten, und versuchten ihn zu stellen. Das Tier entkam immer wieder, wobei es aber immer wieder schien, der nächste Schlag schon werde es zur Strecke bringen.

Der Hase, so stellte sich später heraus, lockte sie in eine abgelegene Gegend des Gebirges.

Als nun die Dunkelheit hereinbrach, sahen M'Kennas Gefährten die Aussichtslosigkeit ihres Unterfangens ein. Bei Nacht, und wenn ein Schneesturm aufkam, konnte man sich im Gebirge leicht verirren. Sie schlugen deshalb vor, die Jagd abzubrechen und nach Hause zurückzukehren, aber davon wollte M'Kenna nichts hören.

»Wenn ihr heim wollt, so geht nur«, sagte er, »was mich betrifft, so bleibe ich im Gebirge, bis das Tier zur Strecke gebracht ist.«

Sie baten ihn, bestürmten ihn, umzukehren, aber das war alles zwecklos. Er kam ihnen wie jemand vor, der das ist, was die Schotten »fey« nennen, also wie jemand, den ein Impuls dem Tod entgegenführt und der sich diesem Einfluß nicht widersetzen kann.

Als die Freunde nun merkten, daß M'Kenna nicht daran dachte, auf sie zu hören, ließen sie ihn den Hasen weiter verfolgen und kehrten nach Hause zurück.

Unterdessen war einer der ärgsten Schneestürme, die man in diesem Teil des Landes je gesehen hat, losgebrochen.

Man gab den jungen Mann, der sich über die Heiligkeit des Sonntags und über die väterliche Autorität hinweggesetzt hatte, für verloren. Solbald der Sturm sich legte, versammelten sich die Nachbarn und machten sich auf, nach ihm zu suchen. Es war aber so viel Schnee gefallen, daß auch nicht eine einzige Fußspur mehr zu sehen war. Wohin man auch blickte, überall erstreckte sich nur eine endlose Weite weißer, gewellter Hügel, und von M'Kenna war nichts zu sehen.

Sein Vater, der sich an seinen Schwur erinnerte, war beunruhigt, denn obwohl die Leiche noch nicht gefunden worden war, sagte ihm jeder, der das Gebirge kannte, daß ein Überleben unter diesen Umständen ganz ausgeschlossen sei. Eine Woche lang waren Suchtrupps in den Bergketten unterwegs – ohne Erfolg.

Endlich setzte Tauwetter ein, und die Leiche des jungen Mannes wurde in einer Schneewehe gefunden. Sie lag auf dem Rücken, um sich einen Kreis, den der Bursche offenbar mit seinem Knotenstock gezogen hatte. Sein Gebetbuch lag aufgeschlagen auf seinem Mund. Sein Hut war heruntergezogen worden, so als solle er das Buch und das Gesicht schützen. Es ist verständlich, daß die Todesumstände im Land viel Aufsehen hervorriefen.

Nun wohnte in dem Haus, das nahe der Stelle stand, an der man die Leiche gefunden hatte, ein Mann namens Daly, der Leichenbestatter im Dienste des Bischofs von Clogher war. Das Haus lag sehr einsam und abgelegen. Es war wenigstens zwei Meilen von der nächsten menschlichen Behausung entfernt und umgeben von einem weiten, düsteren Moor.

Der Suchtrupp kam an dieses Haus, und man entlieh sich dort eine Tür, um den Toten heimzutragen.

Die Familie sah den traurigen Zug, der sich langsam durch die Berge bewegte, und wenn man den Ort und die Umstände bedenkt, so wird man sich vorstellen können, daß

es sich um unwissende und abergläubische Leute handelte, auf die diese Vorfälle einen tiefen Eindruck machten.
Schon bei der Beerdigung kam es zu einem seltsamen Zwischenfall. Als sich der Leichenzug einem Ort näherte, der Mullahtinny genannt wird, tauchte ein großer, dunkler Hase auf, der jenen, die oben in den Bergen mit dabeigewesen waren, seltsam bekannt vorkam.
Man erzählt sich, daß ein Mann das Tier mit einem Stein traf und daß der Schlag jeden gewöhnlichen Hasen getötet haben würde. So aber hörte man nur einen hohlen Ton, etwa der Art, als ob jemand gegen ein leeres Faß schlage.
Schließlich fand die Beerdigung statt. Die Aufregung um das Sterben des jungen Mannes hatte sich gerade etwas gelegt, da verbreitete sich eine Nachricht wie ein Wildfeuer. »Frank M'Kenna erscheint! Der Geist des Frank M'Kenna geht um!«
Eines Nachts, ungefähr 14 Tage nach der Beerdigung, lag die Tochter der Dalys, ein Mädchen von 14 Jahren, auf ihrem Strohsack, als eine Erscheinung sich zeigte, die dem erfrorenen M'Kenna ähnlich sah. Das Mädchen schrie auf, zog das Bettuch über den Kopf und rief Vater und Mutter zu, Frank M'Kenna sei im Haus.
Daly, der, obwohl er eigentlich ziemlich abergläubisch war, doch auch ein gutes Maß Mut besaß, behielt einen kühlen Kopf, stand auf und durchsuchte das Haus, das nur aus einem einzigen Zimmer bestand. Dies gab auch der Tochter Mut. Als nämlich der Vater nichts sah, wagte sie es wieder, den Kopf unter der Bettdecke hervorzustrecken, und jetzt sah sie auch nichts mehr.
Sie schlief ein, und ihr Vater schrieb das, was ihr wie eine Erscheinung vorgekommen war, dem Spiel der Schatten in einer Mondnacht zu.
Bei Tageslicht sah alles nicht mehr so schlimm aus, und man dachte nicht weiter an den Vorfall, bis die Ängste der

Tochter gegen Abend wiederkamen. Sie erklärte, sie wisse, daß der Geist in dieser Nacht wieder erscheinen werde. Und tatsächlich, zu der von dem Mädchen angegebenen Stunde tauchte das Gespenst auf. Das wiederholte sich mehrere Nächte, bis das Mädchen, trotz allen Schreckens, so vertraut mit der Erscheinung wurde, daß sie sie anzusprechen wagte: »Im Namen Gottes«, sagte sie, »was ist eigentlich mit dir los! Warum erscheinst du hier bei uns! Warum nicht bei deiner Familie oder bei einem von deinen Verwandten!«

»Ich darf mit meinen Freunden nicht sprechen«, antwortete Franks Geist, »denn ich bin von ihnen in Unfrieden und Zorn geschieden. Jetzt streiten sie sich um meine Hosen, um meine neuen Breeches, die ich zu Weihnachten bekommen habe. Als ich ins Gebirge aufbrach, habe ich meine alten Hosen angezogen. Ich bin dir erschienen, damit du meinen Freunden ausrichtest, keiner von ihnen darf meine neuen Hosen anziehen. Sie sollen sie den Armen geben.«

Diese Nachricht, die der Geist hinterließ, wurde der Familie des Toten übermittelt, und es stellte sich heraus, daß es sich mit den Hosen genauso verhielt, wie die Erscheinung behauptet hatte. Dies schien ein hinreichender Beweis dafür, daß das Mädchen wirklich das Gespenst gesehen hatte.

Es kam nun häufig zu Unterhaltungen zwischen den beiden, und ihr Verhältnis wurde freundschaftlich und vertraut. Das Mädchen wurde der Liebling des Gespenstes, und das Gespenst verlor seinen schrecklichen Ausdruck. Es sagte ihr auch, während seine Freunde es als Leiche heimtrugen, hätten Griffe, an denen sie die Bahre hielten, ihm in den Rücken gedrückt und Schmerzen verursacht. Auch das, also die Angaben über die Griffe, stellte sich als wahr heraus und verlieh dem Bericht des Mädchens weitere Glaubwürdigkeit.

Die ganze Nachbarschaft wurde nun von Neugierde erfaßt, und immer mehr Leute kamen das Mädchen besuchen, um aus ihrem Mund noch einmal zu hören, was schon als Gerücht bis zu ihnen gedrungen war. Das junge Ding erzählte dann ohne Anzeichen von Furcht von ihren Gesprächen mit dem Geist.

Bis dahin hatten die Begegnungen immer nachts stattgefunden, aber nun, da der Geist merkte, daß er in diesem Hause wohlgelitten war, kam er manchmal auch bei Tage.

Das Mädchen überkam dann eine Art Starre, und in diesem Zustand führte es mit dem Geist lange Gespräche über Gott, die Heilige Jungfrau und den Himmel. Der Geist war offenbar ein ausgezeichneter Moralist und gab ihr die besten Ratschläge. Er sprach sich leidenschaftlich gegen das Fluchen, die Trunkenheit und den Diebstahl aus. Er konnte sich so dagegen ereifern, daß man sich fragte, ob hier wirklich ein Geist am Werke sei. Die ganze Gegend geriet in Aufruhr. Ich erinnere mich noch gut an die Menschenmenge, die zu der kleinen Hütte im Gebirge strömte. Kein Tag verging, an dem nicht bis zu fünfzig Personen auftauchten. Es gab keinen anderen Gesprächsstoff. Man redete davon, man dachte ständig daran, man träumte davon. Ich wäre wahrscheinlich auch zu Dalys gegangen, wenn ich mir nicht gesagt hätte: vielleicht findet das Gespenst auch Gefallen an dir und beginnt, dich heimzusuchen.

Die Stelle, an der man M'Kennas Körper gefunden hatte, war mit einem kleinen Steinhaufen markiert worden. Wer immer dort vorbei kam, warf einen weiteren Stein auf den Haufen. Warum es diese alte Sitte gibt, weiß ich nicht zu sagen. Ich weiß keine andere Erklärung als eine ganz praktische, nämlich, daß man so die Erinnerung an den Vorfall wachhalten wollte.

Dalys Haus, die Szene der Gespenstererscheinung, ist nun

eine formlose Ruine, die kaum noch zu erkennen ist, würde nicht dort, wo einmal der Garten war, ein grüner Fleck ins Auge fallen, der aus einiger Entfernung wie ein Diamant funkelt. Es ist diese Stelle, die kein Schuljunge allein aufsucht.

Sie liegt ohnehin an einem unheimlichen und kahlen Platz, aber wenn man dabei noch an das denkt, was ich erzählt habe, dann wirkt dieser Fleck noch einsamer, verwahrloster und schrecklicher.

Die Geschichte von dem Jungen, den seine Großmutter nach Kilfinane schickte, um Schnupftabak zu kaufen

****

Als ich noch ein junger Bursche war, sagte meine Großmutter eines Tages zu mir, ich solle für sie nach Kilfinane gehen und ihr eine halbe Unze Schnupftabak mitbringen. Sie hatte eine große Vorliebe für dieses Zeug, und es war nicht einmal mehr soviel im Haus, wie man für eine Prise braucht. Da konnte ich nicht nein sagen. Also lief ich die Straße entlang. Ich war noch nicht sehr weit, da kam ich an eine Wiese, auf der die Jungen Hurling, eine Art Hockey, das in Irland sehr beliebt ist, spielten, und freilich machte ich da mit. Über dem Spaß und dem Lärm des Spiels vergaß ich den Schnupftabak ganz und gar. Es war dunkel, als ich heimkam, aber statt eines Abendessens war der Stock schon eingesalzen, und meine Großmutter ließ ihn auf meinem Hintern tanzen. Dann befahl sie mir strikt, auf der Stelle noch in die Stadt zu laufen und den Schnupftabak zu holen. Aber es war nun schon Nacht, pechrabenschwarz. Ich ging los. Was hätte ich sonst tun sollen!

Während ich die Straße entlanglief, hörte ich hinter mir ein Pferd herangaloppieren. Die Hufe klapperten über das Pflaster. Es hörte sich an, als sage da ständig jemand: Zweigroschen, Dreigroschen, Zweigroschen, Dreigroschen! Ich sprang zur Seite, weil ich fürchtete, der Reiter könne mich nicht sehen und werde mich über den Haufen reiten. Aber als er auf gleicher Höhe mit mir war, beugte er sich zu mir herab und fragte: »Was machst du denn hier noch so spät?«

Ich erzählte ihm von meiner Großmutter und von dem Schnupftabak.

»Steig hinten auf: Ich nehme dich ein Stück mit!« sagte der Reiter.
Das ließ ich mir nicht zweimal sagen und kletterte hinter ihm auf das Pferd.
Das Tier flog dahin wie ein Wildfeuer. So rasch, daß man es kaum für möglich hielt. Den Wind, der vor uns wehte, holten wir ein. Der Wind, der hinter uns wehte, kam nicht an uns heran.
Wir waren schon Meilen über die Stadt hinaus, als der Mann endlich hielt. Ich hatte keine Ahnung, in welcher Gegend des Landes wir uns befanden. Aber dann sah ich, daß wir vor dem Tor eines Friedhofs standen. Der Reiter murmelte etwas, und – Herr steh uns bei! – das Tor tat sich auf, ohne daß jemand es berührt hätte. Hinein mit dem Pferd und uns beiden auf seinem Rücken.
»Halt meine Peitsche«, spricht der Reiter, »hier habe ich etwas zu erledigen.« Er springt aus dem Sattel und beginnt, ein frisches Grab aufzureißen. Das nächste war, daß er die Leiche aus dem Grab zerrte und sie vor mir über das Pferd warf. »Halt sie fest«, befiehlt er, »und laß sie nicht fallen, wenn dir dein Leben lieb ist!« Was blieb mir anderes übrig, als den toten Mann festzuhalten. Aber bei all der Angst ließ ich die Peitsche fallen. Ich merkte es gar nicht.
Rauf also auf das Pferd mit dem Reiter, und ab geht's mit uns dreien, dem Reiter, dem Toten und mir. Zweigroschen, Dreigroschen, Zweigroschen, Dreigroschen. Ich meinte, das ganze Land müsse aufwachen von dem Lärm, den die Hufe machten. Es dauerte nicht lange, da tauchte vor uns ein Licht auf, und wir bewegten uns darauf zu. Es war ein großes Haus, fast wie ein Schloß. Eine alte Frau trat aus der Tür. Graues Haar hatte sie und im Mund einen Kamm Zähne wie ein Heurechen. »O Mutter Gottes«, sprech' ich, »jetzt bin ich verloren!« Der Reiter befahl mir abzusitzen, und dann mußte ich ihm helfen, die Leiche ins

Haus zu schaffen. Dort griff er sich eine Axt und zerteilte den Leichnam, gerade so, wie der Metzger ein Schwein zerlegt. Die eine Hälfte kam in einen großen Topf, der auf dem Feuer stand. Die andere Hälfte mußte ich in ein Pökelfaß stopfen.

Es dauerte nun nicht mehr lange, da war das Abendessen fertig. Es gab noch einen anderen Topf, in dem kochten rotbraune Kartoffeln. Die Alte schüttet die Kartoffeln auf den Tisch und holt drei Teller.

»Setzt euch, Männer«, spricht sie, »und laßt es euch gut schmecken.«

Ich war hungrig genug und schob mir ein paar von den Kartoffeln heran. Sie aber ging zu dem großen Topf; kam mit einem großen Stück Fleisch von dem Toten und wollte es auf meinen Teller legen.

»Iß nur«, sagt der Mann.

Mir war speiübel, aber das Glück wollte es, daß ein Ungetüm von einem Hund unter dem Tisch lag, und jedes Stück Fleisch, das ich mir vorschnitt, warf ich ihm hin, während ich an den Kartoffeln herumkaute.

Nun, das Essen ging auch vorüber, und ich hoffte schon, davonlaufen zu können.

»Gehst du?« sagt der Reiter.

»Das hatte ich vor«, antwortete ich, »es ist schon spät.«

»Schon recht«, sagt er, »aber ehe du gehst, vergiß nicht, mir meine Peitsche wiederzugeben.«

Mir rutschte das Herz in die Stiefel. »Ich habe sie auf dem Friedhof verloren, als ihr mir den Toten aufs Pferd gereicht habt, Herr«, sage ich.

»Dann geh dorthin und hol sie sofort!« sagt er, »und komm auf dem schnellsten Wege wieder hierher zurück.«

Fort springe ich, so rasch mich meine Beine tragen wollen. Ich komme ans Tor des Friedhofs.

»Was soll ich nun tun?«, überlege ich. »Für ihn die Peitsche holen oder mich heimstehlen?«

Ich entschloß mich für daheim. Ich rannte, so schnell ich konnte. Ich nutzte jede Abkürzung, über Felder, durch Gebüsche und Hecken. Ich sah das Haus schon vor mir, als ich hinter meinem Rücken wieder dieses Geräusch hörte, das mir schon ganz bekannt vorkam: Zweigroschen, Dreigroschen, Zweigroschen, Dreigroschen. Ich tat einen gellenden Schrei und machte einen verrückten Sprung über die Hecke zur Haustür und durch die Zwischentür in die Küche. Da stieß der Hahn einen Ruf aus, denn eben kam der neue Tag herauf: Fort galoppierte der Reiter wie toll. Eine Schwäche überkam mich, aber ich hörte wohl noch: Zweigroschen, Dreigroschen, Zweigroschen, Dreigroschen. Langsam wurde das Geräusch leiser. Ich war in Sicherheit. Nie konnte ich etwas über den Mann und das Pferd in Erfahrung bringen.
Meine Großmutter hatte wenig Verständnis und Mitgefühl für das, was ich erlebt hatte. Als sie am Morgen aufstand und immer noch kein Schnupftabak zur Stelle war, wurden Prügel mein Frühstück, und dann befahl sie mir, auf der Stelle in die Stadt zu laufen und dort eine halbe Unze Schnupftabak zu besorgen. Und in einer halben Stunde hätte ich zurück zu sein, sonst, so drohte sie mir, könne ich zum Mittag noch einmal Prügel statt etwas zu essen bekommen!

Die weiße Katze von Drumgunniol

****

Es gibt eine berühmte Geschichte von einer weißen Katze, die wir alle als Kinder kennengelernt haben. In meiner Geschichte geht es um eine weiße Katze, die sich ganz und gar von jener liebenswerten und verzauberten Prinzessin unterscheidet, die für geraume Zeit diese Gestalt annahm. Die weiße Katze, von der ich rede, war ein unheimliches Tier.

Wer von Limerick nach Dublin reist, sieht sich, wenn er an den Hügeln von Killaloe vorüber ist und sich das Keeper-Gebirge zu seiner Rechten auftürmt, umgeben von niedrigeren Höhenzügen. Die gewellte Ebene fällt etwas ab, während die Straße höher verläuft, aber einige Hecken hie und da hellen den wilden und melancholischen Charakter der Landschaft etwas auf.

Eine der wenigen menschlichen Ansiedlungen, aus denen in der einsamen Ebene der Rauch von einem Torffeuer aufsteigt, ist das mit Stroh gedeckte und aus Lehm aufgeführte Haus eines »strong farmers«, wie die etwas wohlhabenderen Farmpächter in Munster genannt werden. Es steht in einer Gruppe von Bäumen am Rand eines Baches, ungefähr auf halbem Weg zwischen dem Gebirge und der Straße nach Dublin, und wird seit Generationen von einer Pächterfamilie mit dem Namen Donovan bewohnt.

Ich wollte einige Aufzeichnungen in gälischer Sprache studieren, die mir in die Hände gefallen waren, und als ich mich nach einem tüchtigen Lehrer umsah, empfahl man mir zur Unterweisung in der irischen Sprache Mr.

Donovan, einen träumerischen, harmlosen, aber, was das Gälische angeht, recht gelehrten Menschen.
Es stellte sich heraus, daß er am Trinity College in Dublin studiert hatte. Er brachte sich als Lehrer durch, und die spezielle Richtung meiner Studien, so nehme ich an, schmeichelte seiner nationalen Vorliebe, denn er enthüllte mir langgehegte Gedanken und Erinnerungen über sein Land und seine frühen Tage. Er war es, der mir diese Geschichte erzählte. Ich wiederhole sie, so genau wie irgend möglich, in meinen eigenen Worten.
Ich hatte das alte Farmhaus mit seinem Obstgarten und seinen moosbewachsenen Apfelbäumen selbst gesehen und mich in dieser sonderbaren Landschaft umgeschaut. Ein Turm ohne Dach, mit Efeu bewachsen, der vielleicht vor zweihundert Jahren Schutz vor Überfällen geboten hatte und sich noch jetzt in der Ecke des Hofes erhebt, die dunklen, hoch aufragenden Umrisse des Keeper-Gebirges im Hintergrund, das weite Feld voller Stechginster und die mit Heidekraut überwucherten Hügel, hier und da eine Reihe grauer Felsen oder ein Gehölz mit Zwergeichen oder Birken. Die Einsamkeit, die von dieser Landschaft ausging, machte sie wie geschaffen als Szene für eine wilde und unwirkliche Geschichte. Ich konnte mir gut vorstellen, wie die Stimmung, die davon ausging, dazu beitrug, daß an einem grauen Wintermorgen, an dem, so weit man sehen konnte, Schnee lag, oder durch die melancholische Herrlichkeit eines Sonnenunterganges im Herbst in dem träumerischen Sinn des braven Dan Donovan Aberglaube wach wurde und die Bereitschaft, sich etwas einzubilden. Ich muß jedoch sagen, daß ich nie einem so aufrechten Menschen begegnet bin, auf dessen Wort unbedingt Verlaß war.
Als ich ein Junge war, sagte er, und daheim in Drumgunniol lebte, pflegte ich mir meinen Band mit Goldsmiths »Römischer Geschichte« zu greifen und zu meinem Lieb-

lingsplatz zu gehen, einem flachen Stein an einem großen, tiefen Teich, der von Weißdornbüschen umgeben war. Das Plätzchen lag in einer sanften Mulde, über der sich gegen Norden hin hügelan der alte Obstgarten erstreckte. Es war sehr einsam dort, aber gerade deshalb war der Fleck so geeignet, wenn man in Ruhe lesen wollte.

Ich las also eines Tages dort, und als ich keine Lust mehr hatte, sah ich mich um und dachte über die heroischen Szenen nach, von denen ich gelesen hatte.

Ich war hellwach, darüber kann es gar keinen Zweifel geben. Da sah ich am Rande des Obstgartens eine Frau auftauchen und den Abhang heruntergehen. Sie trug ein langes, hellgraues Kleid, so lang, daß der Saum im Gras schleifte. Da sich bei uns auf dem Land die weibliche Mode kaum ändert, kam mir dieses Kleid, das so völlig anders war als die Kleidung der Farmerfrauen, schon sehr ungewöhnlich vor, und ich konnte den Blick nicht von der Gestalt abwenden.

Die Frau lief quer mitten über das Feld und wich keinen Schritt von diesem Weg ab. Als sie näher kam, erkannte ich, daß sie barfuß war. Sie schien ständig auf einen entfernten Gegenstand zu schauen, so als werde sie von dort geleitet. Die Richtung, die sie eingeschlagen hatte, hätte sie in geringer Entfernung an meinem Platz vorbeigeführt, aber da lag ihr ja der Teich im Weg. Statt, wie ich erwartet hatte, am Ufer stehenzubleiben, ging sie weiter, als sei da gar nichts. Und ich sah sie, so genau wie ich Euch, mein Herr, jetzt hier vor mir sehe, über die Oberfläche des Wassers hinschreiten und in der von mir geschätzten Entfernung an mir vorbeikommen.

Ich war nahe daran, vor schierem Schrecken in Ohnmacht zu fallen. Ich war damals erst dreizehn Jahre alt, aber ich kann mich bis heute an jede Einzelheit genau erinnern.

Die Gestalt schob sich durch eine Lücke in einer Hecke am anderen Ende des Feldes und war dann verschwunden.

Ich hatte kaum die Kraft heimzulaufen. Ich war so nervös und wurde bald auch so krank, daß ich nicht aus dem Haus gehen konnte und es nicht aushielt, auch nur eine Minute allein zu sein.

Meinen Lieblingsplatz suchte ich danach nie wieder auf. Ich wollte einfach nicht an das Erlebnis mit der Frau, das ich dort gehabt hatte, erinnert werden.

Diese Erscheinung ist mit einem mysteriösen Ereignis verbunden, mit einer alten Schuld, die immer noch ihren Schatten auf unsere Familie wirft. Das ist keine Einbildung. Jeder in diesem Teil des Landes weiß darum. Und jeder brachte das, was ich gesehen hatte, damit in Verbindung.

Ich erzähle Ihnen davon, so gut ich es vermag.

Als ich vierzehn Jahre alt war – und das war also ein Jahr, nachdem ich die Erscheinung an dem Teich gesehen hatte –, erwarteten wir eines Abends meinen Vater, der vom Viehmarkt von Killaloe zurückkommen sollte. Meine Mutter war aufgeblieben, um ihn zu begrüßen, und ich mit ihr, denn nichts gefiel mir mehr als so eine Nachtwache. Meine Geschwister und die Knechte, mit Ausnahme derjenigen, die das Vieh vom Markt heimtreiben halfen, schliefen schon in ihren Betten. Meine Mutter und ich saßen vor dem Kamin, schwatzten miteinander und hielten das Abendessen für meinen Vater warm, das noch auf dem Feuer stand. Wir wußten, daß er vor den Männern, die das Vieh trieben, ankommen würde, denn er war zu Pferde und hatte uns gesagt, er wolle nur so lange warten, bis sie sicher mit den Tieren auf der Straße seien, und sich dann beeilen heimzukommen.

Endlich hörten wir seine Stimme. Er klopfte mit dem Peitschengriff gegen die Tür, und meine Mutter ließ ihn ein. Ich glaube nicht, daß ich je meinen Vater betrunken gesehen habe, und das ist mehr, als die meisten Männer in dieser Gegend sich rühmen können. Aber er konnte wie jeder andere schon sein Glas Whiskey vertragen und kam

nach Messen und Märkten meist etwas angeheitert heim, mit leicht geröteten Wangen. An diesem Abend aber sah er bleich und traurig aus. Er trat ein mit dem Sattel und Zaumzeug in der Hand, hängte beides an die Wand neben der Tür, umarmte meine Mutter und küßte sie.
»Willkommen zum Essen, Meehal«, sagte sie und küßte ihn herzlich.
»Gott segne dich, Mavourneen!« antwortete er. Er umarmte sie wieder und wandte sich dann mir zu, der ich ihn am Ärmel gezerrt hatte, um seine Aufmerksamkeit auf mich zu lenken. Ich war klein für mein Alter, und er nahm mich in die Arme, küßte mich, und mit meinen Armen um seinen Hals sagte er zu meiner Mutter: »Mach den Riegel zu, Acuishla.«
Sie tat, wie er ihr geheißen. Er setzte mich ab, ging zum Feuer, setzte sich auf einen Schemel, streckte die Beine gegen die Torfglut aus und stützte die Hände auf die Knie.
»He, Mick, Liebling«, sagte meine Mutter, die neugierig war, »wie hast du das Vieh verkauft? Hast du Glück gehabt auf dem Markt? Hat der Herr dir Schwierigkeiten gemacht? Oder weswegen machst du dir sonst Sorgen?«
»Ach nichts, Molly. Die Kühe hab' ich zu einem guten Preis verkauft, und zwischen dem Herrn und mir hat's nichts gegeben. Da war alles in Ordnung.«
»Nun dann, Mickey, wenn das so ist, dann dreh dich um, dein Essen steht auf dem Tisch, und erzähl uns, was es sonst Neues gibt.«
»Ich hab' mein Essen schon unterwegs gehabt, Molly. Ich mag jetzt keinen Bissen mehr«, gab er zur Antwort. Meine Mutter wurde böse. »Da stellt man dir's warm, und du weißt, daß die Frau daheim wartet...!« rief sie.
»Ich glaube, du hast mich falsch verstanden«, sagte mein Vater. »Es ist etwas passiert, das mir so nahegegangen ist, daß ich jetzt aber auch nicht einen Mundvoll essen kann. Und ich will nicht, daß wir uns streiten, Molly, denn viel-

leicht bin ich nicht mehr lange bei euch. Ich will dir sagen, was es war. Ich habe die weiße Katze gesehen.«
»Der Herr stelle sich zwischen uns und den Kummer!« rief meine Mutter aus und wurde im Augenblick genauso bleich wie mein Vater, aber dann lachte sie auf und sagte: »Ach was, du willst mir doch nur einen Bären aufbinden. Es war bestimmt ein weißes Kaninchen. Dasselbe, das wir am letzten Sonntag in Gradys Wald gesehen haben. Und Feigue sah gestern im Hof eine weiße Ratte.«
»Es war weder eine Ratte noch ein Kaninchen. Glaubst du, ich könnte ein Kaninchen nicht von einer Katze unterscheiden? Es war eine große weiße Katze, mit grünen Augen so groß wie Halfpenny-Stücke, und ihren Rücken buckelte sie wie eine Brücke. Und sie kam an mir vorbei, und wäre ich stehengeblieben, sie hätte mit ihrem Fell meine Hosen gestreift oder wäre mir an den Hals gesprungen.«
Als mein Vater mit dieser Beschreibung zu Ende war, schaute er ins Feuer und schlug mit seiner großen Hand ein Kreuz oder zwei vor seiner Stirn. Sein Gesicht schien feucht. Er schwitzte vor Angst und stöhnte.
Auch meine Mutter sah nun wieder ganz verschreckt aus. In ihrer Angst betete sie. Auch ich hatte furchtbare Angst und war nahe daran, zu weinen, denn ich wußte wohl, was es mit der weißen Katze auf sich hatte.
Meine Mutter klopfte meinem Vater auf die Schultern, wollte ihm wohl so Mut machen. Sie beugte sich über ihn, küßte ihn und fing schließlich an zu weinen.
»Bist du sicher, daß nichts mit mir ins Haus gekommen ist?« fragte der Vater mit gesenkter Stimme und wandte sich mir zu.
»Es war nichts, Vater«, sagte ich, »nur der Sattel und das Zaumzeug, das du in der Hand hattest.«
»Ist nichts Weißes mit mir zur Tür hereingekommen?« wiederholte er.

»Bestimmt nichts«, sagte ich.
»Gut so«, sagte mein Vater und machte das Kreuzzeichen, und dann begann er, Gebete zu murmeln.
Meine Mutter ließ ihm Zeit, mit seinem Gebet fertig zu werden, dann fragte sie ihn, wo er sie zum erstenmal gesehen habe.
»Als ich die Bohereen heraufritt, die kleine Straße, die zum Farmhaus führt! Ich brachte das Pferd auf die Weide, nahm ihm das Lederzeug ab. Es war ganz trocken, denn unterwegs war ich nie scharf geritten. Ich wandte mich um, und da seh' ich sie durchs hohe Gras streichen, neben dem Pfad, gerade vor mir. Und ich bildete mir ein, ich hörte ein Fauchen auf dem ganzen Weg, bis zum Haus zurück, und sie sei immer in meiner Nähe gewesen, bis ich an die Tür klopfte und du mir aufmachtest.«
Nun, wie kommt es, daß ein so alltäglicher Vorfall meinen Vater, meine Mutter, mich, ja alle Mitglieder unseres Haushalts so erschreckte, daß er uns als ein so schlimmes Zeichen erschien? Wir meinten, das Erscheinen der weißen Katze sei eine Warnung, daß der Tod meines Vaters unmittelbar bevorstehe.
Dieses Omen hatte sich bisher als untrüglich erwiesen. Und so war es auch dieses Mal. Eine Woche darauf bekam mein Vater Fieber, und nicht einmal einen Monat später war er tot.
Hier hielt mein guter Freund Dan Donovan inne. Ich merkte, daß er betete, denn seine Lippen bewegten sich, und ich nahm an, daß er ein Bittgebet für die arme Seele sprach. Nach einer Weile aber fuhr er fort.
Es ist nun achtzig Jahre her, daß sich dieses Omen zum erstenmal in meiner Familie zeigte.
Achtzig Jahre. Ja, so ist es. Ich habe mit vielen alten Leuten gesprochen, die sich an diese alten Zeiten noch genau erinnern. Und so hat alles angefangen:
Damals hatte mein Großonkel Connor Donovan die alte

Farm von Drumgunniol besessen. Er war weit wohlhabender als mein Vater und meines Vaters Vater, denn er verpachtete Land in Balraghan und verdiente einiges Geld damit. Aber Geld macht auch oft hartherzig, und es tut mir leid, aber ich muß es eingestehen: Mein Großonkel war ein grausamer Mann, ein verschwendungssüchtiger Mensch, und solche Leute sind in ihrem Herzen meist grausam. Er trank auch heftig, fluchte und schwor mehr, als dies für seine Seele gut war. Zu dieser Zeit hatten die Colemans, die oben im Gebirge nicht weit von Capper Cullen wohnten, eine hübsche Tochter. Man hat mir erzählt, daß es heute keine Colemans mehr gibt. Die Familie ist ausgestorben. In den Jahren der großen Hungersnot hat sich vieles verändert.

Ellen Coleman war ihr Name. Die Colemans waren nicht reich. Aber da sie hübsch war, würde sie vielleicht doch eine gute Partie machen.

Con Donovan – mein Großonkel, Gott sei ihm gnädig! –, sah sie manchmal auf Messen oder beim Tanz und verliebte sich in sie. Er verfuhr böse mit ihr. Er versprach ihr die Ehe und überredete sie, mit ihm zu kommen, aber dann brach er sein Wort. Es war die alte Geschichte. Er hatte genug von ihr, er wollte in die große Welt, er heiratete ein Mädchen aus der Collopy-Familie, die brachte eine große Mitgift mit in die Ehe – vierundzwanzig Kühe, siebzig Schafe und hundertzwanzig Ziegen.

Er heiratete diese Mary Collopy und wurde reicher als je zuvor. Ellen Coleman starb an gebrochenem Herzen. Aber darüber machte er sich keine Gedanken.

Er hätte gern Kinder gehabt, bekam aber keine, und das war das einzige Kreuz, das er zu tragen hatte, denn sonst ging alles nach seinem Wunsch und Willen.

Eines Nachts kam er von einer Messe in Nenagh zurück. Ein seichter Bach floß zu jener Zeit quer über die Straße. Sie haben jetzt dort eine Brücke gebaut. Im Sommer war

das Bachbett oft ausgetrocknet. Wenn dem so war, bot es eine gute Abkürzung zu dem alten Farmhaus von Drumgunniol, weil nämlich die Straße dort in vielen Windungen verläuft. Auf dem Bachbett lag Mondlicht. Also ritt mein Großonkel mit seinem Pferd dort entlang, und als er die beiden Eschen erreicht hatte, lenkte er sein Pferd in das Flußbett und hatte vor, durch den Einschnitt am anderen Ende unter dem Eichenbaum zu reiten. Er wäre dann etwa hundert Yards von der Haustür entfernt gewesen.
Aber als er sich dem Einschnitt näherte, sah er ein weißes Wesen, das sich sehr langsam bewegte. Es war etwas größer als sein Hut. Er sah, wie es an der Hecke entlanglief und an der Stelle verschwand, wohin er sein Pferd lenkte.
Das Pferd blieb stehen. Vergebens versuchte er, es zum Weitergehen zu bringen. Er stieg ab und wollte es am Zügel führen, doch es schnaubte, tat ungebärdig und verfiel in wilde Krämpfe. Er stieg wieder auf. Weder durch gutes Zureden noch durch Hiebe mit der Peitsche war es von der Stelle zu bewegen. Mein Großonkel wurde wütend. Er sah keinen Grund für das Verhalten des Pferdes. Er benutzte jetzt Peitsche und Sporen, ohne das Tier zu schonen, und brach in wildes Fluchen aus.
Plötzlich ging das Pferd durch. Während Con Donovan unter den breiten Ästen der Eiche hinritt, sah er dort deutlich eine Frau stehen. Sie versetzte ihm einen Schlag auf die Schulter. Er warf sich nach vorn gegen den Hals des Pferdes, das in wildem Schrecken bis vor die Haustür galoppierte und dort zitternd und dampfend stehenblieb. Mehr tot als lebendig trat mein Großonkel ein. Er erzählte seine Geschichte. Aber seine Frau wußte nicht recht, was sie von alledem halten sollte. Aber daß es schlimm gewesen sein mußte, daran hegte auch sie keinen Zweifel. Denn er war der Ohnmacht nahe und krank und bat, man möge auf der Stelle nach einem Priester schicken. Als man ihn zu Bett brachte, entdeckte man die Spuren von fünf Finger-

spitzen auf seiner Haut. Diese seltsamen Zeichen, die, wie man sich erzählte, den Verbrennungen durch Blitzschlag ähnlich waren, gingen nie mehr fort und wurden mit ihm begraben.

Als er sich etwas erholt hatte und zu den Leuten im Haus reden konnte, wiederholte er im Tonfall eines Sterbenden, der in seiner letzten Stunde sein Gewissen erleichtert, seine Geschichte, sagte aber, er habe das Gesicht der Person oder des Wesens, das in dem Einschnitt stand, nicht erkennen können.

Niemand glaubte das. Dem Priester erzählte er natürlich mehr als den anderen. Er tat so, als habe er ein Geheimnis zu erzählen, aber er hätte sich damit nicht so anzustellen brauchen, denn die meisten Nachbarn wußten, daß er das Gesicht der toten Ellen Coleman gesehen hatte.

Von diesem Augenblick an hob mein Großonkel nicht mehr den Kopf. Er war ein verängstigter, stiller und gebrochener Mann. Es war früher Sommer, aber noch im Herbst desselben Jahres starb er. Natürlich gab es ein *wake*, eine Totenwache, die auf dem Land in Irland ein großes gesellschaftliches Ereignis ist, bei der es nicht unbedingt traurig zugeht, so wie sich das bei einem wohlhabenden Farmer gehörte. Aber aus bestimmten Gründen wichen die Arrangements bei dieser Zeremonie etwas von den sonst üblichen ab.

Gewöhnlich wird die Leiche in einem großen Zimmer oder in der Küche aufgebahrt. In diesem Fall aber legte man sie in ein kleines Zimmer, das von einem größeren abging. Die Tür blieb immer offen. Es gab Kerzen um das Bett, Pfeifen und Tabak auf dem Tisch und Schemel für die Gäste, die Platz nehmen wollten. Und die Tür stand immer für sie offen.

Bei den Vorbereitungen für das *wake* ließ man die Leiche in dem kleinen Zimmer allein. Nach Einbruch der Dunkelheit näherte sich eine der Frauen dem Bett, um einen

Stuhl zu holen, den sie dort stehengelassen hatte. Schreiend kam sie aus dem Zimmer gelaufen. Zu sprechen begann sie erst wieder, als sie sich im dem Totenzimmer entgegengesetzen Ende der Küche befand, umlagert von staunendem Publikum.

Da sagte sie: »Ob ihr mir's glaubt oder nicht. Er hat sich im Bett aufgerichet und zur Tür hingeschaut. Mit Augen so groß wie Untertassen. Und sie glänzten nur so im Mondlicht.«

»*Arra,* Frau. Bei dir ist wohl ein Sparren locker«, sagte einer der Bauernjungen, wie man damals Männer jeden Alters zu bezeichnen pflegte.

»Ja, Molly, du hast dir gewiß etwas eingebildet. Es war dunkel in dem Zimmer. Warum hast du nicht eine Kerze mitgenommen?« fragte eine der Frauen.

»Kerze oder nicht Kerze«, beharrte Molly, »ich könnte darauf schwören, daß er den Arm aus dem Bett gestreckt hat, und er war dreimal so lang, wie er hätte sein dürfen. Und damit hat er versucht, mich am Fuß zu fassen zu kriegen!«

»Unsinn, du Närrin«, sagte jemand, »was soll er denn mit deinem Fuß wollen?«

»Gebt mir eine Kerze ... im Namen Gottes«, sagte die alte Sal Doolan, eine dürre Frau, die beten konnte fast wie ein Priester.

»Gebt ihr eine Kerze«, riefen die anderen. Alle sahen bleich und ernst aus, als sie der betenden Mrs. Doolan folgten.

Die Tür stand halb offen, so wie das verängstigte Mädchen sie zurückgelassen hatte. Sie hielt die Kerze hoch, um das Zimmer besser überblicken zu können, und machte dann einen Schritt vor. Wenn mein Großonkel wirklich die Hand ausgestreckt hatte, so war sie nun längst zurückgezogen, und die lange Mrs. Doolan lief nicht Gefahr, über seinen Arm zu stolpern, als sie eintrat. Aber keine zwei Schritte weiter blieb sie mit entgeistertem Gesicht stehen und starrte auf das Bett, das man nun in seiner ganzen Länge sehen konnte.

»Herr im Himmel, kommen Sie zurück, Mrs. Doolan«, sagte die Frau, die hinter ihr stand und zerrte an ihrem Kleid, um sie zurückzuziehen.

»Ruhe doch«, sagte Mrs. Doolan, »ich hör' doch nichts, wenn ihr solchen Lärm macht. Und wer hat eigentlich die Katze hereingelassen. Wessen Katze ist das?«

Dabei deutete sie auf die weiße Katze, die auf der Brust der Leiche hockte.

»Jagt sie fort, aber rasch«, rief sie voller Angst, »ich habe schon so manche Leiche gesehen. Aber der tote Herr des Hauses mit einem solchen Biest auf ihm, das ist mir noch nie vorgekommen. Scheucht sie fort, aber rasch. Sofort, sage ich euch!« Jede wiederholte den Befehl, aber keine schien geneigt, ihn auch auszuführen. Sie bekreuzigten sich und flüsterten sich allerhand Vermutungen über das Tier zu, das nicht ins Haus gehörte und das niemand zuvor gesehen hatte. Plötzlich legte sich die weiße Katze auf das Kissen über den Kopf der Leiche, und nachdem sie die Leute von dieser Stelle eine Weile angestarrt hatte, strich sie vorsichtig am Körper des Toten entlang, auf die Frauen zu und stieß dabei schreckliche Laute aus.

Die Frauen machten eilig kehrt, warfen die Tür hinter sich zu, und es dauerte eine gute Weile, bis sie sich aufrafften, wieder in das Totenzimmer zu schauen.

Die Katze saß wieder auf der Brust des Toten, aber diesmal fuhr sie leise aus dem Bett und verschwand unter dem überhängenden Bettlaken.

Betend, sich bekreuzigend und Weihwasser versprühend, suchten die Frauen mit Besenstielen und Mistgabeln den Raum unter dem Bett ab. Aber die Katze fanden sie nicht. Sie vermuteten, sie müsse zwischen ihnen hindurch entwischt sein. Darauf verschlossen sie die Tür sorgfältig.

Am nächsten Morgen saß die weiße Katze, so als sei nichts gewesen, wieder auf der Brust des Toten.
Wieder spielte sich eine ganz ähnliche Szene mit demselben Ergebnis ab. Nur daß diesmal, wie einige gesehen haben wollten, die Katze sich unter oder hinter einer Schachtel im Vorraum versteckte, in der mein Großonkel die Pachtverträge, sein Gebetbuch und seinen Rosenkranz aufzubewahren pflegte.
Mrs. Doolan hörte die Katze hinter sich miauen, wohin auch immer sie ging, aber sie konnte sie nicht sehen. Sie hörte, wie das Tier auf eine Stuhllehne sprang, und von dort fauchte es ihr in die Ohren, so daß sie vor Angst in die Höhe sprang, weil sie meinte, im nächsten Augenblick werde ihr die Katze an die Gurgel fahren. Es war am Ende so: Immer wieder saß die Katze auf der Leiche. Man konnte tun, was man wollte.
Mein Großonkel war tot und wurde in allen Ehren begraben. Mit ihm bin ich fertig. Nicht fertig bin ich mit meinem Bericht über die weiße Katze. Keine *banshee* war so eng mit einer Familie verbunden wie diese Erscheinung. Aber es gibt da einen Unterschied. Eine *banshee* scheint der Familie, bei der sie immer dann spukt, wenn jemand stirbt, irgendwie in Liebe und Ehrfurcht zugetan, während dieses verdammte Katzenvieh offenbar nur Bosheit im Sinn hatte. Sie spielte den Botschafter des Todes, der die Gestalt einer Katze annahm – diese Tiere sind kalt und rachsüchtig wie kaum ein anderes –, das besagte nur etwas über den Sinn dieses Spuks.
Als der Tod meines Großvaters nahte, der zu dieser Zeit gesund und munter war, zeigte sich der Spuk fast genau unter denselben Umständen wie bei meinem Vater.
An dem Tag, da mein Onkel Teigue durch ein losgehendes Gewehr umkam, war ihm die Katze im Zwielicht erschienen, an jenem Teich, an dem ich die Frau über das Wasser hatte gehen sehen. Mein Onkel hatte den Lauf des Ge-

wehrs am Teich gesäubert. Das Gras ist dort kurz, und es gibt keine Büsche oder Unterholz in der Nähe. Er merkte nicht, wie die Katze herankam, er sah sie erst, als sie ihm um die Füße strich, den Schwanz wütend gesträubt und ein grünes Glühen in den Augen. Und er konnte tun, was er wollte, sie umkreiste ihn und kam dabei immer näher heran, bis er den Obstgarten erreichte, und dort verschwand das Tier.

Meine arme Tante Peg ... sie heiratete einen O'Brian, nahe Oolah, und kam nach Drumgunniol zum Begräbnis eines Cousins, der eine Meile vom Haus entfernt gestorben war. Die arme Frau – nur einen Monat später war auch sie tot. Als sie um drei Uhr morgens vom *wake* kam und über den Zauntritt der Farm von Drumgunniol stieg, sah sie die weiße Katze vor sich, und das Tier wich nicht von ihr, bis die Tante die Haustür erreichte, einer Ohnmacht nahe. Dort sprang die weiße Katze in den Weißdornbusch.

Und mein kleiner Bruder Jim hat sie auch gesehen, drei Wochen, ehe er starb. Jedes Mitglied der Familie, das stirbt oder auf den Tod erkrankt, sieht die weiße Katze. Und der ihr begegnet ist, der kann alle Hoffnung aufgeben, daß er noch lange unter den Lebenden weilen wird.

Bericht über einige seltsame Turbulenzen in der Aungier Street

****

Diese Geschichte ist eigentlich nicht wert, daß man sie erzählt, oder jedenfalls nicht, daß man sie aufschreibt. Erzählt habe ich sie manchmal im Kreis intelligenter und wißbegieriger Freunde vor einem guten Kaminfeuer, nach Tisch, an einem Winterabend, während draußen ein kalter Wind blies und es einem im Haus recht wohl war. Da ist die Geschichte, wie man so sagt, gut angekommen. Aber sie aufzuschreiben ist dennoch ein Wagnis. Feder, Tinte und Papier sind kalte Vehikel, wenn es um das Wunderbare geht, und ein Leser ist allemal bekanntermaßen ein weit kritischeres Tier als ein Zuhörer.

Wenn sie jedoch Ihre Freunde dazu veranlassen können, dies nach Einbruch der Dunkelheit zu lesen, nach Gesprächen vor dem Kamin über gestaltlosen Schrecken, kurz gesagt, wenn Sie für die rechte Atmosphäre sorgen, will ich mich ans Werk machen und sagen, was ich zu sagen habe. Sind diese Voraussetzungen gegeben, verliere ich kein weiteres Wort, sondern erzähle einfach, wie alles geschah.

Mein Cousin, Tom Ludlow, und ich studierten zusammen Medizin. Ich glaube, er hätte es weit bringen können, wenn er diesem Beruf treu geblieben wäre, aber er zog später die kirchliche Laufbahn vor, der arme Kerl. Er starb früh, das Opfer einer ansteckenden Krankheit, die er sich bei Ausübung seiner Amtspflichten zugezogen hatte.

Was meine Geschichte betrifft, so brauche ich, was seinen Charakter angeht, eigentlich nur zu sagen, daß er ein gelassener, offener und fröhlicher Bursche war, der es immer

mit der Wahrheit sehr genau nahm, und keineswegs, so wie ich, von leicht reizbarem, nervösen Temperament.
Mein Onkel Ludlow, Toms Vater, kaufte, während wir die Universität besuchten, drei oder vier alte Häuser in der Aungier Street, von denen das eine leer stand. Er wohnte auf dem Land, und Tom schlug vor, daß wir in eines der unbewohnten Häuser einziehen und dort Quartier nehmen sollten, bis es anderweitig vermietet werden würde. Die Sache hatte den Vorteil, daß es von diesem Haus aus nicht weit bis zur Universität war und wir den Mietzins sparen würden.
Wir hatten bis dahin fast wie in einem Feldlager gelebt, reichlich primitiv nämlich. Der Plan wurde deshalb umgehend ausgeführt. Das Wohnzimmer nach vorn heraus wurde unser Aufenthaltsraum. Mein Schlafzimmer lag darüber, und Tom schlief in einem Zimmer nach hinten heraus auf demselben Stockwerk. Mich hätte nichts in der Welt dazu bringen können, in diesem Zimmer zu wohnen.
Das Haus war, um damit zu beginnen, sehr alt. Es hatte, glaube ich, vor etwa fünfzig Jahren eine neue Fassade bekommen. Aber abgesehen davon war nichts daran modern. Der Makler, der es kaufte und für meinen Onkel Einsicht in die Grundbücher nahm, erzählte mir, daß es zusammen mit anderem, verpfändeten Besitz 1702 im Chichester-Haus zum Verkauf gekommen war und Sir Thomas Hacket gehört hatte, der zur Regierungszeit James II. Oberbürgermeister von Dublin gewesen war. Wie alt das Haus also sein mochte, ließ sich schwer bestimmen, aber es hatte Veränderungen genug mit angesehen, um diese mysteriöse und traurig stimmende Luft in sich aufgenommen zu haben, die auf einen in alten Häusern aufregend und deprimierend zugleich wirkt.
Es war sehr wenig darin verändert worden, und das war vielleicht auch besser so, denn es war etwas Seltsames und

zutiefst Altmodisches an den ehrwürdigen Mauern und Decken, an der Form der Türen und Fenster, an den Balken und Dachgesimsen, gar nicht zu reden von der Solidität aller Holzarbeiten, von den Treppengeländern bis zu den Fensterrahmen, etwas, das sich jeder Modernisierung widersetzt und selbst dann, wenn sie versucht worden wäre, immer wieder seine ursprüngliche Form zur Geltung gebracht hätte.

Man hatte versucht, die Tapeten im Wohnzimmer zu ersetzen, aber irgendwie sahen sie immer noch roh und ungepflegt aus, und eine alte Frau, die in der Gasse einen winzigen Laden betrieb, und deren Tochter, eine alte Jungfer von zweiundfünfzig Jahren, die bei uns putzte, wozu sie bei Sonnenaufgang erschien – diese Alte, will ich sagen, erinnerte sich daran, wie der alte Richter Horrocks, der in dem Ruf stand, besonders viele Angeklagte zum Galgen geschickt zu haben, und der sich schließlich selbst mit einem Kinderspringseil in einem Anfall von geistiger Umnachtung, wie der Leichenbeschauer schrieb, an dem massiven alten Treppengeländer erhängt hatte, in diesem Haus residiert und hier seine Gäste mit edlem Wild und altem Portwein bewirtet hatte.

In diesen Glanzzeiten waren die Wohnzimmer mit Ledertapeten versehen worden, was, wie ich zugeben will, nicht so übel aussah, denn es waren geräumige Zimmer.

Die Schlafräume waren mit Eichenholz getäfelt, und das Zimmer, welches nach vorn heraus lag, wirkte nicht so düster. Eine gemütliche Altertümlichkeit überdeckte dunkle Assoziationen. Hingegen war mir der Schlafraum nach hinten heraus mit seiner dunklen Nische, wie man sie in den meisten alten Häusern Dublins findet, immer unheimlich.

In der Nacht hatte dieser Alkoven ein besonders gruseliges Aussehen. Toms einsame Kerze verlor sich in seiner Dunkelheit, die letztlich undurchdringbar schien.

Aber das war nur ein Teil des Effekts. Das ganze Zimmer war mir, ich weiß kaum recht zu beschreiben, warum, ganz einfach zuwider. Es hatte, so nehme ich an, in seinen Proportionen und seiner Gliederung eine latente Disharmonie, eine geheimnisvolle und unfaßbare Beziehung, die an meinem geheimen Sinn für das Passende und Sichere zerrte und in meiner Einbildungskraft undefinierbare Verdachtsmomente und Vorstellungen wachrief. Alles in allem – wie ich schon sagte: Nichts und niemand hätte mich dazu gebracht, dort auch nur eine Nacht allein zu schlafen.

Ich hatte mir nie Mühe gegeben, vor dem armen Tom meine abergläubische Schwäche zu verbergen, er aber machte sich andererseits stets über meine Ängste lustig. Ein Skeptiker, wie er es war, mußte einmal eine Lektion erteilt bekommen, und wie das zuging, davon wird man sogleich hören.

Wir wohnten noch nicht lange in diesem Haus, als ich über schlechten Schlaf zu klagen begann.

Ich glaube, ich nahm die Beeinträchtigung meiner Nachtruhe deshalb besonders ungehalten hin, weil ich gewöhnlich immer ganz ruhig und fest schlief und mich auch nie schlechte Träume heimgesucht hatten.

Es wurde nun aber zu meinem Schicksal, in jeder Nacht von neuen Schrecken überwältigt zu werden.

Nach einer Folge gelegentlicher unerfreulicher und Angst hervorrufender Träume nahmen meine Heimsuchungen eine regelmäßige Form an, und jede zweite Nacht hatte ich, abgesehen von Veränderungen in einem bestimmten Detail, immer wieder denselben schrecklichen Traum. Ich sah dabei – Nachtmahr oder teuflische Einbildung! – trotz tiefster Dunkelheit mit widerwärtiger Genauigkeit jedes Möbelstück und sonstige Gegenstände des Zimmes, in dem ich lag.

In diesem Zustand, der sich etwa mit einem hellerleuchteten Schreckensbild auf einer Bühne im Theater vergleichen läßt, wurde meine Aufmerksamkeit jedesmal wieder von den Fenstern angezogen, die sich gegenüber dem Fußende meines Bettes befanden. Dort ging in unbekannten Räumen, und ausgeführt von mir unbekannten Wesen, etwas vor sich, was wohl dazu gedacht war, mich zu quälen. Nach einer Pause von einer bestimmten Länge flog ein Bild auf das Fenster und blieb dort wie mit Magneten angezogen haften. Bei dem Bild, das auf so geheimnisvolle Weise auf die Scheibe geheftet wurde, handelte es sich um das Porträt eines alten Mannes in einem scharlachfarbenen, mit Blumen bedruckten Morgenmantel. Der Gesichtsausdruck des Mannes stellte eine seltsame Mischung von Verstand, Sinnlichkeit und Kraft dar. Er war düster und voller Bösartigkeit. Die Nase war wie bei einem Raubvogel gebogen. Die Augen, grau und kalt, blickten mit einer tödlichen Grausamkeit drein. Auf dem Kopf trug der Mann eine scharlachfarbene Samtkappe, unter der weißes Haar hervorschaute, während seine Augenbrauen kohlrabenschwarz waren. Ich erinnere mich an jede Linie, jeden Schatten, jede Pore dieses steinernen Gesichts. Der Blick dieser höllischen Visage ruhte auf mir, und ich schaute zu dem Gesicht hin, angezogen von der unerklärlichen Faszination, die von solch einem Schreckensbild ausgehen kann. So verbrachte ich Stunden in Todespein und erhob mich schließlich zerschlagen und nervös, um den Pflichten des Tages nachzukommen. Ich empfand – ich weiß nicht warum, es hing wohl mit der Ausstrahlung von Angst zusammen, die von dieser seltsamen Phantasmagorie ausging –, eine unüberwindliche Abneigung, meinem Freund und Kameraden die genaue Art meiner nächtlichen Pein zu beschreiben. Sehr allgemein nur erzählte ich ihm, daß ich schlecht träumte. Wir steckten unsere Köpfe zusammen und beschlossen, meinen Ängsten durch ein Tonikum beizukommen.

Gerechterweise muß ich zugeben, daß der Trank half. Unter seinem Einfluß erschien das Bild nicht mehr. Was bedeutet das? War es also zuvor auch nur eine Ausgeburt meines armen Magens gewesen? War es, wie man im Slang unserer Tage sagt, nur subjektiv und nicht die Aggression eines tatsächlich vorhandenen Wesens? Dies, guter Freund, darin sind wir uns wohl einig, kann man nicht so ohne weiteres folgern. Der böse Geist, der mir in Gestalt des Bildes erschien, könnte weiter ganz nahe bei mir gewesen sein – nur daß ich ihn eben nicht sah.

Später fand ich heraus, daß mein skeptischer Gefährte auch Sorgen hatte. Aber zu diesem Zeitpunkt wußte ich davon noch nichts. Eines Nachts schlief ich fest, als ich von Schritten vor meinem Zimmer aufwachte. Gleich darauf folgte ein Geräusch. Es rührte davon her, daß der arme Tom Ludlow mit aller Kraft einen großen Kerzenstock aus Messing über das Treppengeländer geschleudert hatte, der nun die zwei Stockwerke über die Stufen hinabratterte. Fast gleichzeitig stieß Tom die Tür zu meinem Zimmer auf und stürzte, offenbar in einem Zustand höchster Erregung, herein. Ich sprang aus dem Bett und packte ihn am Arm. Ich hatte nicht die geringste Ahnung, was geschehen sein mochte. Da standen wir in unseren Nachthemden, standen vor der offenen Tür, starrten durch das Treppengeländer auf ein Fenster, durch das das Licht des wolkenverhangenen Mondes hereinsickerte.

»Was ist los, Tom? Was ist los? Was zum Teufel ist denn mit dir geschehen, Tom?«

Ich schüttelte ihn mit nervöser Ungeduld.

Er holte tief Atem, ehe er antwortete, aber auch dann klang es noch reichlich unzusammenhängend.

»Ach, nichts … hab' ich gerufen? Was habe ich gesagt? Wo ist die Kerze, Richard? Es ist dunkel. Hatte … hatte ich eine Kerze?«

»Ja, dunkel genug«, sagte ich, »aber was ist los? Was ist?

Warum redest du nicht, Tom? Hast du den Verstand verloren? Was ist nur passiert?«
»Ach, es ist schon vorbei. Es war nur ein Traum, nichts als ein Traum. Oder? Es kann doch eigentlich nur ein Traum gewesen sein.«
»Natürlich«, sagte ich und fühlte mich ungewöhnlich nervös, »es war ein Traum.«
»Ich habe mir eingebildet«, erzählte er, »es sei ein Mann in meinem Zimmer. Ich sprang aus dem Bett und ... wo ist die Kerze?«
»Ich nehme an, in deinem Zimmer«, sagte ich, »soll ich sie holen?«
»Nein, bleib hier. Geh nicht. Es war alles nur ein Traum. Verriegele die Tür, Dick. Ich bleibe bei dir. Ich bin nervös. Bitte, Dick, sei so gut und öffne das Fenster, zünd deine Kerze an. Ich hab' furchtbare Angst.«
Ich tat, wie er mir geheißen. Er hüllte sich in eine Decke und setzte sich nahe neben mein Bett.
Jeder weiß, wie ansteckend Furcht jeder Art ist, besonders aber jene spezielle Furcht, unter der der arme Tom litt. »Erzähl mir nichts von deinem Traum, Tom«, sagte ich, »laß uns von etwas anderem reden. Mir ist klar geworden, daß dieses alte wüste Haus etwas gegen uns hat, und ich will hängen, wenn ich hier länger bleibe und mir meinen Nachtschlaf verderben lasse. Meinst du nicht, wir sollten uns nach einer anderen Wohnung umschauen?»
Tom stimmte mir zu, und nach einer Weile sagte er: »Ich habe mir überlegt, Richard ... Ich habe meinen Vater lange nicht gesehen. Ich fahre ihn morgen mal besuchen und komme in ein oder zwei Tagen zurück. Bis dahin hast du bestimmt andere Zimmer für uns gefunden.«
Ich stellte mir vor, daß dieser Entschluß unter dem Eindruck der Schreckensbilder gefaßt worden war, die ihn in dieser Nacht gequält hatten. Morgen, so sagte ich mir, wird er anders darüber denken. Aber ich hatte mich ge-

täuscht. Bei Tagesanbruch reiste er aufs Land ab. Sobald ich eine andere Wohnung gefunden hatte, sollte ich ihn mit einem Brief an Onkel Ludlow verständigen.

Obwohl ich mich eifrig bemühte, etwas zu finden, verging doch fast eine Woche, ehe ich den versprochenen Brief schicken konnte. Inzwischen aber hatte ich noch ein oder zwei kleine Abenteuer, die, wie absurd sie nun auch aus einigem Abstand sich ausnehmen, damals beträchtlich dazu beitrugen, mir Appetit auf eine Veränderung zu machen.

Ein oder zwei Abende nach der Abreise meines Freundes saß ich vor dem Kamin in meinem Schlafzimmer. Die Tür war verriegelt, und die Zutaten für einen Krug mit heißem Whiskey-Punsch standen auf dem Tisch.

Ich war aufs Trinken verfallen, gemäß dem alten Spruch, daß man bei gutem Mut bleiben wird, wenn man gehörig geistige Getränke schluckt. Ich hatte meinen Band der »Anatomie« beiseite gelegt, nahm etwas von dem Tonikum zu mir, ehe ich mich an den Punsch machte, und hatte gerade ein halbes Dutzend Seiten im *Spectator* gelesen, als ich Schritte hörte, die von der Bodentreppe her kamen. Es war zwei Uhr, und auf der Straße draußen war es still wie auf einem Friedhof. Jedes Geräusch konnte man deshalb besonders deutlich wahrnehmen.

Es war ein langsames und schwerfälliges Schlürfen, das die enge Treppe von dort oben herabkam, und was das Geräusch noch einzigartiger klingen ließ, war, daß die Füße, die es machten, bestimmt nackt waren.

Ich war ganz sicher, daß meine Dienerin schon vor Stunden das Haus verlassen hatte und daß sich niemand außer mir unter diesem Dach befand. Es war aber auch offensichtlich, daß die Person, die die Treppe herunterkam, nicht darauf bedacht war, ihre Bewegungen zu verbergen, im Gegenteil, sie schien mehr Lärm zu machen als nötig. Als die Schritte am Fuß der Treppe vor meinem Zimmer angekommen waren, schienen sie innezuhalten, und ich erwartete jeden Augenblick, daß nun meine Tür aufgehen und sich das Original zu dem scheußlichen Bild zeigen werde. Ich war sehr erleichtert, als ich nach ein paar Sekunden hörte, daß die Person weiterging, zunächst hinunter ins Wohnzimmer, dann, nach einer Weile, hinaus in die Halle, wo das Geräusch verstummte.

Kaum aber war es still geworden, da spürte ich ein sehr unangenehmes Gefühl der Erregung. Ich horchte, nichts rührte sich. Ich nahm all meinen Mut zu einem entscheidenden Experiment zusammen – ich stieß die Tür auf und brüllte, so laut ich konnte, über das Treppengeländer: »Wer ist da?« Es kam keine Antwort, außer dem Ton meiner eigenen Stimme in dem leeren alten Haus. Nichts rührte sich. Es ist, so meine ich, etwas Unerfreuliches und Ernüchterndes im Ton der eigenen Stimme unter solchen Umständen.

Meine Einsamkeit kam mir erst recht zu Bewußtsein, als ich merkte, daß die Tür, von der ich mir eingebildet hatte, sie offengelassen zu haben, jetzt geschlossen war. Aufgeregt darüber, daß mir mein letzter Zufluchtsort genommen worden sein könnte, ging ich in mein Zimmer und blieb dort in einem nur in meiner Vorstellung bestehenden Belagerungszustand bis zum nächsten Morgen.

In der folgenden Nacht kam der barfüßige Mitbewohner nicht wieder. Aber in der zweiten Nacht – ich lag schon im Bett und es war dunkel – hörte ich zur selben Stunde den alten Burschen vom Boden heruntersteigen.

Ich hatte Punsch getrunken, und meine Moral war folglich ausgezeichnet. Ich sprang aus dem Bett, faßte das Schüreisen und war im Nu im Treppenhaus. Das Geräusch hatte unterdessen aufgehört. Die Dunkelheit und die Kälte waren unerfreulich, und wer beschreibt meinen Schrecken, als ich sah oder mir einbildete zu sehen, daß an der Wand des Treppenhauses, das Gesicht gegen mich, jemand mit großen grünen Augen stand, der nach dem Umriß ein

Mann oder ein Bär sein mußte. Nun will ich ehrlich sein und zugeben, daß eben an dieser Stelle unser Geschirrschrank stand, aber daran dachte ich in diesem Augenblick nicht. Erst nachdem das seltsame Wesen zweimal sein Aussehen verändert hatte, schien es auf mich zuzukommen. Mehr meiner Angst gehorchend, denn aus Mut, schlug ich ihm das Schüreisen mit aller Macht über den Schädel, und zu der Musik eines fürchterlichen Klirrens und Schepperns stürzte ich in mein Zimmer und schloß zweimal ab. Dann, nach einer Minute, hörte ich wieder die nackten Füße die Treppe hinabsteigen. Die Tatsache, daß ich am nächsten Morgen im Schrank nur noch ein völlig zerschlagenes Teeservice vorfand, gab mir die Gewißheit, daß ich mir in der Nacht etwas eingebildet haben mußte. Das ließ mich Mut schöpfen, aber so recht wollte mir das trotzdem nicht gelingen. Denn wie ließen sich dann die Geräusche von nackten Sohlen erklären, die ich über die ganze Treppe hin gehört hatte!

Die Sache war widerlich. Ich war ganz entnervt und verängstigt, als es wieder Nacht wurde.

Die Nacht kam mit einem Gewitter und Regengüssen.

Zeitiger als gewöhnlich wurde es still auf den Straßen. Gegen Mitternacht schließlich hörte man nichts mehr als das Pladdern des Regens.

Ich versuchte, es mir so gemütlich zu machen, wie nur irgend möglich. Ich zündete zwei Kerzen an statt nur einer. Ich ging nicht ins Bett, sondern saß bereit, eine Kerze in der Hand. Ich war entschlossen, dieses Wesen zu stellen, das die nächtliche Stille meines Hauses störte. Ich war aufgeregt und nervös und versuchte vergebens, mich mit meinen Büchern zu beschäftigen. Ich ging im Zimmer auf und ab, pfiff martialische Musik und horchte bei dem leisesten Laut. Ich setzte mich und starrte auf das viereckige Schild der feierlich und ernst wirkenden Flasche, bis die Worte FLANAGAN & COS BEST OLD MALT WHISKEY sich zu

einer Art unterdrückter Begleitmusik zu all jenen phantastischen und schrecklichen Überlegungen verwandelten, die mir durch den Sinn gingen.
Das Schweigen wurde unterdessen noch tiefer, die Dunkelheit noch dunkler. Vergebens lauschte ich nach dem Rumpeln eines Wagens oder auf den Lärm in einer entfernten Gasse.
Ich hörte nichts als das Geräusch des Windes, der dem Gewitter folgte, das sich über die Dubliner Berge hin entfernt hatte. Inmitten der großen Stadt kam ich mir allein vor mit der Natur, und der Himmel mochte wissen, mit was sonst noch. Mein Mut schwand. Der Punsch jedoch, der aus so vielen Tiere macht, machte aus mir wieder einen Mann – gerade rechtzeitig, um einigermaßen gefaßt das Geräusch der nackten Füße zu hören, die wieder die Treppe herabkamen.
Ich faßte die Kerze nicht ohne Zittern. Ich ging zur Tür, sprach ein Gebet, blieb stehen, um zu horchen. Die Schritte waren immer noch zu hören. Dann stieß ich die Tür auf. Ich sah ins Treppenhaus. Es war völlig leer. Kein Ungeheuer stand dort. Als der unheimliche Laut aufgehört hatte, wagte ich mich fast bis zum Geländer vor.
Und da, ein paar Stufen unter mir, hörte ich wieder das Geräusch. Ich sah etwas, das sich bewegte, und es hatte die Größe eines Riesenfußes, es war grau, groß, und es tappte mit Wucht von einer Stufe zur anderen. Da ich noch lebe, muß es wohl die größte graue Ratte gewesen sein, die ich je erblickte... die man sich vorstellen kann. Shakespeare sagt: »Manche Menschen können kein Schwein sehen, das das Maul aufreißt, und andere werden schon wild, wenn sie eine Katze erblicken.« Mich hatte eine Ratte halbwegs um den Verstand gebracht. Lachen Sie nur darüber! Mir schien all dies ein Spiel von teuflicher Bosheit. Denn diese Ratte, ich hätte schwören können, trug das verdammte Gesicht meines alten Freundes auf dem Porträt.

Ich sprang in mein Zimmer, verriegelte die Tür. Ich verfluchte das Porträt und das Original. Und ich war sicher, diese Ratte müsse das Böse in einer Maskerade gewesen sein. Am anderen Morgen ging ich zeitig aus und gab neben anderen Beschäftigungen auch eine Nachricht an Tom. Als ich zurückkam, fand ich eine Nachricht von ihm vor, in der er seine Rückkehr schon für den nächsten Tag ankündigte. Ich war doppelt froh: einmal, weil es mir gelungen war, ein Zimmer für uns zu finden, zum anderen, weil mir die Heimkehr meines Kameraden nach dem halb lächerlichen, halb schrecklichen Abenteuer in der vergangenen Nacht besonders lieb war.

Ich schlief in dieser Nacht schon in meinem neuen Quartier in der Digges Street und kam am Morgen zum Frühstück noch einmal in das Spukhaus, wo – so war ich sicher – Tom sich sofort nach seiner Ankunft einfinden würde.

Ich hatte ganz richtig vermutet. Er kam, und gleich die erste Frage galt der neuen Wohnung.

»Gott sei Dank«, sagte er, als er hörte, daß alles vorbereitet war, »ich bin froh. Was mich angeht, so hätte mich nichts dazu gebracht, noch ein einziges Mal in diesem Schrekkenshaus zu übernachten.«

»Zum Teufel mit diesem Haus«, entfuhr es mir, »wir haben ja nicht eine ruhige Stunde hier gehabt.« Und dann erzählte ich ihm, was ich mit der Ratte erlebt hatte.

»Nun, wenn das alles ist«, sagte mein Cousin, »das hätte mir nicht so viel gemacht.«

»Du hättest ihre Augen sehen sollen, ihren Gesichtsausdruck, mein lieber Tom, dann würdest du jetzt anders reden.«

»Ich glaube, der beste Gegenzauber in diesem Fall wäre eine große, starke Katze«, sagte Tom mit einem unterdrückten Lachen.

»Nun erzähl aber auch mal, was du erlebt hast«, sagte ich.

Er sah sich unsicher um. Ich hatte an eine sehr unerfreuliche Erinnerung gerührt.
»Du sollst es hören, Dick. Ich erzähle es dir«, sagte er, »kommt mir aber doch seltsam vor, es hier zu erzählen, dabei könnten wir beide es doch zusammen mit einigen Geistern aufnehmen.«
Obwohl das wie ein Spaß klingen sollte, glaubte ich, daß es wohlbedacht gesagt war. Unsere Zugehfrau stand in einer Ecke des Zimmers und verpackte, was von dem Delfter Tee- und Eßgeschirr noch heilgeblieben war. Bald hielt sie mit dieser Beschäftigung inne und hörte mit weit aufgerissenen Augen zu. Tom sagte: »Ich sah es dreimal, Dick... ich bin fest davon überzeugt, daß es mir an den Kragen wollte. Ich war wirklich in Gefahr. Und wäre ich nicht so rasch auf und davon, so hätte ich gewiß darüber den Verstand verloren. Gott sei Dank kam ich davon.
In der ersten Nacht dieser schrecklichen Turbulenzen lag ich schlafend in dem alten Bett. Ich hatte die Kerze ausgelöscht. Ich lag hellwach und doch so ruhig, als hätte ich schon geschlafen. Ich dachte an etwas Angenehmes. Ich glaube, es muß schon zwei Uhr gewesen sein, als ich einen Laut im entlegenen Winkel des Zimmes hörte. Es war, als ob jemand eine Schnur über den Boden schleifen ließe. Ich richtete mich ein-, zweimal im Bett auf, konnte aber nichts sehen. Also dachte ich, es müßten wohl Mäuse sein. Es interessierte mich nicht weiter, und nach ein paar Augenblicken schaute ich nicht mehr hin. Während ich so dalag und an gar nichts Übernatürliches dachte, sah ich plötzlich einen alten Mann, ziemlich dick und vierschrötig, in einem roten Morgenmantel und auf dem Kopf eine schwarze Kappe. Er kam steif und langsam aus dieser Ecke quer durch das Zimmer, am Fußende meines Bettes vorbei und ging zu dem Schrank links. Er trug etwas unter dem Arm, sein Kopf hing etwas gegen die eine Seite hin, und dann sah ich sein Gesicht...«

Tom machte eine Pause und erzählte dann weiter.
»Ein schreckliches Gesicht, das ich nie vergessen werde. Ohne nach rechts oder links zu schauen, kam er an mir vorbei und stieg in den Schrank am Kopfende des Bettes. Während dieses Gespenst an mir vorbeikam, konnte ich weder sprechen noch mich bewegen. Ich war selbst ein Leichnam. Noch Stunden danach war ich so verschreckt und schwach, daß ich mich nicht bewegen konnte. Als es hell wurde, faßte ich Mut und untersuchte das Zimmer, besonders den Weg, den der schreckliche Eindringling genommen hatte, aber es fand sich kein Anzeichen dafür, daß jemand dagewesen war.
Darauf wurde mir etwas besser. Erschöpft verfiel ich endlich in einen von Fieber durchwehten Schlaf. Ich kam spät herunter und fand dich ganz aufgeregt, weil du von dem Porträt geträumt hattest. Mir aber war das Original erschienen. Ich mochte über den teuflischen Anblick nicht reden. Ich versuchte mir zu sagen, alles sei nur Einbildung gewesen. Ich wollte diese Eindrücke nicht noch einmal aufleben lassen.
Es kostete mich einige Nerven, in der folgenden Nacht wieder in das Spukzimmer zu gehen und mich, als sei nichts gewesen, in dasselbe Bett zu legen. Diese Nacht verlief jedoch ganz ruhig. Auch in der nächsten Nacht geschah nichts. Zwei oder drei weitere Nächte vergingen. Ich wurde wieder guten Mutes und sagte mir, alles sei vielleicht eine optische Täuschung gewesen.
Die Erscheinung hatte sich tatsächlich ziemlich ungewöhnlich verhalten. Sie hatte das Zimmer durchquert, ohne von meiner Gegenwart Notiz zu nehmen. Ich hatte sie nicht gestört, und offenbar hatte sie mir nichts zu sagen. Warum war dieses Gespenst überhaupt erschienen? Ich kam schließlich mit mir selbst überein, alles für Humbug zu halten und kein Wort davon zu glauben.
Das Gespenst war nicht ein zweites Mal erschienen. Das

war gewiß tröstlich. Warum beschäftigte mich denn der alte Bursche mit seinen seltsamen Blicken?
Was war schon groß dabei, daß meine Einbildungskraft mir solche Scherze spielte. Ich hatte eine gute Geschichte. Das war alles. So kroch ich ins Bett, blies die Kerze aus, hörte noch den Streit von Betrunkenen unten auf einer Seitengasse und schlief auf der Stelle ein.
Aus dem tiefen Schlaf fuhr ich hoch. Ich wußte, ich hatte einen schrecklichen Traum gehabt. Was es gewesen war, daran konnte ich mich nicht erinnern. Mein Herz klopfte. Ich kam mir vor, als hätte ich Fieber. Ich richtete mich im Bett auf und sah mich im Zimmer um. Das Mondlicht schien in breiter Bahn durch das Fenster ohne Vorhänge. Alles war so wie zuvor, und wenn auch der Lärm auf der Gasse aufgehört hatte, sang da doch ein Bursche auf dem Heimweg ein bekanntes Lied, das »Murphy Delany« hieß. Ich war froh über diese Ablenkung, drehte mich wieder um und schaute jetzt zum Kamin. Ich schloß meine Augen und versuchte, an nichts als an das Lied zu denken, das jetzt immer leiser wurde.

Twas Murphy Delany, so funny an frisky
Stept into a shebeen shop to get his skin full
He reeled out again pretty well lined with whiskey
As fresh as a shamrodck, as blind as a bull.

Der Sänger, der sich wohl im selben Zustand befand wie der Held dieses Liedes, war bald zu weit entfernt, um meine Ohren noch zu ergötzen; sein Singen erstarb. Ich versank in ein Dösen, weder tief noch erfrischend. Irgendwie hatte sich das Lied in meinen Kopf gestohlen, und ich ging den Abenteuern meines Landsmannes nach, der, als er aus dem Schnapsladen kam, in den Fluß stürzte, herausgefischt wurde und von einem Leichenbeschauer nach Untersuchung durch einen Viehdoktor für tot erklärt wurde. Doch gerade da kam der Säufer wieder zu Sinnen, und die Geschichte endet mit einem Schimpfduett zwischen dem Leichenbeschauer und dem wiederauferstandenen Toten. Als ich nun aber die Ballade bis zum Ende durchgegangen war, schien irgendeine andere Stimme in mir zu sagen ›tot, tot, tot‹ und ›sei der Herr deiner Seele gnädig!‹ Sofort war ich hellwach und starrte vor mich hin.

Und was soll ich dir sagen, Dick ... da sah ich wieder diese verdammte Gestalt vor mir stehen. Zwei Yards von meinem Bett entfernt stand sie und sah mich mit ihrem steinernen und bösen Gesichtsausdruck an.«

Tom hielt inne und wischte sich den Schweiß von der Stirn. Mir war seltsam zumute. Das Mädchen war so blaß wie Tom. Und alle waren wir verdammt dankbar, daß wir all dies anhörten, während es draußen hell war und geschäftige Geräusche von der Straße zu uns hin drangen.

»Ungefähr drei Sekunden sah ich es ganz deutlich, dann sah es wie verwischt aus, aber noch lange Zeit kam es mir vor, als stehe da eine dunkle Dampfsäule zwischen mir und der Wand. Ich war sicher, daß es noch immer da war.

Nach einer Weile bewegte es sich auch. Und dann verschwand selbst die Dampfwolke. Ich nahm meine Kleider und rannte hinunter in die Halle. Dort, bei angelehnter Tür, zog ich mich an und lief hinaus auf die Straße. Ich lief bis zum Morgen in der Stadt umher. Als ich zurückkam, war ich elend und erschöpft. Ich war ein solcher Narr, Dick, daß ich mich schämte, dir von alldem etwas zu erzählen. Ich fürchtete, du würdest mich auslachen, besonders da ich mich ja immer so abgeklärt gegeben und mich über deine Geister mit Verachtung geäußert hatte. Ich sagte mir: Er wird mir kein Wort glauben. Also behielt ich meine Schreckensgeschichte für mich.

Nun, Dick, du wirst es mir vielleicht auch nicht glauben, aber viele Nächte nach diesem Erlebnis wagte ich mich nicht mehr auf mein Zimmer. Ich saß im Wohnzimmer auf, wenn du schon zu Bett gegangen warst. Ich stahl mich hinunter in die Halle und hinüber in die ›Robin-Hood‹-Taverne, ich saß dort, bis die letzten Gäste gegangen waren. Darauf lief ich durch die Nacht, wie ein Wachtposten, bis es hell wurde.

Mehr als eine Woche ging ich nicht zu Bett. Manchmal nickte ich im ›Robin Hood‹ ein paar Minuten ein oder hielt ein Schläfchen in einem Sessel bei Tage. Aber zu regelmäßigem Schlaf kam ich nicht. Ich hatte mich längst entschlossen, umzuziehen. Ich brachte es nur nicht über mich, dir den wahren Grund zu nennen. Ich schob es von Tag zu Tag hinaus, obwohl ich ganz krank wurde bei dieser Lebensart.

Eines Nachmittags wollte ich mir eine Stunde Schlaf gönnen. Ich wollte mich auf deinem Bett ausstrecken.

Vor meinem Bett hatte ich Angst. Ich wagte mich nur noch in seine Nähe, um es zu zerwühlen, damit Martha nicht das Geheimnis meiner nächtlichen Spaziergänge erfuhr. Du hattest dein Schlafzimmer abgeschlossen und den Schlüssel mitgenommen. Ich ging in mein Zimmer und zerrte die Bettücher auseinander, damit es so aussehen sollte, als hätte ich im Bett geschlafen.

Nun führte eine Reihe von Umständen zu jener schrecklichen Szene, die ich in dieser Nacht erlebte.

Zunächst einmal war ich so übermüdet, daß ich regelrecht nach Schlaf gierte, zum anderen nahm ich in meinem überreizten Zustand schreckhafte Dinge war, die mich sonst überhaupt nicht aufgeregt haben würden.

Das Fenster stand offen, frische Luft wehte ins Zimmer. Die Sonne schien. Warum sollte ich nicht eine Stunde hier schlafen? Ich gab der Versuchung nach, legte meinen Mantel ab, lockerte meine Krawatte, legte mich hin und gestand mir eine halbe Stunde Schlaf in einem Federbett, mit Laken und Überwurftüchern zu. Der Dämon hatte gewiß meine von der Müdigkeit bestimmten Vorbereitungen beobachtet. Ich versank in einen Schlaf, lang, totengleich, voller Träume.

Ohne von einem Schrecken heimgesucht worden zu sein, wachte ich auf. Es war lange nach Mitternacht, ich glaube, es ging gegen zwei Uhr. Wenn man genug geschlafen hat, kommt man plötzlich wie in einer Stille zu sich.

In dem alten Sofastuhl neben dem Kamin saß eine Gestalt. Sie wandte mir den Rücken zu, aber jeder Zweifel war ausgeschlossen. Langsam wandte sie sich um, und, gnädiger Himmel, da war wieder dieses steinerne Gesicht mit seinen teuflischen Zügen. Es starrte mich an. Es gab jetzt keinen Zweifel, daß das Gespenst wußte, daß ich im Zimmer war, denn es stand nun auf und kam auf mein Bett zu. Es trug einen Strick um den Hals und hielt das mit einem Knoten versehene Ende in der Hand.

Sekunden hielt ich dem Blick des schaurigen Phantoms stand. Es kam ganz nahe an mein Bett, und es schien, als wolle es sich auf das Bett stürzen. Im nächsten Augenblick aber war ich aus dem Bett heraus, und einen weiteren Moment später stand ich draußen im Treppenhaus. Aber der Spuk war noch nicht vorbei, das Tal des Todesschatten noch nicht durchschritten. Das schreckliche Phantom tauchte wieder vor mir auf. Jetzt stand es am Treppengeländer. Es legte das Seil zu einer Schlinge und machte Anstalten, diese mir überzuwerfen. Dabei aber – und das war unsagbar scheußlich – lächelte es mir zu. Ich wurde vor Angst fast ohnmächtig. Ich weiß von nichts weiter mehr. Ich erinnere mich nur daran, daß ich dann irgendwie in dein Zimmer kam. Ich bin wunderbarerweise entkommen, Dick. Für ein solches Entkommen muß man dem Himmel danken. Keiner kann sich vorstellen, was es für ein Wesen von Fleisch und Blut heißt, einem solchen Gespenst gegenüberzustehen. Dick, ein Schatten ist über mich hingegangen, ein Frösteln hat mein Blut und das

Mark in meinen Knochen berührt. Ich werde nie mehr derselbe Mensch sein wie zuvor. Nie, hörst du, Dick?«
Unsere Zugehfrau, eine Person von zweiundfünfzig Jahren, stand da mit offenem Mund und gerunzelten Brauen über ihren kleinen schwarzen Knopfaugen. Dann warf sie einen unsicheren Blick über die Schulter. Nein, da war nichts. Während mein Freund erzählte, hatte sie mehrmals Bemerkungen gemacht, die ich bis hierher ausgelassen habe.
»Ich habe oft davon gehört«, sagte sie jetzt, »aber ich wollte es immer nicht glauben ... aber nun, warum sollte es nicht wahr sein. Meine Mutter kennt ja auch solche Geschichten. Sie hätten einfach nicht in dem hinteren Schlafzimmer schlafen sollen. Sie schimpft schon immer, wenn ich bei Tage diesen Raum betrete, denn es war sein Schlafzimmer.«
»Wessen Schlafzimmer?« fragten wir wie aus einem Munde.
»Nun, eben seines ... das Schlafzimmer von Richter Horrock. Gott sei seiner Seele gnädig!« Sie schaute sich ängstlich um.
»Amen«, murmelte ich, »aber ist er denn dort gestorben?«
»Dort gestorben? Nein, nicht ganz«, sagte sie, »er hat sich am Treppengeländer aufgeknüpft, aber in dem Alkoven haben sie die Griffe des Springseils gefunden und auch das Messer, mit dem er die Schnur zurechtschnitt, an der er sich aufhängte. Es war die Tochter seiner Haushälterin, der das Seil gehörte. Das Kind hat danach immer nachts vor Angst geheult und aufgeschrien, und sie sagen, es sei der Geist des alten Richters gewesen, der es heimgesucht habe. Und sie brüllte den alten Burschen mit seinem verbogenen Hals an. ›O Herr, Herr!‹ soll sie gerufen haben, ›er trampelt auf mir herum. Er winkt mir zu. Ach, Mutter, laß mich nicht gehen!‹ Zum Schluß ist das arme Wesen gestorben. Die Ärzte sagen, sie habe den Verstand verloren.«

»Wie lange ist das alles her?«

»Oh, wie soll ich das wissen«, antwortete sie, »aber es muß schon wunderbar lange her sein, denn die Haushälterin war schon eine alte Frau mit einer Pfeife im Mund und keinem Zahn mehr und über achtzig, als meine Mutter zum erstenmal heiratete, man sagt, sie sei eine stattliche hübsche Frau gewesen, als der alte Richter ins Gras biß, und tatsächlich ist ja meine Mutter heute auch nicht mehr weit von den achtzig. Das alles macht es für den alten Schurken noch schlimmer. Ein kleines Mädchen so zu erschrecken, daß es sterben muß. Und dabei soll es seine Tochter gewesen sein, sagt meine Mutter.«

»Nach dem, was Sie über die Gefahr gesagt haben, die für jeden besteht, der in diesem Schlafzimmer nächtigt, entnehme ich, daß der Geist auch schon anderen Leuten erschienen ist«, sagte ich.

»Ja, man erzählt sich so manches ... seltsame Dinge, gewiß«, antwortete sie zögernd, »das ist doch ganz verständlich, denn in diesem Zimmer hat er zwanzig Jahre geschlafen. Und hat er nicht in diesem Alkoven den Strick fertiggemacht, um sich das anzutun, was er zuvor so vielen anderen antun ließ? Hat nicht noch dazu seine Leiche nach seinem Tod auf jenem Bett gelegen, ehe man einen Sarg brachte? Ja, es gab da seltsame Geschichten. Meine Mutter kennt sie alle. Beispielsweise die von einem gewissen Nichlas Spaigh, dem es auch arg im Kopf wurde.«

»Was sagen die Leute denn von diesem Nichlas Spaigh?« fragte ich.

»Das ist rasch erzählt«, antwortete sie.

Und dann erzählte sie eine so seltsame Geschichte, daß ich doch deswegen ihre Mutter noch einmal befragte, von der ich dann noch weitere Einzelheiten erfuhr. Es juckt mich, auch noch diese Geschichte zum besten zu geben, vielleicht ein andermal. Meine Finger tun mir schon weh vom Kritzeln.

Als wir die seltsame Geschichte vernommen hatten, die ich jetzt nicht erzähle, stellten wir noch ein paar Fragen über den Spuk, der sich in diesem Haus zeigte, seitdem der bösartige Richter dort zu Tode gekommen war. »In dem Haus hat noch keiner Glück gehabt«, sagte uns die Alte, »dort ist immer was passiert. Seltsame Ereignisse, plötzliche Todesfälle. Die ersten, die es kauften, waren zwei junge Damen und ihr Vater. Er war an die sechzig. Ein kräftiger und gesunder Mann. Ich wünschte, ihr sähet in diesem Alter so aus. Aber er schlief in diesem verfluchten hinteren Schlafzimmer. Gott sei zwischen uns und dem Leid, aber eines Morgens fanden sie ihn ... den Kopf ganz schwarz. Ein Schlaganfall, sagte man. Er war tot wie eine Makrele, folglich konnte er nicht mehr reden, aber in Wahrheit steckte der alte Richter dahinter. Der hat ihn so erschreckt, daß er starb.
Etwas später kaufte ein reiches altes Fräulein das Haus. Ich weiß nicht, in welchem Zimmer sie schlief, aber sie lebte allein. Jedenfalls fanden die Dienstboten sie eines Morgens auf den Treppenstufen hocken, zitternd. Sie war verrückt geworden. Keiner bekam von ihr noch ein Wort zu hören. Nur diesen einen Satz wiederholte sie immer wieder: ›Fragt mich nicht. Ich habe versprochen, auf ihn zu warten.‹ Sie vermochten ihr nie zu entlocken, wer mit dem ›ihn‹ gemeint war. Aber für jene, die sich mit dem Haus auskannten, war die Geschichte ganz klar.
Dann wurde das Haus in Wohnungen aufgeteilt, und jenes Zimmer ging an Micky Byrnes, der darin mit seiner Frau und drei Kindern wohnte. In der Nacht, so erzählte mir Mrs. Byrnes, wurden die Kleinen hochgerissen. Man sah nichts, aber jede Stunde schrien sie auf. Eines Nachts war der arme Micky betrunken, was bei ihm hin und wieder vorkam. Mitten in der Nacht hört er Lärm auf der Treppe. Im Rausch hat er Mut und geht nachschauen, was da los ist. Und da, mein Gott ... das ganze Haus fängt an zu

wackeln, und ehe er es sich versieht, liegt er mit gebrochenem Genick unten am Fuße der Treppe. Jemand hatte ihn über das Treppengeländer gestoßen.«

»Ich geh' jetzt und schicke dann Joe Gavvey vorbei, um den Rest unserer Sachen zusammenzupacken und sie in unsere neuen Zimmer zu bringen«, sagte ich zu der Alten. Und hinaus gingen wir; ein jeder atmete freier, als wir zum letzten Mal unseren Fuß auf die von Unheil umwehte Schwelle setzten.

Es muß dir, lieber Leser, wenn du der Geschichte bis hierher gefolgt bist, aufgegangen sein, daß der wahre Held dieser Geschichte kein Mensch aus Fleisch und Blut, sondern ein Haus aus Ziegelsteinen, Holz und Mörtel ist. So empfinde ich so etwas wie eine Verpflichtung, auch noch jene Katastrophe zu vermelden, der unser Held zwei Jahre nach den hier geschilderten Ereignissen schließlich zum Opfer fiel.

Ein Quacksalber, der sich Baron Duhlstoerf nannte, erwarb das Gebäude und füllte seine Fenster mit Flaschen, in denen unbeschreibliche Schreckensgebilde in Alkohol konserviert schwammen. In den Zeitungen gab dieser Mann großspurige Anzeigen über seine Heilkünste auf. Zu den Tugenden dieses Gentleman zählte die Enthaltsamkeit jedenfalls nicht. Eines Nachts kam er so betrunken heim, daß er beim Anzünden einer Kerze die Bettdecken anzündete. Er selbst kam mit dem Leben davon, aber vom Haus selbst blieben nach dem Brand nur noch die Außenmauern stehen. Es wurde jedoch wieder aufgebaut, und ein Leichenbestatter richtete dort sein Geschäft ein.

Und jetzt, da du, lieber Leser, meine und Toms Abenteuer kennengelernt hast, verabschiede ich mich von dir, nicht ohne dir eine gute Nacht und angenehme Träume zu wünschen.

Joseph Sheridan LeFanu: Der Geist und der Knocheneinrenker

****

Bei Durchsicht der Papiere meines geschätzten verstorbenen Freundes Francis Purcell, der fast fünfzig Jahre hindurch die harten Pflichten eines Gemeindepfarrers in Südirland ausübte, stieß ich auf das folgende Dokument. Es ist eines unter vielen, denn er war ein eifriger Sammler der alten örtlichen Überlieferungen – eine Beschäftigung, zu der die Gegend, in der er wohnte, geradezu herausforderte.

Die Sammlung und die Zusammenstellung solcher Geschichten waren, solange ich zurückdenken kann, sein Hobby, aber ich erfuhr nie, daß ihn seine Liebe für das Wunderbare und Seltsame sogar dazu brachte, die Ergebnisse seiner Nachforschungen zu den einzelnen Geschichten niederzuschreiben, bis ich, wie das in seinem Testament vorgesehen war, in Besitz all dieser Manuskripte kam.

Für jene, die das Verfassen solcher Schriften mit dem Charakter und den Gewohnheiten eines Landpfarrers für unvereinbar halten, muß ich bemerken, daß es eine Sorte von Priestern der alten Schule gab, die heute völlig ausgestorben ist. Ihre Ausbildung im Ausland führte dazu, daß sie mehr literarisches Interesse zeigten, als dies heute bei den Zöglingen von Maynooth der Fall zu sein pflegt.

Es muß vielleicht auch noch gesagt werden, daß der Aberglaube, welcher in der folgenden Geschichte eine Rolle spielt, nämlich, daß die Leiche eines eben Bestatteten in der ersten Zeit auf dem Friedhof die Mitbewohner desselben mit frischem Wasser versorgen muß, um so den Durst

der im Fegefeuer Schmachtenden zu stillen, im ganzen Süden von Irland im Schwange ist.
Der Schreiber kann auf einen Fall hinweisen, in dem ein angesehener und reicher Farmer von der Grenze von Tipperary seiner verstorbenen Ehehälfte zwei Paar Schuhe mit ins Grab gab, ein Paar leichte und ein Paar schwere, ein Paar für trockenes, das andere Paar für schlechtes Wetter, um sie so für die unvermeidlichen Gänge nach Wasser für die durstigen Seelen gut auszurüsten.
Wilde Auseinandersetzungen hat es zwischen den Trauergästen zweier Leichenzüge gegeben, die zur gleichen Zeit auf dem Friedhof ankamen. Keiner wollte dem anderen den Vortritt lassen.
Vor einiger Zeit kam es sogar dahin, daß einer von zwei Leichenzügen, um den betreffenden Toten nicht um einen unschätzbaren Vorteil zu bringen, auf dem Weg zum Friedhof eine Abkürzung wählte, und ohne sich um eines ihrer stärksten Vorurteile zu kümmern, kippten die Träger den Sarg über die Kirchhofsmauer, um nicht durch den Einzug durch das Tor Zeit zu verlieren.
Es ließen sich zahlreiche solcher Fälle aufzählen, die alle beweisen, wie stark bei der Bauernschaft im Süden dieser Aberglaube verbreitet ist. Doch will ich nun den Leser nicht länger mit weiteren Vorbemerkungen aufhalten, sondern das erwähnte Schriftstück ohne weiteren Aufenthalt zur Kenntnis bringen.
Auszüge aus einem Manuskript des verstorbenen Reverend Francis Purcell aus Drumcoolagh.
Ich erzähle die folgenden Einzelheiten genau, wie dies mein Erinnerungsvermögen gestattet. Ich gebe sie wieder in den Worten dessen, der sie mir erzählte. Es sollte noch erwähnt werden, daß er das war, was man einen wohlbeleumundeten Mann zu nennen pflegt, der über beträchtliche Zeit die Jugend seines Heimatortes als Lehrer unterrichtet hatte, ein Umstand, der gewisse große Worte im

Verlauf der Erzählung erklärt, die offenbar mehr wegen des Wohlklanges an der betreffenden Stelle stehen denn wegen korrekter Wiedergabe des Tatbestandes. Ich beginne also ohne weitere Vorrede und breite vor Ihnen die wunderbaren Abenteuer des Terry Neil aus.

Je nun... dies ist eine wahre und klare Geschichte. Sie ist so wahr wie Sie dort sitzen, und ich nehme mir die Kühnheit heraus zu behaupten, es gibt keinen Jungen in den sieben Kirchspielen, der sie Ihnen besser erzählen könnte als ich, denn es war mein Vater, dem sie zugestoßen ist, und ich habe sie von ihm selbst oftmals erzählt bekommen, und ich bin stolz, Ihnen versichern zu können, daß meines Vaters Wort so glaubwürdig war wie der Eid eines Richters auf dem Land, was schon allein daraus hervorgeht, daß, wenn irgendein armer Teufel in Schwierigkeiten kam und vor Gericht mußte, er es immer war, den man als Zeugen benannte. Also, er war ein ehrlicher und vernünftiger Mann, höchstens, daß er der Flasche etwas zu sehr zugetan war. Aber was das Arbeiten anging, so konnte man im ganzen Land lange suchen, bis man einen wie ihn fand, der so geschickt als Zimmermann war, Dächer flikken konnte und was es mehr noch dergleichen gibt. Und so machte er sich auch ans Knocheneinrenken. Ist doch klar, daß sie zu ihm kamen, wenn es darum ging, ein gebrochenes Bein zu richten. Schließlich haben Stühle und Tische auch Beine, die recht eingesetzt oder geleimt werden mußten, wenn sie brachen. Also, er kannte sich mit dererlei aus. Weit und breit gab es keinen Knocheneinrenker, der so viel Kundschaft gehabt hätte. Männer und Kinder, Junge und Alte kamen zu ihm. Nun, diesem Terry Neil, denn so hieß mein Vater, wurde das Herz leicht und der Beutel schwer, und er pachtete ein Stück Farmland von Richter Phelims Grund und Boden, gerade unter dem alten Schloß. Ein hübsches Fleckchen war es gewiß. Aber Tag und Morgen kamen auch arme Kreaturen mit gebrochenen Armen und Beinen von überall herbei, damit er ihnen die Knochen wieder zusammenflicke, einrenke oder richte. Nun, Euer Ehren, all das war so gut, wie nur etwas gut sein kann, aber es war Sitte, daß, sofern Sir Phelim irgendwohin über Land fuhr, seine Pächter aufs alte Schloß mußten und dort Wache halten, so als eine Art Kompliment für die alte Familie. Eine höchst unerfreuliche Sitte, was die Pächter anging, denn es gab keinen Menschen weit und breit, der nicht gewußt hätte, daß es auf dem alten Schloß nicht mit rechten Dingen zuging. Die Nachbarn erzählten sich, daß des Richters alter Großvater, ein anständiger Gentleman, Gott hab ihn selig, mitten in der Nacht durch das Haus spuke, seit ihm, als er dabei war, den Korken aus einer Flasche zu ziehen, ein Blutgefäß geplatzt war, was Ihnen so gut wie mir auch passieren könnte, Gott aber verhüten möge. Der alte Richter, so sagte man, springe aus dem Rahmen seines Bildes, das im Schloß irgendwo an der Wand hängt, und dann zerschmeiße er Flaschen und Gläser ... Gott sei uns allen gnädig ... und er trinke alles aus, was ihm unter die Finger komme ... was schließlich nicht so unverständlich ist ... betrete aber jemand aus der Familie das Zimmer mit dem Bild – schwupp, sei er wieder auf seinem Platz im Rahmen, schaue ganz ruhig und unschuldig drein, ebenso als sei nichts gewesen. Dieser verflixte alte Kerl!

Nun, Euer Ehren, wie ich sagte, eines Tages war die Familie vom Schloß für eine Woche oder zwei nach Dublin gefahren, und wie gewöhnlich mußte einer der Pächter im Schloß wohnen. In der dritten Nacht war mein Vater an der Reihe.

»Ach, Brennesseln und Wicken«, sagte er bei sich, »da muß ich nun da oben die ganze Nacht herumsitzen, und der alte Vagabund von einem Gespenst, Ehre sei Gott in der Höhe, rumpelt da durch das Haus und hat nichts als Dummheiten im Sinn.«

Aber da half kein Fluchen noch Jammern. Also setzte er ein tapferes Gesicht auf und ging bei Einbruch der Dunkelheit los. Bei sich aber hatte er eine kleine Flasche Poteen und eine Flasche mit geweihtem Wasser.

Es regnete das Schwarze vom Himmel herunter, und der Abend war düster und unheimlich, als mein Vater auf dem Schloß ankam. Und da er von dem Regen ziemlich viel abbekommen hatte und dann auch von dem heiligen Wasser, mit dem er sich besprüht hatte, naß geworden war, dauerte es nicht lange, bis er 'ne Tasse Whiskey schlucken mußte, um die Kälte von seinem Herzen fernzuhalten.

Es war der alte Stewart, Lawrence Connor, der ihm die Tür öffnete. Er und mein Vater waren immer dicke Freunde gewesen.

Als Connor also sah, wer da gekommen war, und mein Vater ihm erklärt hatte, daß er in dieser Nacht an der Reihe sei, bot er ihm an, bei ihm zu bleiben, und Ihr könnt Euch denken, daß mein Vater dagegen nichts einzuwenden hatte.

»Wollen doch ein bißchen Feuer machen im Salon«, sagte Larry.

»Warum nicht in der Halle?« fragte mein Vater, weil er wußte, daß das Bild im Salon hängt.

»In der Halle kann man kein Feuer machen«, sagte Larry, »da ist ein altes Krähennest im Kamin.«

»Dann laß uns doch in die Küche gehen«, sagte mein Vater, »es gehört sich doch nicht, daß zwei wie wir im Salon rumsitzen.«

»O Terry, das soll nicht sein«, sagte Lawrence, »wenn man schon alte Sitten aufrechterhält, sollte man sie richtig aufrechterhalten.«

»Zum Teufel mit alten Sitten!« spricht mein Vater, aber nur zu sich selbst im stillen, denn er wollte natürlich Lawrence nicht anmerken lassen, daß er Angst hatte.

»Na schön«, sagte er laut, »soll mir recht sein, Lawrence.«

Und so gehen beide in die Küche und warten dort, bis das Feuer im Salon schön hell brennt.
Nun, Euer Ehren, bald standen sie wieder auf und setzten sich ganz kuschelig ans Feuer im Salon und fingen an zu schwätzen und zu rauchen und ein paar Tropfen Poteen zu trinken, und es gab da ein gutes, loderndes Feuer von Sumpfholz und Torf.
Nun, Euer Ehren, wie ich sage, sie reden und rauchen da und lassen sich's gut gehen, bis Lawrence schläfrig wird, was ganz natürlich ist, weil er schon ein alter Diener-Mensch war, und als solcher gewöhnt an eine gute Portion Schlaf.
»Das darf doch wohl nicht wahr sein«, sagt mein Vater, »wirst du etwa schon müde?«
»Oh, dem Teufel auf die Zunge«, sagte Larry, »ich kneife nur die Augen etwas zu, damit ich nicht das Parfum vom Tabakrauch abbekomme und die Augen anfangen zu tränen, kümmere dich nicht um anderer Leute Dinge. Nur weiter mit deiner Geschichte.« Und die Augen fallen ihm gleich wieder zu.
Als mein Vater einsah, daß Schimpfen da nichts nützt, fuhr er einfach mit seiner Geschichte fort. Übrigens war es die Geschichte von Jim Sullivan und seiner alten Ziege, die er erzählte ... eine hübsche Geschichte, so unterhaltsam, daß man damit eine Türmaus munter halten könnte, nicht zu reden von einem Christenmenschen. Aber mein Vater brüllte jedes Wort heraus, als ob das Leben ihn verlassen wolle, nur um den alten Larry munter zu halten, aber noch ehe er mit der Geschichte zu Ende war, schnarchte Larry Connor wie ein Dudelsack.
»O Brennesseln und Wicken!« sagte mein Vater, »hat man so etwas schon mal gesehen? Läßt der alte Schurke seinen Freund im Stich, und wir beide hocken in dem Zimmer mit dem Geist.«
»Das Kreuz Christi über uns«, sagte er, und dabei rüttelte

er Lawrence, um ihn wieder aufzuwecken. Doch dann fiel ihm ein: wenn er ihn jetzt munter bekam, würde Larry bestimmt ins Bett gehen. Dann war er ganz allein, und das war ja noch schlimmer.

»Ach was«, sagte mein Vater, »ich werde den armen Jungen schlafen lassen. Wäre weder freundschaftlich noch nett, ihn zu stören, wo er jetzt schläft. Ich wünschte nur, ich wäre auch schon eingeschlafen.«

Danach steht er auf, geht hin und her, spricht seine Gebete, bis er schon zu schwitzen anfängt, aber das tut ihm alles nicht gut, also trinkt er so ein Pint Schnaps, um seinen Verstand wieder ins Lot zu bringen.

»Oh«, sagt er, »ich wünschte, bei mir ging's mit dem Einschlafen auch so leicht. Na, wollen doch mal sehen.« Und bei diesen Worten zog er einen Sessel heran und ließ sich in dem Sessel neben Lawrence nieder und machte es sich bequem.

Aber da war noch eine seltsame Sache, von der ich Euch noch nichts gesagt habe. Mein Vater konnte einfach nicht anders, von Zeit zu Zeit mußte er auf das Bild schauen. Plötzlich bemerkte er, daß die Augen des Mannes auf dem Bild ihm überallhin nachblickten und ihm zuzwinkerten, wohin er auch ging.

»Oh«, sagt er, als ihm das auffällt, »so mußte es ja kommen. Das Unglück war mit mir, als ich diesen unglückseligen Ort betrat. Jetzt hat es keinen Zweck zu zittern. Wenn ich schon sterben muß, dann kann das ebensogut mit Anstand geschehen!«

Nun, Euer Ehren, er versuchte also, sich nicht angst machen zu lassen und bei guter Laune zu bleiben, und dachte zwei-, dreimal daran, daß es gut wäre, wenn er nun einschlafen könnte, aber der Sturm, der da draußen durch die großen Äste fuhr und sich im Schornstein des Schlosses fing, hielt ihn mit seinen Geräuschen wach.

Dem donnernden Geheul zufolge hätte man denken kön-

nen, die Mauern des Schlosses würden einstürzen. Dann hörte der Sturm plötzlich auf, und es wurde so still wie an einem Juliabend. Aber in Wirklichkeit hatte der Sturm keineswegs aufgehört, denn drei Minuten nach dem Augenblick, in dem mein Vater diesen Gedanken erwog, hörte er ein Geräusch über dem Kaminplatz.
Mein Vater schlug die Augen auf, und da sieht er doch tatsächlich den alten Richter aus dem Bild an der Wand springen. Er hat einen Reitrock an und landet auf dem Fußboden.
Nun, der gemeine alte Bursche (und mein Vater meinte, das sei nun wirklich die Höhe der Gemeinheit gewesen!) beginnt, alles umzuwerfen, was ihm im Weg steht. Dann hält er inne, um zu schauen, ob die beiden Männer tatsächlich schlafen. Und als er davon überzeugt ist, daß sich nichts rührt, streckt er seine Hand nach der Whiskeyflasche aus und leert sie bis auf den letzten Tropfen. Danach, Euer Ehren, stellt er die Flasche genau an den Fleck, auf dem sie gestanden hat, geht im Zimmer auf und ab, so nüchtern und ernst, als hätte er nie etwas dergleichen getan. Immer, wenn er an meinem Vater vorbeikam, war es dem, als rieche er einen Hauch von verbranntem Bimsstein, denn in der Hölle verbrennt ja Bimsstein, wie jeder weiß. Das hatte mein Vater von Pater Murphy gehört, und der muß es ja wissen, auch wenn er jetzt tot ist, Gott hab ihn selig.
Nun, Euer Ehren, mein Vater machte sich nichts daraus, bis das Gespenst so nahe an ihn herantrat und er auch noch den Schwefel roch, der mit dem Atem aus den Nasenlöchern des alten Richters wehte. Da bekam er einen solchen Hustenanfall, daß er fast aus dem Sessel fiel.
»Ho, ho!« sagte der Richter, blieb zwei Schritt von meinem Vater entfernt stehen, wandte sich um und schaute meinen Alten an, »du bist das also, Terry Neil. Wie geht es denn so mit dir?«

»Immer zu Euren Diensten«, sagt mein Vater, soweit er vor lauter Angst überhaupt noch etwas sagen konnte, denn er war mehr tot als lebendig, »es ist eine große Ehre für mich, Euer Ehren heute abend hier zu sehen.«

»Terence«, sagt der Richter, »du bist ein ehrlicher Mensch (und das stimmt auch!) ... ein fleißiger, nüchterner Mann und ein Beispiel für Enthaltsamkeit für das ganze Kirchspiel.«

»Danke, Euer Ehren«, sagt mein Vater und bekommt Mut, »auch von Euch hat man immer nur Gutes gehört. Gott sei Euch gnädig, Euer Ehren.«

»Mir gnädig?« sagt der Geist (und wird rot im Gesicht vor Wut), »mir gnädig?« ruft er, »du ungehobelter Kartoffelfresser, du schafsköpfiger, niggerhafter Tölpel, wo bleiben denn deine guten Manieren? Wenn ich tot bin, so ist das doch nicht meine Schuld, und man hat mir das nicht ins Gesicht zu sagen, und schon gar nicht steht es einem wie dir zu.« Und dabei stampft er mit dem Fuß auf, und man glaubt, daß unter ihm der Boden einbrechen wird.

»Oh«, sagt mein Vater, »ich bin ein ganz dummer, unwissender, armer Mann.«

»Du bist ein Nichts«, sagt der Richter, »aber wie dem auch sei, ich bin nicht gekommen, um mir dein Geschwätz anzuhören. Hör mal, Terence Neil ... ich war deinem Großvater Patrick Neil immer ein guter Herr.«

»Das ist wahr, Euer Ehren.«

»Und was mehr ist ... ich denke, ich war ein vernünftiger und stets ehrenwerter Mann.«

»So geht die Rede«, sagt mein Vater, obwohl das eine große Lüge war. Aber was wollte er machen!

»Nun«, spricht das Gespenst, »obgleich ich enthaltsamer lebte als die meisten Männer ... jedenfalls, soweit sie Gentlemen sind. Obwohl ich in all den Jahren ein guter Christ war und immer voller Nächstenliebe und Humanität gegenüber den Armen. Also, wegen all dem kann es nicht sein, daß ich dort bin, wo ich jetzt bin. Ich durfte etwas anderes erwarten ...«

»Um so mehr, da es ja auch noch Gottes Gnade gibt«, sagt mein Vater, »haben vielleicht Euer Ehren das Bedürfnis, ein Wort mit Pater Murphy zu sprechen?«

»Halt das Maul, du widerlicher Wurm«, sagt der Richter, »ich spreche hier nicht von meiner Seele. Du wirst doch wohl nicht die Unverschämtheit besitzen, dich mit einem Gentleman über dessen Seele unterhalten zu wollen. Wenn ich das vorgehabt hätte, wäre ich schon zu jenen gegangen, die sich damit auskennen und auch wissen, was sich gehört. Es ist nicht meine Seele«, fährt er fort und setzt sich meinem Vater gegenüber, »es ist nicht meine Seele, die mir Kummer macht. Ich habe Schmerzen in meinem rechten Bein, das ich mir bei Glenvarloch gebrochen habe, an dem Tag, an dem ich den schwarzen Barney tötete.«

Mein Vater fand später heraus, daß dies sein Lieblingspferd war, das unter ihm zusammengebrochen war, nachdem er damit über einen großen Zaun gesetzt hatte, der dort am See entlangläuft. »Ich hoffe«, sagt mein Vater, »Euer Ehren machen sich keine Gedanken darüber, daß Sie das Tier töten mußten.«

»Sieh dich vor, du Narr«, sagt der Richter, »es geht nicht um das Pferd, es geht um mein Bein. An dem Ort, an dem ich jetzt meine Zeit verbringe, muß ich, außer dem Vergnügen, mich hier etwas umschauen zu können, mehr laufen, als ich das gewohnt bin, und weit mehr, als das für mich gut ist. Du mußt nämlich wissen, die Leute sind dort ungewöhnlich scharf auf kaltes Wasser. Es gibt für sie nichts Besseres. Außerdem ist das Klima dort weit wärmer als hier. Mich hat man zum Wassertragen eingeteilt. Ich muß mich abrackern und bekomme doch selbst nur recht wenig Wasser dabei ab. Es ist ein sehr harter Job. Das kannst du mir glauben, denn jeder dort ist so ausgedörrt. Sie trinken fast schneller, als ich laufen kann. Was mich

aber vollends fertigmacht, ist die Schwäche in meinem Bein. Vielleicht solltest du es mal einrenken.«
»Aber, Euer Ehren«, sagt mein Vater. Denn mit Geistern wollte er, was das Knochenrenken angeht, lieber nichts zu tun haben, »wie könnte ich es mir denn herausnehmen, Hand an Euer Ehren zu legen. Sowas mache ich nur bei armen Leuten, wie ich es selbst bin.«
»Schluß mit der Ziererei«, sagt der Richter. »Hier ist mein Bein«, sagt er und streckt es ihm hin, »jetzt renkst du es ein und wo nicht, wird es bald keinen Knochen in deinem Leib geben, aus dem ich nicht Staub gemacht habe.«
Als mein Vater das hörte, wußte er, daß er sich nicht weiter zieren durfte. Er nahm also das Bein und zog, bis ihm der Schweiß auf die Stirn trat und anfing, Gott steh mir bei, über sein Gesicht zu rinnen.
»Zieh, du Teufel!« ruft der Richter.
»Zu Diensten, Euer Ehren«, sagt mein Vater.
»Zieh fester«, brüllt der Richter.
Mein Vater zieht wie der Teufel.
»Ich will einen Schluck nehmen«, ruft der Richter und greift nach der Flasche, »muß mir Mut antrinken.« Aber so schlau er sonst auch war, diesmal bekam er die falsche Flasche zu fassen.
»Auf dein Wohl, Terence!« sagt er, »und jetzt zieh, so fest du nur kannst.«
Und mit diesen Worten setzt er die Flasche mit dem geweihten Wasser an die Lippen, aber gleich darauf stößt er einen Schrei aus, daß man denken konnte, jetzt zerbreche das Zimmer in zwei Teile. Meinem Vater entgleitet das Bein. Der Richter fällt hintenüber. Mein Vater saust durch das halbe Zimmer und wird ohnmächtig. Als er wieder zu sich kommt, scheint die Morgensonne schon durch die Vorhänge. Er liegt auf dem Rücken, das Bein von einem der großen alten Stühle in der Hand, und der alte Larry schläft noch fest und schnarcht so laut wie eh und je. Mein

Vater ging an diesem Morgen auf dem schnellsten Weg zu Pater Murphy, und von diesem Tag an bis zu seinem Tod ließ er nie eine Beichte oder Messe aus, und was er erzählte, glaubten alle, wenn er auch selten genug davon sprach. Was aber den Richter anging, so hat er im Schloß von dieser Nacht an nicht mehr gespukt.
Ob es nun daran lag, daß ihm dieses Wässerchen nicht bekommen ist, oder ob er nicht mehr spuken konnte, da er doch ein Bein verloren hatte, weiß ich auch nicht zu sagen.

Märchen und Sagen in der Literatur

****

John Merriman: Das Mitternachtsgericht

****

Der Erste Teil,

worin der Dichter, während er die Freuden einer ländlichen Idylle genießt, gezwungen wird, vor einem Gericht zu erscheinen, das in die Verhandlung eines dringlichen Falles eintritt.

Am Bach lief ich entlang,
Tau lag noch dicht auf den Wiesen wie Schnee.
Vorüber ging ich am Wald, der das Herz
des Hügels bedeckte,
ohne mich zu verweilen. Es tagte.
Dann sah ich Lough Greany und wurde froh.
Wie schön dieses Land, seine Wiesen,
die Linie des Horizontes.
Da standen die Berge,
der Kopf des einen war an die Schulter
des andern geschmiegt.
Es verflog jegliche Traurigkeit.
Ich vergaß die Erschöpfung, mein Leid,
meinen Zorn darüber,
daß ich weder Geld besaß,
noch Grund und Boden mein eigen nannte.
Über die Wipfel der Bäume zog ein Schwarm Enten
in einem klarblauen Himmel,
unter ihnen ein schwarzer Schwan.
Ein Fisch sprang im Wasser,
schön gefleckt seine Haut.
Ein kleiner Regenbogen stand

für einen Augenblick über den Wellen,
das Wasser schwappte mit einem leisen Laut gegen das Ufer.
Im Gesträuch zwitscherten Vögel. Ein Reh floh,
Hörnerklang aus der Ferne.
Dort ritt eine Schar Jäger.
Hunde hatten die Fährte eines Fuchses entdeckt.
Nicht ein Wölkchen am Himmel an diesem Morgen.
Die Sonne, ein roter Ball,
machte sich an die Arbeit nach langer Nacht.
Ein Schritt, und ein Busch kleidete mich,
um mich üppiges Grün, Blumen und Kräuter.
Faul-schläfrig kroch Wärme mich an,
ich gab dem Verlangen nach Träumen nach,
streckte im Grase mich aus,
zwischen den Sträuchern, nicht weit von dem Bach.
Schlaf warf mir über die Augen die schwarze Binde.
Wildes Zeug träumte mir.
Etwas kam, riß mir die Kleider vom Leib,
stach mir eine Nadel ins Herz,
doch immer noch lag ich besinnungslos da,
schlafend.
Es kam mir im Schlafe vor,
als ob die Erde unter mir bebe.
Im Norden Gewitter und wütender Wind.
Die Kaimauern des Himmels standen in Flammen.
Mich dünkte, als seh' ich aus den Augenwinkeln hervor
jemanden kommen ... ein riesiges Weib,
gepanzert der Leib, mit kräftigen Schenkeln,
stark, grob und mit verdrossener Miene.
Wenn ich recht schätzte,
war sie sechs, sieben Meter groß.
Der Saum ihres Umhangs schleifte im Dreck.
Ein erschreckender Anblick.

Die Stirn war faltenzerfurcht,
das Funkeln der Augen traf mich wie Blitze,
verfaulte Zähne grinsten aus einem eingefallenen
Mund.
In der Hand trug sie einen langen Stab
mit einem Emblem aus Messing an der Spitze.
Dieser wies als Büttel sie aus.
Mürrisch sprach sie mich an:
»Los! Aufstehen, du Nichtsnutz.
Wie kommst du dazu, hier zu dösen
während Gericht wird gehalten und Hunderte
sind schon versammelt?
Nicht eines von jenen Unrechts-Gerichten ist es,
an denen Füchse über Gänse das Urteil sprechen.
Dieses Gericht haben die Feen eingesetzt,
als Kammer, da Klage erheben können
die Getretenen und die Frauen.
Es geht doch in Irland die Rede,
daß die Feen von jeher Recht sprechen
in Fällen von großer Wichtigkeit,
und dies ist solch ein Fall.
Zwei Tage wird der Gerichtshof tagen,
auf dem Gipfel der Berge
in einem festen Haus, nahe Lough Greany.
Die Rechte der Königin wurden verletzt,
die ihres freundlichen Volkes.
Auch die Feen sind ohne Land, ohne Freiheit,
ohne Recht, ohne Besitz, ohne Hoffnung.
Das Land liegt darnieder,
überall Unkraut und Schmutz.
Die Besten sanken ins Grab,
frech führen die Neureichen das große Wort,
lügen, betrügen und rauben,
nehmen den Armen auch noch das letzte Hemd.
Es triumphiert das Faustrecht,

Hohn geifern die Advokaten,
Spott giften die Mächtigen,
Täuschung, Bestechung, Raffgier
beobachtet man allenthalben.
Darum wurde heute mit Schwur auf die Bibel beschlossen,
ein Verfahren zu eröffnen
wider die Männer,
deren Herrschaft es dahin gebracht hat.
Verklagt werden sie
von den Frauen Irlands,
weil sie nicht heiraten wollen.
Auch du, so wissen wir wohl, hast an dergleichen nie gedacht.
Das Land ist erschöpft, ausgesaugt,
im Elend durch Hunger und Seuchen,
durch den Hochmut des Königs.
Und keiner ist mehr bereit, für Nachwuchs zu sorgen.
So viele Frauen, die kinderlos bleiben.
Es ist eine Schande!
Feste Brüste und kräftige Schenkel –
wo sind die Mannsbilder, die sie schwängern?
Anbieten müssen die Frauen sich euch.
Ich bewundere ihre Geduld.
So kann's nicht weitergehn.
Deshalb wurde eine durch Los bestimmt
von den Wesen der Anderswelt
und ins Diesseits gesandt.
Ausgestattet ist sie mit jeglicher Vollmacht,
mit Bestechung ist nichts zu wollen.
Aevil ist es, dem Volk von Munster gewogen.
Sie wird die Schwachen schützen und den Armen zu ihrem Recht verhelfen.
Vor ihrem Gericht

schlagen die angeblich Allmächtigen
besser einen anderen Ton an,
als sie es sonst gewohnt sind.
Aufgeräumt wird mit der Korruption,
Schluß mit der Vetternwirtschaft.
In Feakle ist ein Gericht zusammengetreten,
das die rechte Ordnung auf dieser Welt
wiederherstellen wird.
Steh auf! Auch du bist geladen.
Beeil dich, na wird's bald,
oder muß ich dir Beine machen!«
Schon versetzte sie mir einen Fußtritt.
Im hohen Bogen flog ich durch die Luft,
sah unter mir Täler und Höhen,
auch das Kirchendach von Knockmanwee.
Eh ich mich recht versehen,
befand ich mich an der Stelle, wo das Gericht tagte.
Die Ruine eines Palasts war es,
von vielen Fackeln erleuchtet,
weiträumig, alte Pracht, jetzt verkommen.
Da saß die Feenfrau auf dem Richterstuhl,
um sie Wachen, zahlreich und kraftvoll.
Der Saal voller Menschen.
So viele an einem Orte beisammen
hatt' ich noch nie gesehen.
Vortrat ein junges Mädchen,
das mir nicht übel gefiel.
Rote Wangen, schön geschwungen der Mund,
kräftige Arme, offen das blonde Haar.
Wut saß ihr als Kloß im Hals,
würgte ab ihre Rede,
Tränen liefen ihr über die Wangen.
Dann endlich fuhr sie sich mit dem Arm übers
Gesicht,
schneuzte sich, holte tief Luft und sprach dies:

»Tausendfaches Willkommen und Freude ins Herz dir,
Aevil, Creeglees uralte Seherin.
Schön bist du wie die Morgenröte.
Ruhe spendest du wie der gerundete Mond.
Vor dir, die du erfahren bist in den alten Künsten,
beklag' ich das Elend dieses Landes und seiner Weiber.
Was mich so maßlos empört – und nicht nur mich –
ist, daß so viele von uns den Freuden der Ehe
nie oder erst spät teilhaftig werden.
Die schönsten Mädchen werden zu alten Vetteln,
ohne daß ihnen je ein Mann
die Freuden der Liebe spendete.
Ohne Mann, ohne Kind auf dem Arm,
härmen wir uns, leben dahin ohne Freude und Frieden.
Mürrisch, verdrossen, frustriert,
bei uns zur Nacht nur ein kaltes Laken.
Nein, Aevil – so kann's nicht weitergehn!
Unser Leben kennt keine Freude.
Dring du darauf, daß die Männer auf dieser Insel
endlich tun, was von Natur aus des Mannes ist.
Wie sieht's denn aus heutzutage?
Wenn sie sich endlich bequemen, eine von uns zu freien,
sind sie meist selbst schon alt und leicht angeschimmelt,
ohne Saft und Kraft,
und ihr Dinglein gibt in der Nacht
nicht mehr her als eine tröpfelnde Nase.
Und heiratet mal ein kräftiger Bursche,
ein Ringelstecher, mit dem du
in einer Nacht freudig über drei Runden gingst,
dann ist die Glückliche ein ranziges Fräulein,
alt und grau schon.

Er nimmt sie, nur weil unter der Matratze
ein gehöriger Sparstrumpf liegt.
So manches Mannsbild, das mir gefallen hätte
mit frischem Gesicht, geschliffner Zunge,
ordentlich im Saft,
lustig, verwegen, mit Feuer,
ging einer solchen Schlampe ins Netz,
die nichts kann als tratschen und hecheln,
die mit dem Mann, den sie sich eingefangen,
vor andern auch noch groß angibt.
So eine hat mit der fruchtbaren Liebe dann
freilich nur wenig im Sinn.
Noch jedesmal tat's mir einen Stich ins Herz,
wenn ich solch eine sah Hochzeit machen.
Vor Verlangen brenn' ich dann lichterloh und frag' mich:
Was ist der Grund, daß er sie wählte,
nicht mich?
Bin ich nicht hübsch, bescheiden, adrett?
Gesunde Zähne und somit sauberen Atem,
ein hübsches Lächeln, der Mund weder zu groß,
noch zu klein.
An meiner Figur ist doch wohl auch nichts auszusetzen.
Meine Augen sind grau, mein Haar lockig,
rosig die Wangen, fest und stolz meine Brüste.
Bei einem Schönheitswettbewerb
wär' ich nicht ohne Chancen ... oder?
Seht euch die Hüften an!
Die stünden gegen den kräftigsten Hengst
wacker beim Liebesspiel.
Ich bin weder schrumplig noch lahm.
Bei mir holt man sich auch keinen Tripper.
Von Kopf bis Fuß ist alles bereit,
einem guten Manne Freude zu spenden.

Ja, wäre ich wie manch andere ... faul, lässig,
nur Stroh im Kopf,
keine Ahnung von Spinnen, Nähen und Kochen,
ich könnt's noch begreifen, daß keiner mich nimmt.
Aber ich halte proper und sauber das Haus,
bin keine Verschwenderin.
Ich zieh' mich nett an, die Haube gestärkt,
Rüschen und Bänder am Kleid.
Mein Unterrock ist aus feinster Seide,
raschelnd lockt er wie frisches Gras den Bock
auf die Weide.
Auf meine Schürze habe ich
eigenhändig bunte Blumen gestickt,
als Verweis darauf, was sich darunter zu pflücken lohnt.
Auch beim Schuhwerk habe ich nicht gespart.
Es kommt von dem teuersten Meister.
Wenn ich tanze, raff den Rock ich ein wenig.
Wer wüßte nicht, wie die Blicke der Männer gieren
nach hübschen Beinen.
Vor der Brust die Brosche – wer öffnet die Schließe?
Mit Armreifen rassele ich wie mit Kastagnetten,
ein Silberkettchen lockt, daß einer erst damit spielt
und dann streichelt, was tiefer
so prall den Saum spannen macht.
Hinschaun sie alle, aber verdammt,
keiner beißt an.
Was sind das nur für Männer.
Es ist auch nicht so, daß ich immer daheim säße,
wo mich keiner entdecken kann.
Um jede Straßenecke wackle ich mit dem Hintern,
ich geh' auf den Sportplatz, wann immer ein Spiel ist.
Ich renn' in die Kirche. Wirklich – ich stelle mich aus.
Mehr anbieten könnt' ich mich schwerlich,

ohne als Hure gelten zu müssen,
wirklich, ich komm mir vor wie ein häßliches Entlein. –
Was hab' ich nicht schon alles probiert,
um zu einem Mann zu kommen – vergebens!
Ich ging zu einer Alten,
ließ in Tarotkarten und Kaffeesatz forschen nach Ehesegen.
Ich hörte nach Mondzauber mich um.
Dreimal wusch ich im Fluß meine Höschen
zu günstiger Stunde.
Ich nahm Horn von Finger und Fuß
und streut' es ins Feuer,
hieb mich mit Weidenruten auf meinen Hintern,
trank das Gelbe
von fauligen Eiern.
Ich kreuzigte eine Fledermaus,
selbst das brachte mir keine Freier ins Haus.
Flachs habe ich ausgebreitet, nachts auf der Gasse,
ich trank um Ostern das Blut schwangerer Mäuse.
Im Steinbruch spannte ich Garnfäden aus
vor Tagesanbruch.
Was immer ich tat – mir bracht' es kein Glück.
Ihr seht mich immer noch ledig.
Jung ist keine für alle Ewigkeit,
auch an meinen Reizen nagt freilich der Zahn der Zeit.
Ich seh' mich schon dürr, hinfällig, alt
und noch nie die Freuden der Liebe genossen.
Und was gäb es Schlimm'res als ewig
des Nachts allein im Bett,
Wand an Wand vielleicht auch noch
mit einer, die im Liebeskampfe vor Freuden quietscht,
einer, der schon fünf Kinder am Rockschoß zerren,

und für das sechste wird gerade der Grundstein gelegt.
Bleib ich allein,
dann lieber gleich ab in die Hölle
und die Beine breitgemacht für einen ungezogenen Teufel.
Wirklich, nicht ein Gran Geduld ist bei mir noch vorhanden.
Gestern habe ich wieder von einem neuen Zauber gehört,
und ich sag' euch,
wenn auch Aevils Richterspruch nichts ändert,
ich probier' ihn aus auf der Stelle.
Ein Kräutertrank ist es.
Bei Männern soll die Wirkung enorm sein.
Hat einer davon getrunken, geht alle Scham über Bord
und begatten muß er,
ob er will oder nicht,
die Nächstbeste.
Sorge tragen will ich, daß ich ihm nahe bin,
wenn das Kraut seine Wirkung zeitigt.
Ich bin nicht die einzige, die so verfährt.
Neulich gab es Erstaunen, daß eine häßliche Geiß –
freilich eine Dame,
ohne viel Umschweife,
ein Mannsbild abschleppen konnte,
an den Traualtar.
Ich machte mich an sie ran, horchte sie aus.
Jetzt kenne ich ihre Methode.
In der Halloweennacht hat sie auf einem Kreuzweg
den alten Göttern ein Opfer gebracht
und bekam von der wilden Schar ein Mittel,
das heiß macht den kühlsten Junggesellen.
Ehe ich das versuche, rufe ich öffentlich aus:

Meine Jungfernschaft kann haben, wer will,
er heiße Tom, Jack, Harry oder auch Bill.
Verhilft zur Liebe mir nicht dies Gericht,
hilft nur noch Magie – nur, schimpft dann nicht,
ich wäre brünstig, geil, verquer.
Ich ford're nur:
ein Mann muß her!«

Der Zweite Teil,
in dem der Dichter eine feurige,
aber auch gesalzene Rede
zugunsten der angeklagten Männer vernimmt.

Auf sprang ein zorniger alter Krauter,
wutverzerrt das Gesicht,
die Glieder zitterten ihm, der Atem ging rasselnd.
Jede Faser an ihm war Zorn und Empörung.
Er bot einen elenden Anblick.
Dies aber sagte er vor dem Richtertisch:
»Pest und Unglück wünsch' ich dir auf den Hals,
du Flittchen.
Räude zwischen die Beine,
Filzläuse in deine Schamhaare, du mieses Miststück!
Kein Wunder, daß heutzutage
in Irland so selten die Sonne scheint.
Kein Wunder, daß das Recht hier schamlos gebeugt wird.
Kein Wunder, daß selbst die Milchkühe trocken und kalblos,
wenn so eine Sumpfeule es wagt,
sich hier als Zierde der Weiber zu präsentieren
... unverstanden, ungeliebt, daß ich nicht lache!
Ich behaupte, alles Übel hat seine Wurzel
in dem zuchtlosen Benehmen der ledigen Frauen.
Wessen könnt ihr euch rühmen, ihr Gänschen,

außer Eitelkeit, Faulheit und geilem Scharwenzeln,
diese Klägerin mit ihrer großen Klappe.
Zufällig kenn' ich den Saustall, aus dem sie stammt.
Der Vater besaß keinen Penny und keinen Freund.
Ein Nichts und ein Niemand war er,
ein Narr wie ein grauer Stein,
ohne Sinn und Verstand, aber mit desto mehr Durst.
Kein Stuhl, kein Bett, keine Lebensart,
keinen Mantel um seine Schultern,
einen Lappen um seinen Nabel, keine Stiefel.
Glaubt mir Leute:
verkaufte man seinesgleichen
auf einem Jahrmarkt zum Lebendgewicht,
man würde für den Erlös nicht einmal ein Glas
gutes Ale bekommen.
Was meint ihr, wie eine,
die daheim nicht mal 'ne Kuh oder ein Schaf besitzt,
zu Schuhen kommt mit silbernen Spangen...
zu einem Umhang aus Seide,
zu einem Taschentuch, das nach Parfüm duftet?
Andere mag sie täuschen,
ich kenne sie noch von früher, als sie barfuß ging.
Eine gute Figur... daß ich nicht lache!
Sag, was du dir vorn auf das Bügelbrett gestopft?
Was du herzeigst sind Spitzen und Ringe.
Was du verbirgst sind Risse und Flecken.
Gib es doch selbst zu, oder soll ich auspacken?
Wie oft hattest du zu den Kartoffeln
nicht mal die Buttermilch?
Du Schlampe mit den dreckigen Waden:
Ich habe die Sielen gesehen, auf denen du schliefest.
Und bitte, was trägt sie denn unter dem Fähnchen.
Unterrock,
Hemd,
Höschen!

Das könnt ihr vergessen.
Nichts hat sie drunter an.
Und in der Hütte daheim gibt es nicht einmal
einen dreifüßigen Schemel.
Moder überall, durch's Dach regnet es ein.
Hennen und Mäuse tanzen zusammen Jig in der
Küche.
Die Tragbalken sind durchgefault.
Der Giebel ist eingekracht.
Und was hat sie getönt.
Aufgetakelt rauscht sie hier an,
das Gesicht voller Rouge, den Umhang mit Seide
gefüttert.
Moment mal. Woher stammt solcher Luxus?
Sag's ihnen, wie bist du zu diesem Fummel
gekommen?
Ehrlich ist das alles wohl kaum erworben.
Was hat der Umhang gekostet?
Was war der Preis dieser Haube?
Was gabst du her für die hübschen Stiefeletten?
O Aevil, mächtig und voller Weisheit.
Ich flehe dich an: besinn dich.
Ist es rechtens, daß jene,
die als Schöffen bei diesem Gericht bestellt sind,
von einer Heuchlerin
derart an der Nase herumgeführt werden?
Die Sorte kennen wir doch.
Mir macht keine so leicht was vor,
ich weiß, wie das zugeht.
Ich brauche nur an meinen Freund und Nachbarn zu
denken.
Eine ehrliche Haut,
zuvor immer zufrieden mit dem bißchen Verdienst
aus rastlosem Schaffen,
bis er ein Weib sich genommen. Die hat's ihm besorgt.

Die Galle läuft mir über, wann immer ich ihr
begegne.
Prahlt mit den Kühen ihres Mannes im Stall,
mit seinem Getreide auf dem Acker,
Silber in der Tasche,
Goldstücke streut sie lässig hierhin und dorthin,
als ging es um Hühnerfutter.
Gestern erst begegnete ich ihr auf der Gasse.
Sie wiegt sich in den Hüften,
hat ein Dekolleté bis zum Nabel,
macht jeden an, der ihren Strich kreuzt.
Ich bin der Letzte,
der an böser Nachrede Gefallen findet –
aber die große Hure von Babylon
ist verglichen mit der eine Nonne.
Immer gleich die Beine in die Luft,
sei es auf dem Tisch oder auf einem Bund Stroh.
Der Ruhm wird ihr bleiben.
Von der reden sie noch nach Jahren in unserer
Gegend.
In Vrecan bei Brot und Wein,
in Tiermaclane auf einer grünen Wiese,
mit Dick und Doof in Bansha und Inch.
Auch in Clarëcastle und Quin
können Herren sich rühmen,
ihr nahegestanden zu haben.
Mit den rüdesten Burschen beim Bohnenpflücken
in Traderee.
(So nennt man das heutzutage!)
Mit einem in Samthosen aus Cratloe,
geiler noch als eine läufige Hündin ...
Zu Anfang war ich noch bereit, ihr manches nachzu-
sehen,
dachte mir, dein Freund ist auch nicht mehr der
Jüngste,

und man braucht, was man braucht,
aber mal ist das Maß voll. Einmal
geh ich über Land, da liegt doch das Weibsstück
splitterfasernackt
im Straßengraben,
neben und unter ihr eine Handvoll Jungen aus
Dooras,
die sie vom Torfstechen abgehalten hatte.
Das ging mir denn doch über die Hutschnur.
Was mich dabei am meisten erstaunt, ist,
daß nach alldem, was man in den Backofen
reingeschoben hat,
sie immer schlank um die Hüften blieb.
Schwanger wurde sie erst, als es ihr gefiel,
diese Hexe ...
Mir das mal von der Seele zu reden, verschafft
wirklich eine Erleichterung.
Aber was schwatz' ich von anderen:
Mir ist's ja selbst nicht besser gegangen.
Bei der Meinen vergingen vom Aufgebot
bis zu dem Augenblick, da ich Vater wurde,
genau sieben Monde und eine Woche.
Eine wackere Leistung!
Mein Beispiel sollten sich ledige Burschen
immer vor Augen halten,
ehe sie sich freiwillig ins Ehejoch einspannen
lassen ...
bis ans Ende aller Nächte Morgen!
Was war ich doch für ein Esel.
Geachtet zuvor bei aller Welt,
im ganzen Kirchspiel beliebt und geschätzt.
In der Tasche immer ein Klimpern,
Freunde am Gericht und auf hohen Posten.
Jeden Abend mein Bierchen,
ab und an auch mal ein Glas Whiskey.

Mein Grundbesitz und mein Kontoauszug
zeugten von gesundem Erwerbssinn.
Im Herzen Frieden und Ruhe im Sinn,
bis ein Weib um meinen Frieden
und dazu um die Gesundheit mich brachte.
Sie war gefällig anzuschauen,
der Solitär unter den Perlen des Landstrichs –
meinte ich.
Sie hatte Pfiff, Taille, Knochen mit Fleisch dran
an der richtigen Stelle,
viele Haare auf dem Kopf.
Sie verstand noch zu erröten.
Schwellende Formen, hinten und vorn,
verlockten zu schmatzenden Küssen.
Als ich im Bett auf ihren Hintern sah,
meinte ich, der Vollmond stehe im Fenster.
Ich schluckte den Köder wie Butter.
Jeder kennt das:
Manchmal ein großes Verlangen.
Sie zierte sich, setzte den Tee kalt an,
und als ich sie endlich mal im Bett hatte,
murmelte sie gleich nach dem Beischlaf
was vom Wert ihrer Unschuld
und dem heiligen Sakrament der Ehe.
Der Priester zog die Schlinge zu.
Jetzt habe die arme Seele Ruh . . . dacht' ich,
ja denkste,
von wegen!
Ins Joch wurden wir angeblich beide geschirrt.
Aber ziehen mußte nur ich.
Mit der Hochzeit begann es.
Ich zahlte, ohne zu murren, was
die Narrheit eines solchen Festes fordert als Preis.
Überfluß auf den Tischen.
Wer will sich da lumpen lassen.

Geld warf ich unter die Gassenjungen,
gab reichlich den Bettlern. Der Priester
war auch zufrieden.
Also, die Tische bogen sich,
Musik, Freibier.
Ein Fest, das die Welt so leicht nicht vergessen wird.
In fortgeschrittener Stunde hörte ich,
wie zufällig jemand sagte:
›Ja, hohe Zeit war es ...‹
Da ging mir ein Licht auf.
Ich besah mir das Schiff mit den
schwellenden Segeln nun einmal genauer.
Es war schon beladen,
beträchtlicher Tiefgang.
Dann kam die Zeit,
da ich zu einem freundlosen, närrischen
Mondsüchtigen wurde,
fremd in meinem eigenen Bett, in dem sie sich breitmachte
mit ihrer Frucht –
und in keinem anderen lupfte sich für mich ein Plumeau.
Ich pfiff den Selberschuld-Blues.
War mir nicht zugetragen worden, wie sie es,
angeblich vor dem ich sie kannte, so
toll getrieben,
in Schenken und Scheunen,
selbst in der Sakristei,
wußte ich nicht, daß bei ihr aus- und eingegangen waren
Verheiratete und Ledige,
Väter und Söhne.
Ich hatte kein Wort von all dem geglaubt.
Lieben heißt vertrauen.
Jetzt kam das böse Erwachen.

Rasch wurde sie füllig.
Ihr Leib verriet alte Geschichten.
Sie gebar – ich sagte es schon – längst vor der rechten Zeit
ihren ersten Sohn.
Kein Zweifel: ich hatte ihn nicht gezeugt.
Und dazu immer noch dieses sich anhören müssen:
Bitte Nachsicht mit einer werdenden Mutter.
Muß viel warme Milch trinken,
muß einen Bettwärmer kriegen,
muß Ei mit Zucker und Rotwein schlürfen,
denken Sie doch an das Kleine,
da sollte Ihnen nichts zuviel sein!
Marian Camley, die Hebamme aus Crucka,
und meine Nachbarinnen schienen alle
miteinander im Bunde,
drei oder vier Alte,
mit sehr schütterem Haar,
saßen an meinem Feuer,
schmauchten bedächtig ihr Pfeifchen
und ließen sich zwischen zwei Zügen
in entschiedener Rede darüber aus,
daß der Junge doch wirklich die etwas gelbliche Haut
meiner Familie habe.
Seine Stupsnase war die von Philip O'Leary,
seine mächtige Brust die von Murrough O'Lamey.
Aber sonst ganz der gehörnte Vater!
Diese aristokratische Braue,
dieses entschlossene Kinn.
Selbst unser Gelächter klang angeblich ähnlich,
alles, was ich besaß, teilt er nun mit mir.
Dabei hatte ich selbst ihn noch nicht einmal
zu Gesicht bekommen.
So ein Neugeborenes ist doch so empfindlich,
wie rasch holt es sich eine Erkältung.

Sie zögerten unsere Bekanntschaft hinaus
mit solchen Bedenken.
Wen wundert's, daß ich wütend und mißtrauisch wurde.
Nachdem ich sie lange genug beschimpft hatte,
gaben sie endlich nach.
Aber Vorsicht, er kann sich leicht wehtun.
Nicht so fest drücken und gerade halten.
Ist noch schwach auf der Brust,
braucht aufmerksame Pflege,
besser vielleicht doch Nottaufe,
falls er wieder von uns genommen wird.
Ich löste den Knoten des Bündels,
wollte nun doch, nach allem, was vorangegangen war,
den Inhalt mir etwas genauer betrachten.
Da hielt ich ihn auf den Knien, den neuen Menschen.
Heda, beim Himmel. Von Schwäche keine Spur,
festgebaut, gesund, muskulös,
die Ohren wohlgeformt,
hatte sogar schon Fingernägel.
Die Ellbogen hart, die Beine aktiv und fleischig,
ein wackerer Wackler,
ein hübsches Hündchen aus einem guten Wurf.
Ich betrachtete ihn voller Verwunderung,
meinte meine Hörner sprießen zu fühlen.
Ein kräftig Geweih trage ich unsichtbar.
Komm mir jemand mit dem Geschwätz von der heiligen Ehe!
Wenn es nur darum geht, daß Irland sich nicht entvölkert,
wüßt' ich ein probates Mittel!
Wollt ihr Nachwuchs für eine neue Fianna?
Der wird nicht im Ehebett gezeugt,
wo bald Routine einreißt,

von halben Greisen, die sich mühsam
zu ihren Pflichten bequemen.
Da müssen Männer mit härteren Werkzeugen ran,
solche, die ihr Geschäft verstehen –
und Frauen, die nie genug kriegen.
Mein Sohn ist das schlagende Beispiel.
Also beschwör ich Euch, Richterin,
wollt Ihr etwas tun
für die Fruchtbarkeit Irlands,
hebt die Schranken auf zwischen niedrig und hoch
wenigstens in der Liebe.
Möge die Kuhmagd sich mit dem Herrn Grafen
begatten,
soll doch der Tramp bei der Frau Gräfin liegen der-
weilen.
Der Kesselflicker, er flicke den Kessel der Bürger-
frau.
Verkündet das Gesetz freier Liebe,
und bald werden wir alle Söhne aufwachsen sehen,
stärker als Samson.
Der Himmel wird dazu lächeln.
Die Sonne wird öfter Lust verspüren,
auf diese Erde und dieses Land hinabzuschauen,
die Bäche werden reiner fließen,
Bäume und Sträucher üppiger sprießen,
angestachelt von solch Freuden der freien Liebe,
an der teilhaben Arme wie Reiche.
Das nenne ich Gleichheit!
Die Winde werden das Preislied orgeln,
wenn derart ohne Zwang
und befreit von der Konvention
sich Mann und Frau zeugend in Liebe vereinen.«

Der Dritte Teil,
in welchem der Dichter weitere schwerwiegende Anschuldigungen gegen die Männer im allgemeinen und gegen ihre Fürsprecher im besonderen zu hören bekommt.

Mit wachsender Ungeduld hatte das Mädchen zugehört,
nun hielt sie's nicht länger.
Zornigen Blickes, mit Wut in der Stimme vom Bauch her, rief sie:
»Bei der Krone von Crayg,
von Glück könnt Ihr reden,
daß ich das Alter ehre
und weiß, was ich an Achtung schulde dieser Versammlung.
Ihr seid ein Narr.
Würd' nicht die Richterin gewiß Einspruch erheben,
ich hätte nicht übel Lust,
Euch mit einem Fausthieb
auf der Stelle niederzustrecken.
Das wäre die rechte Entgegnung!
Will hoffen, daß Euer Salbadern
hier keinem das Urteilsvermögen getrübt hat.
Nun aber soll ein jeder erfahren,
wie es sich in Wahrheit mit dieser Frau verhielt,
von der Ihr behauptet,
Ihr hättet sie gerettet und Undank sei Euer Lohn.
Die Arme zog bettelnd von Tür zu Tür,
in Lumpen,
einmal der Hitze ausgesetzt,
dann wieder Kälte, Nebel und Regen.
Tag für Tag nahm sie einen steinigen Weg unter die Füße.
Dann kam der edle Erlöser.

Ein narrheitanhexender Blick ins Weiße der Augen,
sein Heiratsversprechen!
Frühstück ans Bett für den Rest des Lebens,
wenn du nur bei mir bleibst und mich wärmst,
ein eigenes Bankkonto,
Diener vorne und hinten,
eine Kutsche, sechsspännig,
ein Landsitz und ein Palais in der Hauptstadt.
Da hätte doch jede ›ja‹ geschrien,
oder ist hier jemand anderer Meinung?
Nicht Leidenschaft oder Liebe war es,
was sie diesem Mann in die Arme trieb,
sondern schrecklichste Not.
Abends dann kroch sie zu ihm ins Bett
wie die Pflicht es gebietet, umschlang ihn
wie eine Liane,
versuchte alles,
um das Lichtfünkchen in diesem Aschenhaufen
zur Flamme werden zu lassen,
verabreichte ihm dazu eine Massage von Kopf bis Fuß,
aber nichts erhob sich da an diesem Klumpen Lehm,
wie immer sie sich abrackerte.
Alles vergebliche Liebesmühe!
Sie mochte ihn küssen und kosen,
kitzeln und tätscheln, schmeicheln und streicheln.
Ich werde rot, wenn ich nur daran denke,
was sie alles versuchte ...
schließlich umarmte sie den Bettpfosten,
und befriedigte sich selbst
und seufzte über die Schande eines Bettuchs,
das schneeweiß geblieben war in der Hochzeitsnacht.
Mit schlotternden Gliedern und klappernden Zähnen
weinte sie ohne Unterlaß bis zum Morgengrauen
und fand keinen Schlaf ob solcher Erniedrigung.

Wo, so frage ich Euch, nimmt dieses Männchen,
das selbst nicht mehr in der Lage ist,
seine ehelichen Pflichten auch nur
dann und wann zu erfüllen,
die Dreistigkeit her, seine Frau anzuklagen,
weil sie ihn betrogen hat?
Hat er ihr nicht weit übler mitgespielt?
Ich möchte eine unter euch sehen,
die so einem Wicht treu geblieben wäre.
Wo Durst ist, wird er gestillt, wenn man Wasser sieht.
Meint Ihr etwa, irgendein Tier würde nach Nahrung suchen
dort, wo gar nichts mehr wächst?
Und wer Hunger hat, der befriedigt ihn selbstverständlich,
wenn man ihm einen Teller mit köstlichen Speisen hinstellt,
wenn ihm das Gewürz in der Nase kitzelt
und der Speichel ihm im Mund zusammenläuft.
Nur zu, Alter, verteidige dich.
Und dann wollen wir sehen, wo das Recht ist.
Wann hättest du hungern müssen,
als es zu Tisch ging?
Und was wurde ihr vorgesetzt in dem herrlichen Haus?
Ging dir etwas ab, wenn ein anderer ihr Vergnügen spendete,
da sie von dir nur Mißvergnügen erfuhr?
So steht's doch. Mach dir nicht länger was vor.
Oder willst du's von mir und von uns auch noch schriftlich?
Warum all die Aufregung, daß dein Weib
ein großes Herz hatte?
Sie könnte in einer Nacht Dutzend und mehr noch umarmen

und dich hinterdrein auch noch befriedigen,
also, was soll's!
Solche Eifersucht, wie du sie zur Schau stellst,
wäre berechtigt bei einem guten Ringelstecher,
bei einem, der nie ›nein‹ als Antwort läßt gelten,
aber dein Dong... Dang... Dinglein möchte womöglich
in nichts sich auflösen,
würdest du dich auch nur einmal noch zeugend betätigen.
Noch etwas muß ich an dieser Stelle erwähnen,
weil es mir einfach nicht aus dem Sinn geht.
Warum besteht nur die Kirche darauf,
daß alle Priester weiberlos bleiben?
Der Männermangel ist eine große Plage.
Und gerade jetzt, da die Männer so rar sind wie selten zuvor,
schließt man die Besten von ihnen davon aus,
uns zu beglücken.
Die Pille ist schwer zu schlucken.
Eine wie ich kriegt keinen Mann,
derweil diese Herren stramm und stark
in vollem Saft und mit noch viel Mark im Rücken,
mit Gelüsten scharf wie das Messer vor der Rasur,
vom Staate freigestellt von Steuern,
darum wohlgekleidet, gut genährt,
um nicht zu sagen ›gemästet‹,
keine zur Frau nehmen dürfen.
Die Alten, die schon lendenlahm, nehme ich aus.
Doch es gibt manch einen, der, zu einer Zeit,
da es viel zu tun gibt,
fest schläft und schnarcht.
Die würde ich gerne wecken.
Ja doch, es gibt unter den Priestern so manche,
denen hat man es so lange eingebleut,

Gott habe einen argen Schnitzer gemacht, als er
Eva erschuf,
bis sie es selbst glaubten.
Andere geben immerhin heimlich zu,
daß das Weib doch die Krone der Schöpfung ist.
So manch edles Geschlecht wäre nie erblüht,
wär nicht ein Priester,
seinen Schwengel zum Segnen nutzend,
daherspaziert.
So manche Frau macht' erst wieder ein frohes Gesicht,
seit ein Priester nachhalf,
als es darum ging, sie zu schwängern.
Das Land ist voller Beweise,
daß die Kirche auch bis dato nicht müßig war,
wenn es galt, diese Pflicht zu erfüllen.
Es gibt doch so manchen Mann,
der sich's nicht träumen läßt,
daß er den Erben einem Priester verdankt.
Und doch: noch viel zu viele der Frauen
verpassen das Beste im Leben,
weil es den Priestern verwehrt ist, Hochzeit zu
machen.
Wie rasch würde sich Irland bevölkern,
fiele dieses Verbot.
Selbst mögt Ihr entscheiden, hohe Richterin,
woran in Irland mehr Mangel herrscht:
an Priestern oder an Frauen, die Bräute werden.
Ein Priester kennt sich doch aus
in den Höhen und Tiefen des Daseins, lehrt er
uns doch, wie es möglich ist,
Gottes Gebot zu erfüllen.
Hat nicht auch der Schöpfer gesagt:
Nicht von Brot allein lebt der Mensch?
Nicht gegen die Lust mit einer ehelichen Gefährtin,
sondern gegen die Hurerei hat Paulus gewettert.

Gott erwählte den Leib einer Frau,
damit die Welt erlöst werde von all ihren Sünden.
Auch die Gesetze der alten Propheten
schützen das Recht der Weiber.
Schluß mit den vielen Verweisen.
Aevil, Ihr selbst wißt viel besser,
was Gott und die Weisen im Jenseits,
in diesem Punkt denken,
noch einmal beschwör ich Euch, Richterin,
Hoffnung von Munster, Beistand der Frauen,
stellt die Mißstände ab.
Rückt Euch vor Augen das Elend der Weiber,
das Verlangen all der blühenden Mädchen,
aber auch all der anderen,
die niedergeschlagen, frustriert und so müde wirken,
verhelft ihnen zu der rechten Medizin.
Ihr werdet sehen, wie sie aufblühen über Nacht.
Wirken sie heute noch traurig und niedergeschlagen,
werden sie morgen dann schon
trällern und jubeln vor Lust.
Scheltet mich, nennt meine Rede verrückt,
aber es ist wider das Gesetz der Natur,
wenn in Munster jeder dritte Mann unverheiratet stirbt,
und auch nie eine Frau erkannt hat.
Das Land liegt darnieder, der Adel ist schwach.
Unkraut überwuchert fruchtbare Felder.
Gebt wenigstens mir einen Gefährten.
Legt den Männern an ein Geschirr
und überantwortet sie dann uns.
Alles weitere wollen wir
dann gern
selbst besorgen.«

Der Vierte Teil,
in welchem der Dichter das Urteil vernimmt
und hinreichend davon beeindruckt ist.

Von ihrem Richterstuhl stand nun auf
die machtgebietende Frau.
Alles um sie glänzte,
der Richterstuhl, die Luft,
lieblich und kraftvoll waren Gesicht und Gestalt.
Ihre Stimme klang sicher, lebhaft und klar.
Sie schlug mit der Faust auf den Tisch und hieß
den Büttel, die Menge zum Schweigen gemahnen.
Als all das Geraune verebbt war, und die Stille für ihre Rede
Platz schuf, sagte sie dies:
»Deine Argumente, Mädchen, die Leidenschaft deiner Klage,
haben mich überzeugt.
Bitter kommt es mich an,
wie Orla und Maeve, Muriel und Janet darben.
Ein Pfui auf die Männer,
welche die Frauen
verkommen lassen,
unfruchtbar,
sie unterdrücken.
Hier wird jetzt Recht gesprochen.
Dies verkünde ich als Gesetz:
Jedes Mannsbild, das älter als einundzwanzig
und scheut die Ehe, die freie Gemeinschaft
mit einem Weibe, straft gnadenlos ab.
Herunter mit Hemd und Hose,
bindet ihn an den nächsten Baum
und gerbt ihm mit einem Tau oder Stecken
die Verlängerung seines Rückens.
Nur jene, die zu alt sind,

um den Frauen Freude zu spenden,
die sich ruinieren würden, wenn eine Frau sie beglückte,
seien verschont.
Nun los, fangt an mit dem Abstrafen, ihr Frauen,
lange genug habt ihr gelitten.
Nehmt Feuer oder eure Fingernägel und
zeichnet ihnen ein auf der Haut,
was Wunsch und Wille der Weiber.
Macht ein Ende mit der Herrschaft der Männer
in Irland, bei der das Land nur verkommt.
Fort muß ich jetzt,
weiter reisen,
durch Munster,
denn auch an anderen Orten,
muß der Frauen Beschwerde ich anhörn.
Doch ich komme wieder, und jene Männer,
die vielleicht meinen, es ginge weiter im alten Trott,
mögen mich fürchten.
Ein Gerücht ist mir zu Ohren gekommen,
aber behaltet es noch für euch,
ein Konzil sei dabei zu beschließen,
mit dem Siegel des Papstes unter dem Dokument,
daß künftig auch die Priester mit ran müssen,
da es gilt, Irland wieder fruchtbar werden zu lassen.
Ich bin sicher: keine Frau hier
hätte etwas dagegen einzuwenden
und jede spräche danach heiter ihr ›Amen‹.
Noch ist es nicht mehr als ein Gerücht,
aber der Tag wird kommen,
da diese Burschen sich nicht nur
die Bildchen von Maria und Anna betrachten.
Mir wäre es auch recht.
Bei der Gewalt, die ich habe,
ich dulde nicht länger Junggesellen.

Schluß mit dieser Verschwendung.
Fluch auch jenen schmierigen Schleichern,
die die Ehre der Frau
durch ihr schleimiges Schwätzen verhöhnen,
die meinen, noch keiner außer ihnen,
habe den Weg unter die Röcke eines Weibes gefunden.
Auf diese Sorte können wir mit Handkuß verzichten.
Maulhelden,
die nichts davon wissen, daß Liebe eine Kunst ist
und eine Naturgewalt,
die sich ausgeben in gockelhaftem Gekräh,
die ihren Saft verspritzen über Pornos.
Die Sorte stellt bloß
als Pascha des Monats.
Und nun ade.
Ich bin sicher: hier hat sich manches verändert,
wenn ich demnächst wieder vorbeischau.«
Wie all die anderen hatte ich ihr
aufmerksam zugehört,
und als sie zu Ende gekommen war, wurde es mir
ganz weich in den Knien.
Mein Blut kreiste eiskalt, dann wieder siedend heiß.
Mauern schwankten heran,
bedrängten mich.
Das Dach senkte sich herab auf meine Brust.
Ehe ich mich's versah,
kam das Büttelweib auf mich zu,
packt' mich, ich erbleichte,
kniff mich ins Bein und zerrte mich zu der Bank,
auf der die Schöffinnen saßen.
Jenes Mädchen, das die Klage der Frauen vorgetragen,
klatschte in die Hände, kreischte vor Vergnügen
und riß sich das Kleid auf.

»Faulenzer!« rief sie, »dich trifft es auch jetzt!
Wann hättest du je freiwillig dich betätigt.
Zeig mir eine unter den Frauen, die bereit wäre,
ein gutes Wort für dich einzulegen.
Seht ihn euch nur genau an, ihr Mädchen.
Ich finde nichts,
was gelten könnte als mildernde Umstände.
Von Kopf bis Fuß ein gesundes Tier,
mit Mängeln zwar,
aber doch wohl tauglich für die bewußten Pflichten.
Seine Hautfarbe ist nicht so ganz mein Fall,
etwas gebräunt wäre mir lieber,
doch was erwartet man bei einem Tintenkleckser,
und ihn deswegen verschonen? ... niemals!
Doch mancher Kerl mit hängenden Schultern
erweist sich in der Liebe noch als ganz brauchbar.
Magere Böck: – gute Böck,
so das alte Sprichwort der Schäfer.
Nein, nein. Es waren andere Gründe,
die ihn veranlaßten, ledig zu bleiben.
Sich tummeln mit vornehmen Freunden vom Adel,
parlieren mit diesen Herrchen,
Harfengeklimper und geistreiche Witzeleien
sind ihm genug.
So bringt er sein Geld durch und seine Tage herum.
Deswegen hat er mit uns Frauen so ganz und gar
nichts im Sinn.
Wie ich mich darauf freue, ihn zu züchtigen.«
Und zu mir gewandt:
»Dein gescheites Blabla und deine Kenntnis in Versfüßen –
das wird dir hier nichts nützen.
Aufgepaßt, du Muster im Zögern,
jetzt zahlen wir es dir heim,
gleich brennen wir dir ein paar über ...!

So was ist gut für die Blutzirkulation.
Rache für all die Nächte allein ohne Mannsbild
in kaltem Bett.
Auf denn, ihr Mädchen, nehmen wir ihn uns vor.
Legt Hand an,
geht's rasch an,
paßt auf, daß er uns nicht entwischt.
Una, du schlingst um den Leib ihm das Seil.
Wo steckt denn Anna?
Die Augen auf jetzt!
Mary, bind' du ihm die Hände auf dem Rücken übereinander.
Marion, Maeve, Sieve, Sheila,
hier gibt es Arbeit, die schmeckt!
Nur fest angezogen die Fesseln.
Die Knoten müssen ins Fleisch ihn schneiden.
Nicht doch so schüchtern.
Der ist jetzt dran.
Nur feste dem Brian das Fell gegerbt.
Vorne wie hinten. Nur keine Skrupel.
Es trifft keinen Unschuldigen.
Der wußte, was er tat.
Er verdient keine Gnade.
Möge man die Schreie der Männer
über die ganze Insel hin hören,
Heldengebrüll.
Das wird die verfluchten Junggesellen im ganzen Land
aus ihren Träumen reißen.
Dieses Statut, von Aevil verfügt, ist goldrichtig.
Selten habe ich ein so weises Urteil vernommen.
Der Tag, an dem es erlassen,
gehört
rot angestrichen in Frauenkalendern.«
Sie nahm die Feder, wollte eben rasch noch

die Eintragung kritzeln
fürs Protokoll.
Weiberblicke kreisten mich ein.
Mir schwirrte der Kopf
aus Furcht vor den Schlägen.
Alle Macht den Frauen, hört' ich sie schreien.
Sie holten aus ...
Da erwachte ich aus meinem Traum.
Hinter mir dunkel
und vor mir klar, daß keiner sehe,
wohin ich fahr'.
Die Ängste vergingen
wie Nebel unter der Sonne.
Aber auch hellwach
hatte ich keinen Zweifel:
Verklagt, verurteilt und abgestraft
hat das Gericht um Mitternacht
uns, die Männer von Irland.
Auch die Vögel pfiffen es jetzt von den Bäumen:
Alle Macht den Weibern!

Douglas Hyde:
Die Hexe mit den langen Zähnen

Vor langer Zeit kam einmal eine Jagdgesellschaft von Dublin an den Loch Glynn. Sie nahm Quartier im Haus eines Priesters, denn in dem kleinen Ort gab es kein Wirtshaus, in das man einkehren konnte. Am ersten Tag gingen sie im Wald von Driminuch auf die Jagd. Es dauerte nicht lange, da spürten sie einen Hasen auf. Sie gaben zahlreiche Schüsse auf ihn ab, trafen ihn aber nicht. Sie verfolgten ihn und sahen, wie er in einem kleinen Haus mitten im Wald verschwand. Als sie an die Tür kamen, stand ein großer schwarzer Hund vor ihnen, der wollte sie nicht hineinlassen.

»Feuert doch einfach eine Kugel auf diesen Vagabunden ab«, sagte einer von ihnen. Einer der Jäger schoß. Der Hund fing die Kugel mit dem Maul auf, kaute auf ihr herum und spuckte sie aus. Der Mann schoß abermals, und wieder geschah dasselbe. Dann begann der Hund laut zu bellen, und es dauerte nicht lange, da kam ein altes Weib heraus, bei der war jeder Zahn im Mund so lang wie eine Zange.

»Was tut ihr meinem Hündchen zuleide?« fragte die Alte.

»Ein Hase ist in Euer Haus hineingerannt, und der Hund hindert uns daran, ihn zu verfolgen«, antwortete der Jäger.

»Kusch, Hündchen«, sagte die Alte. Und dann fuhr sie fort: »Jetzt könnt ihr hereinkommen, wenn ihr wollt.«

Die meisten der Jäger hatten Angst, aber einer von den Männern fragte: »Ist da noch jemand bei Euch im Haus?«

»Ja, meine sechs Schwestern«, antwortete die alte Frau.
»Die würden wir gern einmal sehen«, sagten die Jäger.
Kaum hatten sie das gesagt, da kamen die alten Frauen heraus, und sie hatten Zähne, eine immer länger als die andere. So etwas hatten die Jäger noch nie gesehen.
Sie zogen danach weiter durch den Wald, da sahen sie sieben Raubvögel auf einem Ast sitzen und kreischen. Sie legten auf sie an und schossen ab, und es schien ihnen auch so, als hätten die Kugeln getroffen, aber das schien den Vögeln nicht das geringste auszumachen. Da kam ein grauer alter Mann auf sie zu und sagte: »Habt ihr noch nie etwas von den alten Frauen mit den langen Zähnen gehört, die da drüben in dem kleinen Haus wohnen? Seit über hundert Jahren sind sie verzaubert. Und sie haben einen Hund, der keinen in das kleine Haus hereinläßt. Sie besitzen auch ein Schloß unter dem See, und oft sieht man sieben Schwäne. Das sind auch die sieben alten Frauen.«
Als die Jäger am Abend heimkamen, erzählten sie alles, was sie gehört und gesehen hatten, dem Priester, aber der wollte die Geschichte nicht glauben. Am Morgen ging der Priester mit ihnen mit, und als sie an das kleine Haus kamen, stand da wieder der große schwarze Hund vor der Tür. Der Priester nahm ein Buch hervor und begann, Gebete zu sprechen. Da fing der große Hund an laut zu bellen. Die alten Frauen kamen heraus, und als sie den Priester sahen, schrien sie, daß man es noch im entlegensten Winkel von Irland hörte. Als der Priester aber fortfuhr, Gebete zu sprechen, verwandelten sich die alten Frauen in Raubvögel und setzten sich auf einen großen Baum, der seine Äste über dem Haus ausbreitete. Der Priester ging auf den Hund zu, bis er unmittelbar vor ihm stand. Der Hund sprang ihn an und warf den Priester zu Boden. Als ihm nun die Jäger wieder auf die Beine halfen, war er taub und stumm, und der Hund rührte sich nicht von der Stelle.

Die Jäger schafften den Priester heim und ließen einen Bischof kommen. Der hörte sich ihre Geschichte an und war sehr bekümmert. Die Leute drängten ihn, den Zauber, der auf den alten Frauen im Wald lag, zu bannen. Er war etwas verlegen. Offenbar wußte er nicht recht, was er tun sollte. Aber dann sprach er: »Erst einmal muß ich heim. Ich komme am Ende des Monats wieder, und dann will ich den Zauber von ihnen nehmen.«
Der Priester war so schlecht dran, daß er nichts sagen konnte. Der schwarze Hund aber war der Vater der alten Frauen und hieß Dermod O'Muloony. Sein eigener Sohn hatte ihn getötet. Er hatte den Vater am Tag nach der Hochzeit mit seiner jungen Frau im Bett überrascht. Die Schwestern tötete der Bruder auch noch aus Furcht, diese könnten den Mord am Vater jemandem verraten.
Eines Tages lag der Bischof in seiner Kammer und schlief, da kam eine der Alten mit den langen Zähnen zur Tür herein. Der Bischof wachte auf und sah die Alte neben seinem Bett stehen. Er hatte solche Angst, daß er kein Wort herausbrachte, bis die Alte zu ihm sagte: »Ihr braucht keine Angst zu haben. Ich will Euch nichts Böses. Aber ich gebe Euch einen guten Rat. Ihr habt den Leuten um den Loch Glynn versprochen zu kommen, um die Hexen mit den langen Zähnen aus dem Wald von Driminuch zu verbannen. Laßt das besser bleiben. Es könnte Euch sonst das Leben kosten!«
Der Bischof antwortete: »Ich kann mein Wort nicht brechen.«
»Wir müssen nur noch ein Jahr und einen Tag in diesem Wald bleiben«, sagte die Alte, »so lange könnt Ihr die Leute doch hinhalten.«
»Warum lebt ihr überhaupt da draußen in diesem Wald?« fragte der Bischof.
»Unser Bruder hat uns getötet«, sagte die Alte. »Und als wir vor dem Erzrichter Klage erhoben, erging das Urteil,

daß wir zweihundert Jahre in der bewußten Gestalt ausharren müßten. Wir besitzen ein Schloß unter dem See, und dort halten wir uns jede Nacht auf. Wir büßen für das Verbrechen, das unser Bruder begangen hat.« Und dann erzählte sie dem Bischof, was in der Familie vorgefallen war.

»Das ist eine böse Geschichte«, sagte der Bischof, »aber wir müssen den Willen des Erzrichters akzeptieren. Ich werde Euch nicht behelligen.«

»Ihr werdet davon hören, wenn wir den Wald verlassen haben«, sagte die Alte, und dann war sie verschwunden.

Am Morgen des folgenden Tages kam der Bischof an den Loch Glynn. Er hieß die Leute sich versammeln und sprach dann zu ihnen: »Es ist der Wille des Erzrichters, daß die Macht des Zaubers für ein Jahr und einen Tag bestehen bleibt. Geht also bis dahin nicht in den Wald. Es ist merkwürdig, daß ihr nie die verzauberten Frauen zu Gesicht bekommen habt, bis zu dem Tag, an dem die Jäger aus Dublin kamen. Besser, die Männer hätten dort nie gejagt.«

Ungefähr eine Woche später war eines Tages der taubstumme Priester in seiner Kammer allein. Es war ein schöner Tag und das Fenster stand offen. Ein Vogel mit rotem Gefieder kam hereingeflattert mit einem Kräutlein im Schnabel. Der Priester streckte seine Hand aus, und der Vogel gab ihm das Kraut.

»Vielleicht hat es Gott mir geschickt«, sprach der Priester bei sich und aß es auf. Kaum hatte er es getan, da konnte er wieder hören und sprechen, und er rief: »Tausend Dank dem, der stärker ist als die Kraft des Zaubers.«

Da sprach der Vogel: »Erinnerst du dich nicht an das Rotkehlchen mit dem gebrochenen Fuß, dem du vor zwei Jahren im Winter geholfen hast?«

»O doch«, sagte der Priester, »aber der Vogel flog fort, als der Sommer kam.«

»Ich bin dieser Vogel. Und wenn du mir nicht geholfen

hättest, wäre ich jetzt nicht mehr am Leben, und du wärst dein ganzes Leben taubstumm geblieben. Hör auf meinen Rat, geh nicht mehr in den Wald in die Nähe des kleinen Hauses. Und erzähl niemandem, daß ich dir das Kraut gebracht habe.«

Als seine Haushälterin kam, wunderte sie sich, daß der Priester wieder reden und hören konnte. Sie ließ das den Bischof wissen, und dieser kam nach Loch Glynn. Der Bischof fragte den Priester, wie es denn zugegangen sei.

»Das ist ein Geheimnis«, sagte der Priester. »Jemand brachte mir ein kleines Kraut, und das heilte mich.«

Nichts weiter, was des Erzählens wert wäre, geschah, bis das Jahr herum war. Eines Nachts, als der Bischof wieder in seiner Kammer lag, ging die Tür auf, und die Alte mit den langen Zähnen kam herein und sprach: »Ich komme, Euch anzuzeigen, daß wir von heute an in einer Woche den Wald verlassen werden. Ich habe nur noch eine Bitte an Euch.«

»Wenn es in meiner Macht steht und ich damit nicht gegen meinen Glauben verstoße, will ich deiner Bitte gern entsprechen«, sagte der Bischof.

»Heute in einer Woche«, sagte die Alte, »werden sieben Raubvögel tot auf der Schwelle des Hauses im Wald liegen. Gebt Befehl, sie in dem Steinbruch zwischen dem Wald und Baliyglas zu begraben. Das ist alles, worum ich Euch bitte.«

»Wenn ich am Leben bin, soll es geschehen«, sagte der Bischof. Und dann ging sie fort, und er war nicht böse, daß sie verschwand.

Eine Woche nach jener Nacht kam der Bischof nach Loch Glynn. Und am Tag darauf ging er mit einigen Männern zum Haus der alten Frauen von Driminuch. Der große alte Hund stand vor der Tür, aber als er den Bischof sah, begann er zu laufen. Er rannte bis zum See und sprang hinein. Der Bischof aber sah die sieben Raubvögel tot auf der

Schwelle liegen und sprach zu den Männern: »Hebt sie auf und dann kommt mir nach.« Sie hoben die toten Raubvögel auf und folgten ihm bis an den Rand des Steinbruchs. Und dann sagte er zu ihnen: »Werft sie in den Steinbruch hinab. Damit ist der Fluch, der über den alten Frauen lag, aufgehoben.«

Und kaum hatten die Männer sie hinabgeworfen, da erhoben sich von unten sieben Schwäne weiß wie Schnee und flogen eilig davon. Und der Bischof und jeder, der um die Geschichte wußte, war der Meinung, daß sie in den Himmel geflogen seien und daß der schwarze Hund nun im Schloß unter dem See sitze. Jedenfalls hat seither niemand mehr die Hexen mit den langen Zähnen und den großen schwarzen Hund gesehen.

Douglas Hyde: Der Däumling, der Kesselflicker und der schwarze Esel

Vor langer Zeit lebte einmal in der Nähe von Castlebar in Mayo eine alte Witwe. Ihr einziger Sohn war seit seinem fünften Lebensjahr nicht einen Fingerbreit größer geworden, und deswegen nannten ihn die Leute »Däumling«. Eines Tages, als er fünfzehn Jahre alt war, ging seine Mutter nach Castlebar. Sie war noch nicht eine Stunde fort, als ein großer Kesselflicker und ein schwarzer Esel zu ihm an die Tür kamen.

»Ist die Frau des Hauses daheim?« fragte der Kesselflicker.

»Das ist sie nicht«, antwortete der Däumling. »Und sie hat mir aufgetragen, niemanden hereinzulassen, bis sie wiederkommt.«

Der Kesselflicker trat trotzdem ein, und als er den Däumling sah, sprach er: »Du bist wirklich ein netter Junge. Läßt niemanden herein. Aber den Truthahn müßtest du hereinlassen.«

Der Däumling tat einen Sprung und traf den großen Kesselflicker mit der Faust zwischen den Augen. Der stürzte hin und geriet unter die Füße des schwarzen Esels. Der Kesselflicker raffte sich voller Wut auf und versuchte, den Däumling zu fangen, aber der versetzte ihm abermals einen Schlag und zwar diesmal auf sein Ohrläppchen, so daß sich der Mann auch diesmal unter den Füßen des schwarzen Esels wiederfand.

Abermals kam der Kesselflicker auf die Beine und versuchte, den Däumling zu fangen. Da schlug dieser ihn mit der Faust auf das andere Ohr. Und abermals lag der Kesselflicker zwischen den Beinen des Esels. Der Esel gab einen kläglichen Schrei von sich.

»Du hast meinen Herrn getötet«, sagte er dann. »Darüber bin ich weiter nicht betrübt, denn er hat mich ohne Grund oft geschlagen.«

Der Däumling war erstaunt, als er den schwarzen Esel sprechen hörte, und er sagte: »Du bist gar kein richtiger Esel.«

»Das stimmt. Ich bin ein Esel für sieben Jahre. Ich habe Schlimmes erlebt. Ich war der Sohn eines vornehmen Herren.«

»Nun«, sagte der Däumling, »dann würde ich gern deine Geschichte hören.«

»Erst versteck die Leiche des Kesselflickers unter dem Misthaufen. Dann will ich dir meine Geschichte erzählen.«

Der Däumling tat wie ihm geheißen, und dann kam der Esel mit ins Haus und erzählte: »Wie gesagt, ich war der Sohn eines vornehmen Mannes. Aber ich war ein schlechter Sohn. Und ich starb unter der schweren Last von Sünden, die ich auf mich geladen hatte. Ich würde jetzt in der Hölle brennen, hätte sich nicht die Jungfrau Maria meiner erbarmt. Als Mensch habe ich jeden Abend ein kleines Gebet ihr zu Ehren gesprochen, und als ich vor den großen Richter gerufen wurde, wollte er mich in die Hölle schicken. Da bat seine Mutter für mich um Gnade, und er wandelte den Urteilsspruch dahin ab, daß ich zu einem schwarzen Esel wurde. Er gab mich einem Kesselflicker für die Zeit von sieben Jahren, bis dieser eines weltlichen Todes sterben werde.

Der Kesselflicker war ein Teufelsbraten, und ich bin es gewesen, der dir die Stärke gab, um ihn zu töten. Aber fertig bist du mit ihm noch nicht. Nach sieben Tagen wird er wieder lebendig werden, und wenn du noch hier bist, wird er dich töten – so wahr, wie du jetzt am Leben bist.«

»Ich bin nie aus unserem Dorf herausgekommen seit meiner Geburt«, sprach der Däumling, »und ich würde auch nie meine Mutter verlassen wollen.«
»Wäre es nicht besser, du würdest deine Mutter verlassen, statt dein Leben im Zustand der Todsünde zu verlieren und für immer in der Hölle zu schmachten?«
»Aber wo soll ich mich denn verstecken?« fragte der Däumling. »Da du mir ja die Stärke gegeben hast, den Kesselflicker totzuschlagen, weißt du auch vielleicht einen Ort, an dem ich vor ihm sicher wäre.«
»Hast du jemals vom Lough Derg reden hören?«
»Das habe ich«, sagte der Däumling. »Meine Großmutter hat einmal eine Pilgerfahrt dorthin unternommen, aber ich weiß nicht, wo er liegt.«
»Ich werde dich morgen nacht dorthin bringen. Es gibt ein unterirdisches Kloster auf der Insel. In diesem lebt ein alter Mönch, der an jedem Samstag die Jungfrau Maria trifft. Erzähl ihm deinen Fall und höre in allen Punkten auf seinen Rat. Er wird dir eine Buße auferlegen. Aber in dieser Welt zu büßen ist besser, als für immer Höllenqualen zu erleiden. Du weißt doch, wo die kleine Hügelfeste liegt. Sei dort drei Stunden nach Einbruch der Dunkelheit. Ich werde schon vor dir dort sein und dich dann zum Lough Derg bringen.«
»Ich komme, sofern ich am Leben bin«, sagte der Däumling. »Aber ich muß schon sagen, ich fürchte mich, daß der Kesselflicker vor dieser Zeit lebendig werden könnte.«
»Da brauchst du keine Angst zu haben«, erwiderte der schwarze Esel, »sofern du nur niemandem etwas davon erzählst, daß du ihn getötet hast. Wenn du aber zu jemandem darüber redest, wird er sofort wieder lebendig werden und dich und deine Mutter erschlagen.«
»Bei meiner Seele, ich werde nichts davon verlauten lassen«, sagte der Däumling. Als am Abend seine Mutter

heimkam, fragte sie ihn, ob jemand in ihrer Abwesenheit zu dem Haus gekommen sei.
»Ich habe niemanden gesehen«, sagte er, »außer einem alten Bettler mit einem Sack. Und er hat nichts von mir bekommen.«
»Aber ich habe Pferde- und Eselspuren draußen vor der Tür gesehen. Die waren noch nicht da, als ich am Morgen fortging«, sagte sie.
»Das wird der Dummkopf gewesen sein, der Big Mary O'Brians Esel immer reitet«, sagte der Däumling.
Die ganze Nacht tat er kein Auge zu, weil er immer an den Kesselflicker und den schwarzen Esel denken mußte. Auch am nächsten Tag wurde er seine Angst nicht los. Seiner Mutter fiel das auf, und sie fragte ihn, was denn mit ihm los sei.
»Ach, ganz und gar nichts«, sagte er.
Als es Nacht wurde und die Mutter schlafen gegangen war, stahl sich der Däumling aus dem Haus und lief zu dem verabredeten Treffpunkt. Der schwarze Esel war schon da und sagte: »Bist du bereit?«
»Das bin ich«, sagte der Däumling. »Aber es schmerzt mich, daß mich meine Mutter nicht gesegnet hat. Sie wird sich Sorgen machen, bis ich wieder zurück bin.«
»Das wird sie nicht, weil nämlich ein anderer Däumling sich bei deiner Mutter im Haus finden wird. Er sieht dir so ähnlich, daß sie meinen muß, du seist es. Aber ich werd' ihn fortschaffen, ehe du wieder zurück bist.«
»Da bin ich dir aber sehr dankbar«, sagte der Däumling.
»Und jetzt kann's losgehen. Steig auf meinen Rücken. Wir haben eine lange Reise vor uns«, sagte der Esel.
Kaum war der Däumling aufgestiegen, da hörte er es donnern und sah einen großen Blitz, und dann senkte sich eine schwarze Wolke hernieder und hüllte den schwarzen Esel und seinen Reiter ein. Dem Däumling wurde es schwarz vor den Augen, und eine große Müdigkeit überkam ihn,

und als er wieder erwachte, befanden sie sich auf der Insel im Lough Derg, und vor ihnen stand der alte Mönch. »Was führt dich hierher?« fragte er.
»Nun, wenn ich ehrlich sein soll: Ich weiß es nicht recht«, sagte der Däumling.
»Ich werde es bald wissen«, sprach der Mönch. »Komm mit mir.«
Der Junge folgte ihm unter die Erde, und sie kamen in eine kleine Kammer, die in den Stein gehauen war. »Nun«, sprach der Mönch, »fall auf die Knie, leg deine Beichte ab und verheimliche mir nichts.«
Der Däumling tat wie ihm geheißen und erzählte dem Mönch alles, was er mit dem Kesselflicker und dem schwarzen Esel erlebt hatte. Als Buße hieß ihn der, sieben Tage und sieben Nächte zu fasten und mit nackten Beinen über Felsen und scharfe Steine zu laufen. Nachdem er so Buße getan hatte, war auch nicht mehr ein bißchen Haut oder Fleisch an seinen Füßen, und vor Hunger sah er aus wie ein Schatten. Da kam der alte Mönch wieder zu ihm und sprach: »Jetzt ist es für dich an der Zeit heimzugehen.«
»Ich weiß aber den Weg zurück nicht«, sagte der Däumling.
»Dein Freund, der schwarze Esel, wird dich zurückbringen«, sagte der Mönch. »Er wird heute abend herkommen, und wenn du daheim bist, so verhalte dich artig und erzähl keinem außer deinem Beichtvater, wo du gewesen bist.«
»Sag mir, Vater, habe ich von dem Kesselflicker noch etwas zu befürchten?«
»Das hast du nicht«, sagte der Mönch. »Er ist jetzt selbst ein Esel bei einem Kesselflicker aus Munster. In dieser Gestalt wird er einundzwanzig Jahre umherziehen und dann ewige Ruhe finden. Geh jetzt wieder in die Kammer. Nach Einbruch der Dunkelheit wirst du eine kleine Glocke

hören, dann ist der schwarze Esel gekommen, der dich heimbringt. Ich segne dich.«
Alles geschah, wie der Mönch es gesagt hatte.
»Steig auf meinen Rücken, Däumling, ich habe keinen Augenblick zu verlieren«, sagte der Esel, als er wieder da war. Wieder kamen Blitz und Donner, und die große Wolke senkte sich herab und hüllte den Esel und seinen Reiter ein. Schlaf legte sich dem Däumling auf die Augen, und als er darauf erwachte, befand er sich in der kleinen Hügelfeste und der schwarze Esel war bei ihm. »Nun geh heim zu deiner Mutter«, sprach der. »Ich habe dein Ebenbild fortgeholt. Sie schläft tief und wird nicht merken, daß du heimkommst.«
»Hab' ich auch von dem Kesselflicker wirklich nichts mehr zu befürchten?«
»Hat dir das der heilige Mann nicht gesagt?« fragte der Esel. »Ich werde dich beschützen. Greif mit deiner Hand in mein linkes Ohr. Dort findest du eine Geldbörse, die wird nie leer werden, solange du lebst. Sei gut zu armen Leuten, zu Witwen und Waisen, dann wirst du lange leben und einen glücklichen Tod haben und am Ende in den Himmel kommen.«
Der Däumling ging heim und legte sich schlafen. Und die Mutter hatte keine Ahnung, daß in der Zwischenzeit nur das Ebenbild ihres Sohnes bei ihr gewesen war. Am Ende der Woche sprach der Däumling zu seiner Mutter: »Ist heute nicht Markt?«
»So ist es«, antwortete sie.
»Nun, dann solltest du gehen und dort eine Kuh kaufen.«
»Sag nicht solchen Unsinn zu deiner Mutter, das wird dir Unglück bringen.«
»Ich rede keinen Unsinn«, entgegnete er. »Gott hat einen Geldbeutel auf meinen Weg fallen lassen, und es ist mehr Geld drin als die Kuh kostet.«

»Vielleicht hast du es nicht ehrlich erworben. Sag mir erst, wo du es herhast.«
»Darüber kann ich dir nichts sagen, außer, daß alles ehrlich zuging. Und wenn du an meinen Worten zweifelst, dann kann ich's auch nicht ändern.«
Viele Menschen sind habgierig, und die Mutter war nicht frei davon. »Gib mir das Geld für die Kuh.«
Er gab ihr zwanzig Goldstücke. »Davon kannst du eine schöne Kuh kaufen.«
»Das werde ich. Aber gib mir auch noch das Geld für ein Schwein.«
»Sei nicht gierig, Mutter«, sagte er. »Für heute bekommst du nichts mehr.«
Die Mutter ging auf den Jahrmarkt und kaufte eine Milchkuh und ein paar Kleider für den Däumling, und als sie fort war, ging er zum Gemeindepriester und beichtete dort. Er erzählte dem Priester alles, was er mit dem Kesselflicker und dem schwarzen Esel erlebt hatte.
»Du bist wirklich ein guter Junge«, sagte der Priester. »Gib mir etwas von dem Geld ab.«
Der Däumling gab ihm zwanzig Goldstücke, aber der Priester war damit nicht zufrieden. Er verlangte den Preis eines Pferdes.
»Ich wußte gar nicht, daß Priester so habgierig sind«, sagte der Däumling. »Darin scheinen sie sich nicht von anderen Menschen zu unterscheiden. Hier sind noch zwanzig Goldstücke für dich. Bist du jetzt zufrieden?«
»Ich bin es und bin es nicht«, sagte der Priester, »da du ja eine Geldbörse hast, die nie leer wird, solange du lebst, solltest du mir soviel Geld geben, daß ich hier eine prächtige Kirche bauen lassen kann anstelle der armseligen, die wir jetzt haben.«
»Hole Arbeiter und Steinmetze und laß sie anfangen. Ich werde sie Woche für Woche entlohnen«, sagte der Däumling.

»Ich hätte das Geld lieber gleich«, meinte der Priester. »Tausend Goldstücke würden hinreichen, und wenn du sie mir sofort gibst, will ich die Kirche bauen lassen.« Der Däumling gab ihm tausend Goldstücke aus seiner Börse, und sie war nicht leichter als zuvor.

Er kam heim, und dort war seine Mutter, die mit einer schönen Milchkuh und neuen Kleidern für ihn zurückgekommen war.

»Das ist wirklich eine prächtige Kuh«, sagte er. »Wir wollen jeden Morgen den armen Leuten etwas Milch geben.«

»Sie sollen warten, bis ich gebuttert habe. Dann bekommen sie die Buttermilch – bis ich ein Schwein für uns gekauft habe.«

»Du sollst die fette Milch den armen Leuten geben«, sagte der Däumling. »Butter können wir kaufen.«

»Du mußt den Verstand verloren haben«, meinte die Mutter. »Wenn du das bißchen Reichtum, das dir Gott geschenkt hat, zum Fenster hinauswirfst, wirst du mich in Jahresfrist ins Grab gebracht haben.«

»Wie willst du wissen, ob ich nicht vielleicht schon vor dir im Grab liege?« fragte er. »Auf jeden Fall wird Gott dafür sorgen, daß ich genug habe.«

Als sie so redeten, kam eine alte Frau daher mit drei Kindern, die bat um Almosen um der Ehre Gottes und der Jungfrau Maria willen.

»Heut habe ich nichts für euch«, sagte die Witwe.

»Sag das nicht, Mutter«, rief der Däumling. »Ich habe Almosen, die im Namen Gottes und der Jungfrau verteilt werden sollen.«

Und er ging an die Tür und gab der armen Frau ein Goldstück und hieß seine Mutter die Kuh melken und den armen Kindern ein Glas Milch geben.

»Ich denke nicht daran«, sagte die Mutter.

»Dann tue ich es selber!« Er holte sich einen Kessel, molk

die Kuh und gab die fette Milch den armen Kindern und der Frau.
Als sie gegangen waren, sagte die Mutter zu ihm: »Deine Geldbörse wird bald leer sein.«
»Darum fürchte ich nicht«, sagte er. »Gott hat sie mir geschickt, und ich will guten Nutzen daraus ziehen.«
»Mach was du willst, aber es wird dir noch leid tun.«
Am nächsten Tag kamen ganze Scharen von Leuten zu dem Däumling und baten um Almosen, und keiner ging fort, ohne etwas bekommen zu haben. Des Däumlings Name und sein Ruhm breiteten sich im ganzen Land aus wie ein Gewitter. Die Leute sagten, er stehe mit dem Guten Volk im Bunde, aber andere sagten, der Teufel habe ihm das Geld gegeben, und erhoben Klage gegen ihn beim Gemeindepriester. Der Priester sagte, der Däumling sei ein anständiger, guter Junge. Was er habe, komme von Gott, und er nutze es gut. Der Däumling begann plötzlich zu wachsen. Er wuchs, bis er fast sechs Fuß hoch war. Seine Mutter starb. Er verliebte sich in ein hübsches Mädchen, und bald waren sie ein Paar.
Aber von dem Tag an war es mit seinem Glück vorbei. Seine Frau erfuhr natürlich von der wunderbaren Geldbörse, aber soviel sie auch bekam, sie war dennoch nie zufrieden. Oft schlug er ihr etwas ab. Dann gab sie keine Ruhe, Tag und Nacht. Und schließlich brachte sie es sogar fertig, daß er ihr die Geldbörse gab. Nun geriet sie ganz außer Rand und Band. Sie ging nach Castlebar und kaufte Seide und Spitzen, aber als sie bezahlen wollte und die Geldbörse öffnete – siehe da, da waren keine Goldstücke mehr drin, sondern nur noch Kieselsteine. Wütend kam sie heim und sagte zu ihrem Mann: »Wie kannst du mich so zum Narren halten und mich so bloßstellen... Mir einen Geldbeutel mitgeben, in dem nur kleine Steine sind statt Goldstücke.«
»Ich hab' dir schon den rechten Geldbeutel mitgegeben«,

sagte er. »Ich habe keinen anderen.« Er nahm die Börse, öffnete sie, und was soll ich euch sagen? Tatsächlich! Da waren nur lauter Kieselsteine darin! Da wurde der arme Däumling ganz traurig, und es dauerte nicht lange, da wurde er verrückt und raufte sich die Haare, rannte mit dem Kopf gegen die Wand. Man schickte nach dem Priester, aber der konnte ihm Sinn und Verstand nicht wiedergeben. Der Däumling riß sich die Kleider vom Leib und lief nackt durch das Land.
Nach einer Woche fanden die Nachbarn den armen Däumling tot unter einem Busch nahe der alten Hügelfeste.
Der alte Busch wächst noch immer dort, und die Leute nennen ihn Däumlingsbusch. Aber was den Däumling selbst angeht, so ist er gewiß im Himmel.

William Butler Yeats: Träume haben keine Moral

****

Die Bekannte, die die Geschichte von Maeve und der Haselrute gehört hatte, ging am anderen Tag in das Arbeitshaus. Sie traf die alten Leute frierend und elend wie Fliegen im Winter an, sagte sie. Aber sie vergaßen die Kälte, als sie zu reden begannen. Ein Mann hatte sie gerade verlassen, der in einem Feenkreis Karten gespielt hatte. Die Feen seien beim Spiel mit ihm ganz fair gewesen, hörte sie. Ein anderer alter Mann hatte ein verzaubertes schwarzes Schwein in der Nacht gesehen, und dann gab es da auch zwei alte Leute, die sich darüber gestritten hatten, ob Raftery oder Callanan der bessere Dichter sei.
Der eine plädierte für Raftery: »Er war ein großer Mann, und seine Lieder sind durch die ganze Welt gegangen. Ich erinnere mich noch gut an ihn. Er hatte eine Stimme wie der Wind.«
Der andere hingegen schwor, er werde sich in den Schnee stellen, nur um Callanan zuzuhören.
Darauf begann ein alter Mann meiner Bekannten eine Geschichte zu erzählen, und alle hörten entzückt zu und brachen hin und wieder in Gelächter aus dabei. Die Geschichte, die ich so wiedergebe, wie sie erzählt worden ist, war eine dieser alten umherwehenden Geschichten ohne Moral, die die Freude der Armen und Leidgeprüften sind, sofern sie sich ihre natürliche Einfältigkeit haben erhalten können. Sie berichten von einer Zeit, in der nichts Konsequenzen hatte. Selbst wenn ein Mensch getötet worden war, war es möglich, ihn durch die Berührung mit einem Zauberstab wieder zum Leben zu erwecken, sofern man

ein gutes Herz hatte. Das waren Zeiten, in denen man, sofern man ein Prinz war und seinem Bruder ähnlich sah, mit dessen Königin ins Bett gehen durfte, ohne daß es hinterher größeren Ärger gab. Auch wir, wenn wir nur so schwach und arm wären, daß uns von überallher Unglück drohte, würden uns an einen solch alten Traum erinnern, der stark genug wäre, alle Last der Welt von unseren Schultern zu nehmen.

Es war einmal ein König, der sich Kummer machte, weil er keinen Sohn bekam, und schließlich sprach er darüber mit seinem obersten Ratgeber. Und dieser meinte: »Das läßt sich leicht genug regeln, wenn Ihr nur genau tut, was ich Euch rate. Schickt jemanden an einen bestimmten Ort und laßt ihn dort einen Fisch fangen. Und wenn der Fisch hereingebracht wird, dann gebt ihn Eurer Frau, der Königin, zu essen.«

Der König tat wie ihm geheißen. Der Fisch wurde gefangen und herbeigebracht. Der König übergab ihn der Köchin und bat sie, ihn zu braten, aber vorsichtig, damit die Haut nicht aufspringe und es nirgends eine Blase gäbe. Genau das aber ist unmöglich, wenn man einen Fisch braten will. Und als sich nun die Haut des Fisches aufwarf und zu platzen drohte, drückte die Köchin sie mit dem Finger etwas ein. Darauf steckte sie den Finger in den Mund, um ihn zu kühlen. Der Finger schmeckte nach Fisch.

Darauf wurde der Fisch zur Königin gebracht. Sie aß davon, und was übrigblieb, hieß sie ihre Diener in den Hof werfen, und dort stand ein Pferd und ein Windhund lief herum, und auch sie aßen ein paar Bissen von dem, was man fortgeworfen hatte.

Ehe das Jahr um war, hatte die Königin einen Sohn und die Köchin hatte auch einen Sohn, die Stute hatte zwei Fohlen und der Windhund zwei Junge.

Die beiden Kinder wurden für einige Zeit an einen Ort geschickt, wo man für sie sorgte, und als sie zurückkamen,

waren sei einander so ähnlich, daß niemand mehr zu sagen wußte, welches der Sohn der Königin und welches der Sohn der Köchin war. Die Königin war beunruhigt darüber. Sie ging zum obersten Ratgeber und sagte: »Wie kann ich denn erkennen, welches mein eigenes Fleisch und Blut ist? Ich finde es nicht recht, wenn der Sohn der Köchin dieselben Speisen und Getränke bekommt wie der Sohn einer Königin.«
»Das ist gar nicht schwer«, sagte der oberste Ratgeber, »wenn Ihr es haltet, wie ich Euch sage. Geht hinaus, stellt Euch an die Tür und wartet, bis sie vorbeikommen. Euer Sohn wird seinen Kopf beugen, der Sohn der Köchin aber wird nur lachen.«
So geschah es, und als ihr Sohn den Kopf neigte, klebten ihm die Diener ein Zeichen an, damit sie ihn als Königssohn erkannten.
Als sie sich nun zum Essen setzten, sprach die Königin zu Jack, dem Sohn der Köchin: »Es ist Zeit, daß du fortgehst, denn du bist nicht mein Sohn.«
Ihr eigener Sohn aber, den wir Bill nennen wollen, sagte: »Schick ihn nicht fort, wir sind doch Brüder!«
Aber Jack erwiderte: »Ich wäre schon lange nicht mehr in diesem Haus, hätte ich gewußt, daß es nicht meinem Vater und meiner Mutter gehört.« Und was Bill auch sagen mochte, es konnte ihn nicht aufhalten. Aber ehe er ging, traten sie an die Quelle in den Garten, und er sagte zu Bill: »Wenn mir je ein Leid geschieht, so wird das Wasser oben aus Blut sein und das Wasser darunter Honig.« Dann pfiff er einem der jungen Hunde und einem der beiden Pferde, und der Wind, der hinter ihm war, konnte ihn nicht fangen, er aber fing den Wind, der vor ihm wehte, so rasch ritt er zu.
So reiste er durch das Land, bis er an das Haus eines Webers kam, und dort bat er um Quartier und wurde aufgenommen. Weiter reiste er, bis er an das Haus eines Königs

kam, und am Tor fragte er: »Kann der König einen Diener gebrauchen?«
»Alles, was ich suche, ist ein Junge, der am Morgen die Kühe auf die Weide treibt und sie am Abend wieder hereinbringt.«
»Das will ich gern tun für Euch«, sprach Jack. Also stellte der König ihn an. Am nächsten Morgen wurde Jack mit vierundzwanzig Kühen ausgeschickt, und dort, wo man ihn geheißen hatte, sie hinzutreiben, wuchs auch nicht ein einziger Halm Gras. Also sah sich Jack nach einer besseren Weide um, und nach einer Weile sah er ein Feld mit gutem grünen Gras, und es gehörte einem Riesen. Er riß ein Stück von einer Mauer ein, trieb die Tiere auf diese Weide, stieg selbst auf einen Apfelbaum und aß dort Äpfel.
Dann kam der Riese daher: »Fi-fa-fum«, sagte er, »ich wittere das Blut eines Iren. Ich sehe dich dort oben auf dem Baum. Du bist zu groß für einen Bissen und zu klein für zwei. Ich weiß nicht, was ich mit dir anfangen soll. Ich könnte dich höchstens mahlen und Schnupftabak aus dir machen.«
»Da du so stark bist«, meinte Jack, der auf dem Baum saß, »könntest du leicht Gnade walten lassen.«
»Komm herunter von dort oben oder ich reiße den ganzen Baum aus«, sagte der Riese.
Also stieg Jack herab.
»Hättest du lieber, daß wir mit rotglühenden Messern aufeinander losgehen, oder sollen wir rotglühende Stangen nehmen?«
»Rotglühende Stangen«, erwiderte Jack, »bin ich von zu Hause gewohnt. Dir wird es schlecht ergehen und mir besser.«
Dann begannen sie zu kämpfen. Der Boden, der hart war, wurde weich, der Boden, der weich war, wurde hart, und Quellen sprangen auf aus der Erde. So ging es den ganzen Tag über, und keiner gewann die Oberhand über den ande-

ren. Schließlich kam ein kleiner Vogel, setzte sich auf einen Busch und sagte zu Jack: »Wenn du ihn nicht bis Sonnenuntergang bezwingst, wird er dich bezwingen.«
Da nahm Jack all seine Kräfte zusammen und zwang den Riesen in die Knie.
»Schenk mir mein Leben«, sagte der Riese, »dann will ich dir das Beste schenken, was ich besitze.«
»Und das wäre?« fragte Jack.
»Ein Schwert, gegen das keiner ankann.«
»Und wo findet sich das?« fragte Jack.
»In der roten Tür, die du dort im Hügel siehst.«
Also ging Jack dort hinein und holte es heraus.
»Wo kann ich das Schwert ausprobieren?« fragte er.
»Probier es an dem häßlichen schwarzen Baumstumpf«, sagte der Riese.
»Ich sehe nichts Schwärzeres und Häßlicheres als deinen Schädel«, sagte Jack, trennte den Schädel von den Schultern, und noch ehe er zu Boden fiel, zerschlug er ihn in zwei Teile.
»Gut, daß ich nicht mehr auf den Schultern sitze«, sprach der Schädel, »sonst wärest du nie mehr in der Lage gewesen, mich abzuschlagen.«
»Nun ist es anders gekommen«, sagte Jack.
Also brachte er am Abend die Kühe heim, und alle wunderten sich, welch köstliche Milch sie gaben. Und als der König mit der Prinzessin, seiner Tochter, sich zum Abendessen setzte, sprach er: »Ich höre heute nur zwei Schreie statt drei.«
Am nächsten Morgen trieb Jack die Kühe wieder auf die Weide, und er entdeckte eine andere gute Weide. Wieder mußte er aber erst eine Bresche in die Mauer schlagen, und dann trieb er seine Tiere da hinein. Alles weitere geschah wie am ersten Tag, aber der Riese, der jetzt kam, hatte zwei Köpfe. Sie kämpften zusammen. Der kleine Vogel kam und sprach zu Jack wie am Vortag.

Und als Jack den Riesen bezwungen hatte, sagte der: »Schenk mir das Leben, und ich will dir das Beste geben, was ich besitze.«
»Und das wäre?« fragte Jack.
»Es ist ein Anzug, und wenn du ihn trägst, kannst du alles sehen, aber keiner kann dich sehen.«
»Wo ist er?« fragte Jack.
»Hinter dieser kleinen roten Tür, die in den Hügel hineinführt.«
Also öffnete Jack die Tür und holte den Anzug heraus. Und als er dem Riesen die beiden Köpfe abschlug, zerteilte er auch diese in zwei Hälften, als sie zu Boden stürzten. Und sie sprachen, es sei sein Glück, daß sie nun nicht mehr auf den Schultern säßen.
An diesem Abend, als er die Kühe heimbrachte, gaben diese so viel Milch, daß alle Gefäße, die man am Königshof besaß, gefüllt werden konnten.
Am nächsten Morgen trieb Jack die Kühe wieder auf die Weide, und alles geschah wie zuvor, nur daß der Riese diesmal vier Köpfe hatte und Jack sie in acht Hälften zerteilte. Und der Riese hatte ihn geheißen, zu einer kleinen blauen Tür zu gehen, die in den Hügel führte. Dort fand er ein paar Schuhe, wenn er die anzog, so war er schneller als der Wind.
»Die haben mir noch gefehlt«, sagte er vergnügt.
In dieser Nacht gaben die Kühe so viel Milch, daß nicht genügend Gefäße da waren, und man konnte Milch an die armen Leute austeilen, die auf der Straße vorbeikamen, und der Rest wurde aus dem Fenster gekippt. Ich bin auch dort vorbeigekommen, und mir haben sie auch etwas abgegeben.
An diesem Abend sagte der König zu Jack: »Wie kommt es, daß die Kühe plötzlich so viel Milch geben? Hast du sie auf eine andere Weide getrieben?«
»Nicht doch«, sagte Jack, »aber ich habe einen guten Stock, und wann immer sie stehenbleiben oder sich hinle-

gen, versetze ich ihnen einen Hieb, daß sie über Mauern, Steine und Gräben springen, und das macht's, daß sie so viel Milch haben.«

Und an diesem Abend beim Essen sprach der König: »Jetzt höre ich überhaupt kein Gebrüll mehr.«

Am nächsten Morgen stellten sich der König und die Prinzessin ans Fenster, um zu beobachten, wie es Jack anfange, wenn er mit seiner Herde auszog. Jack wußte, daß sie ihm zusahen, und er begann die Kühe zu schlagen, daß sie über Stock und Stein sprangen, über Mauern und Gräben.

»Es ist schon so, wie Jack gesagt hat«, meinte der König.

Nun gab es da eine große Schlange, die pflegte alle sieben Jahre zu kommen und verlangte, daß man ihr eine Königstochter zum Fraß vorwarf, es sei denn, ein guter Mann war bereit, mit ihr zu kämpfen. Diesmal war die Prinzessin dran, und der König hatte in einem Keller einen Schläger mästen lassen sieben Jahre lang, und Ihr könnt mir glauben, er bekam immer das Beste, um sich für den Kampf Muskeln und Mut anzufressen.

Und als die Zeit kam, gingen die Prinzessin und der Schläger hinunter zur Küste, und als sie dort angekommen waren, was tat der Schläger? Nun, er band die Prinzessin an einen Baum, so daß es der Schlange ein Leichtes war, sie aufzufressen. Er aber ging und verbarg sich in einem mit Efeu überwucherten Baum.

Jack wußte, was vorging, denn die Prinzessin hatte ihm davon erzählt und ihn gebeten, ihr zu helfen. Er aber hatte das abgelehnt. Aber nun war er doch zur Stelle. Er hatte sein Schwert, das er vom ersten der Riesen bekommen hatte. Er kam zu der Stelle, an der die Prinzessin stand, aber sie wußte es nicht. »Ist das recht, eine Prinzessin an einen Baum zu fesseln?« fragte Jack.

»Das ist es wirklich nicht«, antwortete sie, und sie erzählte ihm, was geschehen war und daß die Schlange bald kommen werde, um sie zu fressen.

»Laß mich meinen Kopf in deinen Schoß legen und ein wenig schlafen«, sagte Jack, »du kannst mich ja aufwekken, wenn die Schlange kommt.«
So geschah es, und sie weckte ihn, als sie die Schlange kommen sah.
Jack stand auf und kämpfte mit ihr und trieb sie zurück ins Meer. Und dann durchtrennte er die Fesseln der Königstochter und ging fort. Der Schläger kam von seinem Baum herunter, und er führte die Prinzessin zum König zurück, und dort sagte er: »Da ist ein Freund von mir gekommen und hat gegen die Schlange gekämpft, während ich noch etwas furchtsam war, weil ich so lange unter der Erde eingesperrt gewesen bin. Morgen werde ich selbst kämpfen.«
Am nächsten Tag gingen sie wieder hinaus und die Ereignisse wiederholten sich. Der Schläger band die Prinzessin an einer Stelle fest, an der die Schlange sie leicht holen konnte. Er selbst aber stieg auf den Baum, der mit Efeu überwuchert war. Da legte Jack den Anzug an, den er von dem zweiten Riesen bekommen hatte, trat hervor, und die Prinzessin erkannte ihn nicht, erzählte ihm aber, was gestern alles geschehen war und wie ein junger Mann gekommen sei und ihr das Leben gerettet hatte. Jack bat abermals, seinen Kopf auf ihren Schoß legen zu dürfen und schlief ein, und er hieß sie, ihn zu wecken, sobald die Schlange erscheine.
Und wieder verlief alles so wie am ersten Tag. Der Schläger brachte sie zum König zurück und berichtete diesem, heute sei ein weiterer seiner Freunde gekommen und habe gegen die Schlange gekämpft.
Am dritten Tag wurde die Prinzessin wiederum hinunter zur Küste gebracht. Viele Leute hatten sich versammelt, um dabei zu sein, wenn die Schlange die Tochter des Königs raube. Jack und die Prinzessin sprachen wie an den vorangegangenen Tagen miteinander. Aber als er diesmal auf ihrem Schoß einschlief, kam ihr der Gedanke, sie wolle

versuchen ihn wiederzufinden. Sie nahm eine Schere, schnitt ihm ein paar Haare ab, machte daraus ein Päckchen und steckte es dann fort. Und sie tat noch mehr, sie nahm einen seiner beiden Schuhe an sich.
Als sie nun sah, daß die Schlange herankam, weckte sie ihn auf und er sprach: »Diesmal will ich's der Schlange zeigen. In Zukunft soll sie kein Verlangen mehr haben, Königstöchter zu stehlen.«
Also holte er das Schwert heraus, das er von dem Riesen bekommen hatte, und stach damit in den Hals der Schlange, und Wasser und Blut kamen herausgespritzt und spritzten so hoch, daß man es über fünfzig Meilen hin noch sah. Also verendete die Schlange. Jack aber machte sich davon, und niemand sah, wohin er ging. Der Schläger aber brachte die Prinzessin zum König und behauptete, er habe sie gerettet. Da bewunderte man ihn, und der König ernannte ihn zu seinem Kanzler.
Als aber das Hochzeitsfest ausgerichtet wurde, nahm die Prinzessin etwas von dem Haar, das sie abgeschnitten hatte, und sie erklärte, sie werde den Mann heiraten, dem dieses Haar fehle. Dann zeigte sie auch noch den Schuh vor und erklärte, sie werde keinen heiraten, an dessen Fuß nicht dieser Schuh passe.
Der Schläger versuchte, den Schuh anzuziehen, aber er bekam seine große Zehe nicht hinein, und was das Haar anging, so paßte es auch ganz und gar nicht. Also gab der König einen großen Ball und lud dazu all die Adligen des ganzen Landes ein, und sie gingen alle zu Zimmerleuten und Schreinern, um sich ein Stück von ihren Füßen abhobeln zu lassen, damit sie nur in den Schuh kämen. Aber das hatte alles keinen Zweck, er paßte bei keinem.
Da rief der König seinen obersten Ratgeber und fragte den, was er nur tun solle. Und dieser riet ihm, noch einmal ein Fest zu geben. »Diesmal aber«, sagte er, »solltest du die Reichen und die Armen einladen.«

Zu dem Fest strömten viele herbei, aber der Schuh wollte keinem von ihnen recht passen. Und der oberste Ratgeber fragte: »Sind denn auch tatsächlich alle hier?«
»Sie sind alle hier«, versicherte der König, »außer dem Jungen, der die Kühe hütet, aber den möchte ich gar nicht dabei haben.«
Jack stand unten im Hof, und er hörte, was der König sagte. Er wurde sehr zornig. Er holte sein Schwert und kam die Treppe heraufgerannt. Er wollte dem König den Kopf abschlagen. Aber der Mann, der an der Saaltür Wache hielt, kam ihm entgegen und verstand es, ihn zu beruhigen, und als er oben anlangte, sah ihn die Prinzessin. Sie erkannte ihn sogleich, stieß einen Schrei aus und fiel ihm in die Arme. Und dann mußte er den Schuh anprobieren. Und siehe da, er paßte, und an seinem Haar fehlte das Stück, das sie ihm abgeschnitten hatte. Also heirateten sie und das Fest zu ihren Ehren dauerte drei Tage und drei Nächte.
Nachdem diese Zeit herum war, sah man ein Reh draußen vor dem Fenster mit Glocken um den Hals, und die Glokken läuteten. Sie riefen: »Hier ist die Jagd, aber wo sind die Jäger und die Hunde?«
Als Jack dies hörte, sprang er auf, holte sein Pferd, pfiff seinem Hund, und schon jagte er dem Reh nach. Aber wenn es im Tal war, war er auf dem Hügel, und wenn er auf dem Hügel war, war es im Tal, und so ging das weiter den ganzen Tag über, und als es Nacht wurde, lief es in einen Wald. Jack folgte ihm, und schließlich kam er an ein Haus mit Wänden aus Lehm. Er trat ein. Und da saß eine Frau, die mochte um die hundert Jahre alt sein, an einem Feuer.
»Habt Ihr hier ein Reh vorbeikommen sehen?« fragte Jack.
»Nicht, daß ich wüßte«, antwortete sie. »Aber jetzt ist es zu spät, es weiterzuverfolgen. Bleib doch hier bei mir über Nacht.«

»Aber was tue ich mit meinem Pferd und meinem Hund?« fragte Jack.
»Hier sind zwei Strähnen Haar«, sagte sie, »damit kannst du sie anbinden.«
Also ging Jack hinaus und band Pferd und Hund an, und als er wieder hereinkam, sprach die alte Frau: »Du hast meine drei Söhne getötet. Und jetzt werde ich dich töten.«
Sie holte ein paar Boxhandschuhe hervor, jeder Handschuh wog neun Pfund, und die Nägel daran waren fürchterlich lang. Dann begannen sie zu kämpfen, und für Jack sah es schlecht aus.
»Hilf mir, Hund!« rief er.
Und die Alte schrie: »Haltet sie, Haare mein.«
Und die Strähne Haar, mit der der Hund festgebunden war, erdrosselte ihn.
»Hilf Pferd!« rief Jack.
»Haltet es, Haare mein!« rief die alte Frau und die Haare, die dem Pferd um den Hals lagen, zogen sich fester und fester, bis das Tier erwürgt war.
Dann erschlug die Alte Jack und warf seinen Leichnam zur Tür hinaus.
Glücklicherweise ist da noch Bill. Er ging eines Tages draußen im Garten spazieren und schaute in die Quelle. Da sah er, daß das Wasser an der Oberfläche Blut geworden war, und das darunter hatte sich in Honig verwandelt. Also ging er wieder ins Haus und sprach zu seiner Mutter: »Ich will kein weiteres Mal mehr an diesem Tisch hier essen noch eine weitere Nacht unter diesem Dach in meinem Bett schlafen, ehe ich nicht weiß, wie es Jack ergangen ist.«
Er nahm Pferd und Hund und ritt bis hinter jene Hügel, wo der Hahn niemals kräht und kein Horn je erschallt und wo selbst der Teufel nie seine Trommel schlägt. Schließlich kam er an des Webers Haus, und als er eintrat, sagte der Weber: »Du bist willkommen. Heute kann ich dich besser bewirten als damals, als du zum letzten Mal hier warst.«

Dies sagte er, weil er ihn für Jack hielt, denn die beiden sahen einander ja sehr ähnlich.
Ach, das ist gut, dachte Bill bei sich, mein Bruder ist also hier gewesen. Und am Morgen, ehe er weiterritt, schenkte er dem Weber eine ganze Schale voll Gold.
Dann ritt er weiter, bis er zu des Königs Haus kam, und als er durch die Tür kam, kam die Prinzessin die Treppe heruntergesprungen und rief: »Willkommen, endlich bist du wieder da.« Und die Leute sprachen: »Sehr merkwürdig, daß er drei Tage nach seiner Hochzeit auf Jagd reitet und so lange nicht wiederkommt.«
So blieb er in dieser Nacht bei der Prinzessin, und sie hielt ihn die ganze Zeit für ihren Ehemann.
Am Morgen kam das Reh, die Glocken läuteten unter dem Fenster und riefen aus: »Die Jagd ist hier, aber wo ist der Jäger und wo sind seine Hunde?«
Da stand Bill auf, nahm Hund und Pferd und folgte dem Tier über Berg und Tal, bis sie in den Wald kamen, und dort sah er nichts als das Haus, dessen Mauern aus Lehm waren, und wie er eintrat, saß da eine alte Frau vor dem Feuer und hieß ihn, doch über Nacht zu bleiben. Und sie gab ihm zwei Strähnen Haar, damit er sein Pferd und seinen Hund anbinden könne.
Aber Bill war schlauer als Jack. Ehe er hinausging, warf er die beiden Strähnen heimlich ins Feuer. Als er wieder hereinkam, sagte die alte Frau zu ihm: »Dein Bruder hat meine drei Söhne getötet, und ich habe ihn getötet. Dich werde ich auch töten.«
Sie zog wieder ihre Boxhandschuhe an und begann mit ihm zu kämpfen. Und als Bill rief: »Pferd zu Hilfe«, rief sie: »Haltet es, Haare mein!«
»Ich kann es nicht halten. Ich bin im Feuer«, sagte das Haar. Und das Pferd kam herein und versetzte ihr einen Huftritt.
»Hilf mir Hund!« rief Bill darauf. »Haltet ihn, Haare

mein!« sagte die alte Frau. »Wir können nicht, wir liegen im Feuer«, antwortete die zweite Strähne Haar. Dann fuhr ihr der Hund an die Kehle, und Bill warf sie zu Boden, und sie flehte um Gnade.

»Schenk mir das Leben«, sagte sie, »und ich werde dir sagen, wie du deinen Bruder, seinen Hund und sein Pferd wieder lebendig machen kannst.«

»Und wie sollte das angehen?« fragte Bill.

»Siehst du nicht den Stab dort über dem Feuer?« fragte sie, »nimm ihn, geh hinaus vor die Tür, dort wirst du drei grüne Steine liegen sehen. Berühre sie mit dem Stab, dann werden dein Bruder, dessen Pferd und dessen Hund wieder lebendig werden.«

»Zuerst aber will ich aus dir einen grünen Stein machen«, sagte Bill und schlug ihr mit dem Schwert den Kopf ab.

Dann ging er hinaus, berührte die Steine, und tatsächlich, da standen Jack, das Pferd und der Hund wohlbehalten vor ihm. Er berührte auch noch die anderen Steine, die in der Nähe lagen. Und es wurden Männer und Frauen aus ihnen, Hunderte von Menschen, die die alte Frau alle verzaubert hatte.

Dann brachen sie nach Haus auf, aber unterwegs gerieten sie miteinander in Streit, denn Jack gefiel es ganz und gar nicht, als er hörte, daß Bill eine Nacht mit seiner Frau geschlafen hatte.

Bill wurde zornig, er berührte Jack mit dem Stab und verwandelte ihn in einen grünen Stein. Er kam heim, aber die Prinzessin merkte wohl, daß ihm etwas auf der Seele drückte, und endlich sagte er: »Ich habe meinen Bruder getötet.«

»Wie töricht«, sagte die Prinzessin. »Warum nur?«

»Er wurde böse, weil ich eine Nacht mit dir verbracht habe.«

»Wie töricht«, sagte die Prinzessin.

Bill sah sie erstaunt an.

»Wie töricht du bist«, sagte die Prinzessin.
»Meinst du . . .«, sagte Bill.
»Also wirklich . . .!« sagte die Prinzessin. »Wer einem Bruder das Leben rettet, nur um ihn dann zu töten. So kann die Geschichte nicht ausgehen.«
Da stand Bill auf und lief mit dem Stab bis zu der Stelle, an der der grüne Stein lag. Er verwandelte ihn zum Leben zurück. Und sie lebten alle glücklich und vergnügt. Sie hatten einen Sack voller Kinder, und als sie groß waren, warfen sie sie aus dem Haus mit der Schaufel.
Ich bin mal bei ihnen vorbeigekommen, und sie riefen mich herein und schenkten mir eine Tasse Tee.

John Millington Synge:
Die Nebelschlucht

✻✻✻✻✻✻✻

Eines Tages ging ich zu Fuß von Galway nach Dublin. Die Dunkelheit brach herein. Ich befand mich noch zehn Meilen von jenem Ort entfernt, in dem ich vorgehabt hatte, die Nacht zu verbringen. Da begann es heftig zu regnen. Ich war sehr müde. Als ich nun neben der Straße ein Haus ohne Dach entdeckte, stellte ich mich dort unter. Ich sagte mir: die Mauern werden dich wenigstens etwas vor dem Wetter schützen.
Ich sah mich um. Da schimmerte doch ein Stück entfernt zwischen den Ästen der Bäume ein Licht. Unterdessen fand ich, jedes andere Haus werde besser sein als das, in dem ich mich bis dahin aufgehalten hatte. Ich kletterte also über die Mauer, ging auf das Gebäude zu und schaute durch ein Fenster.
Drinnen lag ein toter Mann auf dem Tisch. Kerzen brannten, und eine Frau starrte auf die Leiche hin. Freilich bekam ich Angst, als ich den Toten sah, aber es regnete immer noch heftig, und ich sagte mir: Da er nun tot ist, kann er dir nichts mehr zuleide tun. Ich klopfte an die Tür. Die Frau kam und öffnete. »Guten Abend, Frau«, sagte ich.
»Einen schönen guten Abend, Fremder«, erwiderte sie, »kommt nur herein.«
Sie ließ mich also eintreten und erzählte mir, ihr Mann sei gestorben und sie halte bei ihm Wache.
»Ihr werdet gewiß durstig sein, Fremder«, fuhr sie fort.
Sie führte mich in die gute Stube. Es war ein schönes und sauberes Haus. Sie stellte mir eine Tasse mit Untertasse hin, Zucker und Brot. Nachdem ich meinen Tee getrunken

hatte, ging ich zurück in die Küche, wo der Tote lag. Sie bot mir eine Pfeife an und ein Glas Schnaps.
»Fremder«, fragte sie, »würde es Euch etwas ausmachen, allein hier bei meinem Mann zu bleiben?«
»Nicht im geringsten«, sagte ich, »er ist ja tot. Was kann er mir schon antun?«
Sie wolle noch zu den Nachbarn hinüber und denen erzählen, wie ihr Mann gestorben sei, sagte sie noch. Und schon war sie fort und hatte die Tür hinter sich abgeschlossen.
Ich rauchte meine Pfeife, und als ich fertig war, zog ich mir die Tabakbüchse wieder heran und stopfte meine Pfeife abermals. Ich rauchte also, hatte einen Arm auf die Lehne des Stuhles gelegt ... gerade so, wie Ihr in diesem Augenblick dasitzt, Gott segne Euch ... ich sah zu dem Toten hin, da schlug dieser plötzlich die Augen auf und starrte mich an.
»Habt keine Furcht, Fremder«, sagte der tote Mann, »ich bin in Wirklichkeit gar nicht tot. Kommt her und helft mir auf die Beine, dann will ich Euch erzählen, was hier gespielt wird.«
Nun, ich stand auf, nahm das Leichentuch fort und sah nun, daß er ein schönes sauberes Hemd anhatte und Flanellunterhosen.
Er richtete sich auf, und dann sagte er: »Ich habe ein böses Weib, Fremder. Ich mußte mich totstellen, um sie zu fassen zu kriegen.« Dann holte er sich zwei Prügel, legte sie neben sich und streckte sich dann wieder der Länge lang aus. Nach einer halben Stunde kam die Frau zurück. Bei ihr war ein junger Mann. Nun, sie schenkte ihm Tee ein, und darauf sagte sie ihm, er sei gewiß jetzt müde, er solle sich nur schon nebenan ins Bett legen.
Das tat der junge Mann, und die Frau setzte sich wieder zu dem Toten, um bei ihm zu wachen. Nach einer Weile stand sie auf und sagte zu mir: »Fremder, ich hole nur drüben

eine Kerze. Der junge Mann wird unterdessen wohl schon eingeschlafen sein.«
Sie ging also ins Schlafzimmer, aber zurück kam sie nicht mehr. Da sprang der tote Mann plötzlich auf, griff sich den einen Stock und drückte mir den anderen in die Hand. Wir betraten das andere Zimmer. Da lagen sie beieinander. Die Frau hatte ihren Kopf in seinen Arm geschmiegt. Da versetzte der tote Mann dem Jungen mit seinem Prügel einen solchen Schlag, daß das Blut bis zur Decke spritzte. Das ist meine Geschichte.

John Millington Synge: Einer Witwe Sohn

****

Es war einmal eine Witwe, die lebte im Wald, und ihr einziger Sohn lebte bei ihr. Am Morgen ging er aus, um Holz zu sammeln. Eines Tages nun sah er einen Schwarm Fliegen auf den Überresten einer verendeten Kuh sitzen. Da nahm er eine Sichel und schlug so treffsicher zu, daß keine einzige lebend davonkam.

An diesem Abend sagte er zu seiner Mutter, für ihn sei es nun Zeit, in die Welt hinauszuziehen und sein Glück zu suchen, denn er könne tatsächlich einen ganzen Schwarm Fliegen mit einem Streich zur Strecke bringen. Darauf bat er die Mutter, ihm drei Kuchen zu backen, die wolle er am anderen Tag mitnehmen. Er zog am Morgen frühzeitig los. Die drei Kuchen trug er in der Tasche. Er aß einen, als es zehn Uhr war. Er wurde hungrig am Mittag und aß den zweiten, und als die Nacht hereinbrach, verspeiste er den dritten Kuchen. Danach traf er auf der Straße einen Mann, der fragte ihn, wohin er gehe.

»Ich such' einen Ort, an dem ich meinen Lebensunterhalt verdienen kann«, sagte der junge Mann.

»Dann komm mit mir«, meinte der Mann, »heute nacht kannst du in meiner Scheune schlafen. Morgen will ich dir Arbeit geben. Dann wollen wir sehen, was du taugst.«

Am nächsten Morgen zeigte ihm der Bauer seine Kühe. Er hieß den jungen Mann, sie auf einen Hügel treiben und gut aufpassen, daß niemand sich herbeischleiche und sie melke. Der junge Mann tat wie ihm aufgetragen, aber als es Mittag wurde und die Sonne recht warm schien, streckte er sich im Gras aus und schaute hinauf in den Himmel.

Nach einer Weile sah er im Nordwesten einen schwarzen Fleck, der wurde größer und größer, bis er erkannte, daß da ein Riese des Weges kam. Er sprang auf und umfing mit beiden Armen die Knöchel des Riesen. Der Riese konnte sich nicht mehr bewegen.
Dann schlug ihm der Riese einen Handel vor: »Laß mich frei«, sagte er, »und ich gebe dir dafür einen Zauberstab. Mit dem berührst du den Felsen dort drüben. Darin findest du ein schönes schwarzes Pferd, ein Schwert und eine Rüstung.«
Der junge Mann ließ den Riesen los und tat wie ihm aufgetragen, und siehe da: eine leichte Berührung mit dem Zauberstab und der Fels tat sich auf. Drinnen fand er alles, was der Riese ihm versprochen hatte. Er nahm aber nur das Schwert und hieb mit einem Streich dem Riesen den Kopf ab. Dann legte er die Waffe wieder dorthin zurück, wo sie gelegen hatte und kümmerte sich wieder um das Vieh, bis die Zeit kam, es heimzutreiben.
Als sie sich nun daheim daranmachten, die Kühe zu melken, gaben sie so viel Milch, daß alle nur so staunten. Da fragte der Bauer den jungen Mann, was denn draußen auf dem Hügel geschehen sei, denn die Tiere, welche die anderen Hirten bewacht hatten, gaben nicht einen Tropfen Milch. Der junge Mann antwortete, es sei nichts Ungewöhnliches vorgefallen. Am nächsten Tag zog er wieder mit dem Vieh hinaus. Er legte sich gegen Mittag ins Gras, und nach einer Weile sah er einen dunklen Punkt im Nordwesten, und als dieser näher und näher kam, stellte sich heraus, daß es abermals ein Riese war.
»Du hast meinen Bruder getötet«, sprach der Riese, »ich bin gekommen, um aus deinem Körper Strumpfbänder zu machen.«
Da packte der junge Mann den Burschen bei den Beinen und stampfte ihn bis an die Fußknöchel in die Erde. Wieder berührte er mit dem Zauberstab den Felsen, holte das

Schwert heraus und schlug damit auch diesem Riesen den Kopf ab.
An diesem Abend gaben die Kühe doppelt soviel Milch wie am Abend zuvor, und wieder erkundigte sich der Bauer bei dem jungen Mann, ob dieser dafür eine Erklärung wisse. Der aber schüttelte nur den Kopf.
Am dritten Tag kam ein weiterer Riese, mit dem verfuhr der Junge so wie mit den beiden anderen, und an diesem Abend gaben die Kühe so viel Milch, daß die Milchkannen überliefen. Am nächsten Tag sagte der Bauer dem Jungen, er könne die Tiere an diesem Tag im Stall lassen, denn es gäbe heute etwas Aufregendes zu sehen. Die Tochter des Königs solle nämlich von einem großen Fisch aufgefressen werden, wenn sich keiner finde, der sie errette. Der junge Mann meinte, auf den Anblick könne er gut und gern verzichten, und wieder zog er mit seiner Herde hinauf in die Hügel. Dort holte er erst einmal die Rüstung heraus und legte sie an, dann das Schwert und gürtete sich damit. Er stieg auf das schwarze Pferd, und schneller als der Wind flog er zu der Stelle, wo die schöne Tochter des Königs am Strand auf einem goldenen Stuhl saß und auf den großen Fisch wartete.
Als der große Fisch von der See hereinkam, größer als ein Walfisch und mit zwei Flügeln auf dem Rücken, watete der junge Mann in die Brandung und schlug ihm eine seiner beiden Schwingen ab. Das Wasser wurde ganz rot von dem vielen Blut, das das Untier verlor, aber dann schwamm es davon, und der junge Mann sah ihm von der Küste aus nach.
Darauf bestieg er wieder sein Pferd und ritt schneller als der Wind zu der Stelle zurück, von der er gekommen war. Er versteckte die Rüstung und das Schwert wieder in dem Felsen, stellte das Pferd dazu und trieb dann sein Vieh heim. Der Bauer war schon vor ihm zurück und meinte, der Junge habe eine der größten Wundertaten verpaßt, die

sich je auf Erden zugetragen hätten. Ein tapferer Bursche sei plötzlich am Strand erschienen und habe dem großen Fisch einen seiner beiden Flügel abgeschlagen.
»Aber morgen geht es weiter«, fuhr der Bauer fort, »die Prinzessin muß sich dann wieder auf ihren goldenen Stuhl an den Strand setzen. Das ist noch nicht ausgestanden. Wenn du mitkommst, kannst du später einmal sagen: ›Und ich bin auch dabeigewesen und habe es mit eigenen Augen gesehen.‹«
Der junge Mann aber meinte, er habe keine Lust mitzukommen. Am nächsten Morgen zog er mit seinen Kühen aus, holte sein Schwert, seine Rüstung und das schwarze Pferd, und darauf ritt er rascher als der Wind weht zu der Stelle, an der die Königstochter auf das Untier wartete.
Die Leute sahen ihn kommen, und es war ein großes Wunder für sie, als sie erkannten, daß es derselbe Ritter war, der am Tag zuvor schon sein Leben gewagt hatte. Die Königstochter rief ihn zu sich, hieß ihn niederknien, und als er sich verneigte, schnitt sie ihm eine Haarlocke an seinem Hinterkopf ab und verbarg sie in ihrem Kleid.
Dann kam der große Fisch von der See herein, und wieder watete der junge Mann in die Brandung, und diesmal schlug er ihm auch noch die andere Schwinge ab.
An diesem Abend erzählte der Bauer wieder, welch großes Wunder der junge Mann doch mit anzusehen versäumt habe. Ob er denn nicht wenigstens morgen mitkommen wolle!
Nein, sagte der junge Mann, er habe keine Lust.
Nun, auch am dritten Tag war er auf seinem schwarzen Pferd zur Stelle, als der große Fisch kam. Und als dieser nun sein Maul aufriß, um ihn zu verschlingen, da stieß er ihm das Schwert so tief hinein, daß der Fisch verendete.
Weit schneller als der Wind ritt der junge Mann dann zum Felsen zurück, verbarg dort Schwert, Rüstung und Pferd und trieb wie immer seine Herde am Abend heim. Der

Bauer war wieder vor ihm zurück, und er erzählte ihm, in drei Tagen werde ein großes Hochzeitsfest abgehalten. Dann wolle der König dem Retter des Mädchens seine Tochter zur Frau geben, wenn man ihn nur irgendwo finden könne.

Das Fest begann. Viele Ritter erschienen und behaupteten, sie hätten den Fisch getötet.

Endlich legte auch der junge Mann beim Vieh seine Rüstung an, ergriff sein Schwert, schwang sich auf das schwarze Pferd und ritt schneller als der Wind weht zum Schloß.

Die Königstochter führte ihn in den Thronsaal und ließ ihn vor sich niederknien. Dann strich sie über das Haar an seinem Hinterkopf und fand die Stelle, an der sie mit eigener Hand die Locke abgeschnitten hatte. Erst umarmte sie ihn und dann ging sie mit ihm zum König. Der gab sie zusammen, und dem jungen Mann vermachte er sein Reich. Das ist meine Geschichte.

Irland, seine Märchen
und seine Märchenerzähler

Die voranstehenden Texte stellen eine persönliche Auswahl aus dem wahrlich ungeheuer reichen Schatz irischer Märchen dar. Es sind jene Texte, die mir im Laufe einer zwanzigjährigen Beschäftigung mit irischen Märchen und ihren Erzählern besonders ans Herz gewachsen sind, die ich bei meinen zahlreichen Lesungen mit besonderer Genugtuung vorgelesen habe, die in besonderem Maße auf Resonanz stießen.

In diesem Sonderband der Fischer Taschenbuchreihe »Märchen der Welt« soll das Lesevergnügen im Vordergrund stehen. »Just stories, just tales«, würde man auf der Grünen Insel sagen, weil man an den Umgang mit guten Geschichten gewöhnt ist, weil sie zum täglichen Leben gehören, weil Erzählen eine gewissermaßen unabdingbare Lebensäußerung darstellt.

Freilich sollte man, wenn man sie liest, sich auch darüber im klaren sein, daß eine schriftliche Fixierung, noch dazu als Übersetzung, nur einen schwachen Widerschein von der Schönheit der Originale wiederzugeben vermag.

In seinem Aufsatz »Irish Tales and Story Tellers« schreibt ein Pionier irischer Folklore, Seamus O Duilearga:

»Die Kunst des Volksmärchens liegt in der Art und Weise, wie es erzählt wird. Es war nie dazu bestimmt, gedruckt oder gelesen zu werden. Es nimmt seinen Lebensodem von den Lippen der Erzähler, vom Applaus des sachkundigen Publikums am Kaminfeuer.«

Wenn es eine Erklärung oder Rechtfertigung dafür gibt, dennoch eine Verpflanzung von der mündlichen in die gedruckte Literatur vorzunehmen, so liegt sie in einer Tatsache, die O Duilearga ebenfalls erwähnt, wenn er schreibt:

»Obwohl es immer noch viele Leute in Irland gibt, die lange komplizierte Märchen erzählen können, geschieht es selten, daß sie tatsächlich noch erzählt werden. Die Tage der *folktale*, des Volksmärchens, sind gezählt.«

Dies ist eine Feststellung, die einer der kompetentesten Fachleute schon vor knapp dreißig Jahren traf. Inzwischen hat sich die Situation durch das Vordringen des Fernsehens auch in die entlegensten Gebiete, wie beispielsweise ins Landesinnere des County Donegal, eher noch verschärft.

Desto glücklicher können Märchenfreunde sein, daß durch die Sammeltätigkeit der Folklore-Kommission, die 1935 durch die Regierung der Republik Irland ins Leben gerufen wurde und heute ihren Sitz am University College in Dublin hat, über 35 000 Märchen und etwa 100 000 Sagen oder sagenähnliche Texte vor dem Untergang im Vergessen bewahrt worden sind.

»Die frühesten Stimmen aus der Morgendämmerung der westeuropäischen Zivilisation«, hat Kuno Meyer diesen Märchen- und Sagenschatz genannt, der Ende des 19. und Anfang des 20. Jahrhunderts auch die Autorinnen und Autoren der sogenannten »Gaelic revival« zu Versionen inspiriert hat, in denen sich das Archaische mit den Errungenschaften der europäischen Moderne zu einem Neuen verbindet.

Zwei Muster sind es, die in der mündlichen Literatur Irlands vorherrschen: Zum einen die von einem aristokratischen Lebensstil kündenden Sagastoffe (vor allem der sogenannte Ulsterkreis und die Sagas um die Fianna). Sie sind Epik und in unserem Band deswegen nicht vertreten, weil sie sehr umfangreich sind und sich dem Verständnis erst in einer gewissen Vollständigkeit recht erschließen.

Sie allein würden einen Band von dem Umfang des vorliegenden füllen.
Was das vorliegende Buch enthält, sind die das Bewußtsein der Unterschicht abbildenden Volks- und Zaubermärchen und *seanchas* (Sagen).
Dabei soll angemerkt werden, daß Gestalten und Motive aus den epischen Sagas auch in den Märchen und Sagen auftauchen.
Eine besondere Abteilung ist den Feen- und Gruselmärchen vorbehalten. Der Übergang ist hier manchmal fließend. Einer der hervorragendsten Vertreter dieses Genres, Joseph Sheridan LeFanu, hat teilweise Feenstoffe mündlicher Erzähler aufgeschrieben, später dann selbst literarische Schauergeschichten verfaßt.
Da ja eine Erklärung für den Feenglauben in Irland die ist, die Feen seien die Geister von ungewöhnlich früh Verstorbenen, ist es sinnvoll, Stoffe dieses Genres in einem Kapitel zusammenzufassen.
Die Texte des dritten Teils schließlich sollen zeigen, welche literarischen Autoren in Irland von der mündlichen Tradition beeinflußt wurden, beziehungsweise wie sich in der Ende des 19. Jahrhunderts im Zeichen eines Unabhängigkeitsstrebens aufblühenden Nationalliteratur die mündliche Tradition spiegelt und wie stark diese von jener mitgeprägt worden ist.
Daß diese Art des Transfers in Irland durch die Institutionen des Barden und der Bardenschulen eine lange Tradition hat, bezeugt vielleicht am deutlichsten der schon aus dem 18. Jahrhundert stammende Text des »Mitternachtsgerichts«, dessen politisch-sozialkritische Spitzen bei aller drastischen Komik nicht übersehen werden sollten.
In diesem Zusammenhang wäre auch an die Satire Jonathan Swifts mit dem Titel »A Modest Proposal for preventing the children of the poor people from being a burthen

to their parents or country and for making them benefice for the public« zu erinnern.
Swift stellt in diesem Text fest, alle Häusler, Arbeiter und die meisten Bauern in Irland seien Bettler. Er sagt voraus, daß auch ihre Kinder wiederum zu Bettlern werden würden, und damit zu einer Last für ihre Familien und die Öffentlichkeit. Deswegen schlägt er vor, nur ein paar von ihnen zu Zuchtzwecken am Leben zu lassen. Den Rest möge man schlachten, ehe die Kinder das Ende des ersten Lebensjahres erreicht hätten. Das Fleisch wird in seinem Geschmack und seiner Zartheit mit dem von Spanferkeln verglichen. »Damit«, so heißt es sarkastisch weiter, »werden die armen Leute von Irland dann endlich etwas Wertvolles besitzen, der Adel aber wird noch wohlgenährter sein, als er es ohnehin schon ist.«
Von ähnlichem Sarkasmus sind die Äußerungen der gälischen Eva und des gälischen Adam vor den Schranken des Feengerichts.
Heute neigen wir dazu, das lange Gedicht entweder als Beispiel für »Machismo« oder als frühe Streitschrift des irischen Feminismus zu lesen. Tatsächlich ist es der Aufschrei eines Erniedrigten und Verletzten gegen eine unerträgliche Situation.
Gerade an diesem Text erweist sich, wie sich in der irischen Folklore Reales und Phantastisches immer vermischen. Für das politische Bewußtsein nicht immer zum Vorteil, weil dann hier häufig so gehandelt wird, als seien Illusionen Realitäten.
Was die Auswahl angeht, so wäre noch anzumerken:
Überschneidungen mit den im Fischer Taschenbuchprogramm vorliegenden Bänden »Irische Märchen« und »Keltische Märchen« sind vermieden worden. Auch die im Eugen Diederichs Verlag edierten Bände »Irischer Zaubergarten« und »Irische Zauberharfe« enthalten andere Märchen und Sagen, so daß der Irland-Tourist und die

Liebhaber irischer Märchen mit den erwähnten fünf Büchern nun die ganze Fülle der Märchen Irlands in repräsentativer Auswahl in deutscher Sprache kennenlernen können.
Der Herausgeber und Übersetzer widmet den Band Caoimhion O Nualáin (Kevin O'Nolan), der am Dublin City College bis zu seiner Emeritierung Griechisch und Latein lehrte. Kevin O'Nolan war der Bruder von Brian O'Nolan, der bei uns unter dem Pseudonym Flann O'Brien bzw. Myles na Gopalleen mit seinen kauzigen Romanen nicht zuletzt dank der Übersetzungsleistung von Harry Rowohlt bekannt geworden ist. Kevin war Wissenschaftler mit artistischen Neigungen. Als solchen beschäftigte ihn der Zusammenhang zwischen der homerischen Epik und den keltischen Sagazyklen. 1982 gab er das längste irische Märchen »Eochair Ma Ri in Eirinn« (Eoichair, ein Königssohn in Irland) heraus. Für Kevin waren Feenglaube und katholisches Dogma durchaus miteinander vereinbar, wie er mir einmal auf einem langen Spaziergang durch Dublin erklärte.
Bis zu seinem Tod ist Kevin mir ein anregend-witziger und trinkfester Mentor gewesen, stets voller Verständnis für mein Verlangen, die Freuden gälischer Phantasie auch einem deutschen Publikum zugänglich zu machen. Ihm ist es auch zu verdanken, daß den vielen unbekannten irischen Märchenerzählern an der Westküste Irlands ein Denkmal gesetzt worden ist.

Nomborn im Westerwald, *Frederik Hetmann*
Frühjahr 1994

Quellenverzeichnis

****

Volksmärchen

Die Tochter des Königs von Griechenland: Imtheachtai an Oireachtais, 1899, edited by S. J. Barrett, The Gaelic League Dublin.
Erzählung: Timothy O'Connor, Knockduff, Millstreet, Co., Cork

Die Sage vom Riesen Fin McCool: William Carleton, Traits and Stories of the Irish Peasantry, London 1879

Der Sohn der Stärke: Seumus MacManus, Donegal Wonderbook, Dublin 1926

Die Königin der Kesselflicker: Seamus MacManus, The Bend of the Road, Dublin 1898

Das Märchen von der griechischen Prinzessin: Patrick Kennedy, The Fireside Stories of Ireland, 1870, published by Mac Glashan and Gill, ohne Ortsangabe

Das Märchen vom Jungen mit dem Ziegenfell: Patrick Kennedy, Legendary Fictions of the Irish Celts, London 1866

Richard mit dem Mantel: Nach Frederik Hetmann: Hinter der Schwarzdornhecke – Irlands Märchen und ihre Erzähler, Köln 1986. Erzähler: Seán O Conail aus Iveragh, Co Kerry. Gesammelt von Séamus O Duilearga in den Jahren 1923–31.

Dermot mit dem Roten Bart: ebd., Erzähler: Seán O Conail aus Iveragh, Co Kerry

Märchen und Sagen von Feen und Geistern

Gulisch: Joseph Jacobs, Celtic Fairy Tales, London 1891

Der verhexte Hochzeitspudding: William Carleton, Traits and Stories of the Irish Peasantry, London 1879

Das Geschenk der Feen: Crofton Croker, Fairy Legends of Ireland, London 1888

Das Kind, das mit den Feen ging: Joseph Sheridan LeFanu, Chronicles of Golden Friars, London 1871

Das Schicksal des Frank M'Kenna: William Carleton, Traits and Stories of the Irish Peasantry, a. a. O.

Die Geschichte von dem Jungen, den seine Großmutter nach Kilfinane schickte. Erzählt von Michael Dawson 1940 in Kilfinane, Co. Limerick

Die weiße Katze von Drumgunniol: Joseph Sheridan LeFanu, erschienen erstmals 1863 im Dublin University Magazine

Bericht über einige seltsame Turbulenzen: Joseph Sheridan LeFanu, Dublin University Magazine 1862

Der Geist und der Knocheneinrenker: Joseph Sheridan LeFanu, Dublin University Magazine 1865

Märchen und Sagen in der Literatur

John Merriman (geboren zwischen 1747 und 1750), Das Mitternachtsgericht (Cúirt an Mhean-Oiche): Manuskript 23 M 8 in der Sammlung der Royal Irish Academy, Dublin. Das Manuskript enthält das offensichtlich falsche Datum 1750. Es stammt tatsächlich aus dem frühen 19. Jahrhundert. 1880 Übersetzung in englischer Sprache von Denis Woulfe in der Zeitung ›The Irishman‹. Abgedruckte Übersetzung von Frederik Hetmann. Zunächst erschienen mit Graphik von Günther Stiller im Joachim Hempel Verlag, Mainz 1986. (Diese Ausgabe ist vergriffen.)

Douglas Hyde (1850–1900), Die Hexe mit den langen Zähnen und *Der Däumling, der Kesselflicker und der schwarze Esel:* Aus dem Band ›Legends of Saints and Sinners‹, 1915

William Butler Yeats (1865–1939), Träume haben keine Moral und *Ein Feigling.* Aus: The Celtic Twilight, 1893, London

John Millington Synge (1871–1909), Die Nebelschlucht. Aus: ›The Aran Islands‹, 1907

Märchen

Herausgegeben von Frederik Hetmann

Indianermärchen aus Nordamerika
Band 13365

Indianermärchen aus Südamerika
Herausgegeben von
Frederik Hetmann und Leonardo Wild
Band 13319

Märchen der Prärieindianer
Band 13366

Indianermärchen der Pueblo, Hopi und Navajo
Band 13364

Märchen aus England
Band 14036

Märchen aus Schottland
Band 11391

Fischer Taschenbuch Verlag

fi 143 / 19

Erich Ackermann (Hg.)

Märchen und Geschichten zur Winterzeit

Band 13754

Der Winter hat von allen Jahreszeiten, zumindest in den bäuerlich strukturierten Gesellschaften, die Menschen am tiefsten geprägt. Ist es doch die Zeit, da Mensch und Tier in ihren Unterkünften verweilen, und die Arbeit draußen ruht. Diese Arbeitsruhe gibt der Phantasie einen breiten Raum und führt die Menschen zum Erzählen und Fabulieren. Zahlreich sind die Märchen und Mythen, Sagen und Geschichten, die sich um die Winterzeit und die Herkunft und Bedeutung der vielen Feste zwischen Advent und Dreikönigstag ranken, und kein Fest strahlt einen solchen Zauber aus wie Weihnachten. In diesem »Fest der Feste« spiegelt sich auch auf unvergleichliche Weise ein Teil der Kulturgeschichte des Abendlandes wieder.

Fischer Taschenbuch Verlag

fi 8010 / 2

Hannelore Marzi (Hg.)

Märchen vom Glück

Band 12815

Der Mensch kann sein Glück suchen, finden, verfehlen, verlieren... So vielfältig, wetterwendisch und facettenreich wie das Glück selbst, so sind auch die Märchen, die die entsprechenden Grundsituationen des Lebens widerspiegeln: So gibt es die einfach von vornherein vom Schicksal begünstigten, es gibt Menschen, denen eine Glücksfrau oder Glücksfee beisteht, es gibt solche, die sich ihr Glück hart erkämpfen müssen. Der Zustand des Glücks wird häufig als Gegenbild zu einer Welt materieller Not ausgemalt. Genauso häufig wird im Märchen aber auch das Erreichen einer inneren Zufriedenheit vorgeführt, die sich keinen Deut darum schert, ob der Glückliche von der Welt verlacht wird oder nicht. Hier tritt uns das Glück als subjektives Glücksgefühl oder als Leben im Einklang mit sich und der Welt entgegen. Berühmtestes Beispiel dafür ist der »Hans im Glück«. Er versteht sich wahrlich auf die Kunst, glücklich zu sein.

Fischer Taschenbuch Verlag

fi 8008 / 1

Märchen

Herausgegeben von Sigrid Früh

Märchen von Hexen und weisen Frauen
Band 13363

Europäische Frauenmärchen
Band 13369

Märchen der vier Jahreszeiten
Mit Scherenschnitten von Elisabeth Emmler
Band 14225

Märchenreise durch Deutschland
Band 13362

Märchenreise durch Europa
Band 12198

Märchen von Müttern und Töchtern
Herausgegeben von Ulrike Krawczyk und Sigrid Früh
Band 13368

Märchen aus der Schweiz
Herausgegeben von Sigrid Früh und Götz E. Hübner
Band 11939

Fischer Taschenbuch Verlag

fi 1161 / 13